Joachim Angerer:
Die maschinellen Technokraten

Science Fiction
herausgegeben von Wilko Müller jr.

Edition SOLAR-X 2020

Joachim Angerer

Die maschinellen Technokraten

Science Fiction Roman

Edition SOLAR-X

Impressum

1. Auflage

Printed in Germany
Titelbild: © Liu Zishan/shutterstock

ISBN 978-3-945713-78-5
Preis: 13,80 Euro

Kapitel 1

Mit hochgezogenen Augenbrauen starrte Juliette auf das Telefon in Siegfrieds Hand. »Ich wusste gar nicht, dass solche Dinger noch verwendet werden.« Ihre Stimme klang ehrlich erstaunt.

»Tja, ich bin da wohl etwas altmodisch.« Siegfried zuckte mit den Schultern. Er war derartige Reaktionen gewöhnt. Ein funktionierendes Mobiltelefon war inzwischen tatsächlich zum seltenen Anblick geworden. Auf dem Revier war Siegfried der einzige, der noch eines benutzte. Alle seine Kollegen hatten ihre Diensttelefone längst abgegeben – sofern sie überhaupt erst eines ausgefasst hatten. Gemäß allgemeiner Dienstvorschrift hätte Siegfried sein Gerät ebenfalls vor bereits einiger Zeit abliefern müssen. Doch ab einer gewissen Anzahl von Dienstjahren wurden kleinere Beugungen der Arbeitsregeln toleriert. Siegfried war sich nicht sicher, ob er seinen Sonderstatus als Privileg oder als Brandmarkung interpretieren sollte. Nun, ab heute hatte sich diese Frage ohnehin erübrigt. Ironischerweise war es am Ende keine Nachschärfung der Verhaltensregeln, sondern Siegfrieds Dienstalter, das ihn letztendlich dazu veranlasste, sein Telefon abzugeben. Mit wehleidigem Blick sah Siegfried zu, wie Juliette sein ehemaliges Mobiltelefon in einer Schachtel verstaute. Wie viele Exemplare mochte es wohl noch geben, außerhalb von Museen? Siegfried seufzte kurz. Warum nur wurde er das Gefühl nicht los, das Ende einer Ära zu erleben?

»Was hast du?« Juliette klang irritiert.

»Ach nichts«, winkte Siegfried ab. »Ich glaube, ich habe jetzt alle meine Gegenstände abgegeben. Fehlt noch etwas?«

Juliettes Augen schienen für einen Moment in die Ferne zu wandern. »Nein, alles erledigt«, sagte sie nach einer Weile. »Alles andere läuft über ›I know everything‹. Sobald du das Gebäude verlässt, wird deine Datenbank entsprechend aktualisiert.«

»I know everything«, das war der Slogan, unter dem die ersten »Interaktiven-Neuronalen-Omnischnittstellen«, kurz »I-N-O-Implantate«, oder einfach »Ino« einst angepriesen worden waren. »I know everything«, »I know everywhere« »I know everytime«. Der Werbetext war Siegfried noch gut in Erinnerung. Dabei war er noch ein Kind gewesen, als er ihn das letzte Mal gehört hatte. Doch mit Werbetexten war es wie mit Kinderliedern: Man bekam sie so oft zu hören oder sehen, dass man sie nie mehr wieder vergaß. Wohin man auch ging, es hatte kein Entkommen gegeben. Weder innerhalb eines Gebäudes – wo gefühlt an jeder Wand ein für Ino werbender Bildschirm angebracht gewesen war – noch draußen, wo man alle paar Meter ein preisendes Plakat passierte. Heute dagegen suchte man nach Plakaten wie Bildschirmen gleichermaßen vergebens. Siegfried fragte sich, ob die Organisatoren der Marketingkampagne sich darüber im Klaren waren, dass die Technologie, der sie zum Durchbruch verholfen hatten, ihre Werbemittel schon kurz danach verdrängen würde. Hatten sie womöglich die Konsequenzen ihres eigenen Erfolgs unterschätzt? Oder hatten sie sich mit der Unaufhaltbarkeit des Fortschritts abgefunden? Immerhin benötigte Ino seit Jahrzehnten keine Werbung mehr. Vielleicht hatten die Marketingexperten damals schon die Zeichen der Zeit erkannt und wollten lediglich noch ein letztes Mal kräftig abkassieren.

»I know everything, hm? Schon zu meiner Kindheit habe ich diesen Satz nicht mehr gehört«, merkte Siegfried an. »Heute schwimmt man doch nur noch mit ›Ino‹ im Strom.«

»Schwimmen im Datenstrom? So spricht man aber schon noch länger nicht mehr.« Juliette unterdrückte ein Kichern. »Inoline heißt es heute. Ich bin Inoline, nicht ich schwimme im Datenstrom.«

»Ja, ich weiß, ich bin alt«, winkte Siegfried ab. »Aber ich bleibe trotzdem bei meinem Datenstrom.«

»Aber die Wortwahl hat etwas, muss ich sagen«, sagte Juliette mit einem treuherzigen Blick.

»Danke«, nickte Siegfried. »Aber du musst dir an mir kein Vorbild nehmen. Du bist doch noch etwas zu jung, um schon so altmodisch zu wirken wie ich«, fügte er mit schwachem Lächeln hinzu.

»Wieso altmodisch?«, fragte Juliette erbost. »Etwa, weil du Wörter benutzt, die kaum jemand noch kennt? Oder weil du weißt, wie man ein Telefon benutzt? Wer außer dir kann mit so einem Ding schon noch umgehen? Ich würde es nicht als altmodisch bezeichnen, etwas zu können, wozu die Mehrheit gar nicht mehr im Stande ist.«

»Tja, es ist wohl alles eine Frage der Perspektive.« Siegfried zuckte mit den Schultern. Juliette sah in halb tadelnd, halb treuherzig an. »Kaffee?«, sagte sie schließlich, als wäre die Sache für sie beendet.

»Ja, gerne«, log Siegfried. Juliette hatte bereits dafür gesorgt, dass sein täglicher Bedarf an Koffein mehr als gestillt war. Sie bot fast jedem, der sich mit ihr unterhielt, eine Tasse Kaffee an. Allerdings tat sie dies mehr aus Langeweile, denn aus Höflichkeit. Siegfried konnte ihr das nicht verdenken. Echte Gespräche waren selbst unter Kollegen selten geworden. Dank Ino öffneten die meisten Menschen ihre Münder nur noch zum Essen und Atmen. Siegfried war wohl auch in dieser Beziehung etwas altmodisch. Aber das war ihm nur recht. Eine Koffeinüberdosis war ein kleiner Preis für eine vernünftige Kommunikationsform – und wenn sie auch nur mit einer Kollegin möglich war.

»Bitte sehr«, sagte Juliette in gespielt devotem Tonfall und reichte ihm eine Tasse.

»Ironisch«, sagte Siegfried und nippte an seinem Kaffee. »Frühere Generationen von Sekretärinnen empfanden es als entwürdigend, ihren Kollegen Kaffee zu machen.«

»Tatsächlich?« Juliette sah ihn wissbegierig an. »War Ino damals auch schon so weit entwickelt wie heute?«

Siegfried wiegte nachdenklich den Kopf. »Es gab zumindest weniger Anwendungsmöglichkeiten. Damals sprachen die Menschen noch mehr untereinander.« Er kratzte sich nachdenklich am Kopf. »Sagt man noch Ohrenstimme?«

»Ja.« Juliette kicherte. »Ohren- und Inostimme. Wobei – wenn man das zweite meint, kann man auch einfach Inotransfer sagen. Aber für Ohrenstimme fällt mir kein zweiter Ausdruck ein.« Sie hielt den Kopf in Schräglage, als dachte sie angestrengt nach. »Vielleicht stirbt das Wort aber doch bald aus. Hast du schon von Inodive gehört?« Siegfried verneinte.

»Bei Inodive läuft der ganze Körper automatisch. Alles was man tut, läuft über Ino. Also nicht nur die Stimme, sondern auch die Gesten. Man konzentriert sich nur auf die eigenen Gedanken …«

»Hör bitte auf«, winkte Siegfried ab. »Ich komme ja so schon nicht mehr mit. Zu meiner Zeit schwamm man wenigstens nur im Datenstrom. Jetzt taucht man also schon unter, als ob …« Siegfried unterbrach sich kurz selbst. Jetzt hatte er wieder Datenstrom gesagt. Nein, er würde mit dieser Gewohnheit tatsächlich nicht mehr brechen.

»Bitte rede weiter«, dränge Juliette. »Wie war es denn damals?«

»Ach, die Inoimplantate selbst unterschieden sich schon damals nicht wirklich von den jetzigen Modellen. Sie wären auch schwer zu aktualisieren gewesen.« Siegfried tippte sich an den Hinterkopf. »Allerdings kannte ich noch Leute, die keines trugen.«

Juliette legte die Stirn in Falten. »Ah, ja doch. Meinst du den alten Pirow?«

»Was, du kanntest ihn?« Siegfried klang erstaunt. Fjodor Pirow war seit vielen Jahren tot und seit noch mehr pensioniert. Er musterte Juliette. Ihr Gesicht war frei von Falten, ihr Haar lang und dicht, die Haut an ihren Händen glatt. Kurzum: Sie wirkte viel zu jung, um Fjodor noch gekannt zu haben. Sicher, mit genügend Geld konnte man heutzutage jedes Alter annehmen – zumindest optisch. Doch Siegfried hätte Juliette nicht als jemanden eingeschätzt, der dazu bereit gewesen wäre. Allein schon aus finanziellen Gründen. Die Arbeit als Sekretärin war sicher nicht sonderlich gut bezahlt.

Juliette verzog den Mund zu einem hämischen Grinsen. »Nein, ich bin noch nicht so alt«, sagte sie in gekünstelter Aufregung. »Ich habe nur Geschichten gehört. Er ist ein bisschen eine Legende. Seltsamerweise findet man in Ino nur wenig über ihn.«

»Ja, er hat der Technik nicht recht getraut.«

»Stimmt es, dass er sogar noch richtiger Handwerker war?«

»Naja, wenn du das so nennen willst.« Siegfried lächelte. *Richtiges Handwerk*. Der Gedanke hatte etwas Amüsantes an sich. Was würde Fjodor wohl dazu sagen, wenn er noch reden könnte?

»Habe ich etwas Falsches gesagt?«, fragte Juliette. Es klang mehr nach einer Rüge.

»Nein, nein. Alte Menschen schwelgen nur gerne in Erinnerungen.«

»Erzähl schon!«

Siegfried nickte bedächtig. »Fjodor hatte eine kleine Werkstatt bei sich zu Hause. Eine, wo man noch selbst Hand anlegen musste. Manchmal hat er mich zu sich eingeladen und mir gezeigt, wie man Holz schnitzt. Oder vielmehr, wie die Leute früher, als es noch Tischler gab, Holz geschnitzt haben.«

Juliette blinzelte irritiert. »Gab es zu Pirows Zeiten etwa noch keine Roboter?«

»Doch, doch«, versicherte Siegfried. »Auch damals waren bereits alle Möbel von Maschinen hergestellt worden. Der einzige wirkliche Unterschied zu heute war, dass früher die Maschinen, die Holz bearbeiten, nicht von anderen Maschinen, sondern von Menschen bedient wurden.«

»Ach, und wieso hatte er dann eine Werkstatt?«

»Er nannte es sein Hobby.«

»Hobby?« Juliette tippte sich an den Hinterkopf. »Aber, wenn man Zerstreuung sucht, findet man sie doch hier.«

»Ja, aber selbst Hand anzulegen, ist etwas anderes.« Siegfried erinnerte sich wie er vor Jahren versucht hatte, seinen Besuch in Fjodor Werkstatt mittels Ino zu rekonstruieren. Die Feile in seiner Hand hatte eher einem überdimensionierten Skalpell geglichen und die Werkbank war aus Edelstahl gewesen. Obwohl Siegfried von dem recht seltsamen Resultat mehr erheitert als verschreckt gewesen war, hatte er bislang davon abgesehen, solche Experimente zu wiederholen. Was sollte denn anderes dabei herauskommen, als ein konfuses Zerrbild? Sicher, Ino griff auf das eigene Gedächtnis zurück. Doch alte Erinnerungen waren lückenhaft und diese mussten vom Datenstrom gefüllt werden. Der damals zuständige Algorithmus war wohl der Ansicht gewesen, man könne lückenhafte Erinnerungen an eine Werkstatt mit jener an einen Operationssaal aufbessern. »Nein, echte körperliche Betätigung kann man nicht so einfach simulieren«, fasste Siegfried sein Erlebnis zusammen.

»Du hast es schon lange nicht mehr ausprobiert, richtig?«, bohrte Juliette nach.

»Nein, wozu?«

»Die Technik hat sich wirklich stark weiterentwickelt. Viele Leute gehen nur noch mit Inomagine auf Urlaub.« Siegfried sah sie verwundert an. »So nennt man die Inopt oder ›Inoanwendung‹ heutzutage. Man stellt sich einen Urlaub vor und der ›Datenstrom‹ bringt einen dorthin.« Juliette zog die Worte »Inoanwendung« und »Datenstrom«

dermaßen in die Länge, dass es fast beleidigend klang. Siegfried jedoch wusste, dass sie es nicht böse meinte. Sinnierend blickte er auf seine Hände. Sie waren mit einer dünnen Hornschicht besetzt. Ein letztes Überbleibsel seiner handwerklichen Tätigkeit. Nach Fjodors Tod hatten seine Erben sein Haus zügig verkauft. Siegfried hatte schon seit Jahren kein Werkzeug mehr in Händen gehalten. Und doch erinnerte sich seine Haut. Zumindest dies konnte man nicht simulieren, oder? Jedenfalls noch nicht. Wenn sogar Urlaubsreisen allmählich der Vergangenheit angehörten, dann Werkzeuge erst recht. Wie sein Telefon. Siegfried seufzte leise.

»Geht es dir nicht gut?«, fragte Juliette.

»Ach nein«, er winkte ab. »Mir ist nur bewusstgeworden, dass ich das Ende einer Ära miterlebt habe.« ›Das Ende einer weiteren Ära‹, fügte er gedanklich hinzu. Siegfried lachte gedämpft. »Es wird wohl wirklich Zeit, dass ich in Pension gehe.«

»Hast du schon Pläne?«, fragte Juliette neugierig. Siegfried wollte antworten, da ertönte ein Klopfen an der Tür. Überrascht wandte er sich um. »He, da steckst du also.« Maja klang halb erfreut, halb genervt. »Wieso bist du nicht rangegangen?«

Siegfried tippte sich verlegen an den Hinterkopf. »Achja, Inotransfer. Jetzt wo ich mehr Zeit habe, sollte ich mich wohl eingehender damit beschäftigen.«

»Meine Eltern stammen auch aus der Omega-Generation. Sie sind fast besser Inoline als ich.« Majas Stimme war so sanft, dass man die darin enthaltene Kritik kaum wahrnahm.

»Ach ja, die Omega-Generation«, murmelte Siegfried. Auch dieses Wort würde wohl bald verschwinden. Es bezeichnete die letzten Menschen, die noch ohne Inoimplantat das Licht der Welt erblickt hatte. Der entsprechende Eingriff musste an einem in seiner Entwicklung noch nicht abgeschlossenen Gehirn durchgeführt werden. Als Siegfried noch ein Kind gewesen war, war das Tragen von Inoimplantaten bereits verpflichtend, der dafür notwendige Eingriff allerdings noch nicht sehr ausgereift gewesen. Man hatte die Operation damals noch nicht sicher an Ungeborenen durchführen können. Daher hatte Siegfried sein Inoimplantat erst im Kindesalter erhalten. Für die Menschen aus seiner Generation waren ihre

Inoimplantate daher zeitlebens Fremdkörper geblieben. Er selbst musste es immer erst bewusst aktivieren, bevor er es nutzen konnte. Wie eine unsichtbare Armbanduhr, die einem die Uhrzeit nur verriet, wenn man einen gezielten Blick auf sie warf. Für Maja dagegen gehörte ihr Inoimplantat nicht weniger zu ihrem Körper als ihre Arme oder Beine. Dementsprechend schwer fiel es ihr, Verständnis für die Situation ihres Kollegen zu zeigen. Siegfried war ihr dankbar, dass sie es dennoch zumindest versuchte. Er blickte Maja in die Augen. Sie waren seltsam starr, als befände sie sich geistig an einem anderen Ort. Menschen wie sie beherrschten Ino buchstäblich blind. Ein Gedanke reichte aus, um ein fernes Land zu bereisen. Ein weiterer brachte sie ins Büro zurück. In Majas scheinbar leerem Blick lag etwas Forderndes. Siegfried seufzte abermals. Heute, an seinem letzten Arbeitstag hätte sie ruhig etwas nachsichtiger mit ihm sein können. Er zuckte machtlos mit den Schultern. Nun, er war bei wichtigen Lektionen auch stets unnachgiebig geblieben. Jetzt wurde die Schülerin also zur Lehrerin. Siegfried rollte mit den Augen, wie er es immer tat, wenn er in den Strom stieg.

»Na also. Ist doch nicht so schwer«, hörte er Majas Stimme in seinem Kopf.

»Für dich vielleicht«, murrte Siegfried.

»Ich kenne deine Bedenken«, deutete Maja seine Reaktion richtig. »Doch die Technik ist wirklich praktisch. Die Leute kommunizieren fast nur noch damit untereinander. Die Gefahr, dass jemand mithört, ist sehr gering.«

Siegfried bezweifelte das. Theoretisch konnte man jedes kabellose Signal abfangen. Vielleicht war die Verschlüsselung des Inotransfers ja längst geknackt und man wollte es nur nicht zugeben. Schließlich würde die Behebung einer solch gravierenden Sicherheitslücke einen ziemlichen Aufwand nach sich ziehen.

»Du meinst wir müssen in ein paar Jahren alle mit einem Kabel am Hinterkopf durch die Gegend laufen?« Maja kicherte.

Siegfried murrte. »Könntest du bitte nicht meine Gedanken lesen?«

»Du hast sie mitgeschickt. Man kann sortieren, was man teilen möchte und was nicht. Du weißt doch, dass man Gedanken nicht einfach so lesen kann.«

»Ich schätze, ich bin wohl auch hierfür etwas zu alt.«

»Ach was. Meine Ausreden hast du auch nicht gelten lassen. Und schau, heute ist trotzdem eine anständige Polizistin aus mir geworden. Erinnerst du dich noch, wie ich mich anfangs bei den Leibesübungen angestellt habe?«

Siegfried versuchte sich Maja bildlich vorzustellen. Ino konnte mühelos Bilder ins Bewusstsein projizieren – wenn man denn mühelos damit umgehen konnte. Für Siegfried aber war bereits der bloße Austausch von Wörtern mittels Ino eine Qual. Da zapfte er lieber sein Gedächtnis – sein echtes Gedächtnis – an.

»Da schau, hier hast du ein aktuelles Bild von mir.« Vor Siegfrieds innerem Auge erschien ein Bild von Maja in Sportkleidung.

»Ich habe dir meine Gedanken wieder mitgeschickt, nicht wahr?« Das Bild lächelte gutmütig. Siegfried besah Majas kräftige Schultern. Sie hatte seine Anweisungen tatsächlich artig befolgt. Auf körperliche Fitness wurde in der allgemeinen Dienstvorschrift nur wenig Wert gelegt. Die moderne Technik machte Außeneinsätze nur mehr bedingt erforderlich. Die meisten Kleinkriminellen ergaben sich freiwillig, sobald sie von der Polizei dazu aufgefordert wurden. Sobald man einmal in den Kreis der Verdächtigen gelangt war, war Verstecken unmöglich. Jedes Inoimplantat konnte anhand seiner einzigartigen Signatur mühelos geortet werden. War ein Verdächtiger erst identifiziert, konnte man ihn von seinem Büro aus jederzeit orten. Zwar konnten selbst die extrem geringen Erfolgssausichten die Leute nicht dauerhaft davon abhalten, das Gesetz zu brechen. Doch die Aufklärungsrate lag konstant bei 100 %.

»Ja, du bist tatsächlich gut in Form«, sagte Siegfried anerkennend.

»Danke. Ich habe deinen Rat an meinen Lehrling weitergegeben.«

»Ach ja, inzwischen bist du ja längst selbst zur Ausbilderin geworden. Wie macht er sich?«

»Gut, er ist sehr diszipliniert und ehrgeizig.«

Nur mit Mühe gelang es Siegfried einen zynischen Kommentar zu unterdrücken. Can mochte ehrgeizig sein, jedoch fehlte es ihm an anderen Qualitäten. Mit Unmut erinnerte sich Sigfried an sein erstes Treffen mit dem jungen Kollegen. Er hatte Can in gutem Willen die Hand ausgestreckt. Doch statt den Gruß zu erwidern hatte Can nur belehrende Worte für Siegfried übriggehabt: »Sich die Hände zu schütteln ist heute nicht mehr üblich. Man nickt sich stattdessen kurz zu.«

»Ist es inzwischen auch unüblich geworden, Dienstälteren mit Respekt zu begegnen?«, hatte Siegfried schroff geantwortet. Modern oder nicht. Ein Neuling schuldete seinen Kollegen zumindest ein gewisses Maß an Respekt. Dieser Grundsatz galt noch immer. Zumindest sollte er noch immer gelten. Majas Lehrling jedoch hatte Siegfried nur stumm angesehen. »Ich fürchte, wir haben uns auf dem falschen Fuß getroffen«, war ihm schlussendlich über die Lippen gekommen. Siegfried konnte sich nicht erinnern, dass in Cans Stimme auch nur eine Spur von Einsicht mitgeschwungen war.

»Ich weiß, du und Can habt eure Differenzen«, meldete sich Majas Stimme.

»Diesmal habe ich meine Gedanken aber nicht mitgesendet, oder?«, fragte Siegfried.

»Nein. Aber das war auch nicht notwendig.«

Siegfried zuckte mit den Schultern. »Nun gut. Ich muss ja nicht mit ihm auskommen. Du bist seine Ausbilderin. Ich hoffe nur, er kostet dich nicht zu viele Nerven.«

»Hast du für heute schon alles erledigt?«, wechselte Maja das Thema.

»Ich habe alle meine Sachen abgegeben.«

»Toll. Kannst du dann bitte in die Küche kommen?«

»Ich muss nur noch kurz meinen Schreibtisch überprüfen. Ich komme gleich.«

»Gut. Bis dann.«

Siegfried blinzelte. Wenn er den Strom verließ, sah er anfangs immer unscharf. Majas Blick besaß immer noch die gleiche Trübung. Mit ausdrucksloser Miene wandte sie sich um und ging. Das Repertoire Inos beinhaltete eine schier endlose Zahl an Anwendungen. Eine davon war eine Art interaktives Navigationssystem. Solange sich seine Umgebung nicht schnell veränderte, konnte sich der Benutzer vom Datenstrom wortwörtlich leiten lassen. Siegfried war das immer zu riskant gewesen. Er verließ sich lieber auf seine Augen. Maja jedoch schien diese Bedenken nicht zu teilen. Starren Blickes, aber mit lässigen Bewegungen schlenderte sie den Gang entlang, als wäre dies die natürlichste Art der Fortbewegung. Kopfschüttelnd ging Siegfried zu seinem Schreibtisch. Hatte er wirklich dermaßen den Anschluss verloren? Seine Art die Dinge zu tun konnte doch nicht nur von Nachteil sein. Was, wenn jemand spontan eine Kiste auf den Gang stellte? Das Navigationssystem von Ino konnte sich gewiss nicht schnell genug aktualisieren, um einen Zusammenstoß zu vermeiden. Siegfried sah durch die offene Bürotür auf den Gang hinaus. Nein, hier hatte es keine spontanen Veränderungen gegeben. Er ließ im Zeitraffer Bilder des Ganges aus den letzten Jahren in seinem Kopf erscheinen. Erstaunt hob er eine Augenbraue. Nicht einmal ein Bild war aufgehängt worden. Es war als wäre der Gang die einzige Konstante auf dieser Welt. Alles andere veränderte sich und verdrängte seine Vorgänger. So wie Majas Lehrling Siegfried verdrängte. Sicher, technisch betrachtet, war es Maja, die in der Hierarchie nachrückte. Streng genommen schob der Lehrling somit seine Ausbilderin nach oben, welche wiederum Siegfrieds Posten übernahm. Und doch füllte ihn der Gedanke, dass jemand wie Can eines Tages seine Aufgabe übernehmen würde, mit Unbehagen.

Siegfried schüttelte die Negativität von sich. ›Freu dich doch‹, versuchte er sich einzureden. ›Jetzt hast du Zeit für dich. Du hast dir vorgenommen, dich mit der neuen Welt zu beschäftigen und jetzt stehst du nur da und blickst zurück.‹ Siegfried schmunzelte ob seiner eigenen Worte. Es stimmte, der Vergangenheit nachzuweinen war nicht weniger töricht, als sie zu verleugnen. Es war Zeit, an die Zukunft zu denken. Er griff in die oberste Lade seines Schreibtisches und zog einen hölzernen Würfel heraus. Sorgsam drehte Siegfried das Schnitzwerk in der Hand. Das Ding hatte ihm einige blutige Blasen gekostet. Siegfrieds Blick wanderte verstohlen zu dem Abfalleimer, der neben seinem Schreibtisch stand. Der Würfel war ein weiteres Stück jener Vergangenheit, mit der er eigentlich abschließen wollte. Sinnierend hielt er das Stück Holz vor sein Gesicht. Zum Wegwerfen war es eigentlich zu schade. Doch er könnte es ja verschenken. Juliette würde sich vermutlich darüber freuen. Zumindest wäre sie erstaunt. Wenn sie sein altes Diensttelefon schon so entzückte … ›Nein!‹, sagte er zu sich selbst und schob den Würfel in seine Jackentasche. Er verband zu viele positive Erinnerungen mit dem Stück. Immerhin war es eine Art letztes Andenken an Fjodor. Siegfried sah ein, dass er mit der Zeit gehen musste. Ganz wollte er die Vergangenheit aber doch nicht abstreifen.

Ein letztes Mal inspizierte Siegfried seinen Schreibtisch. Er war nun vollkommen von seinen Habseligkeiten befreit. Nur die Lichtreflexe der Deckenlampe bedeckten die Oberfläche. Die Putzroboter hatten wirklich ganze Arbeit geleistet. Nicht, dass sein Schreibtisch jemals sonderlich belegt gewesen wäre. Heutzutage hielt sich der Bedarf an Büromaterial in Grenzen. Fjodors Schreibtisch hatte noch einen Bildschirm und eine Tastatur besessen. Siegfrieds Computer war jedoch auf einen kleinen Kasten neben dem Standbein des Schreibtisches reduziert. Mehr war nicht mehr notwendig. Ino erlaubte die Eingabe von Befehlen mittels Gedanken. Statt mit einem Ein- oder Ausgabegerät war der Rechner somit direkt mit dem Gehirn des Anwenders verbunden. Alles, was der Computer an Bildern oder Text generierte, wurde direkt hinter die Netzhaut projiziert. Siegfried starrte das annähernd quadratische Kästchen an. Wie lange es wohl noch dauern würde, bis auch es wegrationalisiert wurde? Computer waren eigentlich Relikte aus der Zeit, als der Datenstrom noch keine ausreichende Informationsdichte besaß. Welche Frage man sich auch immer stellen mochte: Ino kannte die Antwort. Es gab natürlich immer noch Inopts, die die Ressourcen eines normalen Zugriffsrechtes überstiegen. Zwar schwammen alle Menschen im Strom, doch nicht alle taten dies mit der gleichen Geschwindigkeit, oder den gleichen Zugriffsrechten. Auch in der modernen Zeit gab es immer noch Daten, die für die Allgemeinheit nicht zugänglich waren. Doch selbst wenn man alle benötigten Daten erfolgreich zusammengetragen hatte, war die Geschwindigkeit, mit der ein gewöhnlicher Inozugang sie verarbeiten konnte, manchmal zu gering. Zusätzliche Rechenleistung, etwa in Form eines externen Computers verkürzte die für komplexe Berechnungen benötigte Zeit beträchtlich. Alternativ konnte man natürlich per Ino auf einen der Großrechner zugreifen. Schließlich existierten sie genau für solche Zwecke. In der Regel aber waren sie ausgelastet. Meistens war einem jemand mit einer noch höheren Prioritätsstufe zuvorgekommen und blockierte die Kapazität. Eines Tages freilich, würde Ino so weit entwickelt sein, dass es auch bei voller Auslastung nicht mehr zu längeren Wartezeiten kommen würde. Spätestens dann würden externe Reserven nicht mehr nötig sein. Siegfried besah das kleine Kästchen mit einem mitleidigen Blick. Wie lange wohl, bis auch es verschwinden würde? Nachdenklich drehte der alte Polizist seinen Kopf. Was würde wohl noch alles in ein paar Jahren verschwunden sein? Der Schreibtisch vielleicht? Oder gar sein Besitzer? Irgendwann würde auch die Polizei ihre Arbeit zur Gänze ausgelagert haben. Unzählige Firmen hatten es schließlich schon vorgemacht. Sicher, ein zwei Leute würden als Notreserve übrigbleiben – aber nicht mehr. Bereits jetzt wurde die eigentliche Polizeiarbeit von den Inoscannern – jenen Überwachungsgeräten, die automatisch jeden Vorbeikommenden anhand ihres Implantats identifizierten – erledigt. In den letzten Jahrzehnten hatten sie die Kameras, die zuvor schier allgegenwärtig gewesen waren, stückweise verdrängt. Konnte man damals noch seine Identität durch eine geschickte Maskierung verbergen, so war nun jede Form von Versteckspielen sinnlos geworden. Verdächtige aufzuspüren war selbst in Siegfrieds jungen Dienstjahren keine Tätigkeit mehr gewesen, die menschliche Polizisten erforderte.

Ein metallisches Scheppern ließ Siegfried herumfahren. Einer der kleinen Putzroboter entleerte gerade seinen Staubbeutel in den Abfalleimer am Gang. Siegfried schmunzelte. Es war ironisch, dass die Technik zwar die menschlichen Reinigungskräfte ersetzt hatte, die Existenz der simplen Abfallbehälter aber nicht gefährdete. Diese schlichte Metalldose würde wohl noch so manche hoch entwickelte Maschine überdauern. Egal wie weit entwickelt eine Gesellschaft sein mochte: Müll produzierte sie ja trotzdem. Siegfried ging um seinen Schreibtisch herum. Dort stand eine weitere Technologie, die die Digitalisierung so schnell nicht wegrationalisieren können würde. Selbst nach zahllosen Verbesserungen würde der Strom auch in Zukunft Lebensmittel nicht kühlen können. Mit einem schwachen Lächeln öffnete den kleinen Kühlschrank und nahm den Kuchen heraus. Der Geruch von Schokolade stieg ihm in die Nase. Die Kuchenform sorgfältig auf seinen Händen balancierend, schritt Siegfried Richtung Kaffeeküche. An der Schwelle hielt er kurz erstaunt inne.

»Schön, dass ihr alle gekommen seid«, sagte er ehrlich erfreut. Er stellte seinen Kuchen auf den Küchentisch.

»Ist doch selbstverständlich«, sagte Maja.

›Ja für dich war es das wohl wirklich‹, dachte Siegfried. Er blickte in die Runde. Can nickte ihm wortlos zu. Maja hatte ihn wohl her geschleift. Siegfrieds Blick wanderte weiter. »Freut mich, dass du gekommen bist«, wandte er sich an Tess. Doch die Frau verzog keine Miene. Offensichtlich war sie bereits wieder im Strom. Siegfried nahm es mit heiterer Miene. Immerhin war sie körperlich anwesend. Er fragte sich, wie oft er sie angetroffen hatte, ohne dass sie im Strom gewesen war. Wahrscheinlich konnte er die Begegnungen an beiden Händen abzählen. Siegfried konnte ihr dies jedoch nicht wirklich übelnehmen – dafür würdigte er ihren Arbeitseinsatz zu sehr. Als diensthabende Analytikerin war Tess quasi eine Art Bindeglied zwischen dem Revier und dem Strom. Sie gehörte zum privilegierten Kreis jener, die einen permanenten Zugriff auf Karthago – so der Name des lokalen Großrechners – hatte. Natürlich forderte jedes Privileg ihren Preis. Alle komplexen Anfragen liefen über sie. Sie war somit eine Art Seherin. Ein Medium, das in ewigem Kontakt zu der höheren Intelligenz im Strom stand.

»Na altes Haus. Glückwunsch! Der erste Fuß ins Grab ist immer der schwerste!« Sean klopfte Siegfried halb spottend, halb gratulierend auf die Schulter. Siegfried lächelte mild. Sean war trotz oder vielleicht wegen seines schwarzen Humors Siegfried immer schon sympathisch gewesen.

»So lange ist es bei dir auch nicht mehr.« Die beiden trennten lediglich fünf Jahre Altersunterschied. Dies war wohl der wahre Grund, warum sich Siegfried mit Sean noch am ehesten verbunden fühlte. Sie stammten beide aus der alten Zeit. Auch wenn Sean sehr viel besser mit der modernen zurecht zu kommen schien. Ein wenig beneidete ihn Siegfried darum.

»Ach, ich fühle mich ganz fit. Ein Weilchen werde ich schon noch durchhalten.« Der Tod war ein häufiges Gesprächsthema bei Sean. Auch wenn Gerichtsmedizin nur ein Teil seines Aufgabenbereichs war, schien doch Seans gesamter Humor von dieser Tätigkeit geformt zu sein. Tatsächlich war Sean so eine Art Alleskönner. Neben seiner Tätigkeit als Gerichtsmediziner war er auch noch Spurensicherer und Forensiker. Chemie, Biologie, Medizin – Sean hatte überall seine Finger drin. Die Technik machte dies möglich. Von Fjodor wusste Siegfried, dass früher ein Experte pro Feld nötig gewesen war. Nun, diese Zeit war längst vorbei. Genau genommen war Sean überhaupt kein Experte – zumindest nicht im klassischen Sinn. Er hatte Siegfried schon mehrmals stolz erzählt, dass er in seinem Leben noch keinen einzigen Körper hatte aufschneiden müssen. Sezierroboter nahmen ihm diese Aufgabe ab. Die Spurensicherung verlief ähnlich automatisiert. Seans eigentliches Tätigkeitsfeld beschränkte sich daher auf das Auslesen der Untersuchungsergebnisse.

»Ich hoffe nur, dass ich nicht eines Tages auf deinem Tisch lande«, raunte Siegfried seinem Kollegen zu.

»Keine Sorge. Ich lasse dich von meinem besten Roboter untersuchen«, antwortete Sean trocken. Siegfried schritt gelassen weiter. Ihm war wieder eingefallen, wieso Sean und er sich zwar gut verstanden, aus ihrer zwischenmenschlichen Beziehung aber nie eine enge Freundschaft geworden war. Seans Humor war nur in kleinen Dosen erträglich.

»Herr Tegethoff«, streckte ihm sein Vorgesetzter die Hand entgegen. »Auch wenn ich mich für Sie freue, so tut es mir doch leid, Sie gehen zu sehen.« Siegfried erwiderte den Gruß mit nicht weniger gekünstelter Höflichkeit. Allein schon die Tatsache, dass Ferrera ihn nicht wie die übrigen Kollegen duzte, wies auf die deutliche Distanz zwischen den beiden hin. Es lag jedoch keine Feindschaft zwischen ihnen. Im Gegenteil. Siegfried war Ferrera für dessen respektvolle Distanz durchaus dankbar. Schließlich war er sein Vorgesetzter. Auf eine gewisse Art und Weise verhielt sich Ferrera von allen am Revier Siegfried gegenüber am respektvollsten und sogar am aufrichtigsten. Dies zeigte sich sogar in der Art seines Händedrucks: Kurz, aber fest. »Junge, Junge. Sie haben reiflich Kraft«, komplimentierte Ferrera. »Ich hoffe, Sie packen die Dinge in ihrer Pension nicht zu hart an.«

Siegfried Lächeln verzog sich etwas. Ferrera mochte Höflichkeit glaubhaft vortäuschen können. Seine Versuche humorvoll zu wirken waren jedoch weniger erfolgreich. Siegfried wandte sich seinem nächsten Kollegen zu. Wohlwollend stellte er fest, dass Can nicht im Strom schwamm. Doch auch wenn seine Augen nicht ins Leere starrten, so waren sie dennoch nicht auf seinen Kollegen gerichtet.

»Was ist das?«, deutete er auf den Kuchen.

»Ich habe euch zum Abschied etwas gebacken«, antwortete Siegfried gereizt. An Cans Umgangston würde er sich nie gewöhnen. Siegfried sah in die Runde. Nicht nur Cans, die Augen aller anderen waren nun auf seinen Kuchen gerichtet. Murrend wechselte er in den Strom.

»Ich habe keinen Anbieter gefunden, der etwas Derartiges produzieren würde«, hörte er Tess' Stimme. »Bei jeder Qualitätskontrolle wäre er durchgefallen. Die Dicke der Glasur schwankt um mehr als 100 %. Auch die Zusammensetzung des Teiges scheint mir nicht vollständig homogen zu sein. Für genauere Daten müsste ich ihn zu Sean ins Labor schicken.«

»Ich glaube, ich kann euch auch so sagen, wer das verbrochen hat«, scherzte der Forensiker. »Nicht wahr, Siegfried?«

»Was, du bäckst noch?«, entfuhr es Can.

»Höchst ungewöhnlich«, kommentierte Tess.

»Schön, dass euch der Kuchen Freude macht«, antwortete Siegfried in sarkastischem Tonfall.

»Ja, ich nehm mir schon ein Stück, damit du glücklich bist. Ist ja dein letzter Tag. Vielleicht ist es dann auch meiner«, spottete Sean.

»Ach seid nicht so. Siegfried hat ja noch einen zweiten Kuchen mitgebracht«, warf Maja ein. Verwirrt ging Siegfried Inoffline. Maja dagegen, trat mit ihren noch immer starren Augen zum Kühlschrank der Kantine und holte ein Tablett hervor. Auf ihm ruhte eine Sachertorte mit spiegelglatter Glasur. Wortlos fixierte Siegfried das Tablett. Er beschloss, für den Rest des Arbeitstages nicht mehr Inoline zu gehen – egal, was seine Kollegen davon halten mochten. Als Sonderling angesehen zu werden, war immer noch besser als ein offener Streit. Dieser aber hätte sich kaum vermieden lassen, wäre Siegfried Inoline gegangen. Böse Worte konnte er problemlos unterdrücken. Bei Gedanken jedoch war die Sache komplizierter. Maja stieß ihn halb zärtlich, halb scherzhaft von der Seite an. Siegfried biss sich auf die Unterlippe. Sicher, sie hatte es nur gut gemeint. Er sollte sogar stolz auf sie sein, dass sie die Dinge richtig vorhergesehen hatte. Dennoch. Diese Respektlosigkeit konnte er nicht einfach so hinunterschlucken. Angewidert trat er einen Schritt zurück. Aus der Halbferne sah er, wie jeder seiner Kollegen gierig nach einem Stück von Majas Torte langte. Siegfrieds Kuchen dagegen blieb unangerührt. Sanft lächelnd, schnitt Maja zwei weitere Stücke aus der Torte heraus. Eines davon reichte sie Siegfried. »Danke«, murrte der Beschenkte, seine Wut nur unzureichend unterdrückend.

»Nun, denn …« Ferrera stimmte zu einer kleinen Dankesrede an, wobei er seine Kuchengabel wie ein Zepter schwang. Er sprach von den großen Leistungen Siegfrieds. Wie er Anteil daran hatte, dass die Aufklärungsrate nach wie vor bei stolzen 100 % lag. Wie er hoffte, dass die Polizei diesen Wert auch ohne ihn weiter aufrechterhalten könne. Für Siegfrieds Geschmack übertrieb er es etwas mit der Schmeichelei. Aber immerhin gab er sich Mühe. Das zeigte sich allein schon daran, dass er mit seiner Ohrenstimme sprach. Siegfried weigerte sich nach wie vor Inoline zu gehen. Er fragte sich, ob es möglich war, Ino- und Ohrenstimme zeitgleich zu verwenden. Wider besseres Wissen bildete sich Siegfried ein, dass dem nicht so war und sein Chef nur für ihn sprach. Seltsamerweise trübte der Gedanke an diese Sonderbehandlung sein Gemüt mehr, als er es erheiterte. Schließlich waren die meisten seiner Kollegen ohnehin nur pro forma hier. Selbst im besten Fall erhielt Ferreras Rede kaum mehr Aufmerksamkeit als Siegfrieds Kuchen.

»Danke, dass ihr alle gekommen seid.« Siegfried spürte, wie eine Art Fluchtreflex in ihm einzusetzen begann. »Ich fürchte, ich muss mich jetzt zurückziehen. Ich muss noch einen Zug erwischen.« Er wandte sich zum Gehen.

»Warte noch«, ertönte Juliettes Stimme. Mit schnellen Schritten kam sie zur Küchentür. In ihren Händen hielt sie eine kleine Schachtel. »Was wäre eine Pensionierung ohne Abschiedsgeschenk?«, fragte sie rhetorisch.

Vorsichtig öffnete Siegfried die Schachtel. Erstaunt blickte er auf den länglichen Gegenstand darin. Armbanduhren waren als Schmuckgegenstände nach wie vor beliebt, auch wenn dies nun ihr einziger Zweck war. Siegfried brach seinen Vorsatz und betrat kurz den Strom, um die Uhrzeit abzugleichen. Die Uhr ging natürlich falsch. »Vielen lieben Dank«, sagte er diesmal aufrichtig in die Runde. Er wollte Juliette die Hand reichen. Doch sie umarmte ihn stattdessen. »Pass auf dich auf«, sagte sie. Vor Überraschung blieb Siegfried für einen Moment steif. Wann war es das letzte Mal gewesen, dass ihn jemand umarmt hatte?

»Hoffentlich sehen wir uns eines Tages wieder«, sagte Maja und reichte ihm die Hand zum Abschied. »Bestimmt«, sagte Siegfried wenig überzeugt. »Mach's gut altes Haus.« Sean klopfte Siegfried im Vorbeigehen ein weiteres Mal auf die Schulter. Dann verschwand er im Gang. Die anderen schritten wortlos an Siegfried vorbei. Nur Can nickte kurz. Siegfried erwiderte die Geste nicht. Mit einem Schulterzucken nahm er sein Kuchentablett und wandte sich Richtung Ausgang. Immerhin wusste er nun, was er abends zu Nachtisch essen würde.

Beim Verlassen nickte er dem Inoscanner zu. Ein rotes Signallämpchen blinkte wie zum Abschied kurz auf. »Siegfried Tegethoff. Sie wurden identifiziert und ausgetragen«, hörte er eine monotone Stimme in seinem Kopf. Die Inoscanner übertrugen ihre Signale, auch wenn man nicht im Strom war. Ihre Stimme hatte zu großes Gewicht, um versehentlich nicht gehört zu werden. Streng genommen sogar mehr Gewicht noch als die Polizei, der sie offiziell dienten. Denn die Inoscanner konnten mehr, als nur Leute zu identifizieren. Indem sie auf den Datenstrom des Inoimplantats zugriffen, konnten sie Opfer von Täter und Zeugen von Verdächtigem unterscheiden. Oder in Siegfrieds konkreten Fall, Pensionist von Angestellten. Somit befand sich Siegfried nun hochoffiziell im Ruhestand. Er sah auf seine Armbanduhr. Sie zeigte auf Punkt 12 Uhr. Bei aller Ungenauigkeit kam ihm diese Uhrzeit doch passend vor. Siegfrieds Tage als Polizist waren vorbei. Nun brach ein neuer Morgen an.

Kapitel 2

Mit Getöse fuhr der Zug in die Station ein. Schnaufend ließ sich Siegfried auf einen der leeren Sitze fallen. Behäbig sah er dabei zu, wie sich das Abteil langsam mit Passagieren füllte. Heute schien sich alles ewig hinzuziehen. Dabei herrschte auf dem Bahnsteig alles andere als großer Andrang. Als sich die Türen des Zuges wieder schlossen, war erst etwa die Hälfte aller Plätze belegt. Siegfried blickte auf seine falsch gehende Uhr und versuchte die Tageszeit zu schätzen. Ino hätte ihm eine sehr viel präzisere Auskunft liefern können, doch so groß war Siegfrieds Drang nicht. Der Nachmittag musste noch recht jung sein, denn vom großen Pendelverkehr war noch nichts zu sehen. Siegfrieds Arbeitstag war somit bedeutend kürzer als gefühlt gewesen. Der noch recht hohe Stand der Sonne bestätigte dies. Siegfrieds Beruf hatte ihm meist sehr regelmäßige Arbeitszeiten beschert. Nun, zumindest in den letzten Jahren, als er seinen Dienst fast nur noch vom Schreibtisch aus verrichtet hatte. Der Gedanke, dass sein letzter Arbeitstag auch sein vielleicht kürzester gewesen war, ließ bei Siegfried ein seltsames Gefühl der Verärgerung aufkommen. Mürrisch sah er dabei zu, wie sich der Zug langsam in Bewegung setzte. Es war ironisch. Obwohl sich die Welt um Siegfried herum immer schneller veränderte, schien dieser Tag wie in Zeitlupe abzulaufen.

Ein Ellbogen stieß unsanft gegen Siegfrieds Schulter und riss ihn aus seiner Nachdenklichkeit. »Au, passen Sie bitte auf!«, entfuhr es Siegfried. Der junge Mann aber, dem der Ellbogen gehörte, ließ sich nur wortlos neben ihm nieder. »Es gibt noch genügend freie Plätze. Kein Grund zu drängeln.« Siegfried musterte seinen Sitznachbarn tadelnd. Doch der junge Mann schenkte Siegfrieds Blick nicht mehr Aufmerksamkeit als seinen Worten. Stattdessen waren seine Augen starr nach vorne gerichtet, als wäre sein Geist weit entfernt. Die Nase rümpfend wandte sich Siegfried ab. Unabsichtlich nicht wahrgenommen zu werden war eine Sache. Unhöflich ja, aber notfalls tolerierbar. Doch eine derart unverblümte Form der Ignoranz, wie sie dieser Kerl an den Tag legte, war schwer zu akzeptieren.

Siegfried erinnerte sich an eine Begebenheit aus seiner frühen Dienstzeit. Er, der junge Polizist und sein Ausbildner Fjodor, hatten sich zusammen auf Streife befunden. Die beiden hatten einen Dieb überrascht, der quasi vor ihrer Nase ein Fahrrad stehlen wollte. Er war wohl der Meinung gewesen, die Polizisten würden ihn nicht sehen, wenn er nur selbst nicht hinsah. Nun, Fjodor und Siegfried hatten ihn vor Augen geführt, dass er damit im Irrtum war. Der

Kerl war kreidebleich zusammengezuckt, als Fjodor ihn handfest bei der Schulter genommen hatte. So groß war sein Schock gewesen, dass er sich hatte widerstandslos festnehmen lassen. Dies war vermutlich der erste Moment in Siegfrieds Dienstleben gewesen, der ihm vor Augen geführt hatte, wie man sich Respekt verschaffte und welche Wirkung dies haben konnte. Vor allem auf das eigene Selbstbild. Siegfried richtete sich in seinem Sitz auf. Er versuchte dieses Gefühl der Sicherheit wieder in sich aufleben zu lassen. Erhobenen Hauptes starrte er seinen Sitznachbarn an.

»Hören Sie einmal«, ließ Siegfried seine Stimme erklingen. Selbst wer im Strom schwamm, war nicht vollständig von der Außenwelt abgeschirmt. Es war vielmehr so, als wäre man tief in eine Arbeit versunken. Oberflächlich bekam man wenig mit, doch starke Empfindungen drangen dennoch bis ins Innere vor. Wenn man Menschen etwa intensiv genug anstarrte, bemerkten sie dies nach einer Weile. Meist verließen sie dann irritiert den Strom. Siegfried hatte diesen Trick in der Vergangenheit öfters erfolgreich bei seinen Kollegen angewandt. Damals, als er ihre Ignoranz noch nicht hinzunehmen bereit gewesen war. Siegfried spürte, wie die Konfrontation – oder auch nur die versuchte Konfrontation – mit seinem Sitznachbarn eine seltsam belebende Wirkung auf ihn ausübte. Konzentriert spannte er seine Gesichtsmuskeln an. Ein leicht böser Blick war effizienter als eine Unschuldsmiene. Einige Momente verstrichen. Tatsächlich wurde Siegfrieds Blick immer düsterer, je länger er seinen Sitznachbarn fixierte. Allerdings weniger aus echter Wut, als vielmehr aus Frust. Mit bemerkenswerter Konsequenz verweigerte Siegfrieds Sitznachbar ihm eine Reaktion. Siegfried gab sich alle Mühe, den Blickkontakt zu halten und sich nicht schulterzuckend abzuwenden. Der Kerl war wirklich ein besonders hartnäckiger Fall. Nicht bereit aufzugeben, beugte sich Siegfried zu dem Mann, sodass er ihm nun direkt in die Augen sah. Doch der Blick wurde nicht erwidert. Siegfrieds Kiefer sank leicht nach unten. Ihm war, als blickte er in das Gesicht einer Leiche. Selbst bei Leuten, die tief im Strom schwammen, bewegten sich die Augen. Doch hier war nichts. Kein Zucken der kleinen Muskeln, kein Flattern der Lider, keine Wanderung der Pupille. Als wären die Augen aus Glas.

Sigfried zuckte unwillkürlich zusammen. Der Mann war doch nicht etwa tatsächlich verstorben? Er musterte seinen Sitznachbarn von Kopf bis Fuß. Nein, seine Körperhaltung war etwas zu aufrecht. Wenn Siegfrieds bescheidene Medizinkenntnisse ihn nicht vollständig im Stich ließen, setzte die Leichenstarre nicht schon nach wenigen Minuten ein. Trotzdem ertappte er sich dabei, wie er kurz seine Hand vor die Nase seines Nachbarn hielt. Er spürte einen sanften Luftzug. Die Atmung war intakt. Siegfried schalt sich einen Narren. Natürlich war dieser Mann noch am Leben. Vermutlich war er sogar ansprechbar. Nur eben nicht direkt. Wahrscheinlich musste man ihn dafür richtig stimulieren. Etwa indem man ihm mit einer grellen Lampe direkt in die Augen leuchtete. Oder indem man ihm Schmerz zufügte. Siegfried musterte den Mann erneut. Sollte er ihn schlagen? Es musste ja nicht sonderlich fest sein. Nur eine kleine Revanche. Immerhin hatte der Mann Siegfried zuvor auch angerempelt.

Kopfschüttelnd, von seinen eigenen Gedanken angewidert, wandte sich Siegfried ab. Wieso war ihm die Aufmerksamkeit dieses Typen so wichtig? Bei seinen Kollegen – seinen ehemaligen Kollegen – hatte er doch längst aufgegeben. Sollte der Kerl doch im Strom ertrinken, wenn ihn das glücklich machte. Ertrinken. Das war das Stichwort. Der Strom schien den Mann regelrecht verschlungen zu haben. Eine dunkle Ahnung kroch in Siegfried empor. Er kam mit dem aktuellen Anwendungsstand von Ino schon nicht wirklich zurecht. Wenn das hier die Zukunft war, dann … Siegfried erinnerte sich an sein Gespräch mit Juliette. Sie hatte bei ihrer Beschreibung tatsächlich nicht übertrieben. Das war also dieses »Inodive.« Worum auch immer die Gedanken von Siegfrieds Sitznachbar kreisen mochten – seine eigene Umgebung konnte es nicht sein. Ja, er schien sich nicht einmal seines eigenen Körpers bewusst zu sein. Aber wie konnte das sein? Zu Siegfrieds eigener Verwunderung spürte er, wie ihn die Neugierde zu packen begann. Ob sinnvoll oder nicht: Er musste mehr von dieser Anwendung oder Inopt – oder wie immer man sie auch nannte – erfahren. Siegfried rollte mit den Augen. Die Ironie, dass er im Strom nach den neuesten Entwicklungen eben dieser Technologie suchte, entging Siegfried nicht. Immerhin wurde er für seinen Prinzipienbruch mit Effizienz belohnt: Kaum hatte er den Gedanken »Was ist Inodive?« formuliert, erhielt er bereits eine umfassende Antwort. Es war, wie Juliette richtig gesagt hatte: Das Bewusstsein wurde vom restlichen Körper getrennt. Dadurch konnte der Anwender sich voll und ganz auf gewisse Denkvorgänge konzentrieren. Der Körper wurde in der Zwischenzeit von Ino nach einem auf die Person und Situation zugeschnittenen Algorithmus gelenkt.

Ächzend ging Siegfried Inoffline. Dieser Technologie kam die seltene wie zweifelhafte Ehre zuteil, in der Theorie noch schrecklicher als in der Praxis zu wirken. Und doch schien sie sich durchgesetzt zu haben. Siegfried ließ die Augen durch das Abteil schweifen. Die junge Frau mit Kurzhaarschnitt auf der gegenüberliegenden Sitzbank, der Herr im Anzug eine Reihe weiter, ja sogar die Mutter am Gang, die ihre junge Tochter bei der Hand hielt: Sie alle hatten einen seltsam regungslosen Gesichtsausdruck. Und keiner von ihnen schien sich recht zu bewegen, geschweige denn seiner Umwelt auch nur die geringste Beachtung zu schenken. Wie kam es, dass Siegfried dies erst jetzt aufgefallen war? Zu seiner Ernüchterung konnte er sich diese Frage nur allzu leicht selbst beantworten. Im Grunde war Siegfried nicht viel weniger blind als seine Mitmenschen. Er hätte schon viel früher über Inodive recherchieren können. Schließlich hatte er sich ja selbst die Zeit während so mancher langweiligen Fahrt damit vertrieben, im Datenstrom zu schwimmen. Über den technischen Fortschritt Inos hatte er sich jedoch nie schlau gemacht. Genauso wenig wie er seinen Mitfahrern Aufmerksamkeit geschenkt hatte. Er hatte sich immer damit begnügt, dass sie irgendetwas im Datenstrom trieben. Was genau, hatte er sich nie gefragt. Maja hatte recht. Siegfrieds Rückständigkeit lag nicht an seinem Jahrgang, sondern an ihm selbst. Siegfried überlegte, ob er nicht selbst einfach Inoline gehen sollte. So konnte er wenigstens die Illusion aufrechterhalten, mit der Technik einigermaßen vertraut zu sein. Im nächsten Moment aber fiel Siegfrieds Blick erneut auf seinem Sitznachbarn und er änderte seine Meinung. Statt mit den Augen zu rollen, suchte er mit ihnen das Abteil ab. Zumindest einer der Passagiere musste sich doch bewegen. Er konnte doch nicht allein sein. Suchend, fast flehend ließ Siegfried seinen Blick umherschweifen. Schließlich wurde er fündig. Der Herr trug einen langen, schwarzen Mantel. Obwohl genügend Sitzplätze frei waren, stand er demonstrativ bei den Haltegriffen. Als wäre es unter seiner Würde, sich zu setzen. Siegfried konnte sein Gesicht nicht sehen, denn der Mann wandte ihm den Rücken zu. Doch er erkannte, dass sein Arm leicht am Haltegriff hin und her schwang. Sicher dies könnte durch die Bewegungen des Zuges bedingt sein. Wahrscheinlich waren die Augen des Mannes ebenfalls starr nach vorne gerichtet. Dennoch keimte in Siegfried die Hoffnung, dass zumindest dieser eine Mann – wenn überhaupt – nur oberflächlich im Strom schwamm. Woher dies kam, konnte er nicht mit Sicherheit sagen. Vermutlich lag es daran, dass der Mann optisch ungefähr in Siegfrieds Alter war. Sein Haar wirkte schon etwas ausgedünnt und stark ergraut.

Siegfried rief sich Majas Worte ins Gedächtnis. Ihre Eltern entstammten der gleichen Generation wie er, trotzdem hatten sie sich perfekt an die moderne Technologie angepasst. Hatten sich perfekt in das System eingefügt. Siegfried wandte den Blick mit einem seltsamen Gefühl der Enttäuschung ab. Warum war ihm nur so melancholisch zu Mute? Er sollte sich doch freuen. Ab heute hatte er alle Zeit der Welt. Er konnte alles, was es über Ino zu wissen gab, nachholen. Oder es bleiben lassen. Jetzt in der Pension setzte ja niemand mehr Erwartungen in ihn. Er könnte sich einfach entspannt zurücklehnen und die Menschen dabei beobachten, wie sie sich in sich selbst zurückzogen.

Sinnierend blickte Siegfried zur Decke. Sein Gesicht spiegelte sich im runden Gehäuse des Inoscanners. Was der Scanner wohl sah, wenn er in die Gedankenwelt von Siegfrieds Sitznachbar einsah? Offiziell stellten die Scanner von jeder untersuchten Person nur ihre Identität und ihren Standort fest. Nun, das, sowie drei, jeweils von Person zu Person verschiedene Werte, die laufend neu berechnet wurden: Den Moralitätswert, der Fokuswert und den Aggressionswert. Diese Angaben waren es, die im Zweifelsfalle über Schuld oder Unschuld eines Angeklagten urteilten. Der Moralitätswert gab an, wie stark die Schuldgefühle der untersuchten Person waren. Ein hoher Wert zeigte an, dass sich der Verdächtige eines Verbrechens bewusst war. Der Fokuswert wiederum zeigte, wie geistig konzentriert die Zielperson zum Tatzeitpunkt war. Daraus ließ sich ableiten, ob der Täter das ihm angelastete Verbrechen tatsächlich bewusst begangen haben konnte. Der Aggressionswert schließlich gab – wie der Name vermuten ließ – an, wie potenziell gewalttätig die Zielperson war. Indem man die ermittelten Werte mit dem rekonstruierten Tatverlauf verglich, konnte zweifelsfrei über Schuld oder Unschuld entschieden werden. An der Effizienz des Verfahrens zweifelte längst niemand mehr. Unbekannt dagegen war, wie diese Werte zustande kamen. Die Berechnung wurde – wie alles heutzutage – rein automatisch durchgeführt. Nicht einmal die Polizei hatte Zugriff auf die entsprechenden Datenbanken. Sie lagen bestens geschützt in gewaltigen, autonomen Rechenzentren. Siegfried wusste von keinem Fall, in dem ein Zugriff auf sie genehmigt worden wäre. Selbst wenn, so hätte dies wohl nicht viel genützt. Der Algorithmus war sicherlich so komplex, dass er sich dem Verständnis eines Menschen weit entzog. Doch eine beunruhigende Vermutung blieb: Lasen die Inoscanner die Gedanken eines jeden Menschen, der sich in ihrem Wirkungsbereich befand? Es war schwer vorstellbar, dass sie es nicht taten. Wie sonst kamen sie an die für die Berechnung notwendigen Daten? Wie sonst kämen sie zu der Schlussfolgerung ein Verdächtiger hätte ein Verbrechen tatsächlich begangen, oder nicht?

Siegfried erinnerte sich noch, wie er früher bei dem Gedanken zusammengezuckt war. Irgendwo las jemand alles mit, was er dachte. Während er umgekehrt nichts über diesen jemand wusste. Selbst der Standort der Rechenzentren, in denen die Datenströme zusammenliefen, war geheim.

Heute nahm er dies alles gelassen hin. Es brauchte wohl alles seine Zeit. Die Inoscanner hatten sich ja tatsächlich bewährt. Nur ihnen war es zu verdanken, dass die Verbrechensaufklärungsrate dermaßen perfekt war. Umgekehrt war noch niemals etwas über Datenlecks bekannt worden. Selbst Tess hatte in ihren Datenbanken nichts gefunden, obwohl sie Siegfried oft genug gedrängt hatte, danach zu suchen. Ja, vielleicht würde es Siegfried mit diesem »Inodive« auch eines Tages so gehen wie mit den Inoscannern. Siegfried sah seinen

Sitznachbarn noch einmal an. Nein, es würde wohl noch längere Zeit dauern, bis er sich damit abfinden könnte. Resignierend legte er den Kopf in den Nacken.

»Quo vadis humanis?«, rief er lautstark aus, wissend, dass ihn niemand hörte.

»Quo vadis HUMANUS!«, belehrte ihn eine tiefe Stimme.

Siegfried sah verdutzt in die Richtung, aus der die unerwartete Antwort gekommen war. Der Herr im langen Mantel hatte sich umgedreht und sah Siegfried nun direkt an. Dieser konnte vor Überraschung nur seine Stirn runzeln. Siegfried mochte Selbstzweifel darüber hegen, ob er wirklich in diese Welt passte. Beim Anblick des Mannes jedoch kamen derartige Fragen gar nicht erst auf. Sein Haaransatz hatte sich bereits deutlich zurückgezogen und legte eine hohe Stirn frei, die seltsam erhaben wirkte. Das zu einer Schlaufe verknotete, strahlend weiße Halstuch, stand in direktem Kontrast zu der schwarzen Weste, die der Mann unter dem gleichermaßen dunklen Mantel trug. Noch imposanter war nur der mächtige Backenbart, der sich quer von einer Wange zur anderen spannte. Die gesamte Erscheinung des Herrn sendete eine unmissverständliche Botschaft und selbst die tiefen Falten, die sich um die Augenwinkel zogen, schienen sich daran zu beteiligen: Ich bin nicht wie ihr und stolz darauf! Siegfried sah an sich herab. Auch sein Erscheinungsbild sendete eine Botschaft, doch ihr Inhalt war ein anderer. Während der Herr seine Andersartigkeit regelrecht zelebrierte, war Siegfried ein unfreiwilliger Sonderling: Jemand, der nicht nur mit der Gesellschaft, sondern auch mit sich selbst nicht wirklich zurechtkam.

»Quo vadis humanus«, wiederholte die tiefe Stimme. Es war ein kräftiger, durchdringender Bariton, der nicht besser zu der großgewachsenen Gestalt passen konnte. Eindringlich unterstrich er die seltsame Aura von Kraft und Entschlossenheit, die von dem Mann ausging. Es war nicht das erste Mal, dass er sich einer dermaßen dominanten Persönlichkeit gegenüber fand – einer Erscheinung, die man nicht bloß respektierte, sondern vor der man regelrecht Ehrfurcht empfand. Bei seiner letzten Begegnung dieser Art war Siegfried jedoch wesentlich jünger gewesen. Dennoch lehnte er sich unweigerlich nach hinten, als der Mann auf ihn zutrat. Vielleicht war Siegfried in seinem Herzen ein leicht zu beeindruckender Jüngling geblieben. Vielleicht war es lediglich sein Erstaunen, das ihn überwältigte. Denn nie hätte er gedacht, dass in einer Zeit, in der sich die Menschen liebend gern von Maschinen lenken ließen, plötzlich ein stolzer Individualist vor ihm auftauchte.

Gemächlich, aber bestimmt, bewegte sich der Mann auf Siegfried zu. »Kann ich Ihnen helfen?«, fragte Siegfried, darum bemüht Haltung zu bewahren. Der Mann stand nun deutlich vor ihm. Seine große Gestalt – er war mindestens 190 cm groß – schien einen Schatten auf seine Umgebung zu werfen. Doch statt Härte umspielte ein sanftes Lächeln den kräftigen Mund.

»Quo vadis humanus«, wiederholte er abermals.

»Bitte?«, hauchte Siegfried mit einer Faszination, die er selbst nicht so recht verstand.

»Oh, entschuldigt meine Manieren.« Die tiefe Stimme klang sanft und freundlich, ja fast freundschaftlich. »Ich hätte mich zuerst vorstellen sollen. Flavius Claudius Julianus. Sehr erfreut.« Verdutzt starrte Siegfried auf die zum Gruß gestreckte Hand.

»Ist das Eure Art der Respektsbekundung?« Die Stimme klang nun deutlich weniger sanft.

»Ich bin mit dem Zeremoniell am römischen Kaiserhof nicht vertraut«, entgegnete Siegfried spöttisch.

»Maßt man sich an, ein Prophet zu sein, nur weil man seinen Namen annimmt?« Der Herr verzog keine Miene. »Nein«, gab er sich selbst zur Antwort. »Man bezeugt lediglich seine Treue gegenüber einer Idee, einem Ideal.«

Die Stirn in Falten gelegt, erhob sich Siegfried von seinem Sitz. Dieser Mann war seltsam. Gleichzeit aber war er der interessanteste Mensch, der Siegfried seit langem untergekommen war. »Siegfried Tegethoff, sehr erfreut«, stellte sich Siegfried vor, während er nach der immer noch ausgestreckten Hand griff. Julianus drückte exakt so fest zu, wie Siegfried es von ihm erwartet hatte.

»Darf ich mich setzen?«, fragte Julianus wobei er wieder so sanft wie bei seiner Vorstellung klang.

»Natürlich«, antwortete Siegfried gedankenverloren. Seine Gedanken kreisten nach wie vor um Julianus' Gleichnis. »Sie sprechen von Propheten«, sagte Siegfried schließlich. »Glauben Sie«, fragte er vorsichtig, »an Gott?«

»Gott ist tot«, antwortete Julianus prompt.

Die Lippen aufeinandergepresst, drehte Siegfried seinen Kopf in Richtung seines jungen Sitznachbarn. Julianus' Antwort war überraschend und doch vorhersehbar zugleich. »Die Technikgläubigkeit lebt«, presste er hervor.

»Pah, das ist kein Glaube«, wirkte Julianus ab. »Glauben braucht Verachtung. Die gute Seele blickt voller Ekel auf das sündige Fleisch.« Fast angewidert wies Julianus auf Siegfrieds Sitznachbarn. »Am verächtlichsten aber ist der Mensch, der sich selber nicht mehr verachten kann. Er hat alles Moralische, alles Schöpferische an sich geopfert für ein falsches Gefühl der Sicherheit und der Bequemlichkeit. Dieser Mensch kann den Pfeil seiner Sehnsucht nicht mehr hinauswerfen und die Sehne seines Bogens hat verlernt zu schwirren.«

Siegfried sah Julianus mit weit aufgerissenen Augen an. Es war nicht so, dass er nicht verstand, was sein Gesprächspartner da sprach. Er wusste nur nicht, wann er das letzte Mal jemanden so reden gehört hatte. »Nietzsche«, hauchte Siegfried, seine Überraschung kaum unterdrückend. »Ich hätte nicht gedacht, jemanden zu treffen, der alte Philosophen zitiert.«

»Paraphrasiert«, verbesserte Julianus. »Aber glaubt mir, die Überraschung beruht auf Gegenseitigkeit.« Eine Weile lang starrten sie sich schweigend an. »Glaubt Ihr etwa an Gott?«, durchbrach Julianus schließlich die Stille.

»Ich glaube an eine höhere Macht, an universelle Prinzipien. Mein Mentor nannte es die ›Allnatur‹.«

»Ah«, Julianus lächelte vielwissend. »Also meint Ihr, alles passiere aus einem Grund?«

»Ja. Auch wenn ich ihn selten verstehe.« Siegfried zuckte mit den Schultern.

»Sklavenmoral ist gefährlich.« Julianus hob mahnend die Hand. Siegfried verzog das Gesicht. Er war sich nicht sicher, worauf sein Gesprächspartner hinauswollte, doch er spürte ein unangenehmes Gefühl in sich aufsteigen, das er nicht so recht zuordnen konnte. »Sie erinnern mich an jemanden«, wechselte er schnell das Thema.

»Doch nicht etwa an Euren Mentor?« Julianus' Stimme verriet nur zu deutlich, dass seine Frage rhetorischer Natur war. Statt direkt zu antworten, musterte Siegfried seinen Gesprächspartner daher von Kopf bis Fuß. So unterschiedlich wie ihre Äußerlichkeiten waren, so sehr glichen sich ihre Erscheinungsbilder. Die gleichsam belehrende, wie sympathische Gestik war de facto identisch. Die tiefen Stimmen waren zwar nicht gleich, aber gleich genug. Ja, wenn Siegfried die Augen schließen würde, so hätte er das Gefühl, als säße ihm Fjodor Pirow gegenüber. Es war verblüffend. Es war, als wären die beiden miteinander verwandt. Siegfried überlegte, ob er Julianus danach fragen sollte. Doch die Frage kam ihm seltsam albern vor.

»War er es, der Euch die Philosophien der alten Meister nahebrachte?«, hörte er stattdessen Julianus fragen.

»Unter anderem.« Siegfried nickte. »Leider haben seine Lateinlektionen etwas weniger gefruchtet.« Er lächelte demütig.

»Seid nicht zu streng zu Euch«, winkte Julianus ab. »Ihr habt Euren Mitmenschen einiges voraus.« Er machte eine abschätzende Kopfbewegung in Richtung Siegfrieds Sitznachbarn.«

»Bei aller Kritik würde ich die Jugend von heute nicht unterschätzen. Mit der Technologie von heute zumindest kommen sie deutlich besser zurecht als Unsereins. Für die ist es eine Leichtigkeit, binnen kürzester Zeit nach der korrekten Grammatik zu suchen.« Milde blickte Siegfried in die strenge Miene Julianus'. Gespräche dieser Art hatte er schon mehrfach geführt. Auch Fjodor gegenüber hatte Siegfried sich mehr als einmal genötigt gesehen, die modernen Menschen zu verteidigen. Wenn man von der Wahl ihres Lieblingsphilosophen absah, so war die Ähnlichkeit zwischen den beiden Persönlichkeiten tatsächlich verblüffend. Erleichtert spürte Siegfried wie das kurze Gefühl von Unbehagen einer beruhigenden Form der Vertrautheit wich.

»Durchaus, durchaus«, stimmte Julianus zu. Sein Tonfall aber machte klar, dass er alles andere als überzeugt war. »Doch was nützt ein grammatikalisch korrekter Satz, wenn sein Sinn unverstanden bleibt?«

Siegfried sah seinen Gesprächspartner wissbegierig an. Er glaubte zu ahnen, worauf Julianus hinauswollte, zögerte jedoch seinen Verdacht zu äußern. Auch Fjodor hatte sich nie so einfach überzeugen lassen. Und es war immer besser gewesen, ihn seine Zweifel vollständig äußern zu lassen, bevor man Einwand erhob.

»Was meint Ihr, würde passieren, wenn Ihr Eurem Sitznachbarn die Frage ›Quo vadis humanus‹ stellen würden?«, fuhr Julianus fort.

»Er würde Inoline gehen und nach einer Übersetzung suchen«, entgegnete Siegfried. Er hatte sich bemüht, den Begriff »Datenstrom« dieses Mal zu vermieden. Es war offensichtlich genug, dass Siegfried nicht sonderlich gut mit Ino zurechtkam. Er wollte zumindest zeigen, dass er sprachlich an diese Zeit angepasst war. Irgendwie fühlte er sich genötigt sich gegenüber Julianus zu beweisen. Wie ein Schüler, der sich vor seinem Lehrer keine Blöße geben wollte. Seltsam. Es war tatsächlich wie damals, als Siegfried das erste Mal seinen Mentor getroffen hatte.

»Ino, hm.« Julianus runzelte die Stirn, als höre er den Ausdruck zum ersten Mal. »Wohl vielmehr inops.« Er schnaubte kurz amüsiert. »Mentis inops.«

Mentis, mental … Siegfried durchforstete sein Gehirn nach der möglichen Bedeutung des Begriffs. Mit Ino hätte er sie längst gefunden, doch es kam ihm unpassend vor, jetzt in den Strom zu steigen. »Interessanterweise nennt man eine bestimmte Anwendung Inos heutzutage Inopt«, sagte Siegfried, um sein Unwissen zu verbergen.

Julianus machte eine abweisende Handbewegung, als erklärte er Siegfrieds Überlegungen für null und nichtig. »Verzeiht, ich schweife ab. Wie Ihr richtig sagtet: Er würde im Datenstrom nach der korrekten Übersetzung suchen. Und dann?« Julianus sah Siegfried eindringlich an. »Dann würde er etwas sagen wie: Zum Bahnhof, oder in die Außenbezirke.«

»Ja, für philosophische Anspielungen haben heute nur noch die wenigsten Menschen ein Gehör, fürchte ich«, pflichtete Siegfried bei.

»Nicht nur für das. Merkt der Kerl denn überhaupt, dass wir über ihn sprechen?«, schnaubte Julianus.

»Schwer zu sagen.« Siegfried fragte sich, ob Julianus schon einmal von Inodive gehört hatte. Er entschied sich für nein. »Man nennt es Inodive – Eintauchen«, erklärte er. »Das Bewusstsein übergibt einen großen Teil seiner Funktionen an Ino, um sich auf wesentliche Dinge zu konzentrieren.«

Julianus hob erneut abwehrend die Hand. »Wahrlich der verächtlichste aller Menschen«, murmelte er scheinbar gedankenverloren. Trotz seiner undeutlichen Aussprache war der Ekel in seiner Stimme nicht zu überhören. »Ihr habt recht«, sagte er schließlich in gewohnter Lautstärke. »Nicht Gott ist tot. Der Mensch ist es.«

»Sie möchten doch nicht etwa durch die Gegend ziehen und die Leute durch Predigten zum Glauben erziehen?« Siegfried musste schmunzeln.

»Nein, das wäre keine Lösung«, wies Julianus fast empört ab. »Der Glauben hatte seine Chance und er hat sie verspielt. Wir müssen ganz zurück. Zu Werten, die jünger als die Religion zu sein scheinen und doch grundlegender sind.«

»Der Übermensch?«, fragte Siegfried, noch immer amüsiert.

»Alle Wesen schufen etwas über sich hinaus«, antwortete Julianus. »Diese Verlorenen aber wollen bloß die Ebbe dieser großen Flut von Errungenschaften sein. Sie wollen die Früchte des Fortschritts naschen, ohne sich selbst weiter zu entwickeln.«

»Ein interessantes Zitat«, kommentierte Siegfried leicht enttäuscht. Er hätte lieber eine echte Meinung gehört. Allerdings waren Julianus' Worte recht vielsagend. »Sie blicken wirklich auf die Menschen herab, nicht wahr?«, fragte Siegfried, die Antwort bereits kennend.

»Und das mit Recht.« Julianus nickte eifrig. »Für den Übermenschen soll der Mensch ein Gelächter, eine Scham sein.«

»Auch ich bin ein Mensch«, sagte Siegfried mit einem Anflug von Trotz. »Schämen Sie sich um meinetwillen?«

Julianus schüttelte bedächtig seinen Kopf. »Nein, Euch will ich ein Geschenk machen.«

Siegfried war nicht klar, ob er sich geschmeichelt oder beleidigt fühlen sollte. Unabhängig davon war seine Faszination für Julianus ungebrochen und das obwohl, oder vielleicht gerade, weil der Mann so seltsam selbstsicher von sich sprach. »Wollen Sie mir also helfen, ein Übermensch zu werden?«

»Wahrlich, das werde ich. Euer Herz ist noch nicht verdorben vom Gift der Entmündigung.« Er wies erneut auf den jungen

Mann. »Die aber sind verloren. Sie hören meine Worte nicht. Ich müsste ihnen schon die Ohren zerschlagen, damit mich ihre Augen wahrnehmen.«

Siegfried berührte diese seltsame Form der Gewaltandrohung nicht. Als Polizist müsste er Julianus ein paar kritische Fragen stellen. Doch Siegfried war pensioniert und Julianus sprach offensichtlich gerne in Metaphern.

»Ich fürchte, eine solche Vorgehensweise würde Ihnen ganz schnell einen schlechten Ruf bescheren.«

»Ich trage Feuer in die Herzen der Menschen. Den Ruf des Brandstifters fürchte ich nicht.«

»Auch, wenn die meisten von ihnen verloren sind?« Siegfried schmunzelte. Je länger er Julianus zuhörte, desto stärker überkam ihn das Gefühl, es mit einem Schwätzer zu tun zu haben. Einem gebildeten Schwätzer ohne Zweifel. Aber dennoch. Nun, immerhin war er unterhaltsam.

»Ja, die meisten von ihnen sind wohl tatsächlich verloren. Doch es gibt sie noch: Die Schaffenden, die Erntenden, die Feiernden. Zu ihnen will ich mich gesellen. Ihnen will ich die Treppen auf dem Weg zum Übermenschen zeigen.«

Siegfried unterdrückte ein Kichern, doch es gelang ihm nicht völlig.

»Ihr glaubt, ich triebe Scherze?«, empörte sich Julianus.

»Nun, Sie müssen zugeben, dass Ihr Gerede vom Übermenschen doch etwas …«, Siegfried suchte nach dem passenden Ausdruck, »… widersprüchlich klingt.« Ihm war leider kein freundlicheres und zugleich ehrliches Wort eingefallen. »Ich fürchte, Sie haben zu viele alte Schriften gelesen.« ›Oder nicht genug‹, fügte er gedanklich hinzu.

Julianus starrte ihn halb zornig, halb entgeistert an. Offenbar erwartete er von Siegfried, dass er seine Gedanken ausführte. »Sie sprechen von alten Werten«, begann Siegfried seine Erklärung. »Doch Nietzsches Übermensch sollte gerade davon frei sein.«

»Ah.« Julianus' Züge erhellten sich. »Der Übermensch lehnt Werte nicht ab, wenn sie alt sind, sondern wenn sie Täuschungen sind. Dieses ›Ino‹ ist nur ein Konstrukt, eine Täuschung gar. Es vernebelt uns den Blick auf das, was wirklich wichtig ist.« Nach einer Pause fügte er hinzu: »Nicht unähnlich Eurer ›Allnatur‹.« Er zog das Wort spöttisch in die Länge.

»Für manche Menschen ist Ino wirklicher als ein Philosoph, von dem sie noch nie etwas gehört haben.« Erneut wies Siegfried auf seinen Sitznachbar.

»Wehe dem, der die alten Meister nicht mehr gebührend anzuerkennen vermag.« Julianus' Stimme war frei von jeder Verachtung. Er wirkte vielmehr seltsam traurig. »Es scheint, ich müsse ein Zeichen setzen.« Er griff in seine Sakkoinnentasche. »Nun seht, ich will Euch zeigen, was Wirklichkeit bedeutet.«

Siegfried lehnte sich interessiert nach vorne. Als Julianus die Hand schließlich aus der Innentasche herauszog, umklammerten seine Finger einen schwarz glänzenden Gegenstand. Siegfrieds Augen weiteten sich – jedoch nicht vor Entzücken. Wann hatte er das letzte Mal derartiges gesehen?

»Das ist eine Attrappe, nicht wahr?«, stieß Siegfried hervor. Mit einem Schlag kam ihm Julianus gar nicht mehr lustig vor.

»Urteilt selbst.« Julianus richtete den Revolver auf den Kopf von Siegfrieds Sitznachbar.

»Lassen Sie das.« Siegfried streckte die Hand nach der Waffe aus. Das Spiel ging ihm zu weit.

Doch Julianus wich überraschend schnell zur Seite. Seine rechte Hand schlug gegen Siegfrieds Brust und drückte in jäh in den Sitz. Dann krümmten sich seine Finger um den Abzug. Der Knall hallte durch das Abteil und drückte Siegfried noch weiter gegen den Sitz. Mit vor Schrecken geweiteten Augen starrte er auf die zusammengesunkene Gestalt neben ihm. Seltsamerweise war es jedoch nicht die tödliche Wunde selbst, die Siegfried das Blut in den Adern gefrieren ließ. Bis auf ein fast kreisrundes Loch in der Stirn, war der Schädel des Opfers erstaunlich intakt geblieben. Die Kugel hatte wohl nicht genügend Kraft gehabt, um ihr Ziel vollständig zu durchschlagen. Dafür hatte sie blutige Gewebebrocken in alle Richtungen verteilt. Aus Nase, Mund und sogar den Ohren des Toten, tropfte graurötlicher Schleim. Nicht wenig davon landete auf Siegfrieds Kleidung. Doch auch der Anblick dieses Gemetzels war es nicht, der ihn in Unruhe versetzte. Wie bereits zuvor waren es die Augen seines Sitznachbarn, die Siegfried einen Schauer, durch seinen Leib jagten. Wie sehr hatte er sich doch geirrt. Was er vor sich sah, war nicht der trübe Blick eines Toten. Es war der der Ausdruck entspannter Langeweile. Ungerührt starrten die Augen ihn die Ferne, als wäre nichts geschehen.

»Das ist das Schöne am Tod«, ätzte Julianus. »Er lässt sich nicht ignorieren. Auch wenn manche sich alle Mühe geben.« Er machte eine ausladende Bewegung mit seiner freien Hand. Siegfried war jedoch zu schockiert, um sie wahrzunehmen.«

»Die Waffe ist echt«, japste er schließlich, immer noch auf den Toten starrend.

»Ich sehe, Ihr seid überzeugt«, spottete Julianus. »Ja, welch technisches Wunder, dieses Ino. Besiegt von einer Erfindung aus dem 19. Jahrhundert.« Endlich riss sich Siegfried von dem Leichnam los und wandte sich Julianus zu. Wenig überrascht stellte er fest, dass dessen Waffe nun auf ihn gerichtet war. Fragend hob er eine Augenbraue.

»Wahrlich, es wäre eine tragische Verschwendung, wenn Ihr hier sterben müsstet.« Die Ruhe, mit der Siegfried Julianus betrachtete, schien diesen ehrlich zu beeindrucken. »Starrt nicht mich an, seht Euch lieber um«, befahl er.

Tatsächlich fiel es Siegfried nicht sonderlich schwer, seinen Blick von der Waffe abzuwenden. Julianus konnte oder wollte ihn nicht töten, so viel war klar. Gleichzeitig konnte Siegfried seinem Gegenüber nichts anhaben. Aber die beiden waren nicht die einzigen Anwesenden. Hilfesuchend wanderte Siegfrieds Blick durch das Abteil. Doch schon einen Augenblick später wandte er sich frustriert Julianus zu.

»Ich denke nicht, also existieren die anderen nicht. Das ist die Philosophie der letzten Menschen«, scherzte dieser. »Begreift Ihr jetzt?«

Siegfried begriff. Niemand im Abteil rührte sich. Alle taten so, als wäre nichts geschehen. Verstört sah Siegfried an sich herab. Fast dankbar betrachtete er die blutigen Überreste eines Gehirns, die seine Kleidung besudelten. Sie allein schienen zu bezeugen, dass sich vor kurzem ein Mord zugetragen hatte.

Der Anflug eines Lächelns huschte über Siegfrieds Gesicht. Beiläufig wanderten seine Augen zur Decke. Nein, es gab noch einen weiteren Zeugen.

»Sie unterschätzen diese Welt.« Siegfried sah Julianus herausfordernd an.

»Wie ich sehe, bedürft Ihr noch einer weiteren Lektion.« Julianus schüttelte gemächlich seinen Kopf. »Keine Sorge, sie wird Euch bald erteilt.«

»Da bin ich nicht der einzige«, konterte Siegfried. Er hätte Julianus gerne auf den Inoscanner hingewiesen. Die Ironie, dass ausgerechnet er ein so wichtiges Gerät nicht wahrnahm, war zu köstlich. Noch bevor Siegfried jedoch seine Stimme erheben konnte, schnitt ihm das Knirschen der Zugbremsen präventiv das Wort ab.

»Verfolgt mich nicht.« Julianus drohte mit seiner Waffe. Dann erhob er sich mit einer schnellen Bewegung und eilte zur Zugtür. Siegfried gehorchte, verfolgte Julianus jedoch mit seinen Augen. Als der Mörder hinausgeeilt war, fasste er den Mut, ihm nachzueilen. Er kam leider zu spät. Ein Schwall neuer Passagiere war bereits in das Abteil geströmt. Siegfried stieß unsanft mit einer jungen Frau zusammen. »Passen Sie doch auf, Sie Trottel«, fluchte sie.

»Ich muss vorbei«, rief Siegfried, während er versuchte, die Frau möglichst sanft zur Seite zu schieben. Sie aber weigerte sich. Mit aller Kraft presste sie ihre Füße gegen den Boden. »Nicht mit mir«, entgegnete sie trotzig. Dann sah sie das Blut an Siegfrieds Kleidung. Und jene Person, von der es stammte.

»Eine Leiche! Ein Mord!«, schrie sie auf.

»Bitte, ich muss vorbei!«, bettelte Siegfried. Innerlich fluchte er, dass die einzige Person, die Herr ihrer Sinne war, ihm nun im Weg stand.

»Da liegt ein Toter!«, ertönte eine zweite Stimme.

Selbst mit Inodive war der Benutzer nicht vollkommen von seiner Umwelt abgeschnitten. Ein Algorithmus entschied, welche Einflüsse bedeutend genug waren, um zum Bewusstsein vorgelassen zu werden und welche nicht. Das Krachen einer Schusswaffe wurde ignoriert – für den Algorithmus war es nur ein lautes Geräusch. Die Meldung eines plötzlichen Todesfalles jedoch wurde vorgelassen. Einer nach dem anderen schrien die Passagiere des Zuges auf. Siegfried aber blieb wie angewurzelt stehen. Es war als hätte ein unsichtbarer Regisseur einer Gruppe von Statisten befohlen, auf Befehl in Panik zu verfallen. Teilnahmslos ließ Siegfried seinen Blick durch die Gegend schweifen. Julianus war längst verschwunden – untergegangen in der Masse von Leuten, die zu den Ausgängen drängte.

Die junge Frau schrie Siegfried etwas entgegen. Doch jetzt war er es, der nicht hinhörte. Stattdessen schlug er sich mit der offenen Hand seitlich gegen den Kopf. Als hoffte er, dass er es war, der in einer Traumwelt gefangen war und aufwachen könnte, indem er sich selbst Schmerzen zufügte.

Kapitel 3

Wie gebannt starrte Siegfried auf den düster dreinblickenden Mann neben sich. Auf den ersten Blick könnte man meinen, hinter dem Gesicht verbarg sich eine Art zerstörerische Energie, ein blinder Ärger, der nur darauf wartete, entfesselt werden zu können. Doch bei näherer Betrachtung bot sich ein anderes Bild. Hinter der Maske des Zorns, da war kein aufgestauter Hass, keine zurückgehaltene Aggressivität. Je länger Siegfried in das Gesicht sah, desto deutlicher traten die Anzeichen von Müdigkeit und Verwirrtheit hervor. Die Lippen des Mannes waren in schierer Ungläubigkeit aufeinandergepresst. Die zu Schlitzen verengten Augen, sprühten mehr vor Resignation als fokussiertem Zorn. Was wie kaum verhohlene Wut wirkte, war in Wirklichkeit ein Gefühl der Ohnmacht – vielleicht sogar Verzweiflung. Wortlos wandte sich Siegfried von seinem Spiegelbild ab. Er hatte genug gesehen von seinem Innenleben. Leider gab es außer dem Spiegel in diesem Zimmer nicht viel zu sehen. Bis auf den obligatorischen Inoscanner an der Decke bestand die gesamte Inneneinrichtung lediglich aus drei Sesseln und einem fest am Boden montierten Tisch. Dieser Minimalismus war natürlich beabsichtigt. Dadurch, dass der Raum praktisch keine Möglichkeit zur Ablenkung bot, drängte er seine Insassen dazu, sich mit sich selbst zu beschäftigen. Wider besseres Wissen drehte Siegfried seinen Kopf abermals in Richtung des Spiegels. Es ging ihm allerdings nicht darum, was er, sondern, wer ihn sah. Tess, Maja und Can standen vermutlich bereits hinter dem halbdurchsichtigen Fenster und warteten nur noch auf den richtigen Zeitpunkt, um einzutreten. Die Taktik war Siegfried nur zu gut bekannt, hatte er sie doch selbst schon oft genug angewandt. Einige wenige Minuten Wartezeit in diesem kahlen Raum konnten wahre Wunder wirken, was die Redseligkeit eines Verdächtigen betraf. Von seinen eigenen Gedanken angewidert, wandte Siegfried erneut den Blick vom Spiegel ab. Er hatte schon hunderte Male hier gesessen. Warum fühlte er sich so hilflos? War die Tatsache, dass er zum ersten Male auf der anderen Seite des kleinen Tisches saß, dermaßen bedeutend? Änderte ein kleiner Perspektivenwechsel wirklich alles? Es musste noch andere Gründe geben. Siegfried schloss die Augen. Ja, es war die Tatsache, dass er überhaupt hier saß und nicht längst zu Hause war. Siegfried sollte nicht hier sein.

Fast lautlos schwang die Tür neben dem Spiegel zur Seite. »Es hat leider etwas gedauert«, sagte Maja in gespielt entschuldigendem Ton und setzte sich Siegfried gegenüber an den Tisch. Can, der ihr gefolgt war, ließ sich auf dem freien Platz neben Maja nieder.

»Verhöre werden praktisch nur mehr über Ino geführt«, sagte Can. »Wenn Sie nicht auf dieser Variante bestanden hätten, wäre alles schneller gegangen.« Er sprach das Wort »Variante« fast wie einen Fluch aus. Maja besah ihn mit einem tadelnden Blick.

»Ich kenne meine Rechte und nehme sie daher war«, entgegnete Siegfried. Ein schwaches Lächeln huschte über sein Gesicht. Can glaubte vielleicht durch seine direkte Art Autorität auszustrahlen. Tatsächlich war seine mangelnde Fähigkeit zur Zurückhaltung mehr amüsant als einschüchternd. Der Junge musste noch viel lernen. Vor allem was seine Menschenkenntnis betraf. Scheinbar glaubte Can wirklich, Siegfried hätte auf ein klassisches Verhör bestanden, um ihn zu reizen. In Wahrheit wollte sich Siegfried lediglich selbst vor Schaden bewahren. Es stimmte, Verhöre wurden in der Regel nur noch mittels Inotransfer durchgeführt. Dadurch fiel es dem Befragten schwerer auszuweichen. Schon oft hatte sich ein Verdächtiger dadurch verraten, dass er belastende Gedanken im Affekt irrtümlich gesendet hatte. Doch der Gesetzgeber ließ einem die

Wahl, ein Verhör traditionell, von Angesicht zu Angesicht durchzuführen. Es war ein letztes Zugeständnis an die Omegageneration. Menschen, die mit den Inoimplantaten nicht so gut wie ihre Mitmenschen zurechtkamen, sollten nicht benachteiligt werden. Vor der Justiz war jeder gleich. Dieser Grundsatz galt selbst heute noch.

»Es ist natürlich unsere Pflicht, Ihre Rechte zu respektieren«, sagte Can betreten. »Gemäß dem Gesetz weise ich darauf hin, dass Ihre Aussagen aufgezeichnet und mittels Ino auf ihren Wahrheitsgehalt hin überprüft werden«, fuhr er in monotonem Tonfall fort. »Bestehen Sie auf eine weitere Ausführung?«

»Nein danke.« Siegfried blickte verstohlen in Richtung des Spiegels. Obwohl er sie nicht sehen konnte, spürte er Tess' Anwesenheit nur allzu deutlich. Vor allem aber spürte sie ihn. Jedes gesprochene und vermutlich auch so manches unausgesprochene Wort würde von Tess aufgezeichnet und für immer abgespeichert werden. Inomem. Es war eine der wenigen Anwendungen, deren Namen sich in Siegfrieds Gedächtnis förmlich eingebrannt hatte. Das war ziemlich passend, denn Inomem tat genau das: Informationen abspeichern. Es war eine Art erweitertes Gedächtnis. Jederzeit abrufbar und absolut fehlerfrei. Die Aussicht über eine perfekte Merkfähigkeit zu verfügen war so verlockend, dass selbst Siegfried ihr gelegentlich erlegen war. In diesem Moment aber erschien im Inomem alles andere als verführerisch. Tess würde jedes Wort, ja sogar jeden Laut, den Siegfried von sich gab, abspeichern und mit den Inowerten, der ihr der Scanner gleichzeitig lieferte, abgleichen. Das Protokoll war Siegfried bestens vertraut. Dennoch, es an der eigenen Haut zu erleben, war eine neue Erfahrung.

»Also Siegfried, am besten wir fangen unser Gespräch noch einmal von vorne an«, sagte Maja.

Siegfried seufzte.

»Geht es dir gut?«, fragte Maja.

»Nennen wir das Kind doch bei seinem richtigen Namen. Verhör.« Er nickte Can zu. Der junge Mann verzog keine Miene.

»Wir wollen dir doch nur helfen.« Maja lächelte verlegen.

»Warum glaubt ihr mir dann nicht? Ich habe doch schon meine Zeugenaussage abgegeben.«

»Die Fragen stellen wir«, harschte Can. »Wie Sie richtig sagten: Es ist ein Verhör. Und Sie sind nicht als Zeuge geladen, sondern ...«

»Wir glauben dir sehr wohl«, unterbrach Maja. »Doch wir müssen uns absichern. Mord ist ein schweres Verbrechen.«

›Und ein seltenes‹, dachte Siegfried. Dass er ausgerechnet am Tage seiner Pensionierung Zeuge einer solchen Tat wurde, war durch bloßen Zufall schon fast nicht mehr erklärbar. Siegfried gab nicht viel auf Verschwörungstheorien. Doch mögliche Zusammenhänge zu erkennen war Teil seines Berufes gewesen. War es möglich, dass ...?

»Dieser Mann, den du behauptest, gesehen zu haben, wie hieß er noch einmal?«, unterbrach Maja Siegfrieds Gedanken.

»Flavius Claudius Julianus«, antwortete er mit ruhiger Gewissheit. Der Name war so seltsam gewählt, dass Siegfried ihn sich auch ohne Inomem sofort gemerkt hatte.

»Das weißt du, weil er sich dir gegenüber so vorgestellt hat, richtig?«

»Richtig.« Siegfried runzelte die Stirn. Was sollte diese Frage? Sicher, der Name war seltsam – zu seltsam, um nicht ein Pseudonym zu sein. Doch der Inoscanner musste Julianus längst zweifelsfrei identifiziert haben – unabhängig davon, ob er sich Siegfried mit seinem echten Namen vorgestellt hatte. Die Daten des Scanners – zumindest jener Teil, der für die Polizei zugänglich war – sollten längst ausgewertet sein.

»Ihr habt euch mündlich unterhalten, nicht über Inotransfer, richtig?«, bohrte Maja nach.

»Richtig.«

»Das ist schlecht. So können wir nicht überprüfen, ob das Gespräch tatsächlich stattgefunden hat«, mischte sich Can erneut ein. Siegfried räusperte sich.

»Bitte?«

»Ach nichts«, wehrte Siegfried ab. »Scheinbar sind Tonbänder und Mikrophone wohl doch nicht so veraltet. Sie hätten Julianus' Worte aufgezeichnet.«

»Mikrophone werden aus gutem Grund nicht länger zu Überwachung eingesetzt«, erwiderte Can. Er wirkte fast beleidigt. »Zu empfindlich gegenüber Störungen, zu ungenau bei der Personenidentifizierung. Es ist wie mit den veralteten Videokameras.« Can klang, als müsse er einem Kleinkind erklären, warum der Himmel blau ist – denn dazu wäre er genauso wenig in der Lage. Für Can waren die Dinge einfach so wie sie waren. Tiefergehende Erläuterungen interessierten ihn offenkundig nicht. Das war keine besonders gute Voraussetzung für einen Ermittler – zumindest nicht in früheren Zeitaltern.

»Lasst uns zum eigentlichen Thema zurückkehren«, bemühte sich Maja die Spannung zu entschärfen. Tatsächlich erhellte sich Siegfrieds Miene. Er kannte seine ehemalige Schülerin. Sie hatte gewiss nicht umsonst im Plural gesprochen. Sie kam wohl nicht umhin, nach diesem »Gespräch« ein ernstes Wort mit Can zu reden. Er stellte sich aber auch einfach zu ungeschickt an. Wenn man ihm nur den richtigen Köder vorwarf, schluckte er ihn sofort. Die Fähigkeit sich nur auf das wesentliche zu fokussieren, musste er wohl auch noch erst lernen. Die Vorstellung, Siegfried könnte nicht der einzige sein, dem Ärger drohte, hatte etwas seltsam Amüsantes. Vielleicht bot dieses Verhör am Ende ja doch einen gewissen Unterhaltungswert.

»Tess wird euch versichern, dass ich mir das nicht ausgedacht habe«, sagte Siegfried mit deutlich entspannter Stimme. Er blickte zur Decke. »Nicht wahr?«

»Wir möchten dir gerne glauben«, versuchte Maja zu beschwichtigen. Siegfried sah sie erwartungsvoll an. Er ermahnte sich selbst, nicht zu unvorsichtig zu werden. Can mochte herbe Kritik drohen, wenn er sich weiterhin so unprofessionell verhielt. Für Siegfried stand jedoch bedeutend mehr auf dem Spiel. »Aber?«, fragte er zögerlich.

»Flavius Claudius Julianus, genannt Julian der Apostat war Kaiser Roms. Er starb am 26. Juni 363.« Can sprach die Worte aus, als lese er sie von einem unsichtbaren Blatt Papier ab. »Warum sollte sich jemand nach einem Menschen benennen, der schon so lange tot ist?«

»Julian der Apostat, sagtest du?« Nachdenklich strich Siegfried mit seiner Hand über sein Kinn. »Der Julianus von heute sieht sich auch als Abtrünniger, wenn auch im positiven Sinne. Wie genau kam der Kaiser zu seinem Spitznamen?«

»Die Fragen stellen wir«, entgegnete Can erbost. Siegfried lächelte vielsagend. Es war erheiternd zu beobachten, wie leicht sich der

Junge aus der Fassung bringen ließ. »Meine Frage war angemessen. Es ist wichtig, die Motive des Mörders zu erforschen.«

»Du hast zu Protokoll gegeben, dass der Mörder Nietzsche zitiert hat.« Maja ging auf Siegfrieds Provokation nicht weiter ein. Natürlich tat sie das nicht. Sie war eben keine Anfängerin wie Can.

»Ja«, antwortete Siegfried wahrheitsgemäß.

»Bitte gib uns seine genauen Worte wieder.«

Siegfried gab sich alle Mühe seine ehemalige Schülerin nicht böse anzufunkeln. Er hatte Julianus' Aussagen schon mindestens drei Mal zu Protokoll gegeben. Maja war wirklich eine gute Schülerin gewesen – so gut, dass ihm so manche ihrer Fähigkeiten erst jetzt richtig auffielen. Ihre Art des Verhörens war nicht nur subtiler als jene Cans, sondern auch deutlich zermürbender. »Gerne«, heuchelte Siegfried. Es kam nur selten vor, dass er es bereute, Ino nicht intensiver genutzt zu haben. In diesem Fall jedoch hätte ihn die Verwendung Inomems einiges an Anstrengungen und Nerven gespart. Siegfried gab die Worte wieder, so gut es sein Gedächtnis zuließ. Angestrengt zitierte er aus dem Gespräch, das er und Julianus geführt hatten, wobei er versuchte, den gestelzten Sprachstil des Mörders widerzugeben. Er vermied es dabei Maja und Can allzu direkt in die Augen zu blicken. Das konnte als Zeichen gewertet werden, dass er sie lediglich von seiner Version der Geschehnisse zu überzeugen versuchte. Erst als Siegfried seine Erzählung beendet hatte, wagte er es, den beiden gründlich in ihre Gesichter zu blicken. Fieberhaft suchte er nach Anzeichen in ihrer Mimik, die verrieten, ob man ihm glaubte oder nicht. Seit der routinemäßigen Anwendung von Ino zählte eigentlich nichts mehr als objektive Fakten – oder was man dafürhielt. Dingen wie Gefühlen, Eindrücke oder gar Ausstrahlungen wurde kaum mehr Bedeutung beigemessen. Und doch überkam Siegfried das Gefühl, dass er in diesem Fall nur weiterkam, wenn er auch ein gutes Stück Überzeugungsarbeit leistete.

Can erwiderte seinen Blick. Doch seine starren Augen schienen ihn weniger zu mustern, als vielmehr zu durchbohren. Er tauschte sich vermutlich mit Tess aus. Siegfried entspannte sich etwas. Er mochte sich nicht an den exakten Wortlaut seines Gespräches mit Julianus erinnern, doch den Inhalt hatte er korrekt widergegeben.

Eine Überprüfung des Wahrheitsgehalts seiner Aussagen konnte ihn somit nur entlasten. Außerdem war Cans Verhalten Anzeichen dafür, dass man Siegfrieds Geschichte ernst nahm. Als er den ersten eintreffenden Polizisten seine Zeugenaussage zu Protokoll gegeben hatte, hatte er diesen Eindruck nicht gehabt – zu Recht wie es schien. Hätte man Siegfried geglaubt, so säße er jetzt nicht hier.

»Also sprach Zarathustra. Autor Friedrich Nietzsche. Geschrieben von 1883 bis 1885«, betete Can herunter. »Dieser Julianus hat daraus zitiert.« Cans Stimme nahm erneut einen skeptischen Ton an. »Warum sollte man ein Werk zitieren, das so alt ist?«, fragte er.

»Julianus ist der Meinung, manche Werke wären zeitlos.«

»Ist das auch deine Meinung?«, fragte Maja.

Siegfrieds Mund öffnete und schloss sich wieder, ohne dass ein Laut entwich. Was sollte diese Frage? Glaubte man ihm etwa immer noch nicht? Dass er nicht wie ein Zeuge, sondern wie ein Verdächtiger behandelt wurde, konnte er mit etwas Überwindung akzeptieren. Immerhin musste die Polizei jeder Spur nachgehen. Doch es schien, als hatte man die Theorie, Siegfried steckte mit dem Mörder unter einer Decke, immer noch nicht verworfen. Dabei kannten sich Maja und Siegfried schon so lange. Sie sollte eigentlich wissen, dass er unschuldig war. Doch statt ihm Glauben zu schenken, versuchte sie ihn in mögliche Widersprüche zu verstricken. Siegfried spürte wie die Wut in ihm hochstieg. Solche Niedertracht hätte er Maja eigentlich nicht zugetraut. »Du kennst mich«, sagte er an die Polizistin gewandt. »Ich habe so meine Probleme mit Ino. Aber ich akzeptiere seine Effizienz. Der Erfolg der Technik spricht ja für sich.« Er deutete mit seiner Hand zur Decke. »Ehrlich gesagt verstehe ich den Sinn dieser Unterhaltung nicht ganz. Der Inoscanner müsste diesen Julianus doch erkannt und identifiziert haben.«

»Hätten Sie laut ›Mord‹ oder ›Gewalt‹ gerufen, wäre diese Unterhaltung bereits zu Ende.« Statt zu antworten ging Can unverzüglich zum Gegenangriff über. »Dann wären die anderen Passagiere auf diesen Julianus aufmerksam geworden und könnten Ihre Erzählung bestätigen. Warum haben Sie das nicht getan?« Die kaum verhohlene Aggressivität in Cans Stimme ließ seine versucht neutrale Wortwahl mehr lächerlich als professionell wirken. Doch die Botschaft war angekommen.

»Das ist doch absurd. Ich habe den Mann nicht umgebracht. Der Mörder heißt Julianus. Ich habe ihn gesehen. Der Inoscanner hat ihn gesehen. Aber statt ihn zu jagen, versucht ihr hier mir etwas anzuhängen. Wenn ihr Indizien habt, dass ich es tatsächlich war, dann her damit. Ansonsten lasst mich gehen. Ich habe meine Schuldigkeit als Tatzeuge getan.« Siegfried war laut geworden. Das war sicherlich ein Fehler gewesen. Doch er war zu aufgeregt, um aus reiner Vernunft heraus zu handeln.

»Wann Sie gehen können, entscheiden immer noch wir.« Can klang mehr überrascht als bestimmt. Offenbar hatte er nicht mit derart offenem Widerstand gerechnet.

»Ich will dir nichts anhängen. Bitte glaube mir das.« Maja senkte den Blick. Siegfried wusste nicht, ob er diese Geste als Entschuldigung oder als Ausweichmanöver betrachten sollte. »Aber du hast recht, wir sollten über die Fakten sprechen. Tess hat sicher genügend Daten gesammelt, um den Wahrheitsgehalt deiner Aussagen zweifelsohne zu prüfen.«

»Der Inoscanner kennt alle Fakten. Er müsste mich entlasten«, brummte Siegfried. Sein Gemüt begann sich langsam wieder abzukühlen. ›Die Fakten sind auf deiner Seite, bleib ruhig‹, ermahnte er sich.

»Fakt ist, dass Sie zum Zeitpunkt der Tat neben dem Opfer saßen«, stellte Can fest.

»Was allein schon beweist, dass ich es nicht gewesen sein kann«, kommentierte Siegfried. Maja sah ihn fragend an.

»Sean müsste die Ballistik inzwischen doch ausgewertet haben, oder?« Siegfried kniff die Augen zusammen. »Der Schusswinkel kann sich unmöglich mit meiner Position decken.«

»In der Tat.« Can stand auf. Siegfried sah überrascht zu ihm auf. »Ja, sitzend lässt sich die Geschossbahn nicht erklären.« Can verlagerte sein Gewicht auf ein Bein und streckte seine Faust vom Körper weg. Er formte mit den Fingern eine Pistole und winkelte sein Handgelenk ab. Er sah wie eine verkrümmte, moderne Skulptur aus. »Wenn Sie diese Haltung eingenommen hätten, ginge es allerdings.«

»Haben Sie noch nie eine Waffe abgefeuert?«, stöhnte Siegfried.

»Nein. Und das wissen Sie«, entgegnete Can kalt.

Das stimmte. Schusswaffen waren längst durch Inostopper ersetzt worden. Aus ergonomischen und wohl auch psychologischen Gründen ähnelten sie äußerlich zwar ihren Vorgängern. Statt einer Mündung besaßen sie jedoch einen Transmitter. Dieser gab auf Befehl ein Störsignal ab, das auf das Implantat der Zielperson abgestimmt war. Das Opfer verlor auf einen Schlag das Bewusstsein – ohne das dazu ein tatsächlicher Schlag notwendig wäre. Ein Blutvergießen war ausgeschlossen – genauso wie ein Verfehlen des Ziels Das Störsignal breitete sich wellenförmig um den Stopper aus und nur das entsprechende Zielimplantat sprach darauf an. Die Chance einen Unschuldigen zu treffen, lag bei Null.

»Sie dagegen benutzten noch eine Pistole. Sie wissen, wie man mit einer derartigen Waffe umgeht.« Can setzte seinen Angriff fort.

»Aus diesem Grund würde ich niemals aus einem solchen Winkel schießen.« Siegfried verkrümmte seinen Arm. »Ich hätte mir das Handgelenk verletzt«, sagte er so nüchtern wie möglich.« Er kam sich vor, als erklärte er einem Kleinkind, dass man sich verbrannte, wenn man in ein Feuer griff. War Can wirklich dermaßen naiv?

»Das Blut an deiner Kleidung stimmt mit jenem des Mordopfers überein«, räumte Maja ein. »Du verstehst hoffentlich, dass dich das in den Kreis der Verdächtigen rückt.«

»Hätte ich wirklich von so einer verdrehten Position aus geschossen, dürfte doch weniger Blut an meiner Kleidung sein, oder?«

»Möglich«, räumte Can ein. »Aber die Flugbahn einzelner Blutspritzer lässt sich nicht zweifelsfrei berechnen.«

»In dubio pro reo«, entgegnete Siegfried.

»Wir kennen die bestehende Rechtsgrundlage«, mahnte Maja. Für einen Moment sagte niemand etwas. Dann hob die Polizistin erneut ihre Stimme: »Beschreibe uns bitte nochmals das Äußere dieses Julianus.«

Siegfried holte tief Luft. Das konnte doch nicht ihr Ernst sein. Er besah Maja und Can mit einem eindringlichen Blick. Doch, sie meinten es ernst. Und er hatte keine andere Wahl, als Folge zu leisten. Siegfried holte erneut Luft. Dann erzählte er ein weiteres – ein hoffentlich letztes – Mal von dem langen, schwarzen Mantel, den Julianus über der ebenfalls dunklen Weste getragen hatte, vom grauen Haar, das bereits schütter war, vom stattlichen Backenbart, der sich quer über das Gesicht spannte, und, und, und … Siegfried trug die Beschreibung vor wie ein müder Schauspieler, der seinen Text schon hunderte Male vorgetragen hatte – einige hundert Male zu viel.

»Warum sollte sich jemand so auffällig kleiden? Das ist doch unsinnig«, kommentierte Can Siegfrieds Darstellung. »Hat er einen Grund für seine Aufmachung genannt?«

Siegfried tat sein Bestes, die Bissigkeit des Kommentars zu ignorieren. Can war tatsächlich ein Kind seiner Zeit. Ein Polizist aus Siegfrieds Generation hätte gefragt, ob in der Nähe ein Kostümball oder Ähnliches stattgefunden haben könnte. Siegfried fixierte sein Gegenüber mit den Augen. Wie Maja auch trug Can eine königsblaue Uniform aus elastischen Fasern, die sich der Figur ihres Trägers anpassten. Siegfried hatte Can nicht allzu oft in Zivilkleidung gesehen. In allen Fällen, an die er sich erinnern konnte, war Cans Aufmachung immer die gleiche gewesen: Eine dunkle Jeans, kombiniert mit einem ebenfalls dunklen Freizeithemd. Vielleicht trug er gerne Farben, die seinen Charaktertyp widergaben. Allerdings hätte es dafür eines Gespürs für Psychologie bedurft. Nein, schlussfolgerte Siegfried. Can hatte sich wohl noch nie aufwändiger gekleidet als dies eine ihn betreffende Bekleidungsvorschrift erfordert hätte. Das war einer der vielen großen Unterschiede zwischen Siegfrieds und Cans Generation. Äußerlichkeiten zählten für die Jungen nicht mehr. Innere Werte erst recht nicht. Alles was zählte war der Umgang mit Ino. Es gab bestimmt dutzende Inopts um sein Erscheinungsbild in den Augen seines Gesprächspartners zu modifizieren. Vielleicht auch hunderte. Siegfried weigerte sich, sich mit dieser Thematik auseinanderzusetzen. So wie sich Menschen wie Can weigerten, sich zu verkleiden. Oder überhaupt Kleidung zu tragen, die mehr als nur zweckmäßig war. Wozu auch? Ino konnte doch jede nur erdenkliche Erscheinungsform simulieren. Wahrscheinlich strahlten die ins Gehirn projizierten Kleider mittlerweile heller als jeder echte Stoff. Wozu überhaupt die Wohnung verlassen, wenn man sich doch ohnehin über Inotransfer austauschen konnte?

Wozu überhaupt noch leben? Siegfried rollte mit den Augen. Die Kette ließ sich endlos fortsetzen.

»Siegfried, Can hat dich etwas gefragt«, drängte Maja.

»Natürlich«, nickte Siegfried. »Warum er sich so anzog weiß ich nicht – das hat er nicht gesagt.« Abermals breitete sich Schweigen aus.

»Wir würden Ihnen gerne glauben«, verkündete Can schließlich wenig überzeugend.

»Warum tun Sie es dann nicht?«, rutschte es Siegfried hervor. Er wusste, dass es klüger war, sich zurückzuhalten, doch seine Geduld war verbraucht. Can mochte nicht sonderlich gut darin sein, sein Gegenüber einzuschüchtern – ihn zu ermüden, schien er jedoch meisterlich zu beherrschen. Statt auf Siegfrieds Frage einzugehen schwiegen ihn die beiden Polizisten erneut penetrant an. Siegfried bemühte sich ihre Zermürbungsversuche zu ignorieren. Stattdessen versuchte er Ordnung in seine inzwischen rasenden Gedanken zu bringen. Für diese Schmierenkomödie eines Verhörs gab es nur eine einzige logische Erklärung: Er war der einzige Anhaltspunkt, über den die Polizei verfügte. Man fragte ihn nicht aus, weil er besonders verdächtig war. Das wäre absurd. Nein, er war schlicht die einzige verfügbare Spur. Dies aber bedeutete, dass …

»Hatte der Inoscanner etwa eine Fehlfunktion?«, fragte Siegfried, von seiner eigenen Schlussfolgerung erstaunt. Die Dinger galten doch als ausfallsicher.

»Wir stellen die Fragen«, entgegneten Maja und Can fast gleichzeitig. Erstaunt lehnte sich Siegfried zurück. Natürlich stand es außer Frage, dass Außenstehende oder gar Tatverdächtige Informationen zu einer laufenden Ermittlung erhielten. Doch die plötzliche Reaktion war doch etwas seltsam. Can war und blieb eben ein Anfänger. Maja jedoch war deutlich erfahrener. Siegfried überlegte, ob er schon einmal von einer Fehlfunktion der Inoscanner gehört hatte. Offiziell galten sie als unverwüstlich. *Offiziell.* Jede Maschine, erst recht, wenn sie kompliziert war, musste gewartet werden. Siegfried hatte einmal zugesehen, wie der Inoscanner am Eingangstor überprüft worden war. Von einer wirklichen »Wartung« konnte allerdings keine Rede sein. Tatsächlich hatte der Techniker nicht mehr getan, als den Inoscanner mit einem Messgerät abzutasten.

»Das war es schon?«, hatte Siegfried den Techniker enttäuscht gefragt. Er hätte nur zu gerne dabei zu geschaut, wie der Mann das Innere des Scanners freigelegt hätte.

»Was haben Sie erwartet?«, hatte der Techniker entgegnet.

»Vielleicht öffnen Sie das Ding?«

Der Techniker hatte Siegfried halb belustigt, halb verständnislos angesehen. »Nein, ich messe nur die Funktion. Ist das Ding defekt, kommt es ins Werk. Wenn nicht – nicht.« Mit einem leichten Nicken, als wäre damit alles gesagt, hatte der Techniker sein Gerät eingepackt und war abgezogen. »Es passt alles. Ich schicke den Bericht ans Sekretariat«, hatte er noch gesagt. Dann war er zur Tür verschwunden.

»Mit Ihrer Zustimmung würden wir Ihre Geschichte gerne durch Inoextrakt verifizieren«, nahm Can das Gespräch wieder auf.

»Danke, ich lehne ab.« Ein leichter Schauer lief Siegfried über den Rücken. Er war bereits einige Male Zeuge der Anwendung von Inoextrakt geworden. Es war niemals ein schöner Anblick gewesen. Die Technologie griff tief in das Gedächtnis des Anwenders, oder vielmehr Betroffenen ein und machte sichtbar, was eigentlich verborgen bleiben sollte. Sexuelle Phantasien, Kindheitstraumata, dunkle Triebe – Inoextrakt legte alles offen. Es war für die Verhörspezialisten schon anstrengend genug, sich all diesen Daten ausgesetzt zu sehen. Für den Betroffenen war es die Hölle. Jeder Mensch besitzt Gedanken tief in seinem Inneren, die er aus gutem Grund dort verwahrt. Sich diese Dinge allein gedanklich vor Augen zu führen, war für die meisten Menschen schon zu viel. Sie noch zusätzlich irgendwelchen Fremden zeigen zu müssen – unerträglich.

»Siegfried, es ist ungefährlich …«, startete Maja einen Überzeugungsversuch.

»Erinnerst du dich an Frau Bougmil?«, entgegnete Siegfried. Maja nickte zögerlich. Sich zu verstellen hätte ihr nichts genützt. Jeder auf dem Revier kannte die Geschichte der Frau. Sie war in etwa in Siegfrieds Alter gewesen. Wie er hatte sie der Omegageneration angehört und mit Ino ähnlich schlecht umgehen gekonnt. Doch im Gegensatz zu Siegfried hatte sie der Technologie vertraut. Das war ihr zum Verhängnis geworden. Inoextrakt bedurfte der Zustimmung des Betroffenen. Frau Bougmil war dazu nur allzu bereit gewesen. Sie hatte ihren Mann tot aufgefunden und den Mörder finden wollen. Da kein Inoscanner in der Nähe gewesen war, wusste man aber leider nichts über den Tathergang. Somit war jedem Zeugen oder möglichen verdächtigen Inoextrakt nahegelegt worden. Mord war auch damals bereits ein seltenes und außergewöhnliches Verbrechen gewesen. Frau Bougmil hatte sich am Ende als unschuldig erwiesen. Inoextrakt hatte zeigte, dass sie ihren Mann tatsächlich nicht umgebracht haben konnte. Doch die Anwendung hatte auch andere Dinge ans Licht gebracht. Frau Bougmil mochte die Tat nicht begangen haben – ein Motiv war jedoch vorhanden gewesen. Zwar war sie nicht die Mörderin gewesen – vorgestellt hatte sie sich dies jedoch sehr wohl – und zwar grausam detailvoll. Die Bilder, die Inoextrakt freilegte, waren selbst für die Polizisten unangenehm – für Frau Bougmil waren sie schlicht überwältigend gewesen. Sie war schreiend und weinend zusammengebrochen. Wie sich herausstellte, war ihre Ehe lediglich oberflächlich harmonisch gewesen. Am Ende hatte sich ihr Mann selbst in ein Messer gestürzt. Frau Bougmil war zwar juristisch von jeder Schuld freigesprochen worden. Innerlich jedoch musste sie sich für den Rest ihres Lebens fragen, ob sie nicht doch die Täterin war.

»Der Fall liegt viele Jahre zurück«, bemerkte Can. »Inzwischen sind die Filter stark verbessert. »Man sieht nur, was für die Rekonstruktion des möglichen Tathergangs absolut notwendig ist. Ihre dunklen Geheimnisse dürfen Sie gerne behalten.«

Siegfried unterdrückte einen Fluch. Arrogant, unsensibel und unerfahren. Was für eine Kombination. »Danke. Aber nein danke«, presste Siegfried hervor.

»Wir können eine Freigabe auch ohne Ihre Zustimmung erzwingen«, drängte Can.

»Halten Sie mich für einen Anfänger?«, fragte Siegfried gereizt. Seine Geduld war nun endgültig erschöpft. »Ich kenne die Prozedur – die sehr lange Prozedur. Melden Sie sich bei mir, wenn der Antrag durch ist. Aber bis dahin möchte ich in Frieden gelassen werden.«

»Siegfried, es ist zu deinem Besten.« Maja sah ihn eindringlich an.

»Danke, aber das sehe ich anders. Gibt es noch weitere Fragen?« Can räusperte sich, sagte jedoch nichts. »Gut«, polterte Siegfried.

»Da Sie offensichtlich keine Beweise für meine Schuld besitzen, würde ich jetzt gerne gehen.«

Maja nickte Can zu. »Du kannst gehen«, sagte sie und stand auf. »Aber überlege dir die Sache mit Inoextrakt noch einmal.«

»Meine Entscheidung ist gefallen.« Er sah die beiden erwartungsvoll an. Als eine Reaktion ausblieb, erhob er sich demonstrativ.

»Wir melden uns, wenn wir etwas brauchen« sagte Maja und erhob sich ebenfalls. Grußlos verschwand Siegfried durch die Tür. Wie er erwartet hatte, stand Tess am Fenster. Sie würdigte ihn keines Blickes. Zum ersten Mal war er ihr dankbar dafür.

Kapitel 4

Maja gab sich alle Mühe, den stechenden Blick ihres Vorgesetzten zu erwidern, denn ein Ausweichen war unmöglich. Eigentlich befand sich Carlos Ferrera außerhalb Majas Sichtweite. Sie saß an ihrem Schreibtisch auf dem Revier, während er sich irgendwo im Ministerium für Sicherheit aufhielt. Räumliche Distanz war jedoch schon lange vor Ino bereits kein Hindernis mehr für eine Unterredung gewesen. Inotransfer perfektionierte lediglich, was schon längst funktionierte. Maja und Ferrera mochten sich vielleicht nicht mit ihren Augen sehen, doch das Bild, das in ihren Köpfen erzeugt wurde, war viel schärfer, als es ihr Sehsinn jemals zu übertragen vermocht hätte. Maja spürte ihren Gesprächspartner mehr, als sie ihn sah. Und es war ein Gefühl, das eindringlicher kaum sein konnte.

»Dieser Fall ist alles andere als gewöhnlich«, hallte Ferreras Stimme im Kopf der Polizistin. Unwillkürlich zuckte Maja bei den Worten »Fall« und »alles andere« zusammen. Inotransfer erlaubte kein echtes Schreien – dazu fehlten die Schallwellen. Geräuschvoll Luft auszustoßen war ohnehin so veraltet wie ineffektiv. Die Kraft einzelner, mit maximaler Intensität versendeten Inoworte drangen tiefer in das Bewusstsein ihres Empfängers ein, als selbst ein Schrei jemals dazu in der Lage gewesen wäre. Natürlich verfügte nicht jeder Mensch über die gleichen Kommunikationsmöglichkeiten. Inotransfer besaß eine automatische Filterfunktion, die Sender und

Empfänger anhand ihres sozialen Status mit Sonderrechten – oder Einschränkungen – versah. Ein gewöhnlicher Arbeiter etwa wäre nicht dazu in der Lage, sich Maja dermaßen aufzudrängen, wie es Ferrera gerade tat. Umgekehrt konnte sie als Polizistin sehr wohl von einer gewissen Autorität Gebrauch machen – erst recht, wenn der Arbeiter als verdächtig eingestuft worden war. Selbstverständlich waren auch Ferreras Sprachmöglichkeiten Grenzen auferlegt. Soweit Maja dies beurteilen konnte, nutzte er sie momentan voll aus. Wenn sie nicht bereits längst von der Wichtigkeit dieses Falles überzeugt gewesen wäre, wären nun auch ihre letzten Zweifel aus ihren Gedanken verbannt worden.

»Allein schon die Tatsache, dass einer unserer ehemaligen Kollegen darin verwickelt ist, ist schon ungewöhnlich«, fuhr Ferrera fort, ohne die Wucht seiner Stimme auch nur im Geringsten zu reduzieren. »Dann wäre da noch die Schwere des Verbrechens. Einen Mord unaufgeklärt zu lassen, ist in der heutigen Zeit nicht akzeptabel. Man verlangt von uns Ergebnisse. Und zwar von höchster Stelle.«

»Gibt es konkrete Anweisungen?« Tess kam wie immer sofort zur Sache. Im Gegensatz zu Ferrera klang ihre Inostimme jedoch beinahe ausdruckslos. Maja musste ihre gesamte Aufmerksamkeit auf die Nachricht ihrer Kollegin fokussieren, um zu verhindern, dass diese im Dickicht ihrer eigenen Gedanken unterging. Im Gegensatz zu Ferrera weigerte sich Tess, ihrer Inostimme mehr Gewicht zu geben, als unbedingt notwendig war. Mit der Anzahl ihrer Sätze ging sie ähnlich sparsam um. Doch gerade deshalb war man gut beraten, jedem ihrer Worte die vollste Aufmerksamkeit zu widmen.

»Bitte lasst euch davon nicht verunsichern. Wo ein Risiko ist, liegt auch immer eine Chance«, fuhr Ferrera fort. Maja konnte nicht sagen, ob er Tess' Frage nicht bemerkt hatte oder bewusst ignorierte. »Man beobachtet uns. Ist das Ministerium mit unserer Arbeit zufrieden, können wir mit der Bewilligung zusätzlicher Gelder rechnen. Wenn nicht, nun …« Ferrera machte eine Pause. »Damit wollen wir uns gar nicht erst beschäftigen. Lasst uns besser gleich zur Sache kommen. Ich habe diese Besprechung einberufen, damit sicher ist, dass jeder von euch über ein genaues Bild der Lage verfügt. Tess, die Fakten bitte.«

»Um exakt fünf Minuten nach 15 Uhr meldete das Inoimplantat von Henk Baldurdas das Erlöschen seiner Lebensfunktionen. Die zugrundeliegende Kopfverletzung hatte den sofortigen Tod zur Folge, weshalb sich der Todes- mit dem Tatzeitpunkt deckt. Ich übermittle die Inowerte des Verdächtigen für den Zeitraum zwischen seinem Betreten des Tatorts, bis hin zum Eintreffen eines Polizisten.« Nichts in Tess' Inostimme verriet, dass sie sich über die mangelnde Aufmerksamkeit ihres Vorgesetzten ärgerte. Sie sendete betont ruhig, als erwartete sie nichts anderes. Dafür aber tauchte in Majas Kopf mit einem Schlag eine Fülle von Zahlen, Buchstaben und Bildern auf, die sich langsam zu einem Gesamtbild zusammenfügten. Wenn man große Informationsmengen über Ino erhielt, brauchte das Gehirn immer eine Zeit, um diese zu verarbeiten. Es war als würden einzelne Mosaiksteine sich langsam zu einem größeren Bild zusammensetzen.

»Der Moralitätswert des Verdächtigen blieb über den gesamten Zeitrahmen konstant im niedrigen Bereich. Er hat somit bewusst keine aus seiner Sicht unrechte Tat begangen«, fasste Tess den ersten Teil des Datenpakets zusammen.

»Entschuldigt, wenn ich unterbreche«, wandte Maja ein. »Das entlastet ihn doch bereits. Nur sehr wenige Menschen sind in der Lage einen Mord zu verüben, ohne dass dies ihren Moralitätswert beeinträchtigt. Eine derartige Geisteslage liegt bei Siegfried nicht vor. »Ich ...«, sie unterbrach sich selbst, »... wir kennen ihn doch.«

»Das ist korrekt«, bestätigte Ferrera. »Tatsächlich ist dies einer der Gründe, warum dieser Fall so speziell ist. Einige Fakten stehen nämlich im Widerspruch zueinander. Bitte Tess, fahre fort«, wies er die Analytikerin an.

Diese schwieg jedoch für einen Moment, bevor sie der Aufforderung nachkam. Ihr Vorgesetzter war ein ahnungsloser Schwätzer. Ihn zurechtzuweisen, war vergeudete Liebesmüh. Aber, dass sich Maja von seiner Inkompetenz anstecken ließ, war enttäuschend. »*Wir kennen ihn doch ...*« Tess hatte bewusst die Bezeichnung »Verdächtiger« gewählt, um zu zeigen, dass Sentimentalitäten fehl am Platze wahren. Leider war Professionalität nicht ansteckend. Trotzdem sollte Maja es besser wissen. Ino allein entschied, ob jemand schuldig war. Ob derjenige nun ein Fremder war oder nicht, spielte nun wirklich keine Rolle.

»Im Gegensatz zum Moralitätswert zeigt der Aggressionswert des Verdächtigen einen deutlich wechselhaften Verlauf«, begann Tess schließlich zu senden. »Zwischen seinem Eintreffen am Tatort und dem Zeitpunkt des Ereignisses lässt sich ein kurzfristiger Anstieg feststellen. Das ist mit seiner Aussage vereinbar, wonach er mit dem späteren Opfer zusammenstieß. Tatsächlich sinkt der Wert kurz danach und erreicht deutlich vor dem Ereignis den Normalwert.« Im Gegensatz zu Ferrera vermied Tess bewusst das Wort »Mord«. Sicher, die Indizien sprachen dafür. Aber eine Schlussfolgerung anzustellen, ohne alle Fakten zu kennen, blieb dennoch unprofessionell. Nicht, dass ihr Vorgesetzter das verstehen würde. Ihm ging es wie üblich nur um Aufmerksamkeit und Ansehen. Am ärgerlichsten aber war, dass er damit durchzukommen schien. Das Ministerium schien sich tatsächlich für diesen Fall zu interessieren. Wenn es eine Sache gab, die Tess noch mehr verabscheute als berufliche Unfähigkeit, dann war es, wenn diese auch noch belohnt wurde. »Kurz vor dem Ereignis steigt der Aggressionswert des Zeugen leicht an«, fuhr Tess fort, darauf bedacht, dass niemand etwas von ihrem Ärger mitbekam. »Nach seinen Aussagen versuchte er, dem von ihm erwähnten Julianus dessen Waffe zu entreißen. Danach sank der Wert wieder auf das Basisniveau. Am interessantesten ist der Verlauf des Fokuswertes. Er war zu Beginn niedrig, stieg dann aber laufend an. Laut Aussage des Verdächtigen war dies auf sein intensives Gespräch mit besagtem Julianus zurückzuführen. Erst nach dem Todesfall sank der Fokuswert etwas, blieb jedoch hoch.«

»Das heißt also, seine Schilderung der Tatsachen deckt sich mit den Inowerten«, fasste Maja zusammen. »Ehrlich gesagt, sehe ich hier keinen Widerspruch.«

»Aber nur, wenn der Verdächtige auch tatsächlich die Wahrheit sagt«, schaltete sich Can ein. »Wir wissen, dass der Verdächtige eine Vorliebe für veraltete Sachen hat.« Der Widerwille in der Stimme des jungen Polizisten war praktisch greifbar. »Der angebliche Mörder kleidete sich wie ein feiner Herr von vor ein paar Jahrhunderten, stellte sich auf Latein vor und trug den Namen eines römischen

Kaisers. Das klingt eher wie eine Wunschvorstellung des Verdächtigen als nach einer Personenbeschreibung.«

»Er hat nicht gelogen«, antwortete Tess. »Seine Aussagen während des Verhörs wiesen keine Anzeichen einer Lüge auf.«

»Aber wo ist dann der Widerspruch?«, beanstandete Maja erneut. Sie und Can hatten Siegfried intensiv abgeklopft, um dem Scanner ja genügend Datenmaterial zu liefern. Maja hatte sich dabei leicht schuldig gefühlt – wenn auch nicht stark genug, um ihr Pflichtbewusstsein zu überwinden. Wenn ihr »Gespräch« jedoch keine Ergebnisse lieferte, dann …

»Herr Tegethoff sieht sich selbst als Zeugen. Das bedeutet, dass er den wahren Täter gesehen hat.« Ferreras Stimme nahm einen verschwörerischen Klang an. Er war natürlich über die Faktenlage voll informiert. Für einen guten Vorgesetzten war es seine Pflicht, mehr zu wissen als seine Mitarbeiter. Schließlich musste man ihnen immer einen Schritt voraus sein. Wie sollten sie einen sonst respektieren? Ferrera studierte die von Inotransfer erzeugten Projektionen der Gesprächsteilnehmer eindringlich. Alle blickten sie erwartungsvoll ihm entgegen. Er genoss diesen Moment mehr als er sich zugestehen wollte. Ferrera wollte noch etwas warten, aber seine Vernunft riet ihm, die Geduld der anderen nicht unnötig zu strapazieren. Das wäre schlechter Führungsstil.

»Der Widerspruch liegt darin«, setzte er an, wobei er das Wort »Widerspruch« besonders hervorhob, »dass besagter Julianus nicht existiert.«

»Was?«, entfuhr es Maja. »War das der Grund, wieso wir die Daten des Inoscanners zum Zeitpunkt des Verhörs noch nicht erhalten haben?«

»Aufgrund des Widerspruchs mussten die Daten erst verifiziert werden«, sagte Ferrera in gespielt entschuldigendem Tonfall. »Doch inzwischen ist selbst der letzte Zweifel beseitigt, richtig Tess?«

»Korrekt. Alle Daten wurden mehrfach überprüft. Ein technischer Defekt ist auszuschließen.« Erneut ging Tess' Ärger in ihrer monotonen Stimme unter. Heute schien sich ihr Vorgesetzter besondere Mühe zu geben, seine Unprofessionalität zur Schau zu stellen. Als hätte ein Inoscanner schon jemals unkorrekte Datensätze geliefert. »Ein Flavius Claudius Julianus existiert nicht«, fügte Tess noch hinzu, um sicher zu gehen, dass auch wirklich jeder sie verstanden hatte.

»Also lügt er doch«, griff Can das Thema erneut auf. »Wir wissen, dass es Menschen gibt, die lügen können, ohne, dass sich dies in ihren Inowerten wiederspiegelt.«

»So etwas wäre doch längst aufgefallen«, wandte Maja leicht genervt ein. Ein gesundes Misstrauen war eine Grundvoraussetzung für einen guten Polizisten. Aber Can übertrieb es doch etwas. Er ließ sich ganz offenkundig von seiner Antipathie leiten. »Menschen, die dermaßen kaltblütig lügen können, weisen einen permanent niedrigen Moralitätswert auf. Auf Siegfried trifft das nicht zu, nicht wahr?« Maja wandte sich hilfesuchend an Tess. Die Intensität ihrer Inostimme machte jedoch klar, dass sie weniger nach Rat, sondern mehr nach Bestätigung verlangte.

»Cans Argumentation ist logisch korrekt«, schmetterte Tess Majas Forderung gelassen ab. Die Empathie ihrer Kollegin war für sie nicht weniger abstoßend als der Geltungsdrang ihres Vorgesetzten. Wenigstens Can schien sich nicht von solch primitiven Sentimentalitäten leiten zu lassen.

»Erkläre uns das bitte.« Maja klang alles andere als bittend. Tess hielt kurz inne. Sie hatte ihre Erklärung bewusst zurückgehalten, in der Hoffnung, Maja käme selbst darauf. Aber offenkundig war sie dazu nicht in der Lage. Tess seufzte innerlich. Natürlich war sie das nicht.

»Lügen bedeutet, ein Mensch tätigt eine Aussage, von der er weiß, dass sie nicht der Wahrheit entspricht. Das damit verbundene Schuldbewusstsein lässt sich durch einen erhöhten Moralitätswert feststellen. Die Messung ist so sensitiv, dass sich bereits geringste Abweichungen zweifelsfrei feststellen lassen.« Ihrer Gewohnheit zum Trotz holte Tess weit aus. Die Kompetenz mancher Menschen konnte man einfach nicht unterschätzen. Ihr blieb nur die vage Hoffnung, sich zusätzliche Erklärungsversuche zu ersparen, indem sie bereits jetzt ins Detail ging.

»Bei bestimmten Formen der dissozialen Persönlichkeitsstörung fehlt ein derartiges Schuldbewusstsein völlig. Bei diesen Menschen bleibt der Moralitätswert niedrig, selbst wenn sie schwere Straftaten begehen. Allerdings erleichtert eine derartige Persönlichkeitsstörung die Tätersuche eher, als sie zu erschweren.«

»Niemand ist verdächtiger als jemand, dessen Moralitätswert ständig niedrig ist«, schlussfolgerte Maja.

»So ist es.« In einem Anflug von Anerkennung stellte Tess fest, dass zumindest Majas Kombinationsgabe nicht eingeschränkt war.

»Aber wie wir bereits festgestellt haben, liegt eine derartige Persönlichkeitsstörung bei Siegfried nicht vor. Er muss also unschuldig sein.« Majas Inostimme überschlug sich fast.

»Nein«, entgegnete Tess unbeeindruckt. Ihr Respekt für Maja war so schnell verblasst, wie er aufgekommen war. »Gesichert ist nur, dass Siegfried an keiner bislang dokumentierten Form der dissozialen Persönlichkeitsstörung leidet.«

»Die Singularität«, posaunte Can.

Tess schwieg zustimmend. Wohlwollend stellte sie fest, dass auch Maja nichts mehr entgegnete. Hatte sie die überlegene Kompetenz ihres Schülers also endlich akzeptiert.

»Genauso ist es«, durchbrach Ferreras Inostimme die Funkstille. »Seit dem flächendeckenden Einsatz der Inoscanner ist es unmöglich geworden, die Justiz zu täuschen. Viele Menschen sind exzellente Geschichtenerzähler – einige wenige sind sogar so gut, dass sie ihre eigenen Lügen glauben. Um Ino aber zu entkommen, genügt es nicht andere zu hintergehen – ja nicht einmal sich selbst zu täuschen ist ausreichend. Um das System zu täuschen, müsste man ein perfekter Schauspieler sein. Jemand, der Gefühle nicht nur simulieren kann, sondern regelrecht erzeugen kann. Ein solcher Mensch müsste berechnend genug sein, um zu erkennen, wann er traurig oder glücklich zu sein hat. Und er müsste emotional genug sein, um sich auch tatsächlich in eine solche Stimmung zu versetzen.« Ferrera machte eine Pause. Er gab sich reichlich Mühe, theatralisch zu wirken – reichlich zu viel wie Tess fand.

»Dieser Jemand wäre vollkommen allein in seinen Gedanken. Niemand außer ihm selbst wäre in der Lage, sein Wesen zu erkennen. Er wäre unberechenbar. Er wäre die Singularität.«

»Und fiktiv«, schalte sich Sean ein. Die Aufmerksamkeit aller Besprechungsteilnehmer fokussierte sich auf den Forensiker. »Einer musste es ja senden«, kommentierte er süffisant.

»Sean hat recht«, griff Maja das Argument auf. »Die Idee einer Singularität ist nicht mehr als das – eine Idee, entwickelt, um zu zeigen, dass Ino perfekt ist. Es bräuchte schon einen unmöglich perfekten Verstellungskünstler, um es erfolgreich zu täuschen.«

»Du denkst in die falsche Richtung«, wies Ferrera Maja zurecht. Tess lächelte stumm in sich hinein. Sie hatte bereits befürchtet, sie müsse schon wieder ausrücken, um die Fehler ihrer Kollegen zu korrigieren. Aber manchmal konnte sich selbst die Aufgeblasenheit ihres Vorgesetzten als nützlich erweisen.

»Für diesen Fall gibt es nur zwei Erklärungsmöglichkeiten. Entweder dieser Julianus existiert. Dann hätte Ino versagt, denn es kann ihn weder identifizieren noch aufspüren. Oder er existiert nicht. In diesem Fall ist Siegfried die Singularität. Die Frage lautet somit: Welche dieser beiden Möglichkeiten besitzt die höhere Wahrscheinlichkeit?« Ferrera studierte die geistigen Abbilder seiner Mitarbeiter abwechselnd. Wie ein Lehrer, der sich fragte, welcher seiner Schüler wohl als erster den Mut finden würde, die Hand zu heben.

»Dass Ino versagt ist unmöglich.« Es war Can. »Egal wie gering die Wahrscheinlichkeit auch ist, dass wir es mit der Singularität zu tun haben. Sie ist auf jeden Fall höher.« Allgemeines Schweigen setzte ein. Niemand schien dieser Logik etwas entgegensetzen zu können. Wäre er anwesend, hätte selbst Siegfried sich mehr als schwergetan, gegenteilig zu argumentieren. Diese Gesellschaft gründete sich auf dem Wissen, von einem unfehlbaren System geleitet zu werden. Ein Irrtum war nicht bloß unmöglich – er hatte unmöglich zu sein.

»Eine andere Erklärung gäbe es noch.« Erneut stand Sean im Fokus der Aufmerksamkeit.

»Sprich!« Ferrera legte all seine ihm zur Verfügung stehende Autorität in seine Inostimme. Er bewunderte Sean für seinen Mut, aber dieses Mal ging er zu weit. Eindringlich studierte Ferrera das geistige Abbild des Forensikers. Sein Kopf war leicht nach vorne gebeugt – jedoch nicht weit genug, um Einschüchterung zu vermitteln. Tatsächlich wirkte Sean mehr ent- als angespannt. Seine locker vor der Brust gekreuzten Arme machten jedenfalls nicht den Eindruck, als übte die Inostimme seines Vorgesetzten auch nur die geringste Wirkung auf ihn aus.

»Dieser Julianus könnte ja eine Art Tarnkappe tragen.« Sean räusperte sich. Es klang, als erkenne er erst jetzt die Tragweite seines Einwands. »Das Militär forscht ja angeblich schon lange an so etwas«, fügte er hinzu, wobei er selbst wenig überzeugt klang.

Nur ihr jahrelanges Training bewahrte Tess davor, Sean mitzuteilen, was sie von seiner Theorie hielt. Wäre sie nicht dermaßen mit den Filterfunktionen Inos vertraut: Ihr geistiges Abbild hätte sich zu einer angewiderten Fratze verzerrt. So aber blieb sie nach außen hin unbewegt, während in ihrem Schädel ein Fluch den anderen jagte. Dieser unbelehrbare Vollidiot hatte es wirklich geschafft. Seans Intelligenz unterbot selbst jene von Ferrara und Maja noch deutlich. Allein schon die Tatsache, dass er sich räusperte, sagte bereits alles über seine Fertigkeiten aus. Niemand räusperte sich über Inotransfer – niemand, der auch nur einen Funken Verstand besaß. Die Geste gehörte ins dunkle Zeitalter der Omegageneration. Damals waren die Menschen noch nicht in der Lage, ihre Körperhaltung von ihrer Kommunikation vollständig zu trennen. Ein Profi wie Tess dagegen konnte stöhnen, fluchen, ja sogar aufschreien, ohne dass einer ihrer Gesprächspartner auch nur das Geringste davon mitbekam. Ihre Fähigkeiten gingen sogar so weit, dass sie nicht einmal auf Inodive zurückgreifen musste, um sich in ihr Innerstes zurückzuziehen. Diese Inopt war ohnehin nur für Anfänger gedacht. Anfänger wie Sean. Auch wenn er sich scheinbar von Siegfried unterschied, so waren die beiden doch aus dem gleichen vermoderten Holz geschnitzt. Sie benutzten Ino zwar. Das wahre Potential der Technologie blieb alten Spießern wie ihnen aber zeitlebens verborgen. Stattdessen malten sie sich Verschwörungstheorien wie die Existenz der angeblichen Tarnkappe aus.

»Wir wissen doch alle, dass so etwas nicht existiert«, kommentierte Can. Tess entspannte sich etwas. Zum Glück hatte sie noch andere Kollegen – oder zumindest einen einzigen Kollegen – der kein Volltrottel war. Can und Tess waren wohl die einzigen am Revier, die die Welt verstanden, statt nur in ihr zu leben. Kein Wunder –

schließlich waren die beiden auch mit Abstand die jüngsten. Letzten Endes waren es eben die Jungen, denen die Zukunft gehörte.

»Nicht offiziell«, startete Sean einen erneuten Versuch. »Man würde die Existenz einer Tarnkappe ja kaum offen zugeben. Es würde aber einiges erklären.«

Erneut schrie Tess innerlich auf. Verlangte Sean allen Ernstes, dass sie ihre Zeit verschwendete, nur um ihm zu erklären, dass seine Verschwörungstheorie Unsinn war? Als wäre die These vom unsichtbaren Menschen nicht schon hundertfach widerlegt worden. Streng genommen handelte es sich nicht einmal um eine echte Theorie, sondern um ein Sammelsurium verschiedenster Ansätze, von denen einer verrückter war als der andere. Am Ende jedoch liefen sie alle auf das gleiche Erklärungsmuster hinaus. Angeblich besaß das Militär Technologien, mit deren Hilfe man Soldaten für Ino unsichtbar machen konnte. Manche fantasierten von Störsendern, die die Signale der Implantate überlagerten. Andere halluzinierten von Schutzanzügen, die den Träger ganz von Ino abschirmten. Tatsächlich waren Inosender wie -empfänger so sensibel gebaut, dass sie selbst bis zur Unendlichkeit verstümmelte Signalfetzen noch auswerten konnten. Selbst wenn ein korrektes Lesen der Daten nicht mehr möglich war, wurde ihre Unauswertbarkeit als Fehler registriert. Einfach zu verschwinden, war unmöglich. Selbst wenn es das nicht wäre, gäbe es keine praktische Anwendung dafür – erst recht nicht für das Militär. Was fing man mit einem Soldaten an, der seine Waffe nicht mehr bedienen konnte, weil er keinen Zugriff mehr auf Ino hatte? Die Inostopper der Polizei etwa waren personalisiert und ließen sich nur von der dafür registrieren Person bedienen. Gut, vielleicht hatte man diese Regelung beim Militär aufgehoben. Etwa um zu gewährleisten, dass auch die Waffe eines gefallenen Kameraden noch benutzt werden konnte. Aber wie sollte man einen präzisen Schuss abgeben, ohne Ino als Feuerleitung zu benutzen? Mit Augenmaß, wie im Wilden Westen? Tess schüttelte innerlich den Kopf. Wie absurd. Da könnte man auch gleich aufeinander einprügeln wie Neandertaler.

»Hältst du so etwas für denkbar, Tess?«, fragte Ferrera. Tess atmete für alle sichtbar tief durch. Sie schämte sich selbst dafür, ihren Ärger offen zu zeigen – doch die Grenze des Erträglichen war erreicht. »Von einer solchen Technologie ist nichts bekannt.« Ihre Stimme nahm einen künstlich freundlichen Ton an. »Alle Quellen, die anderes behaupteten, haben sich als Falschinformationen erwiesen. Selbst wenn besagter Julianus zum tatsächlich Tatzeitpunkt eine solche Tarnkappe getragen hätte, müsste er sich dennoch in einer Datenbank finden lassen. Doch das ist nicht der Fall. Er würde diese Vorrichtung ja nicht rund um die Uhr benutzen. Wir können mit Sicherheit davon ausgehen, dass dieser Mann nicht existiert.«

»Ich meine nur: Wäre es möglich, dass jemand außerhalb von Ino existiert?«, hakte Sean nach.

»Nein«, stimmten Can, Ferrera und Tess wie im Chor ein. Nur Maja schwieg.

»Unterziehen wir den Verdächtigen einfach Inoextrakt«, warf Can ein. »Dann erfahren wir alles, was wir wissen müssen.« Für Can hatte Siegfrieds Schuld von Anfang an festgestanden. Im Grunde war es für ihn sogar bedeutungslos, ob es sich bei Siegfried um die Singularität handelte oder nicht. Irgendetwas war mit dem alten Zausel nicht in Ordnung. Es fing damit an, dass er noch nicht einmal begriff, dass seine Zeit längst gekommen war. Hätte er nicht das gesetzliche Pensionsalter erreicht, müssten sich die anderen immer noch mit ihm herumplagen – allen voran Can. Der Alte war doch tatsächlich der Meinung, ihm etwas beibringen zu können. Allein schon die Arroganz, mit der er versucht hatte, sich dem Verhör zu entziehen. So konnte sich doch nur ein Schuldiger verhalten. Irgendetwas war im Zug passiert, das dem Alten den letzten Rest gegeben hatte. Was das war, war im Grunde nicht weiter wichtig. Inoextrakt würde es schon ans Licht bringen.

»Du weißt doch, dass wir die Zustimmung der betreffenden Person einholen müssen.« Maja klang leicht verärgert. Hatte Can den Verlauf des Verhörs etwa schon wieder vergessen?

»Es geht auch ohne Zustimmung«, harschte Can, dessen Geduld ebenfalls zu Ende ging. Dass Maja aber auch immer bremsen musste. Siegfried war einmal ihr Ausbilder gewesen, na und? Jetzt war er Verdächtiger und sie hatten die notwendigen Schritte zu setzen.

»Das dauert Wochen«, schaltete sich Sean ein.

»Für gewöhnlich hast du recht«, bemerkte Ferrera. »Doch wie gesagt, zeigt das Ministerium Interesse an dem Fall. Tatsächlich ist man an uns herangetreten, mit der Bitte, den Zeugen Inoextrakt zu unterziehen.«

»Soll das heißen, wir haben bereits die Genehmigung?«, fragte Sean.

»Genauso ist es. Aber Inoextrakt ist keine geringe Maßnahme. Erst recht nicht, wenn die Zielperson ihre Zustimmung verweigert. Wir werden Inoextrakt erst anwenden, wenn alle anderen Optionen ausgeschöpft sind. Zu diesem Zweck, habe ich die Besprechung einberufen. Ich möchte, dass wir abstimmen. Die Mehrheit entscheidet.«

»Ich bin natürlich dafür«, meldete sich Can.

»Ich weiß nicht«, gab Sean zu Bedenken. »Es gibt noch so viele ungeklärte Fragen, die wir vorher beantworten sollten.«

»Bitte, wir sind ganz Ohr.« Ferrera wies Sean an, weiterzusprechen.

»Zunächst einmal fanden sich an Siegfrieds Händen keine Schmauchspuren. Sicher, das entlastet ihn nicht zwingend, aber vor allem belastet es ihn nicht«, begann Sean zu erklären. »Neben den Schmauchspuren fehlt auch die Tatwaffe selbst. Meine Helferlein haben den Zug, den Bahnsteig und die Gleisanlagen durchsucht, aber nichts gefunden. Wenn es diesen Julianus nicht gibt, wer hat dann den Revolver?«, fragte Sean in die Runde.

»Der Einwand ist berechtigt.« Ferrera nickte. »Inzwischen müssten doch die Ergebnisse der Ballistik vorliegen. Fasse bitte zusammen, was wir bislang wissen«, wies Ferrera Sean an.

»Mal sehen. Wo fange ich am besten an?« Sean ordnete seine Gedanken. Tess rollte virtuell mit den Augen. Sean hätte ihr einfach seine Daten schicken können. Nicht, dass sie ihm gerne seine Aufgaben abnahm. Doch das meiste, was er Arbeit nannte, war für sie eine Kleinigkeit.

»Ja, da ist es«, triumphierte Sean. »Seht euch das an. Die Kugel aus dem Schädel des Opfers ist vom Kaliber 8,11 mm. Ich habe die Kerben, die der Lauf der Waffe am Projektil hinterlassen hat, untersucht und mit Ino verglichen. Es gab einen Treffer. Um diesen endgültig zu bestätigen, müsste ich jedoch eine zweite Waffe vom selben Typus als Referenz abfeuern und die Projektile miteinander vergleichen.«

»Das ist eine recht ungewöhnliche Anfrage«, klang Ferrera erstaunt. Er konnte sich nicht erinnern, dass während seiner Laufbahn auch nur ein Kollege jemals mit einer Feuerwaffe geschossen hatte. »Wozu sollte das notwendig sein? Die Datenbank lieferte doch einen Treffer, wie ich sehe.« Ferrera besah das von Sean gesendete Datenpaket. »Hier, ein Rast-Gasser M1898 Revolver. Das passt ins Bild. Siegfried sprach doch von einem Revolver.«

»Ja, das tat er«, pflichtete Sean bei. »Aber er ist kein Waffenexperte. Er wird sich die Waffe nicht sonderlich genau angesehen haben. Inoextrakt kann nur sichtbar machen, was die betreffende Person auch mitbekommen hat. Ino wird die Lücken füllen müssen. Das heißt, dass wir abermals keine definitive Aussage bekommen werden.«

Tess rang mit sich selbst. Sean hatte wiederholt bewiesen, dass sein Verständnis von Inoextrakt – ach nein von Ino allgemein – mehr als begrenzt war. Ein Teil ihres Verstandes riet ihr, ihm schonungslos die Meinung zu sagen. Dass die »Lücken-Füll-Funktion« zu viel mehr in der Lage war als er annahm. Dass man sehr wohl auf das Modell Rückschlüsse ziehen konnte, weil Revolver unpassender Größe sofort aussortiert wurden. Dass die Waffendatenbank vollständig und fehlerlos war … Doch gleichzeitig wusste Tess, dass alle guten Ratschläge und Erklärungen nicht viel brachten, wenn der Adressat sich als für Logik nicht empfänglich erwies. So atmete sie, statt zu senden nur tief durch. Sollte Sean doch glauben, was er wollte. Die anderen würden ihn ohnehin überstimmen.

»Aus mathematischer Sicht kann man niemals mit hundertprozentiger Sicherheit davon ausgehen, dass ein Messergebnis nicht bloß durch Zufall entstanden ist.« Can legte deutlich weniger Zurückhaltung an den Tag als Tess. »Wenn die Datenbank einen Treffer liefert, ist das für uns gut genug. Außerdem verstehe ich nicht, was an dem Revolver so besonders sein soll.« Vor Cans geistigem Auge flimmerte das Bild der Waffe. »Er kann locker mit einer Hand abgefeuert werden. Der Rückstoß scheint laut den technischen Daten auch nicht sonderlich stark zu sein. Vielleicht könnte ihn der Verdächtige sogar aus einer ungewöhnlichen Position heraus abgefeuert haben.«

»Der Schusswinkel ist das nächste Problem«, gab Sean zu bedenken. Tatsächlich war dies für den Forensiker der Hauptgrund, an

Siegfrieds Schuld zu zweifeln. Einen Revolver feuerte man entweder aus der Hüfte oder mit gestrecktem Arm ab. Einen präzisen Schuss abzugeben, während man sich sitzend zur Seite lehnte und das Handgelenk abwinkelte, mochte vielleicht theoretisch möglich sein. Praktisch war es absoluter Blödsinn. Doch das musste man der inosüchtigen Jugend von heute erst einmal erklären. Die Tatsache, dass Leute wie Can der Zahl 1898 keine sonderliche Beachtung schenkten, sprach bereits Bände. »Ganz ehrlich, aus meiner Sicht spricht alles für die Existenz eines unsichtbaren Täters.« Sean konnte die missbilligenden Blicke, mit den ihn Tess und Can musterten, förmlich spüren. »Ich weiß natürlich, dass es genauso unwahrscheinlich ist, dass der Inoscanner einen Menschen nicht erkennt«, rechtfertigte er sich. »Aber da ist dann noch die Waffe selbst. Sie sollte auch nicht existieren – zumindest nicht mehr.«

»Schusswaffen sind tatsächlich selten geworden«, räumte Ferrera ein. »Inostopper haben sie weitgehend verdrängt. »Doch es gibt sie nach wie vor.«

»Auch welche aus dem 19. Jahrhundert?« Sean ließ den Satz kurz einwirken. Er fand es seltsam, dass bislang niemand darauf reagiert hatte. »M1898 steht für Modell aus dem Jahre 1898«, fügte er schließlich hinzu, um sicherzugehen, dass auch jeder verstand.

»Auf alle Fälle bestätigt dies Siegfrieds Aufrichtigkeit«, meldete sich Maja. »Er hat ja die auffällige Kleidung und den ungewöhnlichen Bart dieses Julianus beschrieben. Anfangs machte dies seine Aussage unglaubwürdig. Doch nun scheinen sich die Teile alle zusammenzufügen.« Sie machte eine Pause. »Ehrlich gesagt bin ich unter diesen Umständen auch gegen Inoextrakt.

»Fassen wir zusammen«, drängte Can. »Wir haben eine Tat ohne erkennbares Motiv. Ausgeführt mit einem Museumsstück. Begangen von einem imaginären Mörder. Der einzige Grund, wieso es keinen Widerspruch gibt ist, weil nichts Sinn macht. Noch einmal. Wir brauchen Inoextrakt.« Can versendete seine letzten Worte mit maximaler Eindringlichkeit. Was gab es hier noch zu diskutieren? Dass Sean das Offensichtliche nicht wahrhaben wollte, war eine Sache. Der Typ war Siegfried einfach zu ähnlich. Doch Maja hätte Can für vernünftiger eingeschätzt.

»Ich stimme Can zu«, erklang Tess' Stimme. »Was immer für offene Fragen zu beantworten sein mögen. Inoextrakt bietet die höchsten Erfolgschancen.«

»Gut, damit steht es zwei zu zwei«, fasste Ferrera zusammen. Wohlwollend spürte er, wie sich die Aufmerksamkeit aller Anwesenden auf ihn fokussierte. »Dann werde ich entscheiden. In seiner Stimme schwang ein Hauch von Triumph mit. »Zunächst einmal verstehe ich die Argumente beider Seiten. Es gibt tatsächlich eine Fülle ungeklärter Fragen. Das ist einer der Gründe, warum dieser Fall eine solche Brisanz besitzt. Ein weiterer Aspekt ist die Tatsache, dass Herr Tegethoff ein langjähriger Kollege war. Dies lässt sich nicht einfach beiseite wischen. Das Ministerium hat dies übrigens beanstandet. Man hat sogar überlegt uns den Fall zu entziehen.«

»Das können die nicht machen«, platzte Can heraus.

»Natürlich können sie das. Sie sind das Ministerium«, antwortete Maja nicht weniger vorlaut. »Vor allem nachdem unser Verhör keine neuen Erkenntnisse gebracht hat.« Ferrera schmunzelte. Er verstand die Anspielung. Can, dessen geistiges Abbild regungslos blieb, offenbar nicht.

»Keine Sorge, ein Entzug des Falles ist derzeit nicht vorgesehen. Dies ist auch aus Sicht Herrn Tegethoffs positiv. Fremde Kollegen würden ihn sicher härter anfassen als wir.« Maja erwiderte Ferreras Schmunzeln zögerlich.

»Wie gesagt, dies ist unsere Chance, uns als Abteilung zu beweisen. Das Ministerium hat uns angeboten, uns einen Experten zur Beratung zur Seite zu stellen. Er würde Inoextrakt persönlich durchführen. Ich denke es wäre unklug ein solches Angebot abzulehnen.« Erneut machte Ferrera eine Pause, um die Reaktionen seiner Gesprächspartner zu studieren. »Ich stimme daher für Inoextrakt.« Wie er es vorhergesehen hatte, reagierte niemand. Ferrera hatte seine Antwort ja bereits vorweggenommen. Dafür konnte er regelrecht spüren, wie sich jeder dieselbe Frage zugleich stellte. Wer brachte wohl den Mut auf, sie als erster zu stellen?

»Kannst du uns sagen, wer dieser Experte ist?« Fasziniert stellte Ferrera fest, dass es Sean war. Er hatte mit Can gerechnet.

»Leif Krag.« Ferrera ließ den Namen fast beiläufig fallen. Jeglicher Vorstellungsversuch wäre ihm nicht gerecht geworden. Die einsetzende Funkstille machte das mehr als deutlich. Keines der geistigen Abbilder schien sich auch nur zu regen – sie waren alle wie eingefroren. Sogar Sean war auffallend zurückhaltend.

»Mit Hilfe des Sicherheitsministers werden wir diesen Fall sicher schnell gelöst haben.« Dieses Mal war es tatsächlich Can, der die Stille durchbrach. Seine betont entspannte Inostimme wollte jedoch nicht recht zur angespannten Situation passen.

»Ich stimme zu«, meldete sich eine zweite Stimme. Es war nicht Tess' Art, Entscheidungen zu kommentieren. Aber manchmal konnte selbst sie sich nicht zurückhalten. Einer der zwölf Minister würde direkt mit ihr zusammenarbeiten. Endlich würde sie einen wahren Experten an ihrer Seite sehen. Sie hatte es satt, dass ihr Team aus Leuten bestand, denen das wahre Potential von Ino immer fremd bleiben würde. Aber Leif Krag – das war jemand – der locker mit ihr mithalten konnte. Mehr noch: Es war jemand, zu dem sie aufblicken konnte. Zum ersten Mal seit Jahren spürte sie so etwas wie Vorfreude auf eine bevorstehende Arbeit.

Maja und Sean dagegen waren deutlich wortkarger. Ferrera war ihr Schweigen jedoch nur recht. Diese Besprechung hatte bereits lange genug gedauert. Er hatte sich noch um andere Dinge zu kümmern. »Gut, ich denke damit ist alles gesagt«, fasste er zusammen. »Ich werde dem Ministerium sogleich Meldung machen. Wir schaffen das. Wichtig ist nur, dass wir zusammenhalten.« Er blickte erneut in die Runde und glaubte so etwas wie Zustimmung in jedem der Abbilder zu erkennen. »Wunderbar. Damit ist die Besprechung beendet.«

Kapitel 5

Siegfried saß in seinem gepolsterten Lieblingssessel und starrte auf das Bücherregal an der gegenüberliegenden Wand. Mit seinem dunklen, fast schwärzlichen Holz und den Messingbeschlägen an der Seite wirkte es bedeutend älter, als es eigentlich war. Sicher, inzwischen waren einige Jahre ins Land gezogen, seit Siegfried es erstanden hatte. Dennoch war es bedeutend jünger als etwa der Sessel, auf dem Siegfried saß. Der Spezialschaumstoff, aus dem die Polsterung bestand, war jedoch so neuzeitlich wie er aussah, auch wenn er die eine oder andere Gebrauchsspur aufwies. Man könnte meinen, der Sessel war sich seines Platzes in der Geschichte bewusst, während sich das Regal an vergangene Zeiten klammerte. Das war natürlich Unsinn. Nicht nur, weil Möbel naturgemäß kein Bewusstsein besaßen. Nein, das Bücheregal erfüllte seinen Verwendungszweck gerade dadurch, dass es vorgab, älter zu sein als es war. Egal ob breit oder schmal, an der Wand verschraubt oder freistehend: Alle Bücherregale, die man noch erstehen konnte, ahmten den Stil vergangener Zeiten nach. Denn nichts anderes waren sie: Erinnerungen an die Vergangenheit. Schon längst las niemand mehr Bücher. Es gab schlicht keinen praktischen Grund dafür. Dank Ino konnte man sich Texte direkt ins Gehirn laden. Die entsprechende Inopt war so ausgereift, dass sie selbst Siegfried überzeugt hatte. Es war, als stünde man neben sich. Die eigenen Gedanken wurden zur Stimme eines imaginären Vorlesers. Doch obwohl dieser den Inhalt seines Werkes im Zeitraffer vortrug, klebte man doch regelrecht an seinen nicht vorhandenen Lippen. Innerhalb weniger Augenblicke hatte man so ganze Wälzer verinnerlicht. Zwar verblassten die Details recht rasch. Allerdings war dies auch bei gewöhnlichem Lesen kaum anders. Die Technik bot auch hier eine Lösung an. Bücher dagegen verfügten über kein Inomem. Dank solcher Anwendungen war der Mensch selbst zur Bibliothek geworden. Wozu sollte man da noch Papier horten, geschweige denn daraus lesen? Ihre zunehmende Bedeutungslosigkeit sorgte jedoch nicht für das Verschwinden von Büchern. Es gab sie nach wie vor in rauen Mengen. Allerdings wurden sie längst nur mehr als Dekorationsartikel verwendet. Etwa um Altbauten zu schmücken, Filmkulissen zu verschönern oder Ähnliches. Streng genommen erfüllten die Regale somit ihren ursprünglichen Zweck, als Ablage für Bücher zu fungieren, nach wie vor.

Siegfried musterte das neue alte Möbelstück. Vielleicht war der Begriff »neu« doch weniger zutreffend, als das Konstruktionsjahr vermuten ließ. Schließlich machte Ino das Regal im Grunde auch als Dekorationsgegenstand zunehmend überflüssig. Inzwischen konnte man fast alles glaubhaft projizieren. Selbst dreidimensionale Objekte stellten für Ino keine Herausforderung mehr dar. Schließlich fertigte das Gehirn während des Sehprozesses ganz automatisch aus den zweidimensionalen Bildern, welche es von den Augen empfing, dreidimensionale Gebilde an. Ino ersetzte lediglich die Sehorgane. Nur elektronische Kameras brauchten nach wie vor feste Modelle. Natürlich konnte man jeden Film mit Leichtigkeit so nachbearbeiten, dass er zeigte, was man sehen wollte. Aber es war alles eine Frage des Aufwandes. Es gab immerhin genug alte Bücher, die irgendwo vor sich hin staubten. Das Original war vielfach billiger als die Simulation geworden. Siegfried runzelte die Stirn. Wie viel Zeit war vergangen, seit er das letzte Mal ein Buch gelesen hatte? Es mussten Jahre gewesen sein. Drei? Fünf? Gar zehn? Jedenfalls zu viele, um sich noch an ihre Zahl zu erinnern. Aber er hatte sein Regal auch gar nicht erstanden, um in seinen Büchern zu lesen. Auch wenn er sich dies oft vorgenommen hatte. Tatsächlich hatte er das Regal von Anfang an hauptsächlich als Blickfang benutzt. Wenn seine Augen über die feine Maserung des Holzes streiften, wenn sein Blick über die Einbände zog, fühlte er, wie die Last des Alltages von ihm wich. Das Regal mochte seinen ursprünglichen Zweck nicht erfüllen, doch für Siegfried war es dennoch mehr als nur ein bloßer Dekorationsgegenstand. Es war eine Inspirationsquelle, ja fast eine Art Schrein. Eine Reliquiensammlung, die seine Sorgen wie böse Geister vertrieb. Siegfrieds Blick verfinsterte sich. Nein, vertreiben ließen sie sich nicht, dafür wogen sie zu schwer. Man konnte sie höchstens soweit mildern, dass Siegfried wieder im Stande war, klar zu denken. Doch das sollte reichen.

Siegfried reckte seinen Hals. Er fühlte sich nun in der Lage, die Ereignisse des vergangenen Tages Stück für Stück Revue passieren zu lassen. Für einen Moment spielte er sogar mit dem Gedanken, sein Erlebtes mit Ino in einen Film zu konvertieren. Es war lange her, seit er die Anwendung das letzte Mal gestartet hatte. Inzwischen war sie technisch sicherlich deutlich verbessert worden. Der Algorithmus, der Lücken im Gedächtnis füllte, würde sicher nicht mehr nur Unsinn generieren, wie er das früher getan hatte. Viel eher würde er Siegfried Details präsentieren, an die er sich selbst nicht richtig erinnern konnte. Ja, logisch betrachtet, sprach nichts gegen etwas technische Hilfe.

Siegfried holte tief Luft, dann ließ er den Film abspielen. Vor seinem geistigen Auge sah er sich das Polizeigebäude verlassen. Er sah, wie der Bahnsteig immer näherkam. Dann fuhr der Zug ein. Die Waggons waren mit einer braungräulichen Schmutzschicht überzogen. Der Bahnsteig war größtenteils leer. Jedes Detail schien zu stimmen. Siegfried glaubte sogar die wenigen Leute, die neben ihm auf den Zug warteten, wieder zu erkennen. Dieses Detail konnte auch seiner Einbildung entspringen. Dennoch – die Wiedergabequalität von Ino war ausgezeichnet – mehr noch, sie war beinahe beängstigend. Es war, als erlebte Siegfried den Tag tatsächlich noch einmal. Es schien, als könnte Ino selbst die Mordszene exakt wiedergeben – und das noch weitaus exakter, als Siegfried dies selbst während des Verhörs getan hatte. Langsam öffneten sich die Türen des Abteils. Gleich würde sich zeigen, wie zuverlässig die Anwendung tatsächlich war. Doch statt den Zug zu betreten, verharrte Siegfried regungslos. Die Tür erstarrte in halbgeöffneter Position. Für einen Außenstehenden sah es aus, als wäre Ino eingefroren. Doch die Technologie arbeitete fehlerfrei – zu fehlerfrei für Siegfried.

Er öffnete seine Augen und sah an sich herab. Er war nicht fähig, den Film weiter laufen zu lassen. Etwas hielt ihn zurück. In all seinen Lebensjahren hatte Siegfried ein feines Gespür für seine körperlichen Regungen entwickelt. Er wusste, wann Furcht dabei war, Besitz von ihm zu ergreifen und wann dem nicht so war. Siegfried starrte auf seine rechte Hand. Wenn Angstzustände ihn plagten, neigte sie dazu leicht zu zittern. Doch da war keine Bewegung auszumachen. Seine Hand ruhte wie schlafend auf der Lehne des Sessels. Nein, Siegfried hatte Ino nicht aus Angst gestoppt. Er könnte den Film also weiterlaufen lassen – könnte. Stattdessen starrte er weiterhin regungslos auf den Spalt zwischen den Flügeln der Zugtür. Julianus war noch nicht zu sehen. Siegfried war das nur recht. Bevor er sich weiter wagte, wollte er erst herausfinden, was ihn davor zurückhielt. Jemand wie Can würde den Film wohl einfach weiterlaufenlassen. Für Menschen wie ihn waren Gefühle etwas Irrationales, das es zu überwinden galt. Siegfried wusste es besser. Furcht war ein Warnsignal. Ein solches einfach nicht zu beachten, war nie ratsam. Schließlich ignorierte man einen Brandmelder auch nicht, nur weil man keinen Rauch sah. Nein, man löschte entweder das Feuer oder überprüfte das Gerät auf eine Störung. Die Frage war daher nicht, wie irrational die Furcht, sondern wie gefährlich ihr Auslöser war. Tiere etwa fürchteten das Feuer zu Recht. Immerhin fehlte ihnen die Möglichkeit es zu löschen. Ein Waldbrand war etwas, das ihre Fähigkeiten zur Problemlösung überstieg, etwas, das sie geistig überforderte. Überlegenheit. Das war das Stichwort. Man ängstigte sich vor Dingen, die einen überragten. Kinder fürchteten die Dunkelheit, weil sie nicht wussten, was sich in ihr verbarg. Die Finsternis überforderte sie geistig. Siegfried ging es gerade ähnlich. Er sah sich außer Stande, abzuschätzen, was sich hinter diesem allzu perfekten Bild, das Ino ihm präsentierte, verbarg.

Er schüttelte den Kopf. So plausibel diese Erklärung auch klang, Siegfried war mit ihr nur sehr bedingt geholfen. Er ängstigte sich nämlich nicht – zumindest nicht wirklich. Ja, etwas plagte ihn. Etwas, für das er kein Wort fand, auch wenn ihm die Empfindung, die es auslöste, nicht unbekannt war. Tatsächlich erinnerte sich Siegfried sogar sehr genau an das letzte Mal, als ihn dieses seltsame Gefühl, das er nicht beschreiben konnte, regelrecht überfallen hatte. Es war damals gewesen, als er Fjodors Werkstatt das erste Mal virtuell betreten hatte. In diesem Augenblick war die Empfindung besonders stark gewesen. Sie war jedoch auch in jüngerer Vergangenheit aufgetreten, wenn auch nicht im gleichen Ausmaß. Als Siegfried sich geweigert hatte, das Verhör mittels Gedankentransfer durchzuführen, hatte etwas Ähnliches sein Inneres in Unruhe versetzt. Was war dieses »Es«? Vielleicht Paranoia? Nein, das war unwahrscheinlich. Siegfried mochte Ino skeptisch gegenüberstehen – als Feind betrachtete er die Technologie nicht. Im Gegenteil, er war sich der Vorzüge Inos durchaus bewusst. Die richtige Anwendung würde Siegfried exakt zeigen, was er zuvor gesehen hatte. Alles, woran er sich auch nur im Entferntesten erinnern konnte, würde ihm klar vor Augen geführt werden. Daran hegte er keinen Zweifel. Natürlich befanden sich darunter auch Dinge, an die sich Siegfried lieber nicht erinnerte. Doch so seltsam die Vorkommnisse der jüngsten Zeit auch gewesen waren – traumatisierend waren sie nicht. Siegfried hatte schon vor einigen Leichen gestanden. Trotz stark gesunkener Verbrechensraten ließ sich dies als Polizist langfristig kaum vermeiden. Jeder Beruf brachte eben seine Risiken mit sich, auch wenn die Volldigitalisierung immer mehr davon eliminierte. Moderne Bäcker etwa atmeten längst keinen Mehlstaub mehr ein – dafür gab es Backroboter. Schwerverbrecher gab es aber nach wie vor – diese Art von Mensch wollte einfach nicht aussterben. Allerdings war sie selten geworden – vor allem was Mörder betraf. Soweit Siegfried wusste, hatten weder Can noch Maja jemals direkten Kontakt mit einer solchen Art von Täter gehabt. Doch dieser scheinbare Luxus war nichts, wofür Siegfried die beiden beneidete. Ganz im Gegenteil. Dabei war es nicht so, dass Siegfried die Gegenwart von Kriminellen sonderlich schätzte. Auch gehörte er nicht zu denen, die Blut und Körperteile faszinierend, oder gar anziehend fanden. Nein, Siegfried erinnerte sich an keine seiner Begegnungen mit einem Mörder oder dessen Opfer gerne zurück. Er war auch froh darüber, dass sie nicht sonderlich zahlreich waren. Dennoch, missen wollte er sie auch nicht. Denn jeder tragische Fall war Siegfried auch ein Lehrer gewesen. Frau Bougmil etwa hatte ihn gelehrt, welche Abgründe sich hinter der Fassade einer glücklichen Beziehung auftun konnten. Oder jener Messerstecher, den er damals noch zusammen mit Fjodor verhaftet hatte. Der Mann hatte im Alkoholrausch einfach auf andere Barbesucher eingestochen. Weil sie »blöd dreinschauten«, wie er behauptet hatte. Mehr Motiv hatte er nicht gebraucht. Siegfried war damals noch der Meinung gewesen, dass hinter jeder bösen Tat zumindest ein Ansatz eines Plans – oder wenigstens eine gewisse Überlegung stecken musste. Doch manche Täter gaben sich schon mit deutlich weniger zufrieden. Erkenntnisse wie diese würden jemandem wie Can guttun. Er mochte mit Ino besser umgehen können als alle seine Vorgänger zusammen. Aber Ino war ein Computersystem – aufgebaut auf reiner mathematischer Logik. Der Mensch jedoch handelte nicht zwingend logisch. Aber das musste man Polizisten von heute erst einmal erklären. Siegfried hatte es versucht. Aber schon bei Maja hatte er nicht den Eindruck gehabt, damit sonderlich erfolgreich gewesen zu sein. Dabei war sie einige der wenigen, die ihm überhaupt zuhörten. Für die anderen Jungpolizisten war er lediglich ein alter Mann, der längst den Anschluss verloren hatte. Nun ja, ganz unrecht hatten sie damit nicht. Siegfried gab seine mangelnden Inokenntnisse auch offen zu. Selbsterkenntnis aber war etwas, an dem es der heutigen Generation noch fast mehr mangelte als an Menschenkenntnissen. Cans dilettantischer Verhörstil war Beweis genug. Siegfried hatte wirklich keine Probleme damit gehabt, ihm ausgiebig über sein Erlebtes zu berichten. Aber der junge Polizist hatte sich ja darauf versteifen müssen, ihn wie einen Verdächtigen – ja fast schon wie einen überführten Verbrecher – zu behandeln. Der junge Mann hatte noch so viel zu lernen. Je länger Siegfried jedoch darüber nachdachte, desto stärker wuchs seine Skepsis, was die Erfolgschancen von Cans Lernprozess betraf.

Seufzend wandte er sich erneut Ino zu. Ein weiteres Mal fixierte Siegfried die halbgeöffnete Zugtür. Sie wirkte echt und künstlich zugleich. Wie ein Stück Obst, das viel zu intensiv roch, als dass sein Aroma natürlichen Ursprungs sein konnte. Die Zugtür duftete zwar nicht nach Parfüm, doch sie sah aus, als wäre sie fabrikneu, auch wenn sie dreckig war. Tatsächlich verstärkte die virtuelle Dreckschicht den Eindruck, die Tür wäre gerade erst eingebaut worden, so ebenmäßig war sie aufgetragen. Der Schmutzfilm sah aus, als wäre er wie eine Art Lack aufgesprüht worden. Dieser Eindruck beschränkte sich nicht nur auf den Zug, oder dessen Türen. Die Kaugummiflecken auf den Fliesen, die eingetrockneten Schuhabdrücke – jede Verunreinigung wirkte wie aufgepinselt. Als wären sie von Künstlern gemalt, statt von unachtsamen Passanten verursacht. Die gesamte Station war so widerlich authentisch, dass sie schon wieder künstlich wirkte. Entgeistert verließ Siegfried Ino.

Ekel: Das war der Name seiner Empfindung. Siegfried fürchtete Ino nicht, er graute sich davor. Darin lag ein gewichtiger Unterschied. Furcht konnte man sich stellen, man konnte sie überwinden. Ekel aber war schwerer zu bekämpfen. Mit purer Willensstärke allein ließ er sich nicht besiegen. Egal, wie sehr Siegfried sich anstrengte. Eine gewisse Form der Ablehnung Ino gegenüber würde kleben bleiben. Das war wohl sein Schicksal. Der Fluch der Omegageneration. Jene Menschen, die mit Ino auf die Welt kamen, waren mit Bildern dieser Qualität aufgewachsen. Die Eindrücke kamen ihnen perfekt realistisch vor. Vielleicht litten sie sogar am umgekehrten Effekt: Die Realität mit all ihrem Schmutz und ihrer Unschärfe musste auf Menschen, die mit Ino aufgewachsen waren, schrecklich unvollkommen wirken. Da war es kein Wunder, dass sich immer mehr Menschen in das Innere ihrer Schädel zurückzogen. Dort lag ihre Version der Realität, ihre Wirklichkeit. Ein Schauer durchlief Siegfried. Das war ein Weg, auf dem er den jungen Menschen nicht folgen konnte – es auch nicht wollte. Ganz gleich, wie sehr er sich anstrengen würde, Ino würde für ihn immer ein Fremdkörper bleiben. Siegfried war wie ein eines dieser Kinder aus antiken Abenteuerromanen. Eine Waise, der im Wald von Tieren aufgezogen worden war und im Erwachsenenalter in die Stadt zog. Er konnte sich mit der Infrastruktur arrangieren, ihre Vorzüge zu schätzen lernen. Aber mit ihr verschmelzen, das konnte er nicht. Die Abhängigkeit der Stadtbewohner von ihrer Technik schreckte ihn ab. Im Gegenzug sahen die Menschen der Moderne in ihm einen primitiven Wildling. Wahrscheinlich hatte sich Siegfried von genau diesem Ekel leiten lassen, als er auf ein Verhör von Mensch zu Mensch bestanden hatte. Er seufzte. Seine angeblich rationalen Gründe, Inotransfer abzulehnen waren wohl nicht viel mehr als eine Ausrede. Sicher, er hatte durch seine Entscheidung verhindert, dass seine Kollegen Einblick in seine Gedanken erlangten. Doch damit hatte er sie nur scheinbar ihrer Trumpfkarte beraubt. Die Rache für seine Aufmüpfigkeit würde sicher bald folgen. Can hatte ihm ja unverhohlen mit Inoextrakt gedroht. Wenn für Siegfried Ino an der Grenze des Erträglichen lag, wie sollte er dann Inoextrakt überstehen? Immerhin, das lag noch in der Zukunft. Momentan reichte es aus, wenn sich Siegfried mit der Gegenwart beschäftigte. Oder vielmehr mit der Vergangenheit.

Um sich Julianus selbst ins Gedächtnis zu rufen, brauchte Siegfried glücklicherweise keinerlei technische Erinnerungshilfe. Dieser Kerl hatte sich auch ohne Ino in sein Gehirn eingebrannt. Seine großgewachsene Gestalt, sein wallender Mantel, der buschige Bart – alles an ihm schrie förmlich nach Aufmerksamkeit. Siegfried griff sich an die Schläfe. Das alles machte keinen Sinn. Julianus musste auffallen wie ein bunter Hund, aber Siegfried sollte der einzige Zeuge gewesen sein? Sicher, die Passagiere im Zug waren mit Inodive, beziehungsweise mit sich selbst beschäftigt gewesen. Aber irgendjemandem musste der Kerl doch aufgefallen sein. Zumindest musste Julianus damit rechnen, erkannt zu werden, wenn er in solcher Aufmachung herumlief. Ungeachtet dessen hatte er den Mord mit einer Selbstsicherheit begangen, wie es nur jemand tun konnte, der wusste, dass ihm keine Konsequenzen drohten. Oder jemand, der einfach zu dumm war, um überhaupt daran zu denken. Julianus war vieles: Überheblich, rücksichtslos, egozentrisch – aber sicher nicht einfältig. Wie konnte er sich also seines Entkommens so sicher sein? Wäre die Frau, mit der Siegfried zusammengestoßen war, nur einen Moment früher eingestiegen, so wäre sie Zeugin von Julianus' Verbrechen geworden. Hatte er vor lauter Hochmut schlicht nicht daran gedacht, dass es außer Siegfried noch andere Zeugen geben konnte? Oder war es ihm schlicht egal gewesen? Jedenfalls schien er genau gewusst zu haben, was er tat. Schlimmer noch, er hatte die Folgen – oder vielmehr deren Ausbleiben – richtig vorhergesehen. Blieb nur noch die Frage offen, wie Julianus zu dieser Erkenntnis gekommen war.

Siegfried hörte auf seine Schläfe zu massieren. Stattdessen schlug er sich mit der Hand seitlich gegen den Kopf. Er war wohl tatsächlich alt und denkfaul geworden. Ino war tatsächlich die Lösung. Julianus hatte gewusst, dass er für Ino unsichtbar war. Das menschliche Auge selbst konnte ihn zwar ausmachen, doch kaum jemand verließ sich mehr darauf. Wozu auch? Die Inoscanner waren es doch, die über Schuld und Unschuld entschieden. Zeigten sie keine Straftat an, so gab es auch keine. Jeder, der etwas anderes behauptete, war im Irrtum. Die Erkenntnis fiel Siegfried wie Schuppen von den Augen. Das scheinbar so absurd hohe Risiko, dass Julianus eingegangen war, schrumpfte zur Bedeutungslosigkeit. Selbst wenn ihn tausende Menschen gesehen hätten, wäre es winzig geblieben. Niemand hätte ihre Zeugenaussagen ernst genommen. Siegfried hatte es am eigenen Leib erfahren. Maja und Can hatten ihn verdächtigt, weil ihre Logik nichts anderes zu ließ. Wenn Ino unfehlbar war, musste Siegfried lügen. Leider klammerte diese Schlussfolgerung selbst eine universelle Wahrheit aus: Unfehlbare Systeme existierten nicht. Julianus hatte also irgendeine Schwachstelle Inos entdeckt und diese eiskalt ausgenutzt. Darum auch diese Aufmachung. Julianus war wie eines jener legendären Fliegerasse aus dem Ersten Weltkrieg, die ihre Maschinen bunt angestrichen hatten. Was augenscheinlich wie ein aus Leichtsinn begangener Fehler ausgesehen hatte, war in Wirklichkeit ein Akt der psychologischen Kriegsführung gewesen. Sicher, ihre Feinde hatten sie leichter entdecken können – doch wenn ihnen das gelungen war, war es meist zu spät gewesen. Siegfried nickte. Der Vergleich passte in vielerlei Hinsicht. Julianus klammerte sich an die Helden – oder die scheinbaren Helden – der Vergangenheit. Immerhin hatte er die ganze Zeit über vom Übermenschen phantasiert. Der Kerl sah in sich tatsächlich eine heroische Gestalt, die die Welt vor sich selbst rettete, oder ihr wenigstens aufzeigte, dass sie zum Untergang verdammt war. Wie die Asse des großen Krieges hatte er schon viele seiner Gegner zur Strecke gebracht. Siegfried verzog das Gesicht. Nein, so passend war dieser Vergleich nun wieder auch nicht. Kampfpiloten schossen lediglich auf andere Piloten. Julianus aber zog durch die Stadt und knallte wehrlose Menschen ab. Für ihn mochten das Heldentaten oder bestenfalls Belanglosigkeiten sein. Tatsächlich war er ein Serienkiller. Auch wenn Siegfried nur Zeuge eines Mordes gewesen war. Die kalte, fast professionelle Brutalität, mit der die Tat ausgeführt worden war, ließ keine Zweifel offen, dass Julianus mehr als geübt darin war, Menschen zu töten.

Siegfried erhob sich stöhnend von seinem Sessel und machte einen Schritt auf das Regal zu. Er jagte also einen Serienmörder, dessen Existenz von der Polizei geleugnet wurde, während man ihn selbst verdächtigte. Siegfried brauchte jetzt jede Zerstreuung, die er kriegen konnte. Sein Blick wanderte über die Einbände der Bücher. So mancher klassische Roman fand sich in seinem Regal. Siegfried hatte die meisten von ihnen bewusst gekauft. Ein klassisch anmutendes Mobiliar verdiente es, entsprechend gefüllt zu werden. Vor allem jene Werke, die zu ihrer Entstehungszeit als futuristisch gegolten hatten, hatten es Siegfried angetan. Sein Blick fiel auf Bücher wie »Wir«, »1984«, »Der Futurologische Kongress« und natürlich »Schöne neue Welt«. In so manch einsamer Stunde sah Siegfried Ähnlichkeiten zwischen einem der Protagonisten und sich selbst. Bei nüchterner Betrachtung war das natürlich Unsinn. Siegfried war kein Ausgestoßener, höchstens ein Zurückgebliebener. Auch war die Welt nicht durch eine allmächtige Diktatur zu permanentem Stillstand verdammt. Ino entwickelte sich beständig weiter und mit ihm seine Anwender. Ob diese Entwicklung gut war, war jedoch eine andere Frage. Menschen wie Can oder Tess würden eifrig bejahen, Julianus vehement verneinen. Siegfried selbst wusste es nicht so recht.

In einem anderen Punkt hatten die klassischen Dystopien hingegen ins Schwarze getroffen. Die Welt mochte zwar nicht stillstehen, aber sie bewegte sich unter der Kontrolle einer Weltregierung. Streng genommen handelte es sich zwar um keine Diktatur, denn es gab nach wie vor Wahlen. Allerdings wurde jeder der 12 Minister auf Lebenszeit gewählt. Die Regierung argumentierte, dass, um die Welt zu verwalten, einige Jahre schlicht nicht ausreichten. Was wie eine halbgare Ausrede klang, erwies sich in der Praxis jedoch als ausgesprochen wirksam. Siegfried wusste von keiner Bewegung, die die Legitimität der Weltregierung jemals in Frage gestellt hätte. Dazu reichte das politische Interesse des Durchschnittsmenschen auch bei weitem nicht aus. Die letzte Person, mit der Siegfried ernsthaft über Politik diskutiert hatte, war Fjodor gewesen. Von seinen ehemaligen Kollegen interessierte sich niemand für die Tätigkeiten der Regierung. Aber auch Siegfried hatte sich von dem Desinteresse anstecken lassen. Er kannte zwar die Namen der Minister – jeder kannte sie – aber wie lange sie schon im Amt waren, konnte er schon nicht mehr sagen. Ino kannte natürlich auch hierauf die Antwort. Aber Siegfried war die Politik selbst diesen geringen Aufwand nicht wert. Wenn die Weltregierung auch eine Diktatur sein mochte, so war sie die perfekte Version davon. Ihr war gelungen, wo zuvor Gewaltherrscher wie Pazifisten gleichermaßen gescheitert waren: Die Erde friedlich zu vereinen und sie anschließend stabil zu verwalten. Wofür ganze Armeen in der Vergangenheit nicht ausgereicht hatten, schaffte die Weltregierung mit nur zwölf Ministern.

Fjodor und Siegfried hatten oft über die Ursachen und Hintergründe dieser seltsamen Erfolgsgeschichte diskutiert. Bis sie sich beide schließlich zu einer gemeinsamen Schlussfolgerung durchgerungen hatten: Der Erfolg der Politik der Weltregierung bestand darin, dass sie keine war.

In den klassischen Dystopien war die Technik zum reinen Herrschaftsinstrument verkommen. Im günstigsten Falle verschleierte sie lediglich die Unfähigkeit oder Boshaftigkeit einer scheinbar allmächtigen Elite. Im schlimmsten Falle spürte sie deren Feinde auf und vernichtete sie. In dieser Welt war dieses Verhältnis fast umgekehrt. Ino herrschte und die Politik diente ihm. Ideologie war nebensächlich. Die Länder der Erde hatten sich nicht vereint, weil sie Teil einer Weltrevolution sein wollten. Auch waren sie nicht von der Kriegsmaschine eines Diktators dazu gezwungen worden. Nein, man war einfach zu dem Schluss gekommen, dass separate Staaten der weiteren Vernetzung der Menschheit im Wege standen. Wollte man uneingeschränkt Daten miteinander austauschen, waren nationale Gesetze hinderlich. Da der Wille zum Informationsaustausch nicht weichen wollte, mussten eben die Staaten verschwinden. Es war der letzte logische Schritt einer Reise, die schon vor langer Zeit begonnen hatte. Jedenfalls länger, als Siegfried sich zurückerinnern konnte. Stattdessen kam ihm ein Zitat von Fjodor in den Sinn: »Ein großer Diktator zwingt die Menschen, ihm zu folgen. Der größte aber bringt sie dazu, ihm folgen zu wollen.« Vielleicht war die Erde ja doch von einem Tyrannen überrollt worden. Aber war es nicht das, wovon Gelehrte seit jeher geträumt hatten? Dass die Welt von einem gerechten und weisen Herrscher – von einem einzigen gerechten und weisen Herrscher – kontrolliert wurde. Sicher, es waren immer noch zwölf, aber was war das schon im Vergleich zu den hunderten von Staatsoberhäuptern von einst?

Siegfried spürte, wie ihn die Frage ermüdete. Er hatte sich schon lange keine Gedanken mehr über Politik gemacht. Schließlich war er damit in guter Gesellschaft – oder zumindest in zahlreicher. Ein System zu hinterfragen, dass perfekt funktionierte, war ziemlich ineffizient. Und wenn es eine Sache gab, für die diese Welt kein Verständnis hatte, dann war es Ineffizienz.

Siegfried rollte lächelnd mit den Augen. Wieder hatte ihm das Regal einen Dienst erwiesen. Ob sinnvoll oder nicht, seine kleine gedankliche Abschweifung hatte seinen Geist befreit. Seine letzte Begegnung mit Julianus erneut zu durchleben, dazu fühlte er sich zwar immer noch nicht bereit. Aber immerhin konnte er sich nun dazu durchringen, Ino nach Informationen über einen bestimmten römischen Kaiser zu befragen. Staunend ließ Siegfried die Flut an Daten auf sich einprasseln. Wie immer fand er sehr viel mehr, als er gehofft und auch gewollt hatte. Neben Julianus' Lebens- und Wirkungsgeschichte erfuhr Siegfried auch, dass der Kaiser zwar eine hängende Unterlippe, aber dafür angeblich gutaussehende Augenbrauen besaß. Dass er im Gegensatz zu vielen seiner Zeitgenossen einen Vollbart trug und sich mit einer Satire namens »Barthasser« gegen die Kritiker seines Gesichtshaares zur Wehr setzte. Und, und und …

Heftig ausatmend ging Siegfried Inoffline. Einmal mehr fragte er sich, wieso er sich nicht mehr mit der Technologie beschäftigt hatte. Es musste doch möglich sein, den Informationsfluss besser zu filtern. Geistig etwas erschöpft, aber nicht unzufrieden, ließ er sich in seinen Sessel fallen. Trotz der Flut an Informationen, die in seinem Kopf herumschwirrten, fiel es ihm leicht, Verknüpfungen zwischen dem echten und dem vermeintlichen Julianus herzustellen. Je länger er darüber brütete, desto mehr verwunderte es Siegfried, dass Can und Maja die Ähnlichkeiten zwischen beiden Männern nicht erkennen konnten. Vielleicht wollten sie einfach nicht. Julian der Apostat hatte seinen Spitznamen nicht ohne Grund getragen. Er war in eine Zeit hineingeboren worden, in der sich das Christentum im kontinuierlichen Aufschwung befunden hatte. Julian selbst jedoch war Anhänger des sogenannten Neoplatonismus – eines alten griechischen, heidnischen Glaubens – gewesen. Es musste ihn tief getroffen haben, mit anzusehen, wie die von ihm verehrten alten Werte Stück für Stück zurückgedrängt wurden. Nicht gewillt, dies hinzunehmen, hatte er alles in seiner Macht stehende getan, um das Christentum selbst zu verdrängen: Er verhängte Berufsverbote, ließ Kirchen niederbrennen und Bischöfe verbannen. Ein Unterfangen, so brutal wie sinnlos. Am Ende starb der Kaiser mit nur 31 Jahren während eines gescheiterten Feldzuges gegen das Reich der Perser.

Der Julianus von heute musste seine Werte ähnlich bedroht sehen, wie einst der römische Kaiser. Und wie er hielt er sich für einen Philosophen. Allein die Tatsache, dass er sich jemanden zum Vorbild war, der deutlicher nicht hätte scheitern können, passte nicht recht ins Bild. Aber vielleicht glaubte er sein Vorbild einfach hinter sich lassen zu können, so wie der Übermensch den Menschen. Oder er hielt sich selbst für eine idealisierte Version des Kaisers. An Selbstvertrauen schien es ihm nicht zu mangeln. Tatsächlich aber glich er in gewisser Weise mehr einer Romanfigur als einer tatsächlichen historischen Persönlichkeit. Kultiviert und mörderisch zugleich, kam Julianus dem Stereotypen eines ehrenwerten Kriegers – eines Killers mit Kodex – seltsam nahe: Respektvoll gegenüber denen, die er für würdig hielt, mörderisch gegenüber allen anderen. Siegfried fing an zu verstehen, wieso ihm seine ehemaligen Kollegen nicht glaubten. So wie er ihn beschrieben hatte, glich Julianus tatsächlich mehr einer Kunstfigur als einem echten Menschen. Ein Gentleman, der die alten Meister verehrte, aber auf die Künste der Gegenwart herabblickte. Ein Revolverheld mit philosophischen Zügen, der nicht lange zögerte, wenn man ihm den Respekt verweigerte, den er für sich beanspruchte. Eine dominante Erscheinung, die sich aber nur wenigen Auserwählten zeigte, während sie für den Rest der Menschen ein Geist blieb.

Sinnierend blickte Siegfried erneut zu seinem Bücherregal. Ohne Zweifel hatte Julianus viel Zeit mit Lesen verbracht. Siegfried spürte, dass, wenn er ihn überführen wollte, er zuerst Julianus' Inspirationsquellen studieren musste. Doch während er die Einbände seiner Bücher musterte, blieb Siegfrieds Blick an einem von ihnen hängen. Eines der Bücher stach aus der ansonsten geraden Reihe hervor. Das war seltsam. Siegfried nahm manchmal ein Buch heraus, wenn er das Papier fühlen wollte. Doch er war ordentlich und stellte sie immer wieder zurück. Wer aber außer ihm hätte das Buch verrücken können? Siegfried wohnte doch allein. »Die Apologie des Sokrates«, las er auf dem Einband. Das war ein wahrlich klassisches Werk, wenn auch kein futuristisches. Interessanterweise hing ihm dennoch etwas Utopisches an. Niemand konnte mit Sicherheit sagen, in welchem Ausmaß die Handlung tatsächlich stattgefunden hatte oder welche Elemente bloß erfunden waren. Der Mann, den der Autor einen Vortrag halten ließ, hatte selbst nichts niedergeschrieben. Siegfried erinnerte sich an das Werk noch relativ gut. Er hatte es vor Urzeiten noch in Buchform gelesen. Interessanterweise wirkte seine Erinnerung des Inhalts trotzdem noch recht frisch. Neugierig griff Siegfried nach dem Buch. Der Deckel stand leicht ab. Etwas war zwischen die Seiten eingeklemmt. Siegfried hatte damals, als er das Werk gelesen hatte, sicher ein Lesezeichen verwendet. Den Rücken umzuknicken kam für ihn nicht in Frage. Er achtete auf den Zustand der paar Bücher, die er besaß. Daher verwirrte ihn der Gedanke, er hätte einen breiten Gegenstand einfach zwischen die Seiten geklemmt und das Buch so zurück ins Regal gestellt. Siegfried stand auf und nahm das Werk vorsichtig aus dem Regal. Der Gegenstand fiel heraus und schlug scheppernd auf dem Boden auf. Es war ein metallisches Scheppern. Siegfried bückte sich, das Ding aufzuheben, hielt jedoch in der Bewegung inne. Der Gegenstand war eine Patrone. Ruckartig zog Siegfried die Finger zurück. Seine Ausbildung als Polizist riet ihm, dass es vernünftiger wäre, keine Fingerabdrücke auf der Patrone zu hinterlassen. So sank er stattdessen auf die Knie und betrachtete das Stück Metall sorgsam. Siegfried verstand nicht sonderlich viel von Schusswaffen. Allerdings hatte er im Gegensatz zu seinen Kollegen früher eine bedient und verfügte daher zumindest über ein gewisses Basiswissen. So erkannte er, dass die Patrone hinsichtlich ihrer Größe zu einer Faustfeuerwaffe passte. Etwa einer Pistole oder einem Revolver. Entgeistert erhob sich Siegfried. Erst jetzt fiel ihm der Zettel auf, der aus dem Buch ragte. Er zögerte einen Moment, dann zog er ihn heraus. Wenn man seine Fingerabdrücke auf einer Patrone der Mordwaffe fand, so brachte ihn das in Erklärungsnot. Doch niemand konnte ihm zum Vorwurf machen, dass er ein Stück Papier, das er in seiner Wohnung gefunden hatte, angegriffen hatte.

Siegfrieds Finger fuhren über den Zettel. Er war fein säuberlich doppelt gefaltet, so wie man früher Geschäftsbriefe gefaltet hatte. Siegfried wusste dies, denn Fjodor hatte mangels Implantat noch öfters Briefe erhalten. Sehr zum Leidwesen seiner Kollegen, die sich über die »unnötige Arbeit wegen eines Relikts der Vergangenheit«

regelmäßig beschwert hatten. Siegfried hatte dies wie üblich anders gesehen. Statt Zorn hatte er beinahe so etwas wie Neid empfunden. Neid, dass ihm selbst wichtigste Mitteilungen nie in fester Form überreicht worden waren. Sicher, der Nachrichtenaustausch per Inotransfer war sowohl schneller als auch zuverlässiger als das Versenden von Papier. Aber digitalen Daten haftete etwas Flüchtiges an. Selbst wenn man sie doppelt und dreifach sicherte, blieben sie doch nicht greifbar. Papier dagegen wirkte beständiger. Seine feste Form unterstrich die Wichtigkeit einer Mitteilung mehr, als es selbst die aufdringlichste Inostimme tun konnte. Ja, Siegfried hätte sich darüber freuen können, endlich selbst einen Brief erhalten zu haben. Die beiliegende Patrone ermahnte ihn jedoch, dass er mit seinen Wünschen hätte vorsichtiger sein sollen. Mit steinerner Miene begann er den Inhalt des Schreibens zu entziffern. Auf dem Briefkopf stand in handgeschriebener Schrift Siegfrieds Anschrift – ein Zeichen für die übertriebene Korrektheit des Absenders. Siegfried erriet seinen Namen, bevor er ihn ein Stück unterhalb seiner Adresse fand: Flavius Claudius Julianus.

Für einen Moment vergaß Siegfried das Blatt Papier in seinen Händen. Die Jagd hatte tatsächlich begonnen, aber ganz anders, als er sich dies vorgestellt hatte. Schlimm genug, dass Julianus wusste, wo Siegfried wohnte. Er war auch noch erfolgreich in seine Wohnung eingedrungen. Langsam drehte sich Siegfried um, die Angst im Nacken, dass eine schnelle Bewegung sein Leben gefährden könnte. Nichts regte sich. Natürlich nicht. Seine Wohnung war klein und bot wenige Versteckmöglichkeiten. Siegfried hatte seine Unterkunft heute noch nicht verlassen. Wäre Julianus hier, wären sie sich längst über den Weg gelaufen. Das jedoch bedeutete, dass der Mörder das kurze Zeitfenster zwischen der Tat und Siegfrieds Rückkehr in seine Wohnung genutzt hatte, um bei ihm einzubrechen und wieder zu verschwinden. So etwas war zwar denkbar möglich. Jedoch nur, wenn Julianus Siegfrieds Adresse bereits ausfindig gemacht hatte. Und zwar noch bevor sie sich im Zug begegnet waren. Siegfried presste die Lippen aufeinander. Man spielte mit ihm. Doch zu welchem Zweck? Wie benommen starrte Siegfried auf seine Hände, die noch immer den Zettel umklammert hielten. Er enthielt wohl die Antwort auf seine Frage.

Seien Sie gegrüßt!

Ich bitte um Entschuldigung, ungefragt in Ihre Unterkunft eingedrungen zu sein. Ich gestehe, dass diese Form der Kontaktaufnahme eines Ehrenmannes nicht unbedingt würdig erscheint. Doch ich konnte sie nicht einfach aufgeben, wie ich den Rest dieser letzten Menschen aufgeben musste. Sie mögen scheinbar noch leben, doch tatsächlich modern sie. In ihnen steckt keinerlei schöpferische Kraft mehr, kein Streben nach Weisheit oder Stärke. Euer Boden aber ist noch reich genug. Es ist daher an der Zeit, dass Sie den Keim Ihrer höchsten Hoffnung pflanzen. Gerne pflüge ich Ihren Acker. Doch kann ich niemandem helfen, der nicht aus freien Stücken zu mir kommt. Treffen Sie mich daher morgen um Punkt 17:00 Uhr am zentralen Stadtfriedhof, beim Grabmal des letzten großen Denkers.

Freiwilligkeit freilich schließt eine alternative Wahl mit ein. Diesem Briefe beiliegend finden Sie eine Patrone aus exakt jener Waffe, die ich bei unserer ersten Begegnung verwendete. Lehnen Sie meine Lehren ab, so übergeben Sie diese Patrone der Polizei. Vielleicht wird Sie dieses Beweisstück entlasten. Seien Sie sich jedoch bewusst, dass Ihre Chance mich zu treffen dadurch verwirkt wäre.

Wählen Sie weise. Es ist an der Zeit, dass der Mensch sich sein Ziel stecke!

Hochachtungsvoll

Flavius Claudius Julianus

Siegfried schüttelte seinen Kopf. Erst langsam, dann immer schneller. Fast angewidert ließ er den Zettel fallen. Der Kerl wollte ihn bekehren, ihn belehren, als wäre er der Lehrer und Siegfried sein unwissender Schüler. Siegfried wollte erneut einen Schritt auf das Regal zu machen, hielt jedoch in der Bewegung inne. Stattdessen machte er auf dem Absatz kehrt und drehte seinen Büchern den Rücken zu. In diesem Moment war Zerstreuung schädlich. Er musste sich konzentrieren. Diese angebliche Wahl, vor die ihn Julianus stellte, war eine Illusion. Ja, er könnte der Polizei die Patrone zeigen. Doch was würde Siegfried damit erreichen? Er würde nur als noch verdächtiger gelten. Julianus war für Ino und somit für die Behörden unsichtbar. Siegfried und die Patronen waren es nicht. Was war wahrscheinlicher? Dass sich ein fehlerfreies System einen

Fehler eingestand, oder dass man Siegfried für verrückt hielt? Auch wenn es ihn anwiderte, dem Wunsch des Mörders nachzukommen: Nüchtern gesehen hatte Siegfried gar keine andere Wahl, als das Treffen wahrzunehmen. Jedenfalls nicht, wenn er seine Unschuld irgendwie beweisen wollte. Erneut überflog Siegfried das Schreiben. »*… Vielleicht wird Sie dieses Beweisstück entlasten.*« Der Kerl wusste offensichtlich von Siegfrieds Schwierigkeiten mit der Polizei und machte sich darüber lustig. Gut, man musste kein Hellseher sein, um zu vermuten, dass Siegfried mehr Verdächtiger als Zeuge war. Irritierender war eher der Folgesatz »*Seien Sie sich jedoch bewusst, dass Ihre Chance mich zu treffen dadurch verwirkt wäre.*« Spielte Julianus auf Siegfrieds mögliche Verhaftung an, wenn man eine Patrone der Mordwaffe bei ihm fand? Entweder dies oder er hatte einen Informanten bei der Polizei. Siegfried starrte auf den Rücken des Buches, in dem er den Zettel gefunden hatte. Sokrates war unschuldig verurteilt worden. Obwohl er den Prozess moralisch gewann, hatte er ihn faktisch verloren. Julianus liebte klassische literarische Vergleiche. Der Brief war offensichtlich damit gespickt. Also war der Satz wohl tatsächlich als Anspielung zu verstehen.

Siegfried streckte seine Hände in die Höhe und ballte sie zu Fäusten. Wenn Julianus glaubte, dass er Siegfried einfach an der Nase herumführen konnte, dann irrte er. Ja, er würde mitspielen. Aber nur zum Schein und keine Sekunde länger als notwendig. Siegfried ließ seine Arme wieder sinken, hielt die Hände jedoch zu Fäusten geballt. Es war seltsam. Noch vor Kurzem hatte er sich machtlos gefühlt. Jetzt dagegen spürte er, wie eine ungeahnte Energie Besitz von ihm begriff. Es war ein Gefühl, das er fast nicht mehr gekannt hatte. Nein, er würde sich von diesem Kerl nicht einfach unterkriegen lassen. Und seine Kollegen – die konnten bleiben wo der Pfeffer wuchs.

Ein scharfes Geräusch durchfuhr Siegfrieds Schädel. Ärgerlich griff er sich an die Schläfe. Ino benutzte einen durchdringenden, fast schmerzhaften Anrufton, wenn es eine wichtige Meldung überbrachte. Ein Ton, der erst verging, wenn die Nachricht bewusst aufgenommen worden war. Genervt rief sich Siegfried den Text ins Bewusstsein. Seine Finger erschlafften.

»Sie wurden aufgefordert, Ihre Erlebnisse der letzten 72 Stunden mit Inoextrakt zu überprüfen. Begeben Sie sich innerhalb der nächsten 24 Stunden zu den angefügten Koordinaten. Kommen Sie dieser Forderung nicht nach, wird man Sie abholen.«

Siegfried hatte mit einer Aufforderung dieser Art gerechnet. Aber nicht innerhalb einer so kurzen Zeit. Etwas ging innerhalb seiner Abteilung vor. Fing man etwa an, die Tragweite des Falles zu begreifen? Wenn Ino eine fatale Sicherheitslücke aufwies, dann vielleicht auch zwei. Oder drei. In jedem Fall stand die Polizei dann sehr schlecht da. Doch weder konnte noch wollte Siegfried dieser Forderung nachkommen. Seine Entscheidung war gefallen. Er würde Julianus treffen und sich ihm stellen. Seine Kollegen würden ihn natürlich orten. Das war gut. Julianus wähnte sich selbst unsichtbar. Aber es genügte, wenn die Polizei Siegfried folgte. Er würde sie einfach ein bisschen provozieren und dann würden sie ihm auch vor Ablauf der Frist abholen kommen, oder zumindest beschatten. Mit einem Grinsen formulierte Siegfried eine Antwort.

»Ich pfeife auf Inoextrakt. Der wahre Mörder heißt Flavius Claudius Julianus. Ich werde ihn finden, ihn jagen und zur Strecke bringen. Am Grab des letzten großen Denkers werde ich diesen Möchtegern zur Strecke bringen. Ihr könnt mir hinterher gratulieren.«

Das war frech – aber weitaus weniger frech, als es Sokrates damals gewesen war.

Kapitel 6

»Déjà-vu«, brummte Siegfried. Das große, schmiedeeiserne Tor des Stadtfriedhofs schien wie sein Regal ebenfalls alte Zeiten nachzuahmen. Die gewundenen Metallstäbe sahen aus, als wären sie einer alten Schmiede entsprungen. Doch wie Siegfrieds Regal war auch dieses Stück von modernen Industrierobotern gefertigt worden. Im Gegensatz zu dem Möbel war das Tor jedoch auch funktionell auf dem aktuellen Stand der Technik. Äußerlich war davon selbstverständlich nicht viel zu erkennen. Die Elektromotoren waren für das menschliche Auge unsichtbar im Torbogen verstaut. Der einzige Bauteil, der die moderne Konstruktion verriet, war der Inoscanner. Er thronte über dem Eingang wie ein wachsamer Falke. Mit Sicherheit hätte man auch ihn unscheinbarer platzieren können. Doch es war den Konstrukteuren offenbar daran gelegen, gar nicht erst den Eindruck aufkommen zu lassen, das Tor würde nicht bewacht werden.

Langsam griff Siegfried nach dem Türgriff. Kurz bevor seine Finger das Metall berührten, hielt er inne. Verstohlen blickte er auf seine Uhr. Die 24-stündige Frist war noch nicht abgelaufen. Viel Zeit verblieb allerdings nicht mehr. Siegfrieds Augen wanderten von seiner Uhr zu dem elektronischen Torwächter. Instinktiv zog er den Kopf ein, als könne er sich dadurch dem Scanner entziehen. Vielleicht war Siegfried vorhin eine Spur zu vorlaut gewesen. Die Polizei konnte seine Nachricht durchaus als Ankündigung einer Straftat interpretieren. Würde man Siegfried als Flüchtigen einstufen, so wäre ihm der Zutritt zu öffentlichen Anlagen verwehrt. Mit Ausnahme von Polizeirevieren und Gefängnissen natürlich.

Nach einigen bangen Momenten, die ihm wie eine Ewigkeit erschienen, gab sich Siegfried schließlich einen Ruck. Vorsichtig berührten seine Finger das kühle Metall des Türgriffs. Fast augenblicklich schob sich das Eingangstor nach hinten. Siegfried stieß einen leisen Seufzer aus.

›Nervosität bringt eben doch nichts‹, tadelte er sich selbst. Tatsächlich war die Entscheidung, ob Siegfried passieren durfte oder nicht, längst gefällt worden – lange noch bevor er überhaupt in Sichtweite des Tores gelangt war. Siegfried wusste nicht, wie groß die Reichweite des Inoscanners tatsächlich war. Mit Sicherheit aber war sie groß genug, um jeden potenziellen Besucher rechtzeitig klassifizieren zu können, bevor sich dieser auch nur ansatzweise ausreichend genähert hatte, um eintreten zu können. Dies war die Grundvoraussetzung für die Welt, in der die Menschen von heute lebten. Eine offene Welt, wie sie sich Visionäre jahrhundertelang erträumt hatten. Eine Gesellschaft, ohne geschlossene Grenzen und ohne abgesperrte Türen. Doch offen hieß nicht unbewacht. Tatsächlich waren die Sicherheitsbestimmungen sogar strenger, als das jemals in der Geschichte der Fall gewesen war. Sämtliche Türen operierten nach demselben Prinzip. Sie alle mochten zwar grundsätzlich unverschlossen sein. Doch dieser Zustand konnte sich binnen weniger Momente ändern. Die Schlösser verriegelten sich automatisch, wenn jemand eintreten wollte, der dazu nicht autorisiert war. Jeder, der sich einer Tür auf eine gewisse Entfernung näherte, wurde einer Analyse seines Vorstrafenregisters unterzogen. Kriminelle wurden somit aussortiert, bevor sie überhaupt erst die Möglichkeit hatten zuzuschlagen. Sicher, es blieb immer noch die Möglichkeit, sich mit Gewalt Zugang zu verschaffen. Der Umstand, dass man dabei permanent von Ino beobachtet wurde, raubte aber den meisten Einbrechern vorsorglich die Motivation. Die kriminelle Karriere jener, die es dennoch versuchten, war dank permanent möglicher Standortortung recht kurz. Verbrecherjagenden beschränkten sich heutzutage darauf, Verdächtige anhand der Signatur ihres Implantates aufzuspüren. Menschen mit abnormalen Inowerten standen ebenfalls vor verschlossenen Türen. War der Aggressionswert einer Person zu hoch, wurde ihr der Zutritt verweigert – zumindest so lange, bis sich das betroffene Gemüt abgekühlt hatte. Einzig bei Zugängen zu privaten Anlagen konnte der Besitzer auf eigene Gefahr eine Ausnahme machen.

Siegfried nickte dem Scanner beiläufig zu. Die Tatsache, dass weder seine Akte noch seine Nervosität ihm Türen verschlossen, steigerte seine Laune spürbar. In einer offenen Gesellschaft vor versperrten Eingängen zu stehen, machte einem zum Außenseiter, ja zur Anomalie. Das war das Problem an perfekten Systemen. Sie mussten zwangsweise jene Elemente aussortieren, die imperfekt waren. Doch auch in dieser Hinsicht war ein Fortschritt erkennbar. Als Ino noch relativ jung war, hatte das Prinzip der offenen Gesellschaft noch in scheinbar ferner Zukunft gelegen. Alle gesicherten Eingänge waren grundsätzlich versperrt gewesen. Die Schlösser hatten sich nur nach erfolgreicher Identifikation eines zugelassenen Besuchers entriegelt. Siegfried erinnerte sich nur zu gut daran, wie er als junger Mann immer seine Nase förmlich in den Inoscanner hatte halten müssen, wenn er ein öffentliches Gebäude hatte betreten wollen. Die Rechengeschwindigkeit war einfach zu langsam gewesen, um seine Signatur einfach im Vorbeigehen zu registrieren. Besonders problematisch war die Situation für jene Leute gewesen, die noch kein Implantat getragen hatten. Fjodor hatte immer mit seinem Telefon die auf dem Scanner angegebene Nummer wählen müssen, wenn er Einlass ins Revier wollte. »Die Welt begnügt sich nicht die Alten abzuhängen. Sie wollen uns aussperren«, hatte er geklagt. »Wenn das so weitergeht, kann ich bald nicht mal mehr eine Toilette benützen.« Fjodors Befürchtungen waren in der Tat nicht ganz unbegründet gewesen. Seine Generation, in Anlehnung an die Omega-, gerne auch als Psigeneration bezeichnet, hatte das Pech gehabt genau am Scheidepunkt einer technischen Revolution zu leben. Die Menschen der Psigeneration waren zu alt, um noch ein Implantat zu erhalten, aber zu jung, um den Siegeszug Inos nicht miterleben zu müssen. Hatte Fjodor ein öffentliches Gebäude betreten wollen, so hatte er sich mit seinem Telefon in den Datenstrom einwählen müssen und sich anhand seiner Stimme identifizieren zu lassen. »Schöner Fortschritt. Früher waren die Schlüssel kleiner«, hatte er sich oft beschwert. Siegfried hatte solche Aussagen meist wortlos verhallen lassen. Nur wenn Fjodors Stimmung besonders gedrückt gewesen war, hatte Siegfried ihn mit Sätzen wie »Immerhin sind die Scanner kleiner geworden«, oder »Wenn du heute fliegen willst, wirst du nicht mehr mit Strahlen abgetastet«, aufzumuntern versucht. Mehr als ein mürrisches »Jaja«, hatte er Fjodor damit aber nie entlocken können. Erst jetzt, da er selbst zu den Alten zählte, schien Siegfried Fjodor Ansichten zu verstehen. In jungen Jahren war Siegfrieds Mentor gerne mit dem Flugzeug verreist. Lange Zeit hatte Siegfried geglaubt, er hätte diese Leidenschaft wegen seiner sich verschlechternden Gesundheit aufgegeben. Inzwischen wusste er es besser. Menschen der Psigeneration hatten besondere Sicherheitsbestimmungen über sich ergehen lassen müssen. Man konnte sie nicht wie die anderen Passagiere anhand ihrer Inowerte beurteilen. Stattdessen mussten sie sich und ihre Habseligkeiten sorgfältig abtasten lassen. Ein stolzer Mensch, wie Fjodor es gewesen war, musste solche Sonderbehandlung als zutiefst entwürdigend empfunden haben. Siegfried fragte sich, wie Fjodor wohl das nun vorherrschende System kommentieren würde. Denn so verständlich seine Kritik an Ino auch gewesen war: Seine Prognose hatte sich als falsch erwiesen. Heute würde ihn niemand mehr aussperren. Im Gegenteil. Würde Fjodor noch leben, er könnte jedes Gebäude und jedes Zimmer betreten. Wie ein unsichtbarer Geist. Denn für Ino wäre er nichts anderes.

Siegfried sträubten sich bei dieser Erkenntnis die Nackenhaare. War das etwa Julianus' Geheimnis? Besaß er kein Implantat? Auf den ersten Blick war der Gedanke absurd. Bevor man die Inoscanner großflächig umgestellt hatte, hatte man natürlich überprüft, dass jeder Mensch auch tatsächlich ein Implantat trug. Deshalb hatte sich Siegfrieds Generation einer Transplantation unterziehen müssen. Nur jene Menschen, die schon zu alt für einen dermaßen komplizierten Eingriff waren, waren verschont geblieben. Doch diese Generation war in der Zwischenzeit längst verstorben. Fjodor selbst wäre heute deutlich über 100 Jahre alt. Julianus mochte mit seinem Erscheinungsbild längst vergangene Zeiten nachahmen. Seine eigene biologische Uhr aber konnte er damit nicht täuschen. Eine Art von Trick aber musste es geben. Immerhin hatte es Julianus geschafft, sich Zugang zu Siegfrieds Wohnung zu verschaffen. Die Tatsache, dass Julianus dem Inoscanner in der U-Bahn einfach so entwischt war, ließ nichts Gutes vermuten. Trick oder nicht. Was konnte ein Mensch, der die Fähigkeit besaß, sich dem Blick der Scanner zu entziehen, alles damit anstellen? Im günstigsten Falle konnte er sich Zutritt zu fast jedem Gebäude verschaffen. Nur wenige Zugänge waren noch nach dem alten System gesichert. Sie führten fast alle zu Gebäuden, in denen sich ohnehin kaum noch Menschen aufhielten. Kraftwerke etwa, oder Kläranlagen. Ein verdrießliches Lächeln huschte über Siegfrieds Gesicht. Zumindest die Infrastruktur war vor Julianus sicher. Katastrophen wie einen Stromausfall oder einen Zusammenbruch der Trinkwasserversorgung konnte Siegfried also von der Liste möglicher Verbrechen streichen. Allerdings schien sich Julianus ohnehin nicht sonderlich für Industrieanlagen zu interessieren. Er hielt sich für einen Philosophen und nicht für einen Ingenieur. Auch wenn er vorgab, die moderne Technik zu hassen. Seine eigentliche Aufmerksamkeit galt den Menschen. Tatsächlich schien er seinen Mord nur begangen zu haben, um bei Siegfried Eindruck zu schinden. Eine unangenehme Frage drängte sich Siegfried auf.

»Bin ich wirklich der erste, an dem dieser Verrückte Gefallen findet?«, wandte er sich an den Inoscanner. Die Technik aber schwieg. Sicher, der Scanner war nicht zur Kommunikation gedacht – zumindest nicht mit jenen Leuten, die er überwachte. Dennoch überkam Siegfried das Gefühl, dass Ino zu allen Fragen bezüglich Julianus grundsätzlich nur schweigen konnte.

Siegfried hob seine Schultern und trat ein. Er konnte es sich jetzt nicht leisten, Schwäche zu zeigen. Es lag an ihm, Julianus zu entlarven. Wer wusste schon, mit wie vielen Leuten dieser Kerl nicht schon sein Geheimnis geteilt hatte? Ino selbst war ironischerweise voll mit Geschichten über die Existenz angeblicher Tarnkappen. Jenes Gerät, mit dem man sich von Ino – und somit von allem anderen auch – vollkommen ungesehen bewegen konnte. Es war ein beliebter Mythos unter Verschwörungstheoretikern: Angeblich besaß die Regierung Geheimagenten, die für Ino unsichtbar waren und im Verborgenen alle möglichen Verbrechen begingen. Die Legende war so weit verbreitet, dass die Polizei sich genötigt sah, sie offiziell zu dementieren. Selbstverständlich hatte dies den genau gegenteiligen Effekt bewirkt und den Aberglauben noch stärker befeuert. Die Logik der Verschwörungstheoretiker war einleuchtend: Wer, wenn nicht die Polizei hätte ein Interesse daran, die Existenz einer Tarnvorrichtung zu leugnen? Doch so plausibel die Theorie in den Ohren ihrer Vertreter auch klingen mochte – sie hatte einen entscheidenden Fehler. Sicher, so mancher Beamter des Ministeriums hätte seine Gründe, die Existenz einer solchen Technologie zu verleugnen. Der Polizei selbst jedoch wäre mit so einer Tarnkappe mehr geholfen als geschadet. Die traurige Wahrheit war, dass Ino die Polizei längst nicht mehr unterstützte. Im Gegenteil, es entzog ihr zunehmend die Existenzberechtigung. Zu Fjodors Zeiten hatte Siegfrieds Abteilung noch die dreifache Mannstärke von heute besessen. Wozu auch sollte man zusätzliche Polizisten einstellen? Zur Überwachung von Gebäuden oder gar Straßen? Dafür gab es die Inoscanner. Zur Aufspürung von Verdächtigen? Das erledigten erst recht die Scanner. Ein moderner Polizist verließ die Wachstube nur, wenn er es auch unbedingt musste. Im seltenen Fall eines Außeneinsatzes erledigte ebenfalls Ino die wesentliche Arbeit. Den Inostopper jederzeit griffbereit, brauchte der Mensch nicht viel mehr zu tun, als sich von seinem Implantat leiten zu lassen – wie eine Puppe an einem unsichtbaren Faden. Ino erkannte jede potenzielle Bedrohung. Man brauchte den Inostopper nur vor sich zu halten und die Waffe entschied, ob ein potenzielles Ziel außer Gefecht gesetzt werden sollte, oder nicht. Die Gefahr, einen Unschuldigen oder gar einen Kollegen zu verwunden, bestand nicht länger. Eine unsachgemäße Verwendung der Waffe musste man nicht befürchten, da ihr Störsignal nur vom Implantat der Zielperson registriert wurde.

Siegfried war nie ein überzeugter Benutzer von Schusswaffen gewesen und Julianus' Mordtat hatte seine Sympathie für sie gewiss nicht gesteigert. Doch die Verantwortung und das Pflichtgefühl, das Revolver und Pistolen ihrem Träger abverlangt hatten, fehlte Siegfried. Die Inostopper könnten auch ohne weiteres von einem Kleinkind bedient werden. Viel mehr als ein wenig Bürokratie war Siegfried in seinen letzten Dienstjahren nicht an Arbeit übriggeblieben. Nun, zumindest diese Tätigkeit schien alle Zeiten zu überdauern. Selbst in der modernsten aller denkbaren Gesellschaften mussten immer noch regelmäßig Unterschriften geleistet werden. Auch wenn diese mit der Geschwindigkeit eines Gedankens erfolgten. Fast sehnsüchtig erinnerte sich Siegfried an die längst vergangene Zeit, als er und Fjodor noch gemeinsam auf Patrouille gegangen waren. Für seine Kollegen freilich waren dies nichts als Spinnereien. Selbst Maja hatte ihn verständnislos angesehen, wenn Siegfried von Fjodor erzählt hatte. »Bin ich froh, dass das vor meiner Zeit war«, war eine ihrer Standardantworten gewesen. Can hätte Siegfried erst gar nicht zu überzeugen versuchen müssen. Für Menschen wie ihn war die Vergangenheit etwas in jeglicher Hinsicht Rückständiges, und Rückständiges hatte man gefälligst hinter sich zu lassen.

Sinnierend schritt Siegfried die Hauptallee des Friedhofs entlang. Die Dämmerung hatte bereits eingesetzt. Das fahle Licht tauchte die Grabsteinreihen in einen schummrigen Glanz. Eine passende Gelegenheit für ein Geistertreffen. Ja, Geister der Vergangenheit, das waren sie beide, er und Julianus. Der eine ein Schatten seiner Selbst und der andere ein unsichtbares Phantom. Siegfried schüttelte sich. Mit einem Male fror er, doch es lag nicht an der abendlichen

Kälte. Es war seine eigene Niedergeschlagenheit, die ihn schaudern ließ. Ein durchschnittlicher Motivationstrainer würde ihm an dieser Stelle wohl eine Dosis Zweckoptimismus vorschreiben: *»Siegfried, du bist Julians überlegen. Während er glaubt, dich bekehren zu können, weißt du, dass du ihn der Polizei ausliefern wirst. Überhaupt ist er allein, während dir sicher ein paar Beamte folgen werden. Alle Vorteile liegen auf deiner Seite. Denk erst gar nicht ans Scheitern. Du hast bereits so gut wie gewonnen.«*

Siegfried stellte sich den Motivationstrainer fast leibhaft vor: Ein Mann, Anfang Vierzig, in perfekt sitzendem Anzug. Wild mit seinen Händen gestikulierend, erzählte er mit lautstarker Stimme, was alles möglich war, wenn man nur daran glaubte.

Wie um sich selbst zu tadeln, schüttelte Siegfried bedächtig seinen Kopf. Was für ein lächerliches Klischee – und noch dazu ein veraltetes. Ino hatte menschliche Motivationstrainer natürlich längst verdrängt. Doch immerhin hatte Siegfried diese amüsante Vorstellung Ausflug zurück auf die richtige gedankliche Spur gebracht – auch wenn diese der genau umgekehrten Logik folgte.

»Alles, was sich ereignet, geschieht, wie es das Schicksal will. Wenn du das verinnerlichst, lernst du, dass Jammern nichts bringt.« Fjodors Worte hallten in Siegfrieds Kopf, als stünde sein Mentor neben ihm. *»Stell dir deshalb die Dinge möglichst schlimm vor. Denk dir am Morgen schon, dass dir heute nichts als Unannehmlichkeiten begegnen werden. Am Abend dann wirst du entweder zufrieden sein, wenn das Schicksal mit dir gnädig war, oder gelassen, wenn nicht.«*

Mit dieser Art von Zweckpessimismus hatte sich sein Mentor immer zu trösten versucht, wenn die Technik ihm einmal mehr zum Narren gehalten hatte. Siegfried schloss die Augen. Die Schwärze hinter seinen geschlossenen Lidern spiegelte die Öffnung des Laufs von Julianus' Revolver wider. ›Heute werde ich also erschossen‹, durchfuhr es Siegfried. Er öffnete seine Augen erneut. Doch statt noch länger hinter dem Tor zu verweilen, entfernte er sich schnellen Schrittes von ihm. Er hatte eine Mission zu erfüllen. Was auch passieren würde, er würde seine Pflicht erfüllen. Beiläufig warf er einen Blick auf seine Armbanduhr. Befriedigt merkte er, dass seit seiner Ankunft am Friedhof erst wenige Minuten vergangen waren.

Seine Uhr ging zwar immer noch falsch, das jedoch konstant. Die kleine Kopfrechnung, die notwendig war, um die exakte Tageszeit zu bestimmen, kam Siegfried sogar recht. Ein bisschen Zerstreuung war manchmal hilfreich. Zumindest deutlich hilfreicher, als ständig Ino benutzen zu müssen.

Zielsicher bewegte sich Siegfried in Richtung des Grabmals. Es war allerdings auch kaum zu verfehlen. Rupert Carnek, oder »Der letzte große Denker«, wie er genannt wurde, hatte seinem Epithel gemäß ein Ehrengrab erhalten. Die meterhohe Steinsäule war von weitem gut zu erkennen. Sie sollte einen der Antennenmasten symbolisieren, mit denen die Signale Inos übermittelt wurden. Carnek war zu jener Zeit verstorben, als die ersten Inoimplantate in Erscheinung getreten waren. Er selbst hatte zwar den Triumph der Technologie nicht mehr erlebt, dafür aber korrekt vorhergesagt. Damit war er freilich nicht allein gewesen. Aber man nannte Carnek aus gutem Grund nicht den »ersten«, sondern den »letzten großen Denker«. Und auch dies hatte er vorhergesehen. Allerdings nicht aus Selbstgefälligkeit. Tatsächlich hatte Carnek selbst nie behauptet, ein großer Philosoph zu sein. Wie allen berühmten Denkern, war ihm dieser Titel von seinen Anhängern verliehen worden. Carnek war nicht der Meinung gewesen, dass nachfolgende Generationen nicht mehr zum Philosophieren taugen würden. Vielmehr hatte er die Bedeutung der Philosophie selbst schwinden gesehen. Laut Carnek hatte die Wissenschaft längst das Heft in die Hand genommen. Erkenntnisse zählten nur noch, wenn sie empirisch überprüft werden könnten. Die Philosophie dagegen würde künftig nur mehr die Rolle einer Hilfslehre spielen. Sie hätte sich darauf zu beschränken, sinnlose Fragen auszusondern, damit die Wissenschaft sich nicht damit aufhalten müsse. Wenn Carnek tatsächlich Überlegenheit verspürte, dann nur in der Hinsicht, dass er sich als einen der letzten seiner Art gesehen hatte. Jeder, so hatte er argumentiert, trüge einen Philosophen in sich. Allein bei den meisten verhungerte er mit der Zeit. In der Vergangenheit war Bildung, insbesondere höhere Bildung, immer nur auf eine kleine Elite beschränkt gewesen. Die Technik müsste dies nach Carneks Theorie zwangsläufig ändern. Doch je mehr Wissen den Massen zur Verfügung stünde, desto mehr würden sie den Sinn der Philosophie hinterfragen. Immerhin philosophierten die Weisen seit Jahrtausenden und die Welt war doch weitgehend die gleiche geblieben. Die Wissenschaft dagegen hatte in wenigen Jahrzehnten ein technisches Wunder nach dem anderen vollbracht.

Der eigentliche Grund für Carneks Popularität lag jedoch weniger in seinen Überlegungen. Tatsächlich waren diese bereits zu seinen Lebzeiten weder neu noch revolutionär gewesen. Carnek war gemocht worden, weil er die Zeichen seiner Zeit wie kaum ein zweiter gelesen hatte. Seine Vorträge hatten zu den ersten Datenpaketen gehört, die per Ino übertragen worden waren – auf seinen ausdrücklichen Wunsch hin. Hörsäle dagegen waren von ihm möglichst gemieden worden. Stattdessen hatte er seine Reden lieber an öffentlichen Plätzen gehalten. Noch lieber aber war es ihm gewesen, direkt in eine Kamera zu sprechen und seine Lektionen digital verteilen zu lassen. Auch damit war er freilich kein Pionier gewesen. Dafür hatte er die Zukunft seiner eigenen Branche wie kein Zweiter vorhergesagt: Kaum zwei Generationen nach ihm waren Vortragende durch Anwendungen wie Inotransfer und Inomem abgelöst worden. Und Carnek schien tatsächlich der letzte »Große« unter ihnen gewesen zu sein. Dieser Umstand war es, der ihm am Ende ein Ehrengrab beschert hatte. Es passte, dass sich seine letzte Ruhestätte nun an einem öffentlich gut einsehbaren Platz und nicht an einem versteckten Ort befand.

Den Atem vor Anspannung anhaltend kam Siegfried vor dem Denkmal zu stehen. »*Die Technik stößt den Philosophen von seinem Stein*«, stand in goldener Schrift auf der Steinsäule. Siegfried fragte sich, ob Julianus diesen Treffpunkt aus Zustimmung oder aus Protest gewählt hatte. Siegfried drehte seinen Kopf in alle Richtungen. Er hätte Julianus gerne gefragt. Doch von seinem Gegner fehlte jede Spur. So wie auch niemand sonst hier zu sein schien. Siegfried war allein. In einem Anflug von Selbstzweifel sah er ein weiteres Mal auf seine Uhr. Nein, er war pünktlich. Von Julianus hätte er eigentlich das Gleiche erwartet. Der Mann liebte die Inszenierung. Erst in erhabenem, ja fast gebieterischem Ton ein Treffen vorzuschlagen und dann nicht zu erscheinen – das passte nicht zusammen. Siegfried starrte das Grab an. Je länger sein Blick auf die Steinsäule fiel, desto mehr schwand der Eindruck, es handelte sich um ein Denkmal. Stattdessen glich sie mehr und mehr einem Mahnmal. Der Vergleich mit einem Antennenmast wirkte immer weiter hergeholt, je länger Siegfried darüber brütete. Eher erinnerte ihn die Säule an die Überreste eines alten Tempels. Als wäre sie alles, was von einer einst prächtigen Halle noch übrig war, in der sich die Denker der Antike einst getroffen hatten. Doch trotz dieses melancholischen Vergleichs wollte in Siegfried weder Wehmut oder gar Trauer aufkommen. Stattdessen spürte er, wie ein Gefühl der Wut von ihm Besitz zu ergreifen drohte. Julianus hatte ihn also an der Nase herumgeführt – zum zweiten Mal. Wenn er wirklich nicht auftauchte, war es mit Siegfrieds Versuch, seine Unschuld zu beweisen, vorbei. Für eine Umkehr war es längst zu spät. Vermutlich war die Polizei bereits auf dem Weg zum Friedhof, um ihn abzuholen. Julianus hatte wohl den Plan seines vermeintlichen Schülers erraten und ihn in vorrausschauend eine Falle gelockt. Siegfried versuchte diesen Gedanken zusammen mit seiner aufkeimenden Wut beiseite zu schieben, doch es gelang ihm nicht. Denn mit jeder weiteren einsamen Sekunde drängten sich beide nur noch stärker auf. Gebannt lauschte Siegfried in die Dämmerung. Außer ein paar Autos, die in einiger Entfernung den Friedhof passierten, vernahm er aber kein Geräusch. Dennoch fühlte Siegfried, wie seine Wut langsam von einem zweiten Gefühl verdrängt wurde. Das Gefühl, von etwas oder jemandem beobachtet zu werden.

»Facere docet philosophia, non dicere«, erklang eine bekannte, tiefe Stimme hinter ihm. Trotz ihres spöttischen Tonfalls klang sie in Siegfrieds Ohren fast wie Lob. »Eine Tat ist tatsächlich besser als ein Gedanke, da stimme ich dem guten Carnek zu«, sprach Julianus in Richtung des Ehrengrabes. »Aber der Rest …«, besserwisserisch schüttelte er den Kopf. »Der Mangel an Denkern ist einzig und allein im Mangel von Information begründet. Durch die Ausbreitung von Information durch die neuen Massenmedien muss sich dies zwangsweise ändern.« Julianus klang gelangweilt, als zwinge ihn jemand, einen Text aus einer billigen Werbung zu rezitieren. »Praeter speciem stultus est«, schimpfte er schließlich.

Siegfried spürte Julianus' Gegenwart fast noch stärker, als er seine Stimme hörte. Vermutlich lag dies an seinem Revolver, den er ohne Zweifel bei sich trug. Siegfried rührte keinen Muskel. Er wusste, dass jede hektische Bewegung seine letzte sein konnte.

»Er ist dümmer als er aussieht«, übersetzte Julianus, wobei er seltsam enttäuscht klang. »Wollt Ihr mich beeindrucken, so empfehle ich etwas Latein zu lernen.«

Siegfried verstand die Aufforderung. Langsam, aber ohne Zögern, drehte er sich um. Kein Revolver war auf ihn gerichtet – Julianus' Hände waren leer. Siegfried rührte keinen Gesichtsmuskel. Es kostete ihn kaum Mühe, sein schwaches Gefühl der Erleichterung zu verbergen. Julianus sah sich selbst als überlegenen Meister. Seinem Schüler gleich zu Beginn mit Gewalt zu drohen, hätte diesen Anspruch untergraben. Nun, Hochmut, so sagte man, kam vor dem Fall.

»Wenn …«, antwortete Siegfried kühl.

Kapitel 7

»Ist das der verdammte Kerl?«, fragte Can. Es war die höflichste Formulierung, zu der er momentan in der Lage war. In manchen Situationen fiel es selbst einem Meister des Inotransfers schwer, seine Abneigungen zu verbergen. Jemanden im Gebüsch hockend zu beschatten, während man dabei fror, war eine solche Situation. Der Polizist rieb sich die Hände, um die Durchblutung anzuregen. Can war für Außeneinsätze nicht mehr geeignet als ein Mikroskop zum Knacken von Nüssen. Primitive Aufgaben verlangten eben nach primitiven Menschen, nicht nach spezialisierten Experten. In der Bedienung Inos wurde Can intern höchstens von Tess übertroffen. Der alte Kauz dagegen konnte nicht einmal die simpelsten Inofilter richtig justieren. Kein Wunder, dass er sich auf einem Friedhof wohlfühlte. Aber wieso musste er unbedingt ihn mit hineinziehen? Can hatte mehr als einmal versucht, Siegfried die Augen zu öffnen. Wenn der Alte nicht zu stur gewesen wäre, sich Inoextrakt zu unterziehen, hätten sie sich beide eine Menge Ärger ersparen können.

»Statusbericht!« Die Stimme seines neuen Vorgesetzten schnitt wie ein Messer durch Cans Gedanken.

»Wir haben Sichtkontakt zu Siegfried und einem weiteren Verdächtigen«, bestätigte Maja, ohne zu zögern.

»Wer weiß, ob das wirklich dieser Flavius Claudius Julianus ist.« Can bemühte sich nicht, seine Skepsis zu verbergen. Er hielt es immer noch für möglich, dass Siegfried ihn und Maja bloß aufgrund seines dummen Stolzes hergelockt hatte. Um seinetwillen hoffte er, dass es nicht so war. Sein Ex-Kollege steckte schon tief genug in Schwierigkeiten – unabhängig davon, wer dieser zweite Kauz war. Bald schon würde man Siegfried Inoextrakt unterziehen, während eine ganze Kolonne von Spurensuchern seine Wohnung penibel durchkämmte. Fanden die Spürroboter auch nur das kleinste Anzeichen für seine Schuld, landete der Alte für immer im Gefängnis. Flavius Claudis Julianus – allein schon der Name klang lächerlich. So einen Schwachsinn konnte sich auch nur der Alte ausdenken. ›Dieser alte Spinner‹, schimpfte Can innerlich, tunlichst darauf bedacht, seine Flüche nicht mit seinen Kollegen zu teilen. Abermals rieb er seine Hände kräftig aneinander, in der vagen Hoffnung, die freiwerdende Wärme würde seinen aufgestauten Frust ein Stück wegschmelzen. Can wünschte sich Inodive aktivieren zu können. Er hätte dies längst getan, wenn ihm sein neuer Vorgesetzter dies nicht ausdrücklich verboten hätte. Can verstand nicht, was dagegen sprach. Einen alten, rückständigen Mann festzunehmen, war nichts, dass die volle Aufmerksamkeit von einem – geschweige denn zwei – Polizisten erforderte. Aber Leif Krag war niemand, der mit sich verhandeln ließ. Und im Gegenzug zu Siegfried fußte sein Stolz nicht bloß auf Einbildung. Dies zeigt sich allein schon an der Art, wie er seine Inostimme verwendete. Wenn Ferrera versuchte, seinen Anweisungen zusätzliche Autorität zu verleihen, erhöhte er gezielt die Intensität einzelner Wörter. Auf Menschen wie Maja mochte dieser impulsartige Einsatz Inos Eindruck schinden. Can aber wusste es besser. Echte Profis hatten es nicht nötig, Kompromisse einzugehen, denn jedes ihrer Worte war wichtig. Verzichteten sie darauf, mit zusätzlicher Intensität zu senden, dann lag dies bloß daran, dass ihr Empfänger ihnen nicht mehr Aufwand wert war. Tess wendete dieses Prinzip konsequent an. Aber Krag war selbst ihr noch ein gutes Stück voraus. Er sendete überhaupt nie mehr, als unbedingt notwendig war. Wenn er es doch tat – dann zerschnitt seine Inostimme regelrecht die Gedanken ihres Empfängers.

Can entfaltete die Hände. Statt seine Finger zu entspannen, verkrampfte er sie jedoch zu Fäusten. Krags Expertise stand außer Frage. Trotzdem hatte er Can und Maja auf diese sinnlose Mission geschickt. Wie konnte das sein? Die einzige Erklärung war, dass Krag mehr wusste als die Polizei. Das an sich war nicht ungewöhnlich – immerhin war er der Sicherheitsminister. Allerdings hätte er zumindest einen Teil seines Wissens mit seinen Mitarbeitern teilen können. Can öffnete seine Fäuste. Was immer auch hinter all dem steckte, er würde es schon herausfinden – immerhin befand er sich wortwörtlich an vorderster Front. Von dieser Aussicht erwärmt, entspannte Can seine Muskeln und starrte auf die beiden Alten.

Maja kniete deutlich lockerer neben ihrem jungen Kollegen. Im Gegensatz zu ihm empfand sie den Außeneinsatz als nicht unwillkommene Abwechslung zum eintönigen Büroalltag. Dafür sah sie sich einer anderen Belastung ausgesetzt. Fiel es ihr schon bei Tess schwer, deren Gefühlslage zu deuten, so glich dies bei Krag einem Ding der Unmöglichkeit. Er schien nie mehr zu senden, als unbedingt notwendig war. Seine Ohrenstimme hatte sie überhaupt noch nicht gehört. Wenn er stattdessen sendete, so tat er dies konstant in ein und derselben, gedankenlähmenden Intensität. Seine Inostimme glich einer Belagerungskanone – wenn sie feuerte, dann mit einem Donnerschlag. Nuancen in puncto Betonung oder gar Emotionen gingen in diesem Grollen gleichermaßen unter. Krags Art zu kommunizieren war mini- und maximalistisch zugleich. Mit nur wenigen Worten entfaltete seine Inostimme eine Wirkung, an die ganze Vorträge von selbst geübten Rednern wie Ferrara nicht heranragten. Hinter jeder Silbe steckte die Energie eines Schreis aus 100 Kehlen. Als hätte Krag einer johlenden Masse ihre Essenz entzogen und diese Kraft sich einverleibt. Wenn Maja Nachrichten von ihm empfang, so war ihr, als echoten seine Worte regelrecht in ihrem Gehirn. Krags Befehle waren nicht einfach nur Aufforderungen. Sie waren wie innere Zwänge, denen man sich nicht entziehen konnte.

Man folgte diesem Menschen nicht, weil man es wollte, sondern weil man nicht anders konnte. Auch wenn Krag auf Seiten der Polizei stand: Er war nicht viel weniger geheimnisvoll als der angebliche Mörder, der Siegfried gegenüberstand.

Maja fragte sich, ob Krags seltsame Fähigkeit nicht der eigentliche Grund für Ferreras allzu schnelle Befehlsübergabe gewesen war. Es sah ihrem Chef nicht ähnlich, derart schnell das Feld zu räumen. Sicher, Krags Rolle als Sicherheitsminister hatte eine tragende Rolle gespielt. Wenn die Regierung ein Machtwort sprach, so hatte man sich zu fügen. Dennoch war es seltsam, dass Ferrera zu diesem plötzlichen Machttransfer bisher nur geschwiegen hatte. Vielleicht musste er fürchten, bei Widerrede komplett von der Mission ausgeschlossen zu werden. Maja spürte die Anwesenheit ihres alten Vorgesetzten im Inotransfer deutlich. Bestimmt hörte er jedes gesendete Wort mit. Er blieb seinem Schweigen jedoch eisern treu. Seit Übertragungsbeginn hatte er noch kein einziges Wort gesendet. Ministerium hin oder her. Könnte es sein, dass ihr scheinbar so stolzer Vorgesetzter sich von Krag hatte vollends einschüchtern lassen? Maja hatte jedenfalls nicht mitgekommen, dass Ferrera Krag bislang auch nur einmal widersprochen hätte. Dabei mangelte es nicht an Gründen. Dieser gesamte Einsatz war allein Krags Idee gewesen. Ferrera hatte Außeneinsätze grundsätzlich nur selten angeordnet. Wozu auch? Es bestand schlicht nicht die Notwendigkeit dazu. Vor allem in diesem Fall nicht. Siegfried mochte vieles sein. Gefährlich war er nicht. Niemandem aus Majas Abteilung wäre eingefallen ihm aufzulauern – am wenigsten Maja selbst. Zum einen war die Frist, innerhalb derer sich Siegfried stellen musste, noch gar nicht abgelaufen gewesen, als er seine dümmliche Nachricht gesendet hatte. Dann war da die Mitteilung selbst: Maja hätte sie als schlechten Scherz abgetan. Siegfried hatte wohl seine Befragung durch seine ehemaligen Kollegen als Demütigung empfunden und wollte sie nun dafür ärgern. Nicht, dass eine solche Aktion zu ihrem ehemaligen Mentor gepasst hätte – aber in letzter Zeit war er in seltsame Geschehnisse verwickelt gewesen. Seltsamer, als Maja sie sich vorzustellen gewagt hatte.

Fasziniert beobachtete die Polizistin die Szene, von der sie vor kurzem noch überzeugt gewesen war, sie dürfte nicht existieren.

Sie sah, wie sich Siegfried langsam zu dem zweiten Herrn – dem angeblichen Phantom, umdrehte. Das war er also, dieser Julianus. Maja wusste nicht, wie viel sie von Siegfrieds Geschichte über ihn glauben sollte. Was sich vor ihren Augen abspielte, war aber bereits mehr, als sie ursprünglich zu glauben bereit gewesen war. Maja und Can hatten die kürzest mögliche Route zum Friedhof gewählt. Krag hatte darauf bestanden, dass sie vor Siegfried am Ehrengrab eintrafen. Diesem Befehl waren sie nachgekommen. Tatsächlich hatten die beiden Polizisten Siegfried dabei beobachtet, wie er sich der Ruhestätte Carneks genähert hatte, ohne selbst von ihm gesehen zu werden. Dieser Julianus jedoch hatte es geschafft, sich ihren Blicken vollends zu entziehen. Ungläubig starrte Maja auf die Überreste eines der großen Laubhaufen, dem der Mann entstiegen war. Wie lange hatte er dort gewartet? Wie viel länger als Maja und Can?

»Beobachten Sie die Situation, aber greifen Sie nicht ein. Verstärkung ist unterwegs. Warten Sie auf weitere Befehle«, riss sie Krags Inostimme aus ihren Gedanken. Maja spürte, wie ihr ein Schauer über den Rücken lief, doch es lag nicht an der Kälte, ja nicht einmal an Krags wuchtiger Inostimme. Mit aufgerissenen Augen starrte sie auf den Mann, von dem sie nichts außer seinem Pseudonym kannte: Flavius Claudius Julianus. Bei allem Respekt, den Maja für Siegfried empfand – wirklich ernst hatte sie diesen Namen nicht nehmen können. Krag aber war niemand, der Scherze trieb. Wenn er tatsächlich der Meinung war, dass selbst zwei bewaffnete Polizisten nicht ausreichten, um diesen alten Mann festzunehmen, dann war der Vergleich mit einem Imperator vielleicht doch nicht ganz unpassend.

»Keine Angst. Die Verstärkung kümmert sich um ihn«, dröhnte Krags Inostimme erneut in ihrem Schädel.

»Jawohl«, antwortete Maja etwas zögerlich. Sie musste ihre Inofilter wohl besser justieren. Krag entging nicht der kleinste Ausrutscher. ›Ich vermisse Ferrara jetzt schon‹, gestand sie sich selbst, tunlichst darauf bedacht, dass ihr Vorgesetzter nicht mitlas.

»Ich übermittle Ihnen das Bild«, meldete sich Can.

»Nicht nötig«, antwortete Krag. »Warten Sie, bis Verstärkung eintrifft.«

»Es ist keine Gefahr erkennbar«, fügte Can hinzu.«

»Das entscheide ich!«, donnerte Krag.

»Jawohl«, gehorchte Can, ohne jedoch überzeugt zu klingen.

Maja nickte ihrem Kollegen bestätigend zu. Krag war niemand, dem man direkt widersprechen sollte – egal wie seltsam seine Befehle sein mochten. Sie hoffte, dass Can dies auch verstand. Maja selbst tat sich schwer genug, sich mit Kritik zurückzuhalten.

Tatsächlich lag es nur an Cans perfekt justierten Inofiltern, dass Krag nicht eine Reihe von Flüchen entgegenflog. Dieser Kerl bildete sich eindeutig zu viel auf seine Fähigkeiten ein. Maja mochte Krag mit seiner Inostimme fertig machen können. Er, Can, war aber aus anderem Holz geschnitzt. Deshalb durchschaute er auch dieses billige Täuschungsmanöver ohne Probleme. Von wegen gefährlich. Was konnten diese zwei alten Gauner ihnen schon anhaben? Krag wollte bloß sicher gehen, dass ihm der alleinige Ruhm für die Festnahme zukam. Die angebliche Verstärkung bestand vermutlich zur Hälfte aus Journalisten.

»Wir können jederzeit zuschlagen«, sendete Can. Seine Hand schwebte über dem Halfter seines Inostoppers. Vor ihnen standen zwei alte Männer. Gut, einer von ihnen mochte eine verdeckte Schusswaffe tragen. Dennoch waren Can und Maja den beiden in Punkto Ausrüstung weit überlegen. Außerdem lag das Überraschungsmoment auf ihrer Seite. Dieser Julianus mochte gut darin sein, sich zu verstecken. Doch es war unmöglich, dass er Maja und Can gesehen hatte. Selbst wenn – bis er seinen alten Revolver gezogen hatte, war er schon längst überwältigt.

»Sie warten!«, donnerte Krags Stimme. Can zuckte kaum merklich zusammen. Krags Stimme pochte förmlich in seinem Schädel. Der Mann war gut. Besser als Can. Soviel musste sich der junge Polizist eingestehen. Vor allem aber reichten seine Kontakte in höhere Sphären. Can konnte sich einen direkten Konflikt nicht leisten. Er fluchte in sich hinein. Musste er sich tatsächlich mit seiner Rolle als Zuseher begnügen? Der Gedanke, dass irgendein Faulpelz alle Ehre für sich einheimste, machte in rasend.

»Tess, was kannst du uns über diesen Herrn sagen?«, wandte sich Can an seine Kollegin, mehr um sich selbst abzulenken als aus echtem Interesse.

»Ich nehme keine weitere Person wahr«, meldete sich Tess. »Außer euch und Siegfried befindet sich niemand auf dem Gelände.« Aus Tess' Inostimme ließen sich grundsätzlich nur schwer Emotionen ableiten. Can kam jedoch nicht umhin, eine gewisse Spur von Skeptizismus zu vernehmen. In einem Anflug von Zufriedenheit stellte er fest, dass er mit seiner Ansicht nicht allein war. Leider wurde dieses eine positive von einer Reihe negativer Gefühle überschattet. Can zog die Hand von seinem Halfter zurück.

»Was soll das heißen?«, platzte er heraus. Sollte an der absurden Geschichte des Alten am Ende doch etwas dran sein? Das war doch albern.

»Seid ihr sicher, dass ihr zwei Männer seht?«, fragte Tess nach.

Can ballte die Hand erneut zur Faust. Er war schon überrascht gewesen, als jemand außer Siegfried aufgetaucht war. Dass an der albernen Geschichte mit der Tarnkappe tatsächlich etwas dran sein könnte – darauf war er nicht vorbereitet.

»Unsere Inostopper sind sensibler eingestellt als die Inoscanner, richtig?«, fragte Can gereizt.

»Gemäß Herstellerangaben ja«, antworte Tess wahrheitsgemäß.

»Das ist irrelevant«, schaltete sich Krag ein. »Eine speziell ausgerüstete Eingreiftruppe ist unterwegs. Es genügt, wenn Sie die Lage beobachten. Ihre berufliche Zukunft hängt von der Evaluierung diese Mission ab. Muss ich Sie darauf hinweisen?«

Statt zu antworten, schloss Can seine Faust nur noch fester. Maja legte ihm die Hand auf die Schulter. »Wir verstehen. Ich entschuldige mich für meinen jungen Kollegen.« Cans Faust begann schwach zu zittern.

Kapitel 8

Der Stadtfriedhof war reich an Grünanlagen. Fast alle Fahr- und Gehwege waren von Bäumen flankiert. Jetzt, zu Beginn der kälteren Jahreszeiten verloren sie langsam, aber stetig ihr Blätterwerk. Die Kehrroboter hatten das Laub zügig zusammengetragen, doch der Abtransport der toten Blätter ging langsamer von sich. Jetzt, da er Julianus sah, war Siegfried nicht länger überrascht darüber, ihn vorhin nicht entdeckt zu haben. Seine weite, graubraune Jacke hob sich kaum von dem abgestorbenen Pflanzenmaterial ab.

»Sie verstehen sich anzuschleichen«, bemerkte Siegfried und wies mit dem Kopf auf die Spur aus losen Blättern, die von den Überresten eines Laubhaufens hin zu Julianus führte.

»Ihr seht auch nur, was Ihr für selbstverständlich haltet«, brummte Julianus. Es klang mehr nach Tadel als nach einer Feststellung. »Wie die anderen auch«, fügte er hinzu.

Siegfried sah Julianus staunend an. Auf den ersten Blick bestand keine Gemeinsamkeit zwischen dem Mann, den er in der U-Bahn getroffen hatte und dem, der jetzt vor ihm stand. Im damals stolz gekämmten Bart hingen nun zahllose kleine Dreckkrümel. Die hohe Stirn war mit bräunlicher Farbe und etwas Erde beschmiert. Das weiße Haar wurde von einer flachen Kappe versteckt, auf der noch das ein oder andere Stück Laub ruhte. Julianus trug tatsächlich eine Tarnkappe – im wörtlichen Sinne. Aber trotz all der optischen Unterschiede konnte kein Zweifel darüber bestehen, dass es sich um die gleiche Person – den gleichen Täter handelte. Die Art, wie er seinen Kopf hielt, die strikt aufrechte Körperhaltung und diese seltsame Aura der Überlegenheit, die Julianus auszustrahlen schien – sie waren unverkennbar.

»Wollten Sie nicht meinen Acker pflügen?«, fragte Siegfried schließlich.

»Ich gab Euch die Freiheit, sich zu entscheiden«, antwortete Julianus. Für einen Moment breitete sich Schweigen aus. Dann merkte Julianus mit einer fast schon gehässigen Beiläufigkeit an: »Jede Lüge kostet eine Freiheit.«

Siegfried erschrak innerlich, bemühte sich dies jedoch nicht zu zeigen. Auch wenn er nicht viel über Julianus selbst wusste, so war Siegfried sein Menschentypus wohl vertraut. Angeber wie er verachteten jede Form von Schwäche – oder was auch immer sie dafür hielten. Man war gut beraten, vor ihren Provokationen nicht zurückzuweichen. Trat man den Rückzug an, betrachteten sie einen als Beute – als Wurm, den man zertreten, oder in diesem konkreten Fall, erschießen konnte. Im Gedanken sah Siegfried bereits den Revolver in Julianus' Hand. Der Abstand zwischen den beiden Männern betrug vielleicht fünf Meter. Für einen flinken Messerstecher wäre dies nahe genug, um einen Pistolenträger zu überwältigen, bevor dieser feuern könnte. Aber leider nicht für den unbewaffneten Siegfried.

»Sie schimpfen mich einen Lügner?« Siegfried zuckte demonstrativ mit den Schultern. Bis auf weiteres blieb ihm nichts anderes übrig, als sich mit Worten und Gesten zu verteidigen. »Sie kennen mich anscheinend nicht sonderlich gut, sonst würden Sie mir andere Beleidigungen an den Kopf werfen.«

»Ihr sagt also, Ihr kennt die beiden nicht?« Julianus streckte seinen linken Arm von sich. Siegfried wagte es zunächst nicht, der Geste mit seinem Kopf zu folgen. Zu groß erschien ihm die Gefahr, Julianus wolle ihn lediglich aus der Reserve locken. Erst nach einigen bangen Augenblicken des Schweigens folgte sein Blick Julianus' gestrecktem Arm.

Der Stadtfriedhof war in mehrere Segmente aufgeteilt. Die Ehrengräber, zu denen Carneks Ruhestätte gehörte, befanden sich auf einem annähernd kreisrunden Platz, der ziemlich genau in der Mitte der Anlage lag. Äußerlich wurde dieses Segment von einer Reihe von Sträuchern begrenzt. Siegfried hatte die Gewächse passiert, ohne ihnen besondere Aufmerksamkeit zukommen zu lassen. Ihn hatten wichtigere Dinge beschäftigt. Jetzt aber, da Julianus' Hand unmissverständlich auf einen der Sträucher zeigte, fokussierte er seinen Blick darauf. Er brauchte mehrere Augenblicke, bis er die zwei Personen erkannte, so gut war ihre Tarnung. Zweifellos trugen sie Chamäleonanzüge. Diese spezialbeschichteten Textilien waren mit abertausenden, feinsten, optischen Elementen besetzt. Das Inoimplantat des Trägers sendete die äußeren Beschaffenheiten aller Gegenstände in dessen Blickfeld an den Anzug weiter. Dieser übernahm dann Farbton und Schattierungen der entsprechenden Oberflächen. Einmal Umsehen genügte und man verschmolz regelrecht mit seiner Umgebung.

»Offenbar ist man mir gefolgt«, sagte Siegfried betont gelassen.

»Ihr wirkt nicht gerade überrascht.«

»Warum auch?« Siegfried tippte sich an den Hinterkopf. »Man kann mich ja leider recht leicht orten.«

»So, so.« Julianus schüttelte halb verärgert, halb belustigt seinen Kopf. »Könnt Ihr mir auch erklären, wieso die beiden vor Euch hier waren? Wo sie Euch doch angeblich gefolgt sind?« Wie um Siegfried nachzuäffen, sprach auch Julianus betont ruhig.

Wortlos starrte Siegfried in die kalten Augen seines Gegenübers. Doch egal, wie sehr er sich auch anstrengte, es war ihm unmöglich, auch nur abzuschätzen, wie viel Zorn sich hinter dieser gelassenen Fassade tatsächlich verbarg. Siegfried kam nicht umhin, mit dem Schlimmsten zu rechnen. Er hatte Julianus' Gewaltpotential schon einmal unterschätzt. Das war kein Fehler, den er wiederholen wollte. Erst recht nicht, nachdem er bereits die Reaktionsgeschwindigkeit der Polizei unterschätzt hatte. Wäre ihm die Polizei lediglich gefolgt, so hätte Siegfried seine Beteiligung an dem Einsatz glaubwürdig abstreiten können. Immerhin galt er als tatverdächtig. Selbst wenn sich Julianus durch einen Trick erfolgreich der Verhaftung entzogen hätte, wäre Siegfried nicht zwingend aufgeflogen. Nun aber ließ sich nicht länger abstreiten, wem Siegfrieds Loyalität gehörte. Nicht, dass er dies Julianus nicht früher oder später unmissverständlich zu verstehen gegeben hätte. Bevorzugterweise hätte Siegfried seine Karten jedoch aufgedeckt, nachdem Julianus entwaffnet und in Gewahrsam genommen worden war. Siegfried lächelte verlegen. Er musste jetzt auf Zeit spielen. Lange konnte es nicht mehr dauern, bis seine Kollegen eingriffen. Immerhin mussten sie ihm nun Glauben schenken. Die Frage war nur, ob er lange genug leben würde, um sich darüber freuen zu können.

»Sie könnten mich natürlich erschießen.« Siegfried wiegte scheinbar nachdenklich den Kopf an. »Aber dann erfahren Sie nicht, was ich von Carnek halte.« Er konnte nur hoffen, dass sich Julianus durch philosophischen Tratsch beruhigen ließ.

»Hohles Geschwätz«, knurrte Julianus. Siegfrieds Hoffnung war dahin. Doch statt nach seinem Revolver zu langen, wandte sich Julianus lediglich in Richtung der Sträucher, auf die er zuvor gezeigt hatte.

»Ihr Narren, denkt Ihr, ich sehe Euch nicht? Tretet hervor, wenn Ihr auch nur das kleinste bisschen Mut in Euch tragt. Wie wollt Ihr mich fangen, wenn ihr Euch vor mir verstecken müsst?«

Can hatte auf diese Aufforderung geradezu gewartet, »Wo er recht hat«, wandte er sich an Maja und zog seinen Inostopper aus dem Halfter.

»Nein!«, donnerte Krags Stimme sogleich.

»Wir haben unsere Befehle«, schloss sich Maja an.

Can ignorierte sie beide. Mit einer hastigen, aber nicht vollends unsanften Bewegung schob er seine Kollegin bei Seite und trat aus seinem Versteck. Mehrere Äste knackten, wie aus Protest. Doch auch sie konnten Cans Ambitionen nicht bremsen.

»Ihr Lärmpegel hat sie schon einmal verraten«, spottete Julianus. Amüsiert sah er auf das zuckende Muster auf Cans Kleidung. Der Anzug schien aufgrund der plötzlichen Veränderung seiner Umgebung in eine Art Panik verfallen zu sein. Graue, braune, schwarze und grüne Punkte blitzen abwechselnd auf, nur um kurz darauf wieder zu verschwinden. Das Farbenspiel hielt einige Sekunden an, dann begann sich eine Mischung aus grauen und schwarzen Punkten langsam durchzusetzen. Die einzelnen Farbtupfer verschmolzen miteinander und bildeten Pigmentflächen unterschiedlicher Prägung. Kurz darauf hob sich Can nur mehr schwach vom Asphalt ab.

»Sie kommen mit mir mit!«, rief er angestrengt, als müsse er die Tarnfähigkeit seines Anzugs durch seine Stimme ausgleichen. »Alle beide!« Can hielt den Inostopper mit dem Sender, welcher an den Lauf einer Pistole angelehnt war, nach unten. Das war natürlich reine Symbolik. Das Störsignal breitete sich unabhängig von der Lage des Senders in alle Richtungen aus. Trotzdem rechnete Siegfried Can an, dass er nicht demonstrativ auf Julianus oder gar ihn zielte. Unnötige Provokationen – erst recht, wenn sie inhaltsleer waren – halfen niemandem weiter.

»Ich will keinen Ärger!«, fuhr Can fort, während er sich den beiden näherte.

»Nun«, sprach Julianus an Siegfried gewandt, »damit dürftet Ihr vom Vorwurf der Komplizenschaft endgültig entlastet sein. Meinen Glückwunsch. Ich hoffe, dies war es wert. Euer Recht, mein Schüler zu sein, habt Ihr nämlich verwirkt.« Julianus sprach seine Worte mit einer Ruhe aus, die fast schon spöttisch wirkte.

»Von allen römischen Kaisern soll ich mir ausgerechnet einen gescheiterten zum Lehrmeister nehmen? Da fielen mir bessere Vorbilder ein.« Diesmal war es Siegfried, der Julianus' Art zu sprechen nachäffte.

»Es gibt unterschiedliche Arten, ein Leben zu bewerten.« Julianus wirkte mit einem Schlag seltsam nachdenklich. Als hätten Siegfrieds Worte einen wunden Punkt getroffen. »Er kam zu dem Schluss, dass seine Welt einem Irrweg folgte. Und er beschloss, dies zu ändern. Für diese Einsicht und Tatendrang verdient er es geehrt zu werden. Dass ihm zu wenige folgen wollten, ist mehr die Schuld seiner Mitmenschen als seine.«

»Schluss mit diesem Unsinn!« Can hob drohend seinen Inostopper. »Ihr könnt euren Tratsch auf dem Revier weiterführen!«

»Wer keinerlei Nächstenliebe zeigt, darf sich nicht wundern, wenn ihm niemand folgt.« Siegfried tat so, als schenkte er dem Polizisten nicht die geringste Aufmerksamkeit. Er hoffte, dadurch Julianus imponieren zu können – zumindest so lange bis er tatsächlich verhaftet war. Can war dem Anschein nach zwar besser bewaffnet. Aber Julianus hielt mit Sicherheit noch einige versteckte Trümpfe in der Hand. Siegfried musste ihn so lange ablenken, bis es zu spät war, diese auszuspielen. »Ich mag kein Heiliger sein«, fuhr er fort. »Aber meine Nächstenliebe ist immerhin so groß, dass ich nicht wahllos Leute erschieße.« Siegfried zuckte gestellt lässig mit den Schultern. Leider war seine Bewegung etwas zu steif, um tatsächlich ungezwungen zu wirken. Er konnte nur hoffen, dass Julianus dies nicht zu stark auffiel.

»Eure Nächstenliebe ist Eure schlechte Liebe zu Euch selbst.« Julianus verzog keine Miene. »Nächstenliebe?«, wiederholte er kräftig. »Ihr seid nicht nur ein Lügner mir, sondern auch Euch selbst gegenüber. Fragt Euch selbst, habt Ihr um den Wurm in der U-Bahn aufrichtig getrauert?«

Siegfried frohlockte innerlich, unterdrückte jedoch ein Lächeln. »Zumindest habe ich ihn nicht erschossen«, entgegnete er. Siegfried besah Can aus den Augenwinkeln. Er hoffte, dass ihm Julianus letzter Satz als Geständnis reichte.

»Ihr wisst genauso gut wie ich, was an dieser Welt falsch ist. Aber Ihr liebt Euch selbst nicht genug, um diese Erkenntnis zu verinnerlichen. Stattdessen flüchtet Ihr zu Eurem nächsten vor Euch selbst und möchtet Euch daraus eine Tugend machen.« Julianus' Empörung wirkte nicht gespielt.

»Also bin ich doch Ihr Schüler?«, spottete Siegfried, wissend, dass Wut verwundbar machte.

»Letzte Warnung!« Statt Julianus war leider Can der Kragen geplatzt. Er zielte nun demonstrativ mit seinem Inostopper auf die beiden Männer vor ihm.

Maja beobachtete die Szene von ihrem Versteck aus. Sie war zwar weniger zornig als Can, dafür nicht weniger angespannt. Unfähig, nach ihrer Waffe zu greifen, hielt sie die Hand vor den Mund gepresst.

»Was ist los bei Ihnen?«, drängte Krags Stimme.

»Wir wurden entdeckt«, presste Maja hervor. Sie ballte ihre Hand zur Faust und begann sich langsam aufzurichten. Sie mochte ihre Befehle haben. Doch sie trug auch Verantwortung.

»Sie haben Ihre Befehle!«, warnte sie Krags Stimme eindringlich. »Bleiben Sie, wo Sie sind!« Die Stimme sprach mit einer Eindringlichkeit, die Maja bis ins Mark drang, sodass ihre Knie nachgaben. Erschrocken fiel sie in ihre halb gebückte Position zurück.

Statt sich um die Drohung zu scheren, drehte Julianus Can demonstrativ den Rücken zu. Der Polizist existierte für ihn schlicht nicht. »Ich wollte Euch Anteil an etwas Großem haben lassen«, sprach er zu Siegfried. »Nun werdet Ihr lediglich seinen Effekt zu spüren bekommen.«

»Was haben Sie vor?« Siegfrieds Neugierde war echt.

»Nun, da Ihr mein Widersacher seid, habt Ihr kein Recht, dies zu erfahren.« Julianus wandte sich langsam von Siegfried ab. »Vielleicht gebt Ihr einen besseren Kontrahenten als Schüler ab.«

»Wenn Sie kämpfen wollen, so können wir das hier an Ort und Stelle tun.« Siegfrieds Stimme zitterte leicht. Er wusste, dass er mit dem Feuer spielte. Doch er konnte nicht zulassen, dass Julianus einfach so verschwand. »Ein Friedhof wäre doch ein passender Ort für ein Duell, nicht wahr?«

»Ein Duell kann es nur zwischen gleichen Ständen geben!« Julianus wurde laut. Seine sonst so lockeren Gesichtsmuskeln wirkten straff gespannt.

Siegfried unterdrückte ein Staunen. »Ach?«, fragte Siegfried, während er die Augenbrauen hob. Zu spät dachte er daran, dass ein Nachhaken ihm teuer zu stehen kommen könnte.

»Sie sind nicht satisfaktionsfähig«, knurrte Julianus. »Hier gibt es nichts mehr für mich zu tun.« Er wandte sich Richtung Haupteingang.

Siegfrieds Augen verengten sich zu Schlitzen. Auf einen Moment wie diesen hatte er gewartet. Julianus mochte schnell sein, aber nicht so schnell. Fünf Meter mochten lange genug sein, wenn man sich in die Augen sah. Hatte man den Gegner aber im Rücken, so war diese Distanz sehr kurz. Zu kurz, wenn dieser entschlossen genug angriff. Siegfried spannte seine Knie an. Mit aller Kraft hechtete er nach vorne und rammte Julianus' Rücken mit seiner Schulter. Der unerwartete Stoß ließ Julianus nach vorne taumeln. Siegfried ließ seinem Gegner keine Zeit, sein verlorenes Gleichgewicht wiederzuerlangen. Beherzt packte er Julianus' rechten Arm knapp unterhalb der Schulter und zog ihn ruckartig nach unten. Der restliche Körper seines Feindes folgte Siegfrieds Bewegung beinahe widerstandslos. Geschmeidig, als hätte er mit all dem gerechnet, bückte sich Julianus in Zugrichtung. Als Siegfrieds Schwung verebbte, vollführte er eine halbe Drehung nach rechts. Schnell, aber ohne Hektik fuhr sein freier Ellbogen nach oben. Siegfried ließ Julianus' Arm augenblicklich los. Instinktiv bog er seinen Oberkörper zurück. Julianus' Ellbogenstoß verfehlte ihn so knapp, dass er meinte den Luftzug spüren zu können. Schützend hob er die Arme und hielt sie vor seinen Kopf. Siegfrieds Angriffsmoment war vorbei. Jetzt musste er sich verteidigen, in der Hoffnung, einen übereifrigen Schlag Julianus' abfangen und kontern zu können. Sein Gegner aber tat ihm diesen Gefallen nicht. Siegfried spürte einen dumpfen Schlag in seiner Magengegend. Seine Deckung war leider eine Spur zu hoch angesetzt gewesen. Schmerzverzerrt sank Siegfried in die Knie. Der nächste Schlag traf ihn an der Schläfe, und zwar mit solcher Wucht, dass Siegfried den Schmerz erst wahrnahm, als er bereits auf dem Boden kauerte. Aus den Augenwinkeln sah er, wie Julianus' Hand in die Innenseite seiner Weste fuhr. Siegfried atmete langsam aus, in der Gewissheit, dass dies sein letzter Atemzug sein würde. Seinen

Schmerz ignorierend, hob er den Kopf. Er wollte seinen Mörder in die Augen sehen. Für einen Moment schien die Zeit still zu stehen.

»Es wäre Verschwendung, wenn Ihr hier sterben würdet«, durchbrach Julianus' Stimme die lähmende Stille. Langsam zog er seine Hand zurück. Siegfried wollte etwas entgegnen. Doch statt Worten kam ihm nur ein schwaches Stöhnen über die Lippen. Erneut war er getroffen worden – diesmal aber von einer unsichtbaren Faust. Ein brennender Schmerz strahlte von seinem Hinterkopf in seinen gesamten Schädel aus – als hätte man ihm eine glühende Nadel ins Gehirn gerammt. Kurz darauf wurde Siegfried schwarz vor Augen und der Schmerz verschwand zusammen mit allem anderen um ihn herum.

Kapitel 9

Can beobachtete das Treiben der beiden alten Männer mit vor Wut verzerrtem Gesicht. Nicht nur, dass sie seine Warnungen ignorierten. Diese alten Idioten versuchten noch nicht einmal zu fliehen. Stattdessen prügelten sie sich vor seinen Augen, als existierte – als zählte er nicht. Cans Finger schlossen sich um den Abzug seines Inostoppers. Sollten sie doch versuchen das hier zu ignorieren.

»Zielperson identifiziert: Siegfried Tegethoff. Status: Flüchtig. Nicht-tödlicher Einsatz des Inostoppers freigegeben.« Irritiert nahm Can die metallisch klingende Inostimme seiner Waffe wahr. Es war normal, dass der Inostopper vor jedem Einsatz eine genaue Beschreibung des Ziels inklusive der Schwere dessen Bestrafung verkündete. Nicht normal dagegen war, dass er nur ein Ziel erkannte.

»Zweite Zielperson anwesend«, entgegnete Can harsch. Für Diskussionen mit seiner Waffe fehlte ihm eindeutig die Geduld. »Freigabe!«

»Negativ. Keine weitere Zielperson in Reichweite.«

»Allgemeine Freigabe!«, befahl Can, ignorierend, dass er damit seine Kompetenzen weit überschritt.

»Negativ.«

»Was soll der Schwachsinn?«

»Ziel identifiziert. Bereit für Feuerbefehl«, ignorierte die Inostimme Cans Einwand. Vor seinem Auge war ein Fadenkreuz aufgetaucht, das Siegfried umschloss. »Zweite Zielperson anwesend«, wiederholte Can ohne rechte Überzeugung. Seine Wut war ausreichend verraucht, um ihn nicht länger vergessen zu lassen, dass ein Inostopper nicht mit sich verhandeln ließ. Weniger zornig, dafür umso verwirrter starrte Can auf das Fadenkreuz.

»Die Verstärkung ist am Friedhofseingang eingetroffen«, riss ihn Krags Stimme aus seiner Starre. »Lassen Sie den Verdächtigen zum Schein entkommen.«

»Sollen die doch herkommen«, erwiderte Can. Aus strategischer Sicht machte es sicherlich Sinn, den Täter in eine Falle laufen zu lassen. Doch dies war zu langfristig gedacht. Die Zeit zum Handeln war jetzt. Er spürte, wie seine Entschlossenheit zurückkehrte. Er hatte sich genug beleidigen lassen. Einen weiteren Gesichtsverlust nahm er nicht hin.

»Das hat Konsequenzen!«, mahnte ihn Majas Inostimme. »Nichts tun auch«, presste Can hervor und krümmte seinen Zeigefinger.

»Störsignalabgabe!«, ertönte die erlösende Bestätigung in seinem Kopf. Im selben Moment brach eine der beiden Zielpersonen bewusstlos zusammen. Can konnte sich darüber jedoch nicht sonderlich freuen. Denn die zweite Person hatte seinen Angriff unberührt überstanden. Der einzige Unterschied zu vorhin lag darin, dass sie Can nun direkt ansah.

»Wart Ihr das?«, fragte Julianus in Richtung des Polizisten. Seine drohende Stimme machte deutlich, dass er die Antwort bereits kannte.

»Allgemeine Freigabe!«, forderte Can erneut, diesmal jedoch mehr bettelnd als befehlend. Diese Art von Aufmerksamkeit hatte er sich nicht gewünscht.

»Ich hoffe, Ihr erwartet keine Dankbarkeit von mir.« Verächtlich schnaubend wies Julianus auf den zusammengesunkenen Leib Siegfrieds. »Ich bevorzuge es meine Feinde selbst zu schlagen.«

Can zuckte unwillkürlich zusammen. In der Stimme des alten Mannes lag eine seltsame Kraft. Nicht unähnlich der von Krags Stimme, aber doch anders.

»Keine Bewegung«, rief Can, doch statt Autorität vermittelte seine Stimme nur Unsicherheit. Wie zum Trotz streckte er Julianus den Inostopper entgegen.

»Was für eine hohle Drohgebärde«, höhnte Julianus und trat langsam auf Can zu.

»Wer oder was sind Sie?«

»Ich verkünde den Übermenschen. Zu vieles in Euch ist jedoch Wurm, als dass Ihr diesen Weg gehen könntet.« Julianus blieb knapp vor Can stehen. Der Abstand zwischen den beiden war so gering, dass Cans Inostopper Julianus an der Brust berührte.

»Ein wertloses Spielzeug.« Ein verächtliches Lächeln umspielte Julianus' Mund.

»Sie sind verrückt.« Perplex starrte Can in das Gesicht des Mannes. Im nächsten Moment senkte er jedoch blinzelnd seinen Blick. Die Augen des Alten schienen von der gleichen Kraft durchdrungen zu sein wie seine Stimme.

»Im Namen …«, setzte Can an. Das Knallen einer Ohrfeige unterbrach ihn mitten im Satz. Der Schlag kam so heftig, dass Can in die Knie ging.

»Verweichlichter Bengel!«, schimpfte Julianus. »Nicht einmal den Blickkontakt halten könnt Ihr. Na los, wehrt Euch!« Julianus packte Can mit der linken Hand am Hals. Der junge Polizist röchelte. Hilflos griffen Cans Finger nach der Hand seines Gegners. Seine kurzen Nägel versuchten sich vergeblich in das Fleisch um Julianus' Handgelenk zu graben. Der Griff lockerte sich keinen Millimeter. Cans Gesicht lief rot an. Betont langsam griff Julianus mit seiner freien Hand in die Innentasche seines Sakkos. Selbst mit zwei freien Armen verstand es dieser Bengel nicht sich zu wehren. Und so etwas nannte sich Polizist. Der Verräter hatte wenigstens zu kämpfen versucht: Ein verzweifelter Stoß hier, ein schlampiger Block da. Es war nicht viel gewesen, aber immerhin hatte er sich gewehrt. Der Bengel dagegen hatte resigniert, sobald ihn sein Spielzeug im Stich gelassen hatte. Julianus zog seinen Revolver hervor und zielte zwischen Cans Augen. Unfähig sich zu bewegen, starrte der Polizist auf die Mündung der Waffe. Wie um zu betonen, dass ihn niemand aufhalten konnte, legte Julianus seinen Zeigefinger gemächlich um den Abzug.

»Gebt mir einen Grund nicht abzudrücken.« Er lockerte seinen Griff etwas.

»Sie haben schon verloren«, keuchte Can. »Mit jedem weiteren Verbrechen machen Sie es nur schlimmer für sich.«

Julianus lachte kurz auf. »Amüsant seid Ihr, das muss man Euch lassen. Wie wollt Ihr mich denn schlagen, wenn Ihr Euch noch nicht einmal aus meinem Griff befreien könnt? Euer kleines Spielzeug hilft Euch hier nicht weiter.«

»Lügen Sie ihn irgendwie an!«, drängte eine Stimme in seinem Kopf. Doch die Todesangst hielt Can zu stark in ihrem Griff, als dass er dem Aufruf hätte Folge leisten könnte. »Am Friedhofseingang wartet eine Spezialeinheit«, presste er hervor. »Gegen die kommen Sie nicht an.«

»Ah, vielen Dank für den Hinweis. Ich suche mir wohl besser einen anderen Ausgang.« Julianus lächelte vielsagend. »Aber Ihr habt mir noch immer keinen Grund genannt, Euch zu verschonen.« Julianus' Lächeln gefror. Can ebenso. Er spürte seine Atemnot nicht mehr. Er fühlte die Hand nicht mehr, die seinen Hals immer noch umschloss. Selbst Krags drohende Stimme drang nicht mehr zu ihm durch. Alles, was er wahrnahm, war die Mündung des Revolvers. Stille umhüllte Can. Er konnte nicht sagen, wie lange das Schweigen um ihn herum angehalten hatte. Dafür hörte er die Stimme, die es brach, so klar, wie kaum zuvor ein anderes Geräusch in seinem Leben. »Eine wertvolle Patrone nicht an etwas Unbedeutendes wie Euch zu verschwenden, ist wohl Argument genug«, sprach Julianus in einem beißenden Tonfall, der sich tief in Cans Gedächtnis eingrub. Mit einer schnellen Bewegung wechselte der Mann mit dem Revolver seinen Griff, sodass seine Finger nun den Lauf seiner Waffe umschlossen. Er führte den Schlag gelassen aus, wissend, dass ein zweiter nicht notwendig sein würde. Wortlos wandte er sich um und ging. Can stöhnte kurz auf und sank dann zu Boden. Die herbeieilende Maja nahm er nicht wahr. Erst Minuten später spürte er, wie jemand an ihm rüttelte.

»Bist du in Ordnung?«, fragte ihn seine besorgte Kollegin. Statt zu antworten rieb sich Can vorsichtig die Schläfe. Der Schlag hatte ihn nicht direkt bewusstlos werden lassen. Viel hatte jedoch nicht gefehlt. Mühsam versuchte er sich aufzurichten. Zu mehr als einer Hocke reichten seine Kräfte jedoch nicht. Durch seine tränenden Augen hindurch sah Can Maja neben sich knien.

»Ist das die Verstärkung?«, fragte er mit schwach zorniger Stimme. Warum hatte Maja vorhin nicht eingegriffen?

Als hätte er ihm ein Zeichen gegeben, machte einer der Männer – Can glaubte, dass es Männer waren – einen Schritt auf ihn zu. Sein Körper war von Kopf bis Fuß mit gepanzerten Platten bedeckt. »Wo ist die Zielperson?« Die Stimme gehörte eindeutig zu einem Mann. Einem, der es gewohnt war, Befehle zu geben. Can rieb sich die Augen, unfähig zu antworten.

»Ich sah ihn in Richtung eines Teilstücks der Friedhofsmauer eilen«, sagte Maja schließlich. »Dort habe ich ihn aus den Augen verloren. Vielleicht hätte ich weniger Abstand halten sollen.« Die Polizistin klang entschuldigend.

»Sie trifft keine Schuld!«, hallte eine Inostimme in den Köpfen aller Anwesenden zeitgleich. Ihr Besitzer war es ebenfalls gewohnt, Befehle zu erteilen. »Major Pan Coza!«, wandte sich Krag an den gepanzerten Mann. »Wie geht es dem anderen Verletzten?«

»Tyainen!«, gab dieser den Befehl weiter.

Einer der Gepanzerten bückte sich zu Siegfried und rollte ihn in Seitenlage. »Bewusstlos, aber ansonsten unversehrt, Herr Major!«

»Ich verlange einen umfassenden Missionsbericht«, wandte sich Krag erneut an alle Anwesenden. »Inklusive der persönlichen Einschätzung bezüglich des Ausgangs.«

Maja legte Can verständnisvoll die Hand auf die Schulter. Normalerweise hätte er die Geste abgewehrt. Doch jetzt schien ihm auch hierfür die Kraft zu fehlen.

Kapitel 10

Ein gleißender Lichtstrahl, so hell, dass Siegfried ihn selbst noch durch seine geschlossenen Lieder deutlich wahrnehmen konnte, fiel von oben auf ihn herab. Während Nahtoderfahrungen so hieß es, sahen die Betroffenen oft vergleichbar grelle Lichter. Bewegungslos verharrte Siegfried, wartend, ob jener Schein tatsächlich seine letzte Wahrnehmung in dieser Welt sein sollte. Recht schnell wurde ihm jedoch bewusst, dass es zumindest nicht die einzige Empfindung war. Siegfried spürte, dass er ausgestreckt auf dem Rücken lag. Seine Unterlage fühlte sich wie eine billige Schaumstoffmatratze an. Die Frage war, ob sie zu einem Kranken-, oder einem – seinem – Sterbebett gehörte. Während Siegfrieds Rücken seine Unterlage abtastete, drang das grelle Licht unablässig und scheinbar ungehindert durch seine Lieder hindurch. Egal, wie viel Zeit verging – der Schein machte keinerlei Anstalten, schwächer zu werden. Glaubte man den zahllosen Anekdoten, so sollten Nahtoderfahrungen nicht sonderlich lange andauern. Bei der vorgestellten Übergangsphase zwischen Leben und Sterben sollte es sich eigentlich um eine schmale Schwelle und keinen langen Korridor handeln. Vielleicht aber war Siegfried bereits einen Schritt weiter. Vorsichtig neugierig öffnete er seine Lieder. Im nächsten Moment kniff er sie schmerzverzerrt wieder zusammen. Eine Reihe schwarzer Punkte tanzte auf seiner Netzhaut auf und ab. Siegfrieds Tränendrüsen bemühten sich redlich, die Lichtverschmutzung von seinen Linsen zu spülen. In aller Ruhe fuhr er sich mit der Hand über seine Wangen und wischte sich die herunterlaufenden Tränen vom Gesicht. Er hatte genug gesehen. Auch wenn sein Blickfeld durch den blendenden Schein fast augenblicklich verschwommen war, so hatte Siegfried doch zuvor einige wichtige Details ausmachen können. Etwa die Tatsache, dass es sich bei der Lichtquelle um eine leistungsstarke Deckenlampe handelte. Die Hölle sollte es wohl nicht nötig haben, auf künstliche Beleuchtung zu setzen. Und im Himmel hätte man ihn doch hoffentlich auf eine bessere Matratze gebettet. Siegfried drehte seinen Kopf zur Seite. Neben der Deckenlampe waren ihm auch die gekachelten Wände aufgefallen. Es war ein weiteres Indiz gegen seine angebliche Anwesenheit im Jenseits. Nein, Siegfried befand sich auf der Erde, in seinem alten, aber lebendigen Körper. Sein kurzer Lichtblick hatte ihm sogar verraten, wo auf Erden er sich befand. Der Raum, in dem er erwacht war, war ihm nur zu gut bekannt. Siegfried wand seinen Körper. Teile seines Rückens gaben ein leises Knacken von sich. Etwas mehr Komfort, als eine durchgewetzte Matratze wäre wirklich nett gewesen. Doch wer in einem Raum wie diesem aufwachte, der hatte keinerlei Anspruch auf Gastfreundlichkeit, sondern allenfalls auf rechtlichen Beistand.

Siegfried rieb sich die Schläfen. Seine Augen hielt er weiterhin geschlossen. Jetzt wo er wusste, wo er sich befand, hatte er keinen unmittelbaren Bedarf, mehr von seiner Umgebung zu sehen. Nein, gestorben war Siegfried nicht, doch das Bewusstsein hatte er verloren. In seinem Schädel stoben Erinnerungsfetzen wild durcheinander. Siegfried und Julianus hatten gekämpft und es war ein ungleicher Kampf gewesen. Siegfried erinnerte sich noch daran, zu Julianus aufgesehen zu haben, in der trostlosen Gewissheit, dass er verloren hatte. Dann war alles dunkel geworden. Siegfrieds Hinterkopf begann bei dem Gedanken zu schmerzen. Etwas hatte ihn getroffen. Aber der Schlag war nicht von Julianus ausgeführt worden. Die Schmerzen strahlten von der Innen- und nicht von der Außenseite seines Schädels aus. Als wäre etwas darin geplatzt.

»Boah, womit habt ihr mich denn abgefüllt?«, erinnerte sich Siegfried an die Worte eines Verhafteten, kurz nachdem dieser das Bewusstsein wiedererlangt hatte. Damals, als er sich noch vor und nicht hinter einer Zellentür befunden hatte, hatte sich Siegfried über die Worte noch amüsiert. Jetzt aber war ihm das Lachen vergangen. Der Vergleich mit einem Kater nach einer durchzechten Nacht war tatsächlich nicht ganz unpassend. Siegfried streckte sich und setzte sich auf. Er fragte sich, wann er das letzte Mal so richtig betrunken gewesen war. Sein letzter Rausch samt Kater lag vermutlich noch länger zurück als sein letztes Buch. Zumindest vermisste er ihn deutlich weniger. Siegfried lächelte schwach. Immerhin fehlte der brennende Durst, den ein Vollrausch üblicherweise nach sich zog. Wenn man im Gefängnis saß, musste man sich mit den wenigen Lichtblicken zufriedengeben, die sich auftaten. Den Kampf mit Julianus mochte Siegfried verloren haben. Seine Freiheit augenscheinlich ebenfalls. Aber immerhin war er noch am Leben. Er war geschwächt, ja, aber nicht besiegt. Julianus hatte von ihm als möglichen Kontrahenten gesprochen. Siegfried wusste nicht, wie viel Sarkasmus in diesen Worten steckte. Was er jedoch wusste, war, dass sich schon bald eine Gelegenheit ergeben würde, seine Schulden bei Julianus zu begleichen. Irgendeine Möglichkeit musste sich fast zwangsweise ergeben. Schließlich wusste die Polizei nun von Julianus' Existenz. Wenn man ihn jedoch schnappen wollte – und daran sollte kein Zweifel bestehen – so war man auf Siegfried angewiesen. Wenn schon nicht als Ermittler, dann immerhin als Zeuge. So mancher seiner ehemaligen Kollegen mochte Siegfried nach wie vor verdächtigen, mit Julianus unter einer Decke zu stecken. Ihn erfunden zu haben, konnte ihm aber niemand mehr vorwerfen.

Vorsichtig öffnete Siegfried erneut seine Augen. Die Lampe war für die kleine Zelle viel zu stark. Ihr weißes Licht prallte förmlich von den Kacheln ab und tauchte den gesamten Raum in einen grellen Glanz. Interessanterweise schien die Zelle trotz oder vielleicht gerade aufgrund ihrer starken Beleuchtung keinerlei Wärme auszustrahlen. Die Wände glichen mehr schneebedeckten Hängen als Teilen eines beheizten Gebäudes. Siegfried spürte, wie ihm eine Gänsehaut über den angespannten Rücken lief. Auch wenn in der Zelle Zimmertemperatur herrschte, so ließ einen dieser Raum dennoch frieren. Die Kälte mochte imaginär sein. In den Köpfen eines Gefangenen aber wurde sie real. Siegfried schlug die Arme vor der Brust zusammen. Der psychologische Effekt war tatsächlich stark. Zu stark, um nicht beabsichtigt zu sein. Siegfried hatte oft genug erlebt, wie schweigsame und augenscheinlich abgebrühte Kerle, nach einem kurzen Aufenthalt hier unten, in den Kellerräumen des Reviers, zu reuigen Geständigen wurden. Mehr als einen kurzen Aufenthalt in einer der Zellen hatte es selten gebraucht. Dabei handelte es sich hier nicht einmal um ein tatsächliches Gefängnis. Die Zellen dienten nur der kurzfristigen Verwahrung Krimineller. Siegfried fragte sich, ob echte Gefängnissaufenthalte ähnliche psychische Effekte hervorriefen. Siegfried spürte ein Gefühl von Demut in sich aufsteigen. In der Vergangenheit hatte er die scheinbar spontanen Wandlungen der Verdächtigen auf seine Autorität und die seiner Kollegen zurückgeführt. Er seufzte leise. Wie konnte man sich doch irren. Siegfried tröstete sich mit einem Ausspruch Fjodors. »Wir müssen uns damit abfinden, nicht alles verstehen zu können. Sei daher froh, wenn dich jemand auf einen Irrtum hinweist. So stirbst du weniger dumm als jemand, der bis an sein Lebensende an einem Fehler festhält.«

Siegfried entspannte sich. Es stimmte. Oberflächlich gesehen hatte ihn in den letzten 24 Stunden eine Niederlage nach der anderen ereilt. Aber hinter jeder scheinbaren Demütigung verbarg sich immerhin eine Erkenntnis. Die meisten davon würden seinen ehemaligen Kollegen vorenthalten bleiben. So etwa das Geheimnis hinter dieser Zelle. Intern wurde dieser Raum immer nur als »Badezimmer« bezeichnet. »Wir haben ihn zum Nachdenken ins Badezimmer geschickt«, hieß es, wenn man einen Gesetzesübertreter über Nacht in Gewahrsam nahm. Niemand – auch Siegfried nicht in seiner falschen Arroganz – hatte sich an diesem Euphemismus gestört. Niemand, außer Fjodor. Er hatte sich partout geweigert, die Zellen als etwas anderes als Zellen zu bezeichnen. »Man soll die Dinge beim Namen nennen, sonst vergisst man, womit man es zu tun hat«, war ein weiterer seiner Leitsprüche gewesen. Es war bezeichnend, dass sein alter Mentor das Wesen und die Wirkung des Raumes als einziger wirklich erfasst hatte. Ein weiteres Mal ließ Siegfried seinen Blick über die Wände schweifen. Zwar waren die Fliesen blank poliert, doch die einstmals weißen Fugen wiesen Spuren von Verfärbungen auf. Der Zahn der Zeit hatte an ihnen spürbar genagt. Siegfried wusste, dass das Reviergebäude nicht älter als Fjodor war. Ob er seinen Bau mitverfolgt hatte? Vielleicht war er sogar an der ursprünglichen Gestaltung des »Badezimmers« beteiligt gewesen. »Badezimmer«. Da war er wieder, dieser falsche Ausdruck. Er hatte sich in Siegfrieds Kopf festgesetzt wie »im Datenstrom schwimmen«. Doch auch wenn der Begriff beschönigend war – er war nicht völlig unpassend. Die Toilette samt kleinem Waschbecken gegenüber der Pritsche weckte tatsächlich Assoziationen an eine Nasszelle. Eine echte Bademöglichkeit fehlte jedoch genauso wie eine Dusche. Gitterstäbe suchte man ebenfalls vergeblich. Die Front der Zelle wurde durch eine durchsichtige Kunststoffscheibe begrenzt, in die eine Tür eingelassen worden war. Siegfried ertappte sich dabei, wie er überlegte, den Kunststoff einzutreten. Er konnte sich nicht erinnern, dass jemand dies schon ernsthaft versucht hatte. Die meisten Menschen, die er in seiner Laufbahn ins Badezimmer geschickt hatte, hatten praktisch sofort resigniert. Ein Blick zur Decke genügte, um zu wissen, warum. Der Inowächter, der sich gleich neben der Deckenlampe befand, sorgte dafür, dass jeder Gewaltausbruch im Keim erstickt wurde. Zu diesem Zweck verfügte der Wächter im Gegensatz zu einem bloßen Scanner zusätzlich über einen eingebauten Stopper. Dieser aktivierte sich, sobald die Geisteswerte des Inhaftierten einen kritischen Wert überschritten. Das System galt wie jeder andere Bestandteil Inos auch als unfehlbar. Siegfried hatte noch von keinem erfolgreichen Ausbruch gehört. Seine Erfahrungen mit Julianus ließen ihn jedoch an der Aussagekraft dieser Tatsache zweifeln. Perfekte Verbrechen hatten die Eigenheit, unerwähnt zu bleiben.

Tatsächlich stellte sich die Frage, in welche Art von Gefängnis man Julianus stecken sollte, wenn man ihn denn überhaupt fing. Die in die Kunststoffwand eingelassene Zellentür war selbstverständlich mit dem Inowächter verbunden. Zwar funktionierte sie nach dem alten, dem restriktiven System: Das Schloss war grundsätzlich versperrt und öffnete sich nur, wenn eine autorisierte Person ein oder austreten wollte. Selbst die wortgewaltigsten Befürworter der offenen Gesellschaft sahen keinen Sinn in unverschlossenen Gefängnistüren. Doch Julianus' Unsichtbarkeit gegenüber Ino erlaubte es ihm; sich an der Tür zu schaffen zu machen, ohne den Stopper fürchten zu müssen. Der Spezialkunststoff war angeblich bruchfest – so bruchfest wie Ino unfehlbar war. Die praktischste Lösung wäre wohl, ihm seinen Wunsch, mit der Vergangenheit verbunden zu sein, wörtlich zu erfüllen und ihn an einen Stein zu ketten. Ein Lächeln huschte über Siegfrieds Gesicht: Der Philosoph und sein Stein. Es wäre eine ironische Strafe, wie sie nur zu gut in die klassischen Sagen des Altertums gepasst hätte. Man müsste allerdings ein altes, mechanisches Schloss auftreiben. Immerhin würde an Platz für Julianus und seinen Stein kein Mangel bestehen. Dank der gesunkenen Kriminalitätsrate waren sämtliche Gefängnisse deutlich unterbelegt.

Siegfried lauschte in die Stille hinein, die ihn umgab. Er war offensichtlich allein. Alles andere hätte ihn auch verwundert. Es gab einen Grund, warum sich die Zellen im Keller des Reviergebäudes befanden. Hier störten sie niemanden. Umgekehrt wurden auch sie nur selten in ihrer Ruhe gestört. Siegfried fragte sich, wann das letzte Mal jemand hier verwahrt worden war. Er war wohl der erste Mensch seit einigen Jahren, der hier festgehalten wurde. Sein Blick fiel auf die blank polierten Fliesen. Die Putzroboter hatten dem Stockwerk offensichtlich deutlich mehr Aufmerksamkeit zukommen lassen als die Menschen. Es war faszinierend, wie sich selbst in dieser isolierten Gefängniszelle derselbe Trend beobachten ließ, der auch von der freien Welt Besitz ergriffen zu haben schien: Die Menschen verschwanden von ihren einstigen Aufgabengebieten. Zurück blieben die Maschinen.

»Wenn die Roboter nur die Matratze gewechselt hätten«, murmelte Siegfried. Bedächtig erhob er sich von der Pritsche und streckte sich. Er bemühte sich, seine Ausbruchsgedanken möglichst restlos zu verdrängen. Auch wenn er nicht unmittelbar vorhatte, gegen die Kunststoffwand zu treten: Die Wächter waren recht sensibel eingestellt. Schon kleinste Anzeichen von Aggression konnten ausreichen, um sie zu aktivieren. Von einem Stopper ausgeknockt zu werden, war eine Erfahrung, auf deren Wiederholung Siegfried nur zu gerne verzichtete. Verstohlen sah er zur Decke. Der Wächter hatte mit Sicherheit sein Erwachen registriert. Lange würde seine Einsamkeit nicht anhalten. Was seine Kollegen wohl zu ihm sagen würden? Bestimmt würde man ihn wieder bitten, sich über Inotransfer mit ihnen zu unterhalten. Seine Antwort sollten sie eigentlich schon kennen. Siegfrieds Bereitschaft, Verhöre mittels Inotransfer über sich ergehen zu lassen, hielt sich grundsätzlich in Grenzen. Jetzt, da er von seinen ehemaligen Kollegen bewusstlos geschlagen worden war, war sie noch weiter gesunken. Nach allem was passiert war, konnten man keine großen Gefälligkeiten von ihm erwarten.

Das Scharren einer Tür riss Siegfried aus seinen Gedanken. Aufmerksam spitzte er seine Ohren. Durch die Kunststoffwand konnte er lediglich ein Teilstück des schmalen Ganges vor seiner Zelle sehen. Siegfried konnte seinen Besucher nur sehen und nicht hören. Aber das genügte ihm.

»Dich habe ich nicht erwartet, Sean«, sagte Siegfried, noch ehe der Forensiker vor die Kunststoffscheibe trat. Sein Gang war unverkennbar.

»Schlurfe ich immer noch so stark?«, fragte Sean in gespielter Naivität. »Weißt du, ab einem gewissen Alter lohnt es sich einfach nicht mehr, die Beine noch groß zu heben. Man liegt ja schon bald.«

»Sind wir wieder bei deinem Lieblingsthema angekommen?«, witzelte Siegfried. »Das ging diesmal wirklich schnell.«

»Tja, wie man sieht, habe ich den richtigen Beruf gewählt.« Sean hob lächelnd die Arme. »Frau und Kinder habe ich ja keine, da ist es gut, wenn wenigstens beruflich alles klappt.« Sean machte eine Pause. Irgendetwas schien ihn zu bedrücken. Aber es war nicht sein Junggesellenleben.

»Auch ich habe nie geheiratet«, ließ sich Siegfried auf das Gespräch ein. »Es hat sich leider nicht ergeben.« Er zuckte mit den Schultern.

»Von unseren Kollegen ist auch niemand in einer Beziehung«, sinnierte Sean. »Und soweit ich das mitkriege, stört sich auch keiner daran.«

»Wer so vernetzt ist, wer braucht da noch Beziehungen?«, fragte Siegfried, wie zu sich selbst. »Und Ino hat auch noch gleich das Problem der Überbevölkerung gelöst. Wunderbare Sache.«

»Ja, alles ist so herrlich wunderbar.« Seans Sarkasmus fügte sich nahtlos an jenen Siegfrieds an. »Man möchte vor Freude fast ausrasten.«

»Was sich nicht aufhalten lässt, darüber braucht man sich auch nicht zu beklagen«, entgegnete Siegfried etwas ernster. Jammerei sah Sean nicht ähnlich. Was war es nur, dass er ihm eigentlich sagen wollte? »Ino lässt sich nicht aufhalten«, fuhr Siegfried fort. »Wie der Tod.«

»Ino, der Tod«, murmelte der Forensiker. »Das Alte stirbt, das Neue gedeiht. Der ewige Kreislauf.« Sean wirkte seltsam schwermütig. Sein sonst so schwarzer Humor – der durch solche Gesprächsthemen eigentlich befeuert werden sollte – wirkte wie weggewaschen.

»Sterben? Also, das ist das letzte, was ich tun werde«, scherzte Siegfried. Wenn selbst die berühmten letzten Worte eines Komikers Sean nicht aus seiner trüben Stimmung rissen, dann half wohl gar nichts mehr.

»Ja, ich habe vorher auch noch ein paar Sachen vor.« Seans alte Lockerheit schien ein Stück zurückzukehren. »Ich sollte wohl besser zum Punkt kommen. Bevor es zu spät ist.« Er wurde erneut ernst. »Unser neuer Vorgesetzter schickt mich. Um dich vorzuwarnen.«

»Ferrera ist befördert worden?« Siegfried war ehrlich überrascht.

»Eher degradiert. Leif Krag hat übernommen.«

»Leif Krag«, wiederholte Siegfried laut, wie um sich den Namen ins Gedächtnis zu rufen. Das war natürlich unnötig. Jedes Kind kannte diesen Namen. »Der Minister für Sicherheit?«, rief Siegfried halb fragend, halb ausrufend. Sean nickte stumm. »Man nimmt mich also endlich ernst«, sagte Siegfried, ohne jedoch erleichtert zu klingen. Sean nickte abermals. »Aber man glaubt mir nicht so recht, nicht wahr?« Diesmal blieb ihm Sean eine Reaktion schuldig. »Inoextrakt?«, Siegfried sprach das Wort möglichst ohne Regung aus, doch es gelang ihm nicht ganz. »Wolltest du mich darauf vorbereiten?«

»Krag will sich absichern«, antwortete Sean indirekt. »Angeblich ist alles nicht so schlimm.« Für jemanden, der ihn überzeugen sollte, klang Sean selbst alles andere als sicher. Siegfried seufzte tief. Darum also hatte man Sean geschickt. Die beiden waren die einzigen auf dem Revier, die der Technologie misstrauten – Sean etwas weniger als Siegfried. Aber er musste sich ihr auch nicht stellen.

»Ich glaube dir«, verteidigte sich Sean.

»Ich weiß«, entgegnete Siegfried kraftlos. »Nicht, dass es eine Rolle spielt. Nicht, dass irgendwas eine Rolle spielt.«

»Immerhin hast du passende letzte Worte gefunden«, scherzte Sean.

»Ist dein Humor also zurückgekehrt? Und ich habe noch mitgeholfen.« Siegfried verzog das Gesicht.

»Besser späte Reue als keine.« Sean setzte ein gutmütiges Lächeln auf. In Siegfrieds Augen wurde es jedoch zur sadistischen Fratze. »Ja, die Sache ist unfair. Du bist unschuldig. Du warst es immer. Und ich wünschte ich könnte etwas tun, um es Krag klarzumachen.« Sean zuckte mit den Schultern. Siegfried wusste nicht, wie er diese Geste interpretieren sollte. »Aber sieh es so«, fuhr der Forensiker fort. »Wenn die Sache vorbei ist, bist du endgültig freigesprochen. Dann kann dir keiner mehr etwas anhaben.«

›Wird auch nicht mehr notwendig sein‹, dachte Siegfried. Bevor er den Satz jedoch aussprechen konnte, ging die Tür erneut auf. Drei Personen traten ein. Eine davon sah Siegfried zum ersten Mal.

»Wie geht es dir?«, erkundigte sich eine bekannte Frauenstimme.

»Ich habe wohl kurz das Bewusstsein verloren«, sagte Siegfried lakonisch in Majas Richtung.

»Sie leisteten Widerstand und wurden daher außer Gefecht gesetzt«, entgegnete Can.

Siegfried verdrehte die Augen. »Gehe ich richtig davon aus, dass Sie den wahren Täter alle gesehen haben?«, fragte er, Cans Einwand ignorierend. Manche Sprüche rechtfertigten keinen Konter, so absurd waren sie.

»Wir haben einige Fragen an Sie«, sprach der dritte Mann. Seine Stimme war dünn und seltsam hoch – als wäre er es nicht gewohnt, direkt zu sprechen. Dennoch schien keiner der Polizisten sich zu trauen, ihm etwas zu entgegnen. Siegfried aber war nicht länger Polizist und Leif Krag nicht sein Vorgesetzter.

»Gut. Ich wünsche ein direktes Gespräch, ohne Inotransfer«, sagte er bestimmt, während er Krag mit einem prüfenden Blick besah. Ein seltsames Gefühl von Déjà-vu überkam ihn. Auf unheimliche Art ähnelte der Mann Julianus' Mordopfer: Beide waren sie von hagerer Gestalt und beide besaßen denselben, blassen Hautton. Am deutlichsten aber trat die Ähnlichkeit bei den Augen hervor. Da war er wieder: Dieser kalte, seltsame hohle Blick – als sähe man sich einer Leiche gegenüber. Welch seltsame Art von Ironie. Julianus wurde nun also nun von exakt jenem Menschentypus gejagt, den er selbst für leichte Beute hielt. Siegfried wollte sich abwenden, doch etwas hielt ihn zurück. Instinktiv, ja fast unter Zwang, kreuzte er den Blick Krags. Neben den vertauschten Rollen gab es noch ein weiteres Unterscheidungsmerkmal. Siegfried schimpfte sich einen Narren. Trotz aller Aufdringlichkeit war ihm dieses Detail entgangen: Die Augen. Beim jungen Mann im Zug war nichts außer gähnender Leere vorzufinden gewesen. Siegfrieds Sitznachbar hatte durch ihn hindurchgesehen, als nähme er ihn nicht wahr – als nähme er überhaupt nichts wahr. Hinter den Augen Krags steckte aber ein wachsamer Geist. Sein Blick mochte Siegfried ebenfalls durchdringen. Doch gleichzeitig tastete er ihn ab. Siegfried fühlte sich, wie von einem Radarstrahl erfasst. Empfindlichen Sensoren gleich, ruhten die starren Augen auf ihrem Ziel und analysierten und zerlegten es. Endlich, nach Sekunden, die Siegfried wie eine

Ewigkeit erschienen, wandte Krag den Blick ab. Er hatte wohl gefunden, wonach auch immer er gesucht hatte. Wie auf Befehl wandten sich Maja, Can und Sean ab und marschierten gemeinsam zur Tür hinaus.

»Sie übernehmen also?«, fragte Siegfried ungerührt. Dies war vermutlich der eigentliche Grund für Seans schlechte Laune. Ferrera hatte seine Schattenseiten. Er konnte Komplimente heucheln, während er einem hinterrücks das Leben, oder zumindest die Karriere schwer machte. Aber im Grunde war er ein angenehmer Vorgesetzter. Krag aber – das stand förmlich in seinen Augen geschrieben – war alles andere als ein Menschenfreund.

»Darf ich den Namen desjenigen erfahren, der mich verhört?«, fragte Siegfried, ungeachtet dessen, dass er die Antwort bereits kannte. Jede Sekunde, die er an Zeit gewann, war ein kleiner Sieg.

»Sie sind nicht in der Position, Forderungen zu stellen«, ertönte eine Stimme in seinem Kopf. Siegfried zuckte unweigerlich zusammen. Er hatte Inotransfer nicht aktiviert. Wieso sprach dennoch jemand zu ihm?

»Ich selbst. Leif Krag«, lenkte die Stimme schließlich teilweise ein. Ihr Tonfall war kraftvoll und eindringlich. Siegfried sah die hagere Gestalt vor ihm an. Augenscheinlich war sie es, die mit ihm sprach, doch die akustischen Unterschiede zu vorhin waren beträchtlich. Siegfried wusste, dass geübte Anwender ihre Inostimme nach Belieben verzerren konnten. Die Palette reichte vom Entfernen von Sprechfehlern über das Simulieren fremder Akzente bis hin zu dem kompletten Austausch der eigenen, gegen eine fremde Stimme. Die meisten Menschen jedoch begnügten sich damit, ihre Stimme nur minimal zu modifizieren: Etwa, um bei heiklen Gesprächen weniger nervös zu klingen. Seine natürlichen Laute zu verwenden war eine der wenigen Gewohnheiten aus dem Zeitalter der herkömmlichen Telefonie, die die Einführung und Verbreitung Inos überdauert hatte. Nach wie vor nahm niemand gerne Anrufe komplett fremder oder fremdartig klingender Menschen entgegen. Doch es gab noch einen zweiten Aspekt: Dieselbe Technologie, die die Stimme verzerrte, konnte sie auch zurücksetzen. Man konnte während eines Inotransfers mühelos Filter anlegen, die jegliche Stimmmodifikationen entfernten. So mühelos, dass selbst Siegfried dazu in der Lage war. Zwar vertraute er nur ungern auf Ino und dessen Anwendungen. Wenn diese ihn aber vor ihren bösen Brüdern schützen konnten, machte er aber gern eine Ausnahme. Krags Inostimme schien jedoch so etwas wie der Vater aller Inoanwendungen zu sein. Mit gesenktem Kopf sah Siegfried die hagere Gestalt vor ihm an. Die Augen mochten hypnotisch wirken. Der Rest des Körpers strahlte jedoch keinerlei Art von Autorität aus. Die dürren Arme wirkten schwach, ja fast zerbrechlich. Ino ließ Leif Krag dennoch furchteinflößend wirken. Schon die Tatsache, dass Siegfried ihn mit seinen eigenen Augen während des Gedankentransfers sehen konnte, war irritierend. Normalerweise verengte sich Siegfrieds Blickfeld, wenn er über Inotransfer Nachrichten empfang. Es war, als blickte er in einen Schaukasten, in dem immer wieder Bilder seiner Gesprächspartner auftauchten. Siegfried hob seine Hand und schielte durch die gespreizten Finger hindurch. Etwas war verkehrt.

»Wenn Sie kooperieren, wird Ihnen nichts geschehen«, versicherte die Stimme. Sie klang nun weniger eindringlich als vielmehr arrogant. Siegfried nahm die Hand vom Gesicht und hob den Kopf. Mit einem Schlag kam ihm seine eigene Nervosität albern vor.

»Eine Anwendung mehr, die mir entgangen ist.« Siegfried zuckte mit den Schultern. »Aber ich bin technisch auch nicht auf dem Laufenden. Sie haben wohl meine Akte studiert. Ich gratuliere Ihnen zu Ihrem Trick«, spottete er.

»Sie nehmen dieses Gespräch besser ernst!« Die Stimme ertönte mit einer Wucht, die Siegfried erschaudern ließ. Er antwortete nichts, sondern nickte nur. Mimik und Gestik wurden für gewöhnlich nur erkannt, wenn man sie in Form eines gedanklichen Bildes an seinen Kommunikationspartner verschickte. Doch hier war nichts gewöhnlich. Leif Krag würde Siegfried auch ohne Worte verstehen. Daran gab es keinen Zweifel.

»Wie schätzen Sie die Fähigkeiten dieses Julianus' ein?«

»Er ist körperlich sehr fit – erst recht, wenn man sein Alter bedenkt. Er ist intelligent und sich dessen nur zu gut bewusst. Bei seinen Taten geht er kalt und berechnend vor. Skrupel zu töten fehlen ihm.«

»Warum hat er Can nicht getötet?«

»Er hält ihn für unterlegen. Wenn er stirbt, wäre das für Julianus kein Gewinn, wenn er lebt kein Verlust. Er hat wohl aus der Laune heraus entschieden.«

»Und Sie?«

»Warum ich noch lebe, meinen Sie?« Siegfried überlegte kurz. Er kam zu dem Schluss, dass es sicherer war, wenn er keine großen Worte über seine mögliche Beziehung zu Julianus verlor. Sicher, früher oder später würde man seine Wohnung untersuchen und Julianus' Nachricht finden. Doch damit wollte sich Siegfried erst beschäftigen, wenn man ihn damit konfrontierte. »Aus demselben Grund wie Can würde ich sagen.« Siegfried sah Krag in die Augen, um eine mögliche Reaktion abschätzen zu können. Doch nichts regte sich.

»Sie dürfen mir nun eine Frage stellen«, meldete sich die Stimme schließlich.

Für einen Moment war Siegfried sprachlos. Er hätte nicht erwartet, dass Krag das Thema einfach so fallen ließ. Vielleicht wollte er Siegfried aber lediglich in falscher Sicherheit wiegen. Wie auch immer, es wäre unklug, das Angebot nicht anzunehmen. Am naheliegendsten wäre es, Krag zu fragen, wie er es schaffte, mit Siegfried zu kommunizieren, ohne dass dieser bewusst in den Datenstrom eingestiegen war. Vermutlich aber handelte es sich hierbei wieder nur um irgendeine neue Anwendung Inos, die Siegfried einfach entgangen war. Wahrscheinlich trug sie einen ähnlich wenig originellen Namen wie Inodive. Ergiebiger wäre es zu fragen, ob Siegfried nach wie vor als tatverdächtig galt. Allerdings würde sich diese Frage bald von selbst beantworten.

»Auf wessen Geheiß hin haben Sie die Leitung von Ferrera übernommen?«, sagte Siegfried schließlich. Selbst, wenn Sean ihn nicht über den Führungswechsel aufgeklärt hätte, wäre er doch darauf gekommen. Die Umstände ließen keine andere Schlussfolgerung zu. Da war zunächst die Tatsache, dass Ferrera sich bislang nicht hatte blicken lassen. Derartige Passivität passte nicht zu ihm. Und dann war da noch Krags Verhalten. Zwar gab es Vieles an ihm, das Siegfried noch nie untergekommen war. Sein Menschentypus aber war ihm vertraut. Krag war die Sorte Mensch, die immer die Führung übernahm. Widerstand – sofern er nicht gewaltig war – schob sie einfach bei Seite. Zum ersten Mal seit langer Zeit, vielleicht auch überhaupt ersten Mal, fühlte er sich mit Ferrera emotional verbunden. Siegfried wusste nur zu gut, wie es war, einfach so auf das Abstellgleis gestellt zu werden.

»Das Ministerium hat die Leitung über diesen Fall übernommen.« Krag sprach ohne jegliche Regung. Es war unmöglich zu sagen, ob er mit dieser Frage bereits gerechnet hatte, oder ob er schlicht außer Stande war, Gefühle zu zeigen. »Der Fall unterliegt nicht länger der lokalen Polizei«, fuhr Krag gleichermaßen monoton fort.

Siegfried nickte stumm. Der Fall besaß nun also eine politische Komponente. Das war nur logisch. Juristisch betrachtet, mochte Julianus nur ein Mörder sein. Ein Vertreter einer mittlerweile selten gewordenen Klasse von Kriminellen, aber ansonsten nichts Besonderes. Nein, es war nicht das Verbrechen selbst, das ihn gefährlich machte. Es war die Art, wie er es begangen hatte, wie er es begehen konnte. Seine Fähigkeit Ino komplett umgehen zu können, machte ihn automatisch zum Staatsfeind, nein zum Weltfeind. Vermutlich hätte er dazu nicht einmal gegen ein Gesetz verstoßen, geschweige denn jemanden töten müssen. Durch die bloße Bekanntgabe seiner Tarnkappe stellte er die komplette Gesellschaftsordnung in Frage. Siegfried fragte sich, inwieweit Julianus mit dieser Entwicklung gerechnet haben mochte. Der Mord in der U-Bahn hatte womöglich gar nicht Siegfried gegolten – zumindest nicht ihm allein. Es war eine Kriegserklärung an Ino und somit an die Gesellschaft. Deswegen war Julianus auch nicht geflohen, als er Maja und Can bemerkt hatte. Es war ihm nur recht, dass die Polizei von seiner Kriegserklärung Notiz nahm.

»Ich nehme in diesem Trauerspiel nur die Rolle eines unbedeutenden Statisten ein, nicht wahr?«, wandte sich Siegfried erneut an Krag.

Statt einer Antwort ertönte das Scharren der Tür erneut. Maja und Can traten ein. Nur Sean fehlte.

»Bereiten Sie Inoextrakt vor«, sprach die Fistelstimme.

Siegfried sank in sich zusammen. Krag hatte in so in seinen Bann gezogen, dass er den Gedanken an Inoextrakt vollkommen verdrängt hatte. »Ist das wirklich notwendig?«, hauchte er. Die Angst in seiner Stimme war unüberhörbar.

»Sie haben mir nicht alles gesagt, was Sie wissen.« Krag sprach erneut mit seiner kraftvollen Stimme. »Aber das werden Sie.«

»Sie werden dadurch kaum etwas erfahren, was Sie nicht schon wissen«, versuchte Siegfried zu protestieren. »Ich würde wirklich gerne das Verhör fortsetzen.«

»Sie haben sich dem Zugriff der Polizei entzogen«, mischte sich Can ein. »Sie haben kein Recht Forderungen …«, Krags kalter Blick würgte Cans Einwand ab.

»Sie werden sich fügen!«, dröhnte Krags Stimme in Siegfrieds Kopf. Der scharfe Tonfall fuhr Siegfried förmlich durch Mark und Bein. »Nicken Sie!« Siegfried gehorchte, ohne zu zögern. Wie auf Befehl schwang die Zellentür zur Seite. Kraftlos, wie ein Boxer, der sich gerade von einem Niederschlag erholte, wankte Siegfried in den Korridor. Die Augen der drei Ermittler ruhten abschätzend auf ihm. Siegfried erwiderte Krags Blick. Sein Repertoire an Inoanwendungen war noch weit umfassender, als das kurze Gespräch zwischen Siegfried und ihm offenbart hatte. Solange sich Siegfried in Polizeigewahrsam befand, war er ihm praktisch schutzlos ausgeliefert.

»Es ist nicht so schlimm.« Maja wies ihm den Weg zur Tür. Scheinbar willenlos schritt er über die Schwelle. Maja unterdrückte ein Seufzen. Krags überlegener Umgang mit Ino hatte auf sie einen überwältigenden Einfluss ausgeübt. Wie musste es dann jemandem wie Siegfried ergangen sein? Sie versuchte das aufkeimende Mitgefühl zurückzudrängen, doch es gelang ihr nicht ganz. Ihr alter Ausbilder hatte sie viel gelehrt. Heute aber war er es, der lernen würde. Die Horrorattribute, welche er Inoextrakt zuschrieb, entsprangen lediglich seiner Fantasie. Wortlos folgten die drei Ermittler Siegfried Richtung Aufzug.

»Fürchten Sie sich nicht«, spürte Siegfried Krags Stimme. Sie klang nun deutlich sanfter, ja beinahe vertraulich. Vielleicht war dies der Grund, warum sie ihre Wirkung komplett verfehlte.

Kapitel 11

Sie brachten Siegfried in das Verhörzimmer, jenen Raum, in dem er vor kurzem schon einmal ausgeforscht worden war. Rein oberflächlich betrachtet, schien sich seit Siegfrieds letztem Besuch kaum etwas verändert zu haben. Es handelte sich um dasselbe Zimmer, mit denselben anwesenden Personen. Maja und Can nahmen wie schon damals ihm gegenüber Platz. Fast könnte man meinen, sie alle wären Schauspieler in einem Film und gezwungen, dieselbe Szene aufgrund eines Regiefehlers zu wiederholen. Krag war zwar hinzugestoßen, doch er begnügte sich mit seiner gedanklichen Anwesenheit. Sein Körper blieb für Siegfried unsichtbar hinter der verspiegelten Scheibe zurück. Das einzige Utensil, das seit Siegfrieds letztem Aufenthalt im Verhörzimmer hinzugekommen war, war ein Elektrodenhelm, der auf dem Tisch in der Raummitte stand. Ein dickes Kabel in schwarzer Ummantelung wand sich von der Stirnseite des Helmes hin zur Tür. Für Inoextrakt war eine kabellose Übertragung nicht ausreichend. Das menschliche Gehirn war theoretisch in der Lage, die Position jedes Teilchen im bekannten Universum abzuspeichern. Eine Datenmenge vergleichbarer Größe kabellos zu übertragen, überstieg die Kapazität der Implantate bei Weitem.

Schnaufend ließ sich Siegfried auf den Stuhl fallen. Sein Körper fühlte sich ungewohnt schwer an. Offenbar ließ sich sein Unterbewusstsein nicht durch den scheinbar vertrauten Anblick täuschen. Tatsächlich würde dieses Verhör nur sehr wenig mit dem vorigen Gespräch gemein haben. Siegfried spürte, wie sich Schweißperlen auf seiner Stirn zu sammeln begannen. Er versuchte seiner Furcht mit Argumenten zu begegnen. In Wahrheit verfügte er über nicht mehr als eine vage Vorstellung darüber, was gleich passieren würde. Gesichert war nur, dass die Befragung dieses Mal deutlich gründlicher erfolgen würde. Aber bedeutete das nicht, dass man ihn am Ende von jedem Verdachtsmoment würde freisprechen müssen? Hatte er durch Inoextrakt letzten Endes nicht viel mehr zu gewinnen, als zu verlieren? Ein Schauer kroch seine Wirbelsäule empor. Ja, einerseits könnte Siegfried seine Freiheit wiedergewinnen. Doch andererseits könnte er seinen Verstand verlieren. Das war kein guter

Tausch. Siegfrieds Schultern sanken nach vorn. Ihm war, als trüge er eine gewaltige Last – als drückte ihn sein eigenes Körpergewicht zusammen.

»Setzen Sie den Helm auf!«, befahl eine Stimme. Krag mochte körperlich nicht im Raum sein, doch seine geistige Präsenz überstrahlte die der Anwesenden mühelos. Er war wie ein Sturm, ein Tornado, der durch seine bloße Existenz alle Blicke in der Umgebung auf sich zog. Man konnte ihn nicht ignorieren, selbst wenn man es wollte. Die einzige Alternative bestand in der Flucht und Siegfried wäre nur zu gerne geflohen. Doch er war dem Tornado schon zu nahegekommen, als dass er noch vor ihm weglaufen könnte. Wenn diese Chance denn überhaupt jemals bestanden hatte. Denn anders als eine Windhose war Krag keine imposante Erscheinung, die man von weitem auf sich zukommen sah. Wenn er über Ino sprach, so war ihm automatisch jede Aufmerksamkeit gewiss. Äußerlich aber, gab es wenig, das einen Zuseher in seinen Bann ziehen konnte. Diese Diskrepanz zwischen Geist und Körper war es, die Siegfried einschüchterte. Krags Leib war so schmächtig, wie sein geistiges Abbild dominant war. Jene Stimme, die seinem Kehlkopf entsprang, stand im absoluten Gegensatz zu jener, die Siegfried über sein Implantat wahrnahm. Es war unklar, ob Krag seine schwache körperliche Ausstrahlung lediglich kompensieren wollte, oder ob seine Optik eine bewusste Täuschung darstellte. Vielleicht traf keines von beiden zu. Es gab genügend Menschen, die ihr Äußeres aus bloßem Desinteresse verkommen ließen: Die nur abgetragene Sachen trugen und sich nicht, oder nur selten wuschen. Doch Krags Haare waren gepflegt, die Frisur saß gut und sein Gesicht war sorgfältig rasiert. Sicher, er trug weder Schminke noch Schmuck noch teure Kleider. Man konnte mit einiger Sicherheit davon ausgehen, dass ihm seine Optik nicht extrem wichtig war. Gleichgültig aber war sie ihm auch nicht.

Zögerlich griffen Siegrieds Finger nach dem Helm. Welcher Grund Krag auch immer bewegen mochte, sich aufzuspielen, an Siegfried war seine Mühe verschwendet. Er hatte nicht die Absicht Widerstand zu leisten, zumindest nicht länger. Diesen Kampf hatte er verloren, das ließ sich nicht leugnen. Wenn man denn überhaupt von einem Kampf sprechen konnte. Tatsächlich hatte Siegfried der

Polizei von Anfang an wenig entgegenzusetzen gehabt. Ein kleiner Anflug von Ungehorsam, als er Julianus' Ruf zum Friedhof gefolgt war, das war auch schon alles gewesen. Doch mehr Möglichkeiten hatten sich schlicht nicht ergeben. Siegfried war nur ein einsamer, alter Mann. Er war der Polizei – er war Ino – ausgeliefert.

»Die Technologie hat sich stark weiterentwickelt. Fälle wie jener von Frau Bougmil gehören der Vergangenheit an«, versuchte Maja zu beruhigen. Schweigend setzte sich Siegfried den Helm auf. Majas Worte stanken nach Heuchelei. Hätte man wirklich Mitgefühl mit Siegfried, so hätte man ihm diese Behandlung erspart. Alles andere war heiße Luft, nichts weiter. Mit müden Augen sah er seine ehemalige Kollegin an. Ihre Schultern waren leicht nach vorne geneigt, wenn auch weniger stark als seine. Majas Arme lagen eng am Körper an. Sie wirkte, als wollte sie sich möglichst klein machen. Augenscheinlich wäre auch sie lieber an einem anderen Ort. Allerdings dürfte ihr Widerwille deutlich weniger ausgeprägt sein als der Siegfrieds. Der alte Lehrer nickte seiner Schülerin schwach zu. Ihr Mitgefühl war ehrlich. Streng genommen müsste er über ihre Haltung enttäuscht sein. Er hatte Maja beigebracht, sich bei Verhören möglichst aufrecht zu positionieren, um Autorität auszustrahlen. Doch wozu sollte sie noch den Schein waren? Autorität konnte man auch über Ino vermitteln, wie Krag eindrucksvoll bewiesen hatte. Wozu sich die Mühe machen, seinen Körper zu stählen? Wozu sich eine aufrechte Körperhaltung antrainieren? Ino konnte alles simulieren. Mehr noch, es übertraf die Realität. Und das nicht unwesentlich. Der beste Bariton eines Opernsängers verblasste im Vergleich zu einer Vorstellung über Ino und kein Sprecher der Welt konnte es mit Krags Inostimme aufnehmen. Nun hatte die Technik einen weiteren Sieg errungen. Der Mensch war in einem weiteren Betätigungsfeld übertrumpft worden. In ein paar Jahren schon würden einem Verdächtigen keine Personen mehr gegenübersitzen. Der gleiche Trend, der sich überall sonst beobachten ließ, machte eben auch vor Verhörzimmern keinen Halt: Die Menschen zogen sich zurück und Ino nahm ihren Platz ein. Vor einem Tag noch hatte Siegfried nichts als Ungemach angesichts seines Verhörs empfunden. Wenn er sich nun daran erinnerte, kamen bei ihm fast schon nostalgische Gefühle auf. Vielleicht war er der letzte Mensch gewesen, der noch von echten Polizisten verhört worden war. Er nickte Maja ein weiteres Mal zu. Sie nahm seine Geste mit einem irritiert wirkenden Lächeln auf. Siegfried fiel auf, dass er ihre Fähigkeit zur Empathie nie gelobt hatte. Dabei war dies längst keine Selbstverständlichkeit mehr. Ein Blick auf Can genügte, um sich davon zu überzeugen – von Krag gar nicht erst zu sprechen. Nun gut, Krag schien die Schwelle des Menschlichen bewusst hinter sich gelassen zu haben. Can aber verfehlte dieses Ziel. Deutlich. Er war dermaßen von dem Gedanken beherrscht, eine Maschine zu sein, dass er stattdessen mehr einer Statue glich. Nicht kraftvoll und emotionslos, sondern unbeweglich und starr. Allein seine geradezu krampfhaft aufrechte Haltung, mit der er auf seinem Sessel saß, sprach Bände. Vielleicht war es gar nicht der Mensch selbst, der sich laufend zurückzog, sondern die Menschlichkeit. Siegfried würde Maja dazu gratulieren müssen, dass sie sich diesem Trend zumindest nicht vollkommen anschloss. Zwar konnte auch sie sich der allgegenwärtigen Entwicklung nicht entziehen. Auch sie gab immer mehr ihrer Aufgaben an Ino ab und zog sich fortlaufend aus dem Leben zurück. Doch für einen jungen Menschen wie sie gab es wenig Alternativen. Sich abhängen zu lassen, wie Siegfried, war für Maja natürlich keine Option. Nein, allein die Tatsache, dass sie sich erlaubte, Gefühle zu zeigen und Ino nicht blind vertraute, ehrte sie. Vor allem aber machte es sie sympathisch. Jedenfalls deutlich sympathischer als Can und um Welten sympathischer als Krag.

Ein leises, kaum wahrnehmbares Summen entfuhr dem Helm. Deutlich wahrnehmbar waren dagegen die Veränderungen, die von den an die Wände geworfenen Schatten ausgingen. Sie schienen sich auszudehnen, ja regelrecht anzuwachsen. Strahlenförmig, als wären sie wuchernde Ranken, streckten sie sich aus. Die dunklen Flächen krochen förmlich an Boden und Wänden entlang und färbten alles, was sie berührten, tief schwarz. Siegfried kniff ungläubig die Augen zusammen, doch er sah die Schatten weiterhin. Aus allen Richtungen stoben sie auf ihn zu. Sie glichen nicht länger Pflanzen, sondern viel mehr Klauen und Zähnen von Raubtieren, die in Siegfried eine leichte Beute sahen. Und so war es auch. Nach nur wenigen Augenblicken hatten die Schatten Siegfried vollends verschlungen. Perfekte Dunkelheit – schwärzer noch als jede Nacht – umgab ihn. Er riss seine Lider auf, doch es machte keinen Unterschied. Die Schwärze blieb. Die Schatten waren in seinen Verstand gekrochen und hatten sich dort festgesetzt.

»1, 2 …«, Siegfried begann laut zu zählen, zumindest glaubte er das. Tatsächlich gab er keinen Ton von sich. Sein Körper gehorchte ihm nicht länger. Sein Bewusstsein war von den Schatten in seinen Schädel zurückgedrängt worden. »… 11, 12, 13 …«, unermüdlich fuhr er fort. Siegfried kümmerte es nicht sonderlich, ob jemand ihn hörte oder nicht. Er zählte ohnehin nur für sich allein. Tatsächlich ging es ihm nicht einmal ums Zählen. Er könnte auch genauso gut ein Kinderlied singen. Wäre ihm ein passender Text eingefallen, hätte er ein bisschen Musik vielleicht sogar nackten Zahlen vorgezogen. Im Grunde ging es Siegfried nur darum, dafür zu sorgen, dass sein Geist beschäftigt blieb. Er kannte die Berichte von Leuten, die dies verabsäumt hatten. Siegfried hatte von einem Betroffenen gelesen, der sich in Panik seinen Hosenknopf abgerissen und ihn durch seine Zelle gejagt hatte. Totale Einsamkeit in Kombination mit absoluter Langeweile brach den menschlichen Geist. Es war ein altbekanntes Konzept. So altbekannt, dass es eigentlich nicht mehr Anwendung finden sollte. Abgedunkelte Einzelhaft wurde selbst in der grauen Vergangenheit, wie manche die Epoche vor Ino nannten, nur zur Bestrafung hartgesottener Unruhestifter angewandt. Es hatte sich um eine der letzten noch als einigermaßen zivilisiert angesehenen Methoden gehandelt, um Sonderfällen Herr zu werden. Es hatte sicherlich noch bedeutend drastischere Disziplinierungsmethoden gegeben. Doch Siegfried beschloss nicht weiter in diese Richtung nachzudenken. Seine momentane Situation war ihm dramatisch genug.

»… 33, 34, 35 …« Siegfried begann sich eine Spur albern zu fühlen. Natürlich würde es eine Zeit dauern, bis sich die Dunkelhaft tatsächlich auf seinen Geisteszustand auswirken würde. Andererseits verspürte er nur sehr geringe Lust, darauf zu warten. Da zählte er lieber vor sich hin. Er machte sich keine Illusionen darüber, dass man eifrig und wohl auch etwas verwundert mithörte. Aber seine

Kollegen nahmen ihn ohnehin schon seit längerem nicht mehr sonderlich ernst. Seine Ehre hatte er nicht länger zu verlieren, seinen Verstand dagegen schon. Wenn er sich zum Narren machen musste, um nicht zu einem zu werden, so war dies ein Preis, den Siegfried gerne zu zahlen bereit war. Wer wusste denn schon, wie lange er in diesem Zustand verharren würde? Sicher, Inoextrakt würde nicht ewig andauern. Die Polizei konnte es sich wohl kaum leisten, Siegfried wochenlang festzuhalten. Rein theoretisch könnte man ihn zwar künstlich ernähren lassen und an einen Katheter hängen. Eine Gegenwehr Siegfrieds gegen diese Prozedur müsste die Polizei nicht fürchten. Genauso wenig wie eine offizielle Beschwerde. Schließlich würde diese vom Ministerium für Sicherheit bearbeitet werden und dieses stand hinter der Polizei. Etwaige rechtliche Konsequenzen würden sich, falls überhaupt, in einem sehr beschränkten Rahmen halten. Nüchtern betrachtet, setzte allein der damit verbundene Aufwand einem endlosen Verhör seine Grenzen. Einen Aufwand, der dank der modernen Technik allerdings überschaubar blieb … Ein Argument gab es allerdings, das Siegfrieds Pessimismus widersprach – und es war ein starkes: Je länger man sich mit ihm beschäftigte, desto mehr Zeit blieb Julianus, um zu tun, was auch immer ihm in den Sinn kam. Tatsächlich musste die Polizei ein vitales Interesse daran haben, dieses Verhör möglichst schnell zu einem Ende zu bringen. Allein die Tatsache, dass man schon so früh auf Inoextrakt zurückgriff, sprach Bände. Wenn es eine Ressource war, die der Polizei auszugehen drohte, dann war es Zeit. Nur war diese relativ. Jeder, der schon einmal vor einer besetzten Toilette gewartet hatte, wusste dies. Noch deutlicher trat dieser Effekt bei Alpträumen auf. Für den Betroffenen schienen die Zustände der Angst und der Panik kein Ende zu nehmen. In Wahrheit dauerten sie meist nicht länger als wenige Minuten. Im Kopf aber wurde diese kurze Zeitspanne zu einer Ewigkeit.

Siegfried beschloss also weiterzuzählen. Als er sich dem dreistelligen Zahlenbereich näherte, verlangsamte er sein Tempo. Ein beruhigender Gedanke stieg in ihm auf. Alpträume verloren ihren Schrecken, wenn man sich ihrer bewusst wurde. Siegfried hatte dies selbst schon erlebt. Einmal, während er schlief, wähnte er sich von einem Ungetüm von Hund verfolgt. Einer Bestie mit drei Mäulern, von denen jedes mit dolchartigen Zähnen besetzt war. Doch etwas war verkehrt gewesen. Die Bestie, sie entsprang nicht der Natur, sondern einer klassischen Sage. Einer, welche sich Siegfried erst vor kurzer Zeit wieder zu Gemüte geführt hatte.

»Ihr seid nicht echt«, rief Siegfried in die Schatten. Die Traumbestie von einst hatte sich diesem Ausruf zu Herzen genommen und war einfach verschwunden. Siegfried war ihr Schöpfer gewesen. Und was man schuf, konnte man auch zerstören. Erwartungsvoll blickte Siegfried in die Dunkelheit, darauf wartend, dass sie sich teilte. »Ihr seid nicht in meinen Verstand gekrochen, mein Verstand hat euch geboren«, hielt er den Schatten entgegen. »Teilt euch«, befahl er. Wenn man einen Traum als solchen entlarvte, erlangte man die Macht ihn zu ändern. Doch dieses Mal blieb sein Befehl unerhört. Kein Lichtstrahl tat sich auf. Die Dunkelheit war ein Produkt Inoextrakts und nicht Siegfrieds Verstandes. Der Schrecken mochte jenem eines Alptraums gleichen. Doch Inos Schatten war schwärzer noch als jener der menschlichen Vorstellungskraft. Einmal mehr hatte die Nachahmung die Realität übertroffen. Siegfried atmete in Gedanken aus. Jetzt war wohl ein guter Zeitpunkt, um zu verzweifeln. Doch obwohl er sich der Ausweglosigkeit seiner Lage vollends bewusst war, spürte Siegfried keinerlei Furcht. Das genaue Gegenteil war der Fall. Eine seltsame Gelassenheit hatte von ihm Besitz ergriffen. Er hatte sogar aufgehört zu zählen. Es war, als schienen die Schatten eine betäubende Wirkung auszuüben. »So habt ihr also Frau Bougmil in Wirklichkeit geknackt«, murmelte Siegfried. Die Schatten waren nicht dazu da, ihr Opfer zur Verzweiflung zu bringen. Sie sollten es einlullen, es in falscher Sicherheit wiegen. Es war eben nicht die Dunkelheit selbst, vor der man sich fürchtete, sondern was auch immer sich in ihr verbarg. Siegfried fragte sich, was wohl hinter der Schwärze auf ihn warten würde. Was mochte er alles verdrängt haben? Er war immer darum bemüht, möglichst ehrlich zu sich selbst zu sein. Doch ohne etwas Selbsttäuschung schaffte es niemand durch das Leben. »1, 2, 3 …« Er begann von Neuem zu zählen. Er war sich nun ziemlich sicher, dass es nichts nutzte, doch so sagte er sich, es war immer noch besser als lediglich abzuwarten.

Als Siegfried sich schließlich zum zweiten Mal der Zahl 100 näherte, ertönte eine Stimme aus dem Schatten: »Sei wie ein Fels, an dem sich beständig die Wellen brechen. Beklage dich nicht, dass dir dieses und jenes widerfahren musste. Sage lieber: Wie glücklich bin ich, dass ich trotz diesem Schicksal kummerlos bleibe, weder von der Gegenwart gebeugt noch von der Zukunft geängstigt!« Siegfried horchte auf. Er kannte dieses Zitat. Noch besser kannte er den Klang der dazugehörigen Stimme, auch wenn er sie schon lange nicht mehr gehört hatte. Als hätte sie seinen Befehl mit Verzögerung aufgenommen, begann sich die Finsternis zu teilen. Die Schatten stoben wie Wände auseinander und gaben den Blick auf eine Person frei. »Du bist ...«, rief Siegfried erstaunt. Gebannt starrte er auf die Gestalt. Er wusste, dass jener Mensch, den er vor sich sah, nicht mehr lebte. Dennoch stand er vor ihm. Sein dichter Vollbart war schon weitgehend ergraut. Nur einige farbliche Einschlüsse deuteten auf seine einstige schwarze Färbung hin. Die dunkelgrüne Weste über dem Hemd mit dem Karomuster war sichtlich abgetragen. Ohne Zweifel befand sich das Kleidungsstück schon eine Zeit im Besitz seines Trägers. Doch obwohl schon so manche Faser sichtbar strapaziert war, wirkte die Weste nicht verschlissen oder gar ramponiert. Es war, als wäre sie durch die intensive Benützung gereift und nicht gealtert. Die gesamte Erscheinung, von Kopf bis Fuß, von Haut bis Kleidung strahlte eine seltsam zeitlose Erhabenheit aus. Als ließe sie den Zahn der Zeit aus bloßem Mitgefühl an sich nagen.

»Wie kann das sein?« Siegfried presste die Frage gegen einen inneren Widerstand hervor. Was er sah, wen er sah, konnte nicht existieren.

»Man könnte sage, ich bin dein projiziertes Gedächtnis«, gab Fjodor Pirow zur Antwort.

Siegfried presste die Lippen aufeinander, das hieß, er stellte sich vor, wie er dies tat. Lieber noch hätte er sich mit der flachen Hand gegen den Kopf geschlagen. Allerdings riet ihm seine Vernunft, sich nicht noch zusätzlich zu erniedrigen. Immerhin wurde er beobachtet. »Du bist Fjodor Pirow und doch bist du es nicht«, sagte er in nachdenklichem Tonfall. ›Soll ich über dieses Zerrbild enttäuscht oder irritiert sein?‹, fragte er sich.

»Was genau ist an mir verzerrt?« In der gelassenen Stimme lag ein feiner Hauch von Spott. Siegfried stellte sich vor, säuerlich zu Lächeln. »Ich sollte wohl besser auf meine Gedanken achten«, bemerkte er.

»Ja, deine gedachten Wörter sind für mich hörbar, als würdest du mit mir sprechen«, bestätigte die Projektion. »Das gleiche gilt für dein Gedächtnis. Ob Dinge Sekunden oder Jahre zurückliegen, spielt für Inoextrakt keine Rolle.« Fjodor klang seltsam gelangweilt, als erklärte er einem kleinen Kind, dass der Himmel blau sei. »Aber das weißt du bereits«, fügte er hinzu, als wäre die Sache damit für ihn beendet.

»Ja, ich bin euch ausgeliefert, ich weiß«, murmelte Siegfried. »Mein Kopf hängt an einem Kabel und mein Geist wird gerade Inoextrakt unterzogen. Es hätte mir klar sein sollen, dass ihr meine Gedanken lest.« Siegfried wusste nicht, wer hinter dem falschen Fjodor Pirow steckte. Müsste er wetten, er würde auf Krag tippen – auch wenn der Tonfall nicht zu passen schien. Krag zog den Befehl dem weisen Ausspruch vor. Doch wer sagte, dass Krag allein war? Siegfried war über ein Kabel direkt mit dem Datenstrom verbunden. Jeder mit einer entsprechenden Freigabe konnte sich einklinken. Vielleicht war dieser falsche Fjodor Pirow eine Kooperation aus Tess, Krag, Can und eventuell sogar ein paar Leuten aus dem Ministerium. Wer wusste dies schon?

»Lass die Einbildung schwinden und es schwindet die Klage, dass man dir Böses getan. Mit der Unterdrückung der Klage ist das Böse selbst unterdrückt.« Abermals hielt die Projektion Siegfried ein Zitat von Fjodors Lieblingsdenker vor. Diesmal verfehlte es seine aufbauende Wirkung jedoch.

»Denke lieber an das, was du hast, als an das, was dir fehlt.« Siegfried spürte einen stechenden Blick auf sich ruhen – nicht unähnlich jenem Krags. »Ich könnte mich dir auch anders präsentieren.« Siegfried zuckte zusammen. Die scheinbare Gelassenheit, mit der die Projektion ihre Drohung aussprach, verstärkte ihre Wirkung noch zusätzlich. »In Ordnung«, sagte er resignierend. »Aber ich werde Sie nicht mit seinem Vornamen ansprechen. So viel Respekt bin ich Fjodor schuldig.«

»Es sei. Namen sind für mich irrelevant.« Pirow nickte zustimmend. »Nun beantworte meine Frage: Was macht mich zum Zerrbild?«

»Sie sind zu stoisch«, antwortete Siegfried prompt. Er wäre gerne weniger direkt gewesen. Aber was sollte er machen?

»Denk ruhig weiter«, wies ihn Pirow an.

»Sie sind ein Produkt Inos. Fjodor strahlte Ruhe und Autorität gleichermaßen aus und ich bewunderte ihn dafür. Seine Weisheiten, oder zumindest einen Teil davon, haben Sie brav nachgemacht, aber an seiner Menschlichkeit sind Sie gescheitert. Fjodors Gelassenheit hatte klare Grenzen. Eine Unterhaltung auf Basis Inos hätte er nicht einfach so hingenommen.« Siegfried zwang sich innezuhalten. Er wollte sicher gehen, dass ihn sein Gegenüber auch verstand. Inoextrakt war allem Anschein nach deutlich weniger allsehend, als dieser Pirow behauptete. Zumindest war es nicht allbegreifend. Speziell abstrakte Erinnerungen schien es nicht richtig verarbeiten zu können. Also lag es an Siegfried selbst, dafür zu sorgen, dass seine Gedanken nicht nur gelesen, sondern auch verstanden wurden. Auch wenn sich Siegfried der Absurdität seiner Situation nur zu bewusst war: Er wusste ebenso, dass seine Zukunft davon abhing, welchen Eindruck seine Gedanken und Erinnerungen auf Krag machten. »Pirow wäre nicht umhingekommen, sich über diesen Zustand zu beschweren«, fügte er hinzu. »Wenn man die Realität simuliert, sollte man darauf bedacht sein, sie nicht zu übertreffen.« Pirows Mundwinkel bewegten sich leicht. Siegfried hoffte, darin den Ansatz eines Lächelns erkennen zu können.

»Ich bin tatsächlich nicht allsehend«, sprach die Projektion schließlich. »Allerdings sehe ich mehr, als du zu verstehen bereit bist.«

»Ich kann mit dieser Anwendung einfach nicht umgehen.« Siegfried bemühte sich nicht erst um eine Ausrede.

»Du hast meine Frage beantwortet. Das ist ein Anfang.« Pirow wirkte weder verärgert noch zufrieden. Dann räusperte er sich kurz, als stimmte er eine Erzählung an. »In jedem Menschen stecken eine ganze Reihe von Widersprüchen. Die Mathematik aber erlaubt keine Widersprüche. Eine Zahl kann nicht gleichzeitig eine andere sein. Es gibt zwar Gleichungen, die mehrere korrekte Lösungen besitzen. Diese müssen sich im Falle einer Wahl aber gegenseitig ausschließen. Entscheidet man sich für A, so lässt man B fallen. Ich könnte dir gegenüber distanziert auftreten. Verärgert darüber, dass ich ein Gespräch über Ino führen muss. Oder ich könnte gelassen agieren. Ein ruhiger Charakter, zu dem du aufsiehst. Beides zur selben Zeit, ein Stoiker und ein Nörgler, das geht nicht.«

»Ich verstehe«, antwortete Siegfried. Tatsächlich verstand er nur sehr wenig und jeder weitere Satz von Pirow sorgte nur für noch mehr Verwirrung. Siegfried hatte sich Inoextrakt als grenzenlosen Alptraum vorgestellt. Doch statt monströsem Horror sah er sich bloß einem seltsamen Verwirrspiel ausgesetzt. Ihm war schleierhaft, wieso er sich überhaupt die Mühe machen musste, Fragen zu beantworten, wenn man doch ohnehin seine Gedanken las. Siegfried überkam das Gefühl, dass er weniger einem Verhör, als einem sinnlosen Test unterzogen wurde. Missmutig betrachtete er Pirow. Dieser erwiderte seinen Blick mit einem schwachen Lächeln. In seinem Ausdruck lag keinerlei Boshaftigkeit. Dennoch hatte Siegfried das Gefühl, er machte sich über ihn lustig.

»Frag ruhig«, lud ihn Pirow ein.

»Was soll das alles? Sie wissen, was ich zu Protokoll gegeben habe. Immerhin lesen sie ja mein Gedächtnis und meine Gedanken noch dazu. Und trotzdem stellen Sie mir unnötige Fragen. Sie präsentieren sich mir als Pirow, reden aber, als wären Sie kein Mensch …« Die Fragen sprudelten aus Siegfrieds Gehirn, als wäre in seinem Inneren ein Damm gebrochen. »Ist das ein Verhör oder ein Test?«

Pirows starrer Blick wies Siegfried an zu schweigen. Er gehorchte umgehend. Selbst seine Gedanken verstummten für einen Moment. Von einem Moment auf den nächsten, war der ach so sanfte Gesichtsausdruck Pirows einer steinernen Maske gewichen. Falls es noch einen Beweis gebraucht hätte, wer wirklich hinter dieser Projektion stand, war er hiermit erbracht.

»Du erfährst nur, was dir zumutbar ist.« Pirows Lächeln kehrte zurück, als wäre nichts gewesen. »Ich sehe nur, was dir widerfahren ist«, fuhr Pirow nach kurzer Unterbrechung fort. »Du hast alle Fragen, die dir gestellt wurden, nach bestem Wissen und Gewissen beantwortet, das stimmt. Doch das reicht nicht. Es gibt noch

Dinge, über die wir sprechen müssen. Etwa jene widersprüchlichen Regungen, die Julianus bei dir auslöst.«

»Er erinnert mich irgendwie an meinen alten Mentor. An Fjodor, nicht an dich.« Siegfried hoffte, dass die Projektion seine gedankliche Kritik an ihr überhörte. »Bitte, fahre fort.« Pirow tat ihm den Gefallen.

»Auch Fjodor empfand eine tiefe Abneigung gegenüber Ino. Er wuchs zu einer Zeit auf, als es noch keine oder nur sehr wenige Implantate gab. Alle Aufgaben, die heute Ino übernimmt, musste er noch selbst machen. Wollte er sich weiterbilden, hatte er sich das entsprechende Wissen selbst zu besorgen, wollte er jemand Entfernten kontaktieren, musste er zum Telefon greifen – und so weiter. Für ihn war das Leben viel aufwändiger als für die Generationen, die nach ihm kamen. Gerade deswegen aber war er der Meinung, der Mensch wachse mit seinen Aufgaben. Im Umkehrschluss schrumpft er, wenn er seine Aufgaben abgibt. Fjodor empfand die Abgabe einstmals menschlicher Tätigkeiten an Ino als Entmündigung, als Teil eines Degenerationsprozesses. Gleichzeitig aber spürte er, dass ihm etwas fehlte. Implantatträger können miteinander kommunizieren, ohne den Mund zu öffnen. Sie haben permanenten Zugriff auf die schier unendliche Fülle an Wissen des Datenstroms. All das und noch viel mehr blieb ihm verwehrt. Und die Zahl der verfügbaren Inoanwendungen steigt noch immer beständig. Mit dieser Effizienz konnte er trotz all seiner Fähigkeiten nicht mithalten. Er fühlte sich abgehängt. In diesem Punkt unterscheidet sich Julianus doch recht deutlich von mir.« Pirow hielt konsequent an seiner Rolle fest. Siegfried war ihm fast dankbar dafür, dass er seinen Unglauben einfach ignorierte.

»Ja, Julianus fühlt sich nicht abgehängt. Bei aller Kritik erkannte Fjodor doch den Wert und die Möglichkeiten Inos an. Julianus dagegen kann oder will dies nicht sehen. Ino ist für ihn ein Symbol des Niedergangs, des gedanklichen Verfalls der Massen. Fjodor sah in seinem Unvermögen, Ino zu benutzen eine Schwäche. Für Julianus ist dies eine Stärke. Gleichzeitig gründet sich sein Überlegenheitsanspruch darin, dass er über Fähigkeiten verfügt, die längst vergessen sind. Fortzuschreiten heißt für ihn, sich auf die Vergangenheit zurückzubesinnen. Ino und seine Anwendungen dagegen sind seine Aufmerksamkeit nicht wert. Vielleicht ist Julianus so etwas wie ein Fjodor aus einem Paralleluniversum. Einer, der im Gegensatz zu meinem Mentor sehr wohl ein Implantat besitzt, es aber nach kurzem Gebrauch für unnötig befunden hat.« Siegfried machte eine Pause, um seine Gedanken zu ordnen. »Als ich ihn das erste Mal sah, fühlte ich, als erlebte ich ein Déjà-vu. Als säße ich einer Reinkarnation Fjodors gegenüber. Als er mir seine wahre Natur zeigte, wurde aus dem Ebenbild eine billige, verfälschte Kopie. Doch beides ist falsch. Julianus ist eine Übertreibung. Eine Extremform Fjodors. Seine Ähnlichkeit zu meinem Mentor zieht mich an – seine Unterschiede stoßen mich ab.« Siegfried hatte seine letzten Worte ohne besondere Vorsicht gewählt. Trotz aller Bemühungen, seine Gedanken zu sortieren, waren sie einfach so aus ihm herausgeströmt. Er konnte nur hoffen, dass sie Pirow auch tatsächlich von Siegfrieds Unschuld überzeugten.

»Da ist noch mehr«, drängte Pirow. Wenn es Siegfried auch noch nicht gelungen war, ihn von seiner Unschuld zu überzeugen – sein Interesse an ihm hatte er zumindest geweckt.

»Ja, er ist nicht nur Pirow ähnlich, sondern auch mir. Auch ich habe das Gefühl, nicht in diese Welt zu passen – nicht mehr. Aber Überlegenheitsgefühle …« Siegfried verstummte für einen Moment. Er spürte, wie sich zahlreiche Gedanken zeitgleich in ihm aufstauten. Er wollte sie zurückhalten, doch es gelang ihm nicht. »Wie soll man sich auch überlegen fühlen, wenn einem von allen Seiten der Respekt verweigert wird? Wer Ino nicht willkommen heißt, den heißt niemand willkommen. Für die meisten Mitmenschen existiere ich schlicht nicht. Meine Kollegen nehmen mich zwar wahr – aber respektieren? Im besten Falle bin ich für sie technisch zurückgeblieben. Im schlimmsten geistig. Allein die Art, wie sie mich verhört haben, spricht ja Bände. Wirklich tatverdächtig war ich nicht, aber wirklich freigesprochen auch nicht. Da wäre es mir fast lieber, man würde mich direkt für den Täter halten. Besser ein gefürchteter Verbrecher als ein wirrer Zeuge.« Siegfried hielt inne. Er hatte viel von sich preisgegeben. Womöglich zu viel. Er war nackt. Nachdenklich betrachtete Siegfried das Gesicht seines

Gegenübers. Zarte Falten zierten die Augengegenden. Aus der Entfernung wirkten sie wie Pfeile, die auf ein Ziel hinwiesen. Pirows Gesicht lud förmlich dazu ein, ihm tief in die Augen zu sehen. Nur gaben diese wenig bis nichts über ihren Besitzer preis. Die Ungleichheit war bedrückend. Da sprach jemand mit Siegfried, der jeden seiner Gedanken las, während Siegfried selbst nicht einmal wusste, wer sein Gegenüber überhaupt war, oder was er tatsächlich wollte. Siegfried wollte erschöpft den Kopf abwenden, doch er zwang sich, weiter in die Augen des falschen Pirows zu blicken. Es half nichts, er musste diese Prüfung über sich ergehen lassen.

»Bitte fahre fort«, ermutigte ihn Pirow. »Du hast nichts zu befürchten.«

Siegfried wollte diesen Worten keinen rechten Glauben schenken. Sie klangen allzu süß. Doch so oder so gab es für ihn kein Zurück. Siegfried konnte nicht verhindern, dass seine Gedanken gelesen wurden. Er konnte höchstens dazu beitragen, dass sie nicht falsch interpretiert wurden. »Julianus und mich. Man hält uns beide für verrückt. Zumindest werden wir diese Vorstellung nicht los. Er aber will im Zweifel lieber gefürchtet als verschmäht werden. Mir geht es grundsätzlich ähnlich. Nur habe ich andere Prinzipien. Bevor ich diese verrate, nehme ich lieber das bisschen Verachtung in Kauf.«

»Tue nichts mit Unwillen, nichts ohne Rücksicht aufs Gemeinwohl.«

»Ein gutes Zitat«, pflichtete Siegfried bei. »Ja, so könnte man es sagen.«

»Die Stoiker lehrten auch, dass man sich nicht darüber sorgen sollte, was andere über einen denken könnten.« Die Worte klangen mehr nach einer Feststellung als nach einer Anklage. »Nietzsche wiederum wollte neue Werte schaffen. Die Vergangenheit war für ihn tot.« Pirow legte die Stirn in Falten, als dachte er angestrengt nach. »Ihr ähnelt euch nicht nur in euren Befürchtungen, sondern auch in euren Widersprüchen.«

»Zu was macht mich das in Ihren Augen?«

»Hm.«

Erneut fühlte Siegfried einen stechenden Blick auf sich ruhen. Zu seinem Leidwesen war die Empfindung nicht weniger unangenehm als beim ersten Mal. An manche Dinge konnte man sich einfach nicht gewöhnen. Nach einigen Augenblicken endlich verschwand das beklemmende Gefühl und Pirows Stimme klang erneut. »Was wird Julianus deiner Meinung nach als nächstes tun?«

»Er sprach von etwas Großem«, antwortete Siegfried, ohne zu zögern. Er war viel zu erleichtert darüber, dem Blick entweichen zu können, um sich über Pirows Weigerung, seine Frage zu beantworten, beschweren zu können. »Was er darunter versteht, weiß ich nicht. Was ich weiß, ist, dass er nach Schülern sucht. Nach Menschen, die er bekehren kann. Er wird versuchen andere Leute mit seinem Hass auf diese Welt anzustecken, indem …«

»Indem er ihnen die Schwächen des Systems brutal aufzeigt«, vervollständigte Pirow den Satz.

»Sind wir fertig?«, entfuhr es Siegfried. Seine Gedanken widersetzten sich abermals seinen Versuchen sie zu bändigen. Aber wenn man schon so weit war, seine Sätze zu vervollständigen, konnte man ihn ja genauso gut gehen lassen.

»Es gibt keinen Grund sich zu entschuldigen«, beruhigte ihn Pirow. »Inoextrakt ist nicht einfach.«

»Für Sie schon«, entfuhr es Siegfried erneut. Statt zu antworten, schüttelte Pirow nur vielsagend seinen Kopf. »Zurück zu Julianus. Du denkst, er würde mich verwirren, so wie er dich nach wie vor verwirrt. Tatsächlich aber weiß ich zu wenig über ihn, um von ihm als einen echten Widerspruch zu sprechen. Wenn du es so willst, ist er ein weißer Flecken auf einer Landkarte. Eine Gleichung, deren Lösung nicht definiert ist.«

Siegfried erkannte, dass Pirow von Julianus wie von einem Rätsel und nicht wie von einem Verbrecher sprach. Er fühlte sich bestätigt. Julianus' eigentliches Verbrechen war, dass er für Ino unsichtbar war.

»Korrekt«, bestätigte Pirow. Wohlwollend nickte er Siegfried zu. »Ich versichere dir: Du bist weit mehr als ein verwirrter Zeuge. Tatsächlich nimmt man dich viel ernster, als du es wahrhaben willst. Glaube mir: Du wirst eher über- als unterschätzt.«

»Heißt das, ich werde nicht länger verdächtigt?«

Statt zu antworten, verharrte Pirow regungslos. Da begannen die Schatten in seine Richtung zu kriechen, wie Tiere, die sich einem erloschenen Feuer näherten. Bald darauf füllte Dunkelheit Siegfrieds Blickfeld aus, wie sie es vor Beginn des Gesprächs getan hatte. Siegfried wollte etwas sagen, doch in diesem Moment ergriff eine bleierne Schwere von ihm Besitz. Statt von Schatten fühlte er sich von warmem Wasser umgeben. Siegfried erschlaffte und ließ sich treiben.

Kapitel 12

Und wieder erwachte Siegfried aus einem tiefen Schlummer. Leicht verärgert verzog er sein Gesicht. Pirow hatte ihm zwar gut zugeredet, aber im entscheidenden Moment die Antwort verweigert. Gleichzeitig hatte er Siegfrieds Gedanken regelrecht abgesaugt. Das scheinbar respektvolle Gespräch war somit wieder nichts anderes als ein Verhör gewesen. Siegfried atmete tief ein und hielt dann inne. Die Luft, die er einsog, fühlte sich beruhigend echt an. Regungslos horchte Siegfried in seinen Körper hinein. Er spürte, wie seine Muskeln – seine echten Muskeln – arbeiteten. Sein Körper gehorchte ihm wieder. Langsam entleerte Siegfried seine Lungen. Er hatte Inoextrakt also tatsächlich überstanden. Entspannt streckte er seinen Rücken. Seine Wirbel gaben ein leichtes Knacksen von sich, verhielten sich aber ansonsten unauffällig. Selbst die bleiernen Kopfschmerzen, die Siegfried bei seinem letzten Erwachen geplagt hatten, fehlten. Entspannt formte er seinen Mund zu einem breiten Lächeln. Er hatte Inoextrakt tatsächlich überstanden – körperlich, geistig und ohne bleibende Schäden. Das war mehr, als Siegfried zu erwarten gehofft hatte. Was spielte es da noch für eine Rolle, ob er als schuldig oder unschuldig galt? Die Zeit würde ihn schon freisprechen.

Vorsichtig bewegte Siegfried seinen Rücken. Er wollte sein Glück nicht überstrapazieren. Bestimmt wurde er von einem Inowächter beobachtet. Das letzte was Siegfried nun brauchen konnte, war erneut das Bewusstsein zu verlieren. Erleichtert stellte er fest, dass seine Unterlage gegenüber dem letzten Mal deutlich besser war. Die Matratze war weich und passte sich seiner Körperform an. Ja, sein Rücken fühlte sich regelrecht geschmeidig an. Vielleicht lag dies jedoch auch an den Spätfolgen von Inoextrakt. Die Anwendung schien neben zahlreichen anderen Effekten auch eine betäubende Wirkung auf den Betroffenen zu haben. Vielleicht war auch dies der Grund, dass Siegfried kein Licht durch seine Lieder wahrnahm. Regungslos lag er für einige Minuten da, darauf wartend, dass seine Sinne schärfer wurden. Doch er fühlte sich nicht im Geringsten benebelt. Vorsichtig öffnete er die Augen. Statt in kaltem Weiß waren die Wände in zartem Gelb getüncht. Statt einem Inowächter war an der Decke lediglich ein Scanner angebracht. Siegfried gab einen entspannten Seufzer von sich. Er lag nicht im Badezimmer, sondern auf der Krankenstation. Das war doch eine deutliche Verbesserung. Er rief sich die letzten Worte des falschen Pirows – oder vielmehr deren Ausbleiben ins Gedächtnis. Was immer man mit ihm jetzt vorhaben mochte. Es würde ihn nicht weiter erschüttern.

»Ich sehe, es geht Ihnen gut.« Siegfried richtete sich langsam auf und drehte seinen Kopf in Richtung der Stimme.

»Danke der Nachfrage«, gab er der hageren Gestalt zur Antwort. Siegfried war selbst erstaunt darüber, dass selbst Krags Anwesenheit seine gute Laune nicht trübte. »Und danke für das Gespräch«, fügte er hinzu. Für einen Augenblick schien so etwas wie Verwirrtheit in Krags Augen aufzublitzen. Die sonst so stechenden Augen flackerten für wenige Sekunden seltsam irritiert.

»Was habe ich gesagt?« Trotz seiner scheinbaren Verwirrung hatte Krags Stimme ihren Befehlston keine Sekunde verloren.

»Sie haben zitiert«, antwortete Siegfried ausweichend. Der stechende Blick seines Vorgesetzten machte ihm sofort deutlich, dass dieser mit seiner Antwort nicht zufrieden war. »Mark Aurel, wenn ich mich nicht irre«, hauchte Siegfried zurückhaltend. Was sollte das? Krag kannte doch den gesamten Gesprächsinhalt und noch mehr. Immerhin hatte er ja selbst gesagt, dass er Inoextrakt durchführen würde.

»Marcus Aurelius Atonius Augustus. Römischer Kaiser von 161 bis 180«, zählte Krag auf. »Korrekt?«

»Ja.« Siegfried spürte, dass es sinnvoll war, nicht mehr zu sagen, als unbedingt notwendig war.

»Rom«, murmelte Krag. Sein stechender Blick verschwand für einen Moment. Siegfried hielt den Atem an, wissend, dass dieser Augenblick der Ruhe nicht lange anhalten konnte.

»Denken Sie nicht weiter darüber nach!« Tatsächlich ließ die Donnerstimme Krags nicht lange auf sich warten.

»Ich werde es versuchen«, sagte Siegfried wider besseren Wissens zu. Ein direktes »Ja« erschien ihm nicht aufrichtig genug und offener Widerspruch brächte ihn nur in Schwierigkeiten.

»Gut«. Wohlwollend nahm Siegfried zur Kenntnis, dass Krag mit seiner natürlichen Stimme sprach. Zum ersten Mal glaubte er so etwas wie Menschlichkeit an ihm zu spüren.

»Kommen Sie. Sie werden erwartet!« Als fürchtete er um seine Autorität, entfesselte Krag das Grollen seiner Inostime. Von diesem Schlag unvorbereitet getroffen, zuckte Siegfried kurz zusammen. »Jawohl«, sagte er kleinlaut. Bereitwillig folgte er seinem Vorgesetzten. Er schalt sich selbst dafür, dass er sich von naivem Optimismus hatte verführen lassen. Krag blieb Krag. Je eher sich Siegfried damit abfand, desto besser war es für ihn. Genauso, wie er sich mit der Wankelmütigkeit seines Schicksals abzufinden hatte. Vom respektierten Kollegen war aus Siegfried zuerst ein zurückgebliebener Alter und später ein Mordverdächtiger geworden. Noch bedeutsamer als dieser Wandel war jedoch die Geschwindigkeit, mit der er sich vollzogen hatte. Siegfrieds Niedergang vom geschätzten Kollegen zum belächelten Veteranen hatte sich noch schleichend über mehrere Jahre hingezogen. Zwischen seinem ersten Verhör und Inoextrakt, hatten nur noch etwas mehr als 24 Stunden gelegen. Und jetzt, kaum dass er das Bewusstsein wiedererlangt hatte, war er … Demonstrativ zuckte Siegfried mit den Schultern, während der hinter seinem Vorgesetzten dahin trottete.

»Wie kann ich Ihnen helfen?«, fragte er Krag in aller ihm möglichen Freundlichkeit. Siegfrieds Neugierde ließ sich zu seinem Bedauern noch schwerer zähmen als seine Zukunftssorgen.

»Wir haben einige Fragen an Sie.«

Was für eine Antwort. Siegfried presste die Lippen aufeinander. Diesmal gelang es ihm, seinen Wunsch weiter nachzuhaken, zu unterdrücken. Früher oder später musste man ihm schon reinen Wein einschenken.

Ihr gemeinsamer Weg führte Siegfried und Krag schließlich in den Besprechungsraum. Man hatte sie offensichtlich bereits erwartet, denn alle ehemaligen Kollegen Siegfrieds saßen in dem Raum. Nur Juliette fehlte, aber Siegfried konnte sich nicht erinnern, dass sie jemals an einer Besprechung teilgenommen hatte. Dafür war ein Mann unter ihnen, den Siegfried zuvor noch nicht gesehen hatte. Er war auffällig muskulös, ja fast athletisch – ein seltener Anblick heutzutage. Es gab nur noch wenige Berufe, die körperliche Arbeit erforderten. Die meisten Menschen trainierten ihre Muskeln nur noch zu optischen Zwecken. Doch der Körper des Mannes wirkte zwar äußerlich durchaus imposant, allerdings nicht notwendigerweise ansehnlich. Sein Gesicht war zu kantig, sein Genick zu breit. Er glich mehr einem Raubein als einem Männermodel. Siegfried betrachtete die Gesichter der Anwesenden abwechselnd. Kurz hatte er das Gefühl, alle Augen wären starr auf ihn gerichtet. Dann erkannte er jedoch, dass sie lediglich durch ihn hindurchsahen. Siegfried grüßte Maja mit einem Nicken, aber sie reagierte nicht.

»Gehen Sie Inoline!«, befahl die Donnerstimme Krags, während sein Körper mit der Hand auf einen freien Sessel wies. Siegfried gehorchte kommentarlos. Noch vor einem Tag hätte ihn eine Besprechung über Inotransfer abgeschreckt. Doch verglichen mit Inoextrakt war ein simpler Gedankenaustausch harmlos. Was war das versehentliche Versenden privater Gedanken schon, verglichen mit der totalen Sichtbarmachung sämtlicher Erinnerungen? Was war schon ein simples Eintauchen im Datenstrom verglichen mit dem vollkommenen Kontrollverlust über seinen Körper?

Siegfried nahm sich Zeit, die geistigen Abbilder der Anwesenden zu studieren. Das Antlitz des Muskelmannes wirkte weniger grobschlächtig als sein natürliches. Der Hals wirkte länger und weniger breit, die Gesichtszüge etwas weniger kantig, dafür umso kräftiger. Er weckte nun mehr Assoziationen an einen Athleten als an einen Schläger. Verglichen mit Krag jedoch, wirkte der dennoch fast zierlich, ja regelrecht schmächtig. Woran dies genau lag, konnte Siegfried jedoch kaum sagen. Krags Gesicht selbst wirkte nicht auffällig, strahlte jedoch eine königliche, ja fast messianische Aura aus – eine Aura, die bei Bedarf jederzeit teuflische Züge annehmen konnte.

Hastig wechselte Siegfried zu Maja. Ihr Abbild glich weitgehend ihrem natürlichen Antlitz. Lediglich die eine oder andere Hautunreinheit fehlte. Diese Änderungen ließen sie zwar ungewöhnlich jung, aber immer noch angenehm authentisch wirken. Im Gegensatz zu Can, der sich künstlich aufzublasen schien, indem er seine Schultern verbreiterte, seine Stirn erhöhte und eine seltsam kerzengerade Haltung einnahm. Sean und Ferrera dagegen hatten sich mit überraschend wenig Optimierungen begnügt. Ihre Abbilder glichen praktisch ihren echten Körpern.

»Ihre Pensionierung wurde vorübergehend aufgehoben. Sie üben ab sofort eine Beraterfunktion aus.« Trotz der wenig charmanten Wortwahl klang Krag für seine Verhältnisse überraschend sanft.

»Danke für Ihre Großzügigkeit«, sendete Siegfried. Seine Worte waren aufrichtig. Vor allem empfand er Dank dafür, dass Krag mit seinem Eröffnungssatz wartete, bis Siegfried sich mit dem Inotransfer vertraut gemacht hatte. So viel Entgegenkommen hatte er nicht erwartet.

»Was wir von Ihnen wissen wollen, ist Folgendes: Was ist Julianus' Ziel? Was wird er, Ihrer Ansicht nach, als Nächstes tun?« Krag kam sofort zur Sache, als müsste er die vorhin verlorene Zeit wieder aufholen.

Siegfried zögerte einen Moment, bevor er antwortete. Doch keiner seiner Kollegen erhob seine Inostimme.

»Wir warten auf Ihre Schilderung.« Krag klang sichtlich ungeduldig. »Diese Situation mag ungewöhnlich für Sie sein, doch Sie müssen sich damit abfinden.«

Die kurze Wartefrist zu Beginn war wohl tatsächlich das Maximum an Entgegenkommen, das Siegfried von seinem Vorgesetzten erwarten konnte.

»Alles was ich sage, ist reine Spekulation«, versuchte Siegfried die Wirkung seiner Worte präventiv abzuschwächen. Er hatte diese Frage während Inoextrakt zwar bereits beantwortet. Doch dieses Mal musste er sich vor allein seinen Kollegen direkt rechtfertigen. Er tat gut daran, das neu gewonnene Vertrauen nicht durch zu starke Aussagen zu gefährden.

»Wir müssen davon ausgehen, dass Julianus demnächst zuschlagen wird. Was er genau plant, kann ich nicht sagen. Er selbst meinte, es sei etwas Großes. Was immer er auch unternimmt: Es wird öffentlichkeitswirksam sein. Julianus will Aufmerksamkeit erregen. Er will Anhänger, oder zumindest Bewunderer sammeln. Auch müssen wir davon ausgehen, dass seine kommende Tat von langer Hand geplant ist. Sowohl sein Auftritt im Zug als auch am Friedhof waren gut vorbereitet. Wir sollten also nicht überstürzt handeln, sondern abwarten, sonst ...«

»Das soll hilfreich sein? Sollen wir einfach dasitzen und nichts tun?«, fuhr Can dazwischen.

»Schweigen Sie!«, harschte ihn Krag an. Can zuckte jäh zusammen. »Ihrer vorlauten Art verdanken wir, dass Julianus am Friedhof entwischt ist. Ich werde weitere Zwischenrufe nicht tolerieren. Haben Sie mich verstanden?« Krags Blick, obwohl – oder vielmehr, weil er virtuell war, durchbohrte Can geradezu. Der junge Polizist versuchte seinen Stolz zu wahren. »Ich verstehe«, presste er hervor. Es gelang ihm nicht ganz.

»Siegfried Tegethoff wurde bewusstlos, bevor der Einsatz zu seinem Ende gelangte«, sprach Krag in die Runde. »Major Pan Coza, weisen Sie ihn bitte kurz ein«, wies er den Muskelmann an.

»Um es kurz zu sagen: Die Zielperson ist über die Friedhofsmauer geflohen. Meine Einheit hat sich gemäß Protokoll am Eingang postiert. Leider wurde die Zielperson vorgewarnt und floh als Reaktion über die Friedhofsmauer. Dadurch ist sie uns entkommen.« Im geistigen Abbild des Majors bewegte sich kaum ein Muskel, während er sendete. Als wäre es aus Stein. Der Major gab sich sichtlich Mühe den Eindruck eines unerschütterlichen Kämpfers zu vermitteln. Und dennoch: Bei seinem letzten Satz glaubte Siegfried zu spüren, wie der Major Can einen abfälligen Blick zuwarf.

»Ich hatte keine andere Wahl«, protestierte Can. »Siegfried befand sich auf der Flucht. Außerdem stand er im Verdacht, die Singularität zu sein.«

»Ich sollte was sein?«, entfuhr es Siegfried.

»Sie haben klare Befehle missachtet!«, fuhr Krag dazwischen. Siegfried war ihm sogar ein Stück dankbar, dass er seine Frage einfach bei Seite wischte. Er hätte wohl ohnehin keine befriedigende Antwort erhalten.

»Die Situation war tatsächlich nicht einfach. Ich weiß nicht, was ich befohlen …«, Ferrera versuchte Can zur Seite zu springen. Krags Blick ließ ihn jedoch auf einen Schlag verstummen.

»Ihr zögerliches Vorgehen ist inakzeptabel! Genauso wie die Befehlsverweigerung durch Can Zeki! Die Entscheidungen treffe ich! Widerspruch wird nicht geduldet!« Krags Worte ließen den Besprechungssaal förmlich erzittern. Die Projektionen der übrigen Teilnehmer wirkten mit einem Schlag wie schockgefroren. Die Botschaft war unmissverständlich. Krag hätte seine Worte nur an Ferrera oder Can senden können. Aber das genügte ihm nicht. Alle hatten zu gehorchen.

»Ich wünschte, ich hätte Julianus länger aufhalten können«, versuchte Siegfried die Situation zu entspannen. Zu seinem eigenen Erstaunen war er der erste, der seine Fassung zurückgewonnen hatte. Inoextrakt schien ihn tatsächlich etwas abgestumpft zu haben.

»Sie haben mit der Zielperson gerungen«, entgegnete der Major. »Und das, obwohl Sie unbewaffnet und er bewaffnet war. Sehr mutig.« Die Anerkennung klang ehrlich.

»Nicht sehr lange«, gab Siegfried zu bedenken. Er hatte mit vielem, aber nicht mit Komplimenten gerechnet. »Er ist ungewöhnlich stark.«

»Zumindest für sein Alter. Mal sehen, wie er mit meinen Leuten zurechtkommt. Überlassen Sie das Kämpfen ruhig uns.« Die Anerkennung in der Stimme des Majors war verschwunden.

»Major Pan Coza und seine Truppe stehen auf Abruf. Sobald wir Julianus lokalisieren, werden sie ihn ausschalten. Sie halten sich zurück.« Siegfried nickte. Krag war dominant und es fehlte ihm jeglicher Charme. Aber er war aufrichtig. Brutale Ehrlichkeit war Siegfried immer noch lieber als falsche Freundlichkeit.

»Du schlägst also vor, dass wir abwarten?«, wandte sich Maja an ihren ehemaligen Ausbildner.

»Wir können ihn nicht orten«, antworte dieser, wobei er sich um einen bewusst ruhigen Tonfall bemühte.« Maja vermied es offensichtlich, Krag direkt anzusprechen. »Soweit ich das verstanden habe, wird er von Ino nicht erkannt.«

»Was dies betrifft …« Krag gab Tess ein Zeichen.

»Ich habe alle Daten ausgewertet«, meldete sich die Polizistin wie auf Kommando. Endlich war ihre Chance gekommen, sich vor dem Minister zu beweisen. Der Alte hatte genug Zeit im Rampenlicht verbracht.

»Dank Inoextrakt konnten wir den Täter zweifellos identifizieren. Er nennt sich selbst Flavius Claudius Julianus. Allerdings scheint der Name in Ino nicht auf. Die Berechnung des Alters des Täters, basierend auf seinem Erscheinungsbild sowie seiner körperlichen Fähigkeiten ergab einen Wert von 65 Jahren. Er ist somit Teil der Omegageneration.«

Tess wiederholte absichtlich die bereits bekannten Daten, bevor sie mit ihrer Schlussfolgerung begann. Vielleicht ließ sich dadurch die ein oder andere dumme Frage verhindern. »Dies lässt nur einen logischen Schluss zu: Das Inoimplantat von Flavius Claudius Julianus ist aufgrund einer Beschädigung ausgefallen. Das aktuelle Model ist so robust gebaut, dass eine Kraft, die ausreicht, um es zu zerstören, auch den Träger töten würde. Bei den Inoimplantaten der Omegageneration besteht jedoch eine geringe Chance, dass der Mensch einen derartigen Vorfall überlebt. Die Wahrscheinlichkeit wurde mit 1 zu 20 000 000 berechnet.«

»1 zu 20 000 000?«, fragte Sean süffisant. »Das ist ja niedriger, als in der Lotterie zu gewinnen. Wie hoch war noch einmal die Wahrscheinlichkeit für die Existenz der Tarnkappe, oder der Singularität?« Siegfried war erstaunt darüber, dass der Forensiker trotz Krags Anwesenheit kein Blatt vor den Mund nahm. »Woher wissen wir, dass nicht mehr Leute wie dieser Julianus herumlaufen?«, hakte Sean weiter nach.

»Die Wahrscheinlichkeit, dass ein zweiter Julianus existiert, ist vernachlässigbar«, verteidigte sich Tess. »Für Dinge wie deine Tarnkappe oder die angebliche Singularität lassen sich keine genauen Berechnungen anstellen.« Die Analytikerin antwortete betont ruhig. Sie würde dieser Nervensäge nicht die Befriedigung geben, sich ihren Ärger anmerken zu lassen.

»Die Implantate deaktivieren sich ja bei Hirntod«, wechselte Sean das Thema. »Ist das Ding von Julianus also kaputt, ist er offiziell eine Leiche. Nur gut, dass ich Forensiker bin. Hoffentlich laufen wirklich nicht mehr Typen wie er herum. Ich habe nur einen Seziertisch.« Siegfried bewunderte Sean fast dafür, dass er sich in Krags Gegenwart solche dummen Scherze erlaubte.

»Schweigen Sie!« Die Reaktion hatte nicht lange auf sich warten lassen. »Flavius Claudius Julianus ist ein Einzeltäter!« Krag sprach mit einer Bestimmtheit, die jeden Widerspruch im Keim erstickte. »Ob er offiziell als tot oder lebendig gilt, ist für uns irrelevant. Sie sind mit allen gesetzlichen Kompetenzen ausgestattet, die dieser Fall erfordert.« Niemand rührte sich. Nur Tess warf der Projektion ihres Vorgesetzten einen Blick zu, der als Dankbarkeit interpretiert werden konnte.

»Ihr habt mir doch erklärt, ein Julianus existiert nicht.« Wieder war Siegfried der erste, der sich aus seiner Starre löste. »Aber wenn er einmal ein funktionierendes Implantat hatte, dann müsste er doch registriert sein.«

»Korrekt«, antwortete Tess. »Ursprünglich war er auch registriert, doch er hat allem Anschein nach seine Identität geändert. Seitdem lebt er unter diesem Pseudonym.« Siegfried mochte ahnungslos sein. Aber er gab sich immerhin Mühe – das musste Tess anerkennen.

»Wenn er offiziell verstorben ist, dann müssten wir im Totenregister den echten Namen des Täters finden«, triumphierte Can. Sein Schock über seine Behandlung durch Krag hatte ebenfalls nicht lange angehalten. Tess war nicht unglücklich darüber. Trotz all seiner Schwächen redete Can nicht einmal halb so viel Unsinn wie ihre übrigen Kollegen.

»Das ist grundsätzlich richtig«, bestätigte sie. »Stellt ein Inoimplantat ein Aufhören der Gehirnaktivität seines Trägers fest, meldet es dessen Tod an das Ministerium für Gesundheit. Ich habe einen Antrag auf Zugriff auf ihr Sterberegister gestellt. Leider hat man diesen noch nicht genehmigt.«

»Ich sehe, was ich tun kann«, versprach Krag. Siegfried horchte auf. Für Krags Verhältnisse klangen seine Worte seltsam bescheiden – ja fast demütig. Scheinbar war er sich den Grenzen seiner Macht stärker bewusst, als dies den Anschein hatte. Allerdings fußte diese Selbsterkenntnis wohl mehr auf Notwendig- als auf Menschlichkeit. Die zwölf Ministerien teilten sich die Kontrolle über die gesamte Zivilisation auf. Es war daher zwangsweise notwendig, dass sie alle über annähernd die gleiche Macht verfügten. Andernfalls könnte diese Herrschaftsform – deren bloße Existenz ein historisches Wunder war – kaum stabil sein. Es war daher nur logisch, dass jeder Minister penibel darauf achtete, dass niemand der übrigen Elf ihren Einflussbereich verletzte. Siegfried fragte sich, ob Julianus' Existenz tatsächlich ein Problem für die Regierung darstellte – oder nur für ein Zwölftel davon.

»Wir könnten Julianus' Identität natürlich auch über einen genetischen Vergleich bestimmen. Vielleicht finden wir eine Überschneidung mit einem existierenden Verbrecher. Deren Datensätze stünden uns zur Verfügung. Nur leider war es der Spurensicherung bislang nicht möglich, Julianus' Erbgut sicherzustellen.«

»Warum ist das so?«, donnerte Krag.

»Tja, äh …«, Sean klang sichtlich verlegen. Tess musste die Leistung ihrer Filter maximieren, um ihre Genugtuung zu verbergen.

»Die Sache ist nicht so einfach«, rechtfertigte sich der Forensiker. »Wenn wir Körperflüssigkeiten eines Verdächtigen finden, ist die Sache einfach. Proben sammeln – DNA extrahieren – vervielfältigen – analysieren – fertig. Nur hier gibt es leider nicht viel zu sammeln.«

»Solche Fälle gab es schon öfter«, drehte Tess den Spieß um.

»Jaja, sicher. Meine Helferlein haben den ganzen Tatort nach Spuren abgegrast. Der menschliche Körper gibt ständig DNA ab. Wenn nicht über Speichel, dann zumindest über Hautschuppen. Nur suchen wir hier nach der Nadel im Heuhaufen. Einer verrosteten Nadel, die wir nicht nur finden, sondern auch reinigen müssen.«

»Was ist mit dem Brief?«, bohrte Tess nach. »Den, von dem wir erst über Inoextrakt erfahren haben?« Genüsslich stellte sie fest, dass sowohl Siegfried, als auch Sean kurz die Luft anhielten.

»Ist in Bearbeitung«, verteidigte sich Sean murrend. »Hätte Siegfried uns früher informiert, ginge es schneller«, gab er die Schuld weiter.

Tatsächlich spürte Siegfried, wie sich dieses Mal tatsächlich alle Blicke auf ihn richteten.

»Das macht Sie verdächtig«, stichelte Can. Zu Siegfrieds Ernüchterung stimmten alle seine Kollegen zu – selbst Maja nickte. Nur Ferrera enthielt sich, als ginge ihn dies nichts mehr an.

»Wer verdächtig ist, entscheide ich!«, polterte Krag. Zum ersten Mal war Siegfried über den Klang seiner Donnerstimme erfreut. Die Freude währte jedoch nur kurz. »Wenn Sie uns noch einmal Informationen vorenthalten, hat das schlimmste Konsequenzen!«

»Jawohl. Es kommt nicht wieder vor«, bestätigte Siegfried kleinlaut.

»Ich fasse also zusammen: Momentan stimmt eine Mehrheit dafür, abzuwarten.« Krag musterte die Abbilder aller Anwesenden eindringlich. »Hat sonst noch jemand Vorschläge?« Krags Tonfall machte deutlich, wie viel er davon hielt, abzuwarten. Die Runde versank in Schweigen. Nur Tess gab Can ein Zeichen, darauf bedacht, dass nur er es sehen konnte. Mehr als einmal hatte sie befürchtet, er würde ihren Plan vorschnell herausposaunen. Aber er hatte sich tatsächlich zurückgehalten. Nun war der richtige Zeitpunkt gekommen.

»Ich habe etwas!«, durchschnitt Cans Stimme sogleich die Stille. Er legte seinen gesamten Fokus in seine Inostimme – als wollte er sich mit jener Krags messen.

»Ich höre«, sendete der Minister ohne jede Regung. Tess fragte sich, ob er, wie sie, innerlich mit den Augen rollte.

»Ich werde Julianus zum Duell stellen!« Can sendete nach wie vor mit maximaler Intensität. Spätestens jetzt war jedoch klar, dass dies mehr seiner Nervosität als seinem Geltungsdrang geschuldet war. Immerhin: Es schien zu funktionieren. Die Runde hatte sich ihm vollständig zugewandt.

»Wie im Wilden We…?«, setzte Sean zu einem neuerlichen Scherz an. Krags strenger Blick ließ ihn jedoch sofort verstummen.

»Julianus hat wütend reagiert, als Siegfried spöttisch von einem Duell sprach. Er hält sich für einen Ehrenmann. Im Gegensatz zu dir.«

Sean kommentierte den Seitenhieb mit einem Schulterzucken.

Der Ansatz eines Lächelns huschte über Cans Gesicht. Einen ersten Teilsieg hatte er bereits errungen. Der Forensiker hielt endlich die Klappe.

»Ich verstehe die Idee, aber wie soll das funktionieren?« Maja klang skeptisch. Sie hatte Verständnis dafür, dass ihr Kollege seinen Fehler wiedergutmachen wollte. Doch überbordender Aktionismus war es gewesen, der ihn erst in diese Lage gebracht hatte.

»Julianus zitiert einen Philosophen aus dem 19. Jahrhundert und trägt eine Waffe aus derselben Epoche. Offensichtlich fühlt er sich mit dieser Zeit verbunden. Ich habe daher bezüglich der Duellregeln für diese Epoche recherchiert. Für unsere Zwecke scheint ein Pistolenduell mit festem Standplatz am besten geeignet. Dabei stehen sich die Kontrahenten in einer vorher festgelegten Entfernung zueinander gegenüber. Erst auf Kommando dürfen sie ihre Waffe heben und zielen. Ein Schuss wiederum darf erst nach Ertönen eines zweiten Kommandos erfolgen.« Tess sprach mit einer Belanglosigkeit, als betete sie ein Kochrezept herunter. »Als Julianus Can ins Gesicht schlug, machte er sich einer Beleidigung 3. Grades schuldig. Can ist es erlaubt Distanz und Art der Waffen zu wählen. Außerdem darf Julianus erst feuern, wenn Can seinen Schuss abgegeben hat.«

»Das ist extrem riskant«, wandte Maja ein. »Wir wissen ja nicht einmal, ob Julianus den Regeln zustimmt.«

»Wie siehst du das, Siegfried?« Tess' Stimme klang seltsam freundlich, fast erwartungsvoll. Der Angesprochene hob irritiert die Augenbrauen. Er hatte mit sich selbst vereinbart, dass er sich durch nichts mehr überraschen oder gar erschüttern ließ. Diese neuerliche Wendung erstaunte ihn jedoch. Von all seinen Kollegen fragte ihn ausgerechnet Tess nach seiner Meinung. Jene Tess, die ihn bislang fast ausnahmslos ignoriert hatte. Selbst Can hatte Siegfried mehr Respekt gezollt. Seltsamer noch, als die Tatsache, dass sie ihn überhaupt nach seiner Meinung fragte, war aber der Ton, in dem sie es tat.

»Wir wissen von Ihrer Faszination mit dem Verdächtigen«, sprach Krag. »Inoextrakt erlaubt uns Ihre Gedanken zu sehen, doch die korrekte Interpretation erweist sich als ungleich schwieriger. Erklären Sie sich bitte.«

Siegfried nickte scheinbar vielwissend. Tatsächlich wusste er lediglich, dass er nichts wusste und jedes Mal, wenn Krag sprach, wurde er daran erinnert. Siegfried hatte doch bereits mit dem falschen Pirow ausgiebig über sein Verhältnis zu Julianus gesprochen. Wollte Krag ihn testen? In eine Falle locken? Oder verfolgte jene Person, mit der sich Siegfried über Inoextrakt unterhalten hatte, tatsächlich eigene Pläne – Pläne, von denen selbst Krag nichts wusste? Siegfried spürte, dass ihm nur Pirow diese entscheidende, letzte Frage beantworten konnte.

»Es könnte etwas länger werden«, reagierte Siegfried ausweichend.

»Nehmen Sie sich ruhig Zeit«, antwortete Krag. Seine Stimme ließ jedoch erkennen, dass seine Geduld recht begrenzt war.

»Julianus fühlt sich dem Rest der Menschheit überlegen«, begann Siegfried zu sprechen. »Wir müssen uns also fragen, worauf dieses Überlegenheitsgefühl fußt. Auf den ersten Blick könnte man meinen, es wäre bloßer Wahnsinn, eine Art Komplex. Eine Spätwirkung einer Kopfverletzung vielleicht. Doch damit machen wir es uns zu einfach. Es stimmt, er verfügt über eine Reihe recht beeindruckender Fähigkeiten. Seine körperliche Konstitution ist beachtlich, er spricht fließend Latein und verfügt über eine makellose Handschrift. Außerdem kann er sich geschickt genug tarnen, sodass drei ausgebildete Polizisten nicht in der Lage waren, ihn zu entdecken.« Siegfried sah, wie Can beim letzten Teil des Satzes kurz, aber merklich zusammenzuckte. Trotz aller Antipathie verspürte er Mitgefühl mit ihm. Er wusste, wie es war, zum Sündenbock abgestempelt zu werden. Er wusste aber auch, dass Cans Situation selbst verschuldet war. Scheinbar ungerührt fuhr er fort: »Aber es sind nicht die eigenen Fähigkeiten, die Menschen zur Überheblichkeit veranlassen. Viele Genies stellen ihr Wissen unter den Scheffel, während so mancher Faulpelz sich für den Größten hält. Julianus' beeindruckende Fähigkeiten dienen ihm lediglich als Bestätigung seines ohnehin vorhandenen Überlegenheitsanspruches. Tess sagte vorhin, dass sich Julianus für das 19. Jahrhundert begeistert. Die Sache geht tiefer. Er identifiziert sich mit der Vergangenheit. Mehr noch: Er glaubt er verkörpere etwas, das dieser Welt längst verloren gegangen ist. Dieses ›Etwas‹ lässt sich nur schwer mit Worten beschreiben. Ihr habt vorhin von Ehre gesprochen. Mit diesem Wort lässt sich Julianus' Überlegenheitsanspruch wohl ganz gut umschreiben. Er hält sich nicht bloß für einen, sondern für den letzten Ehrenmann. Das war auch der Grund für seine beleidigte Reaktion auf meinen Duellvorschlag. Ein Duell ist gewissen Ständen vorbehalten. Ein Ehrenmann darf sich nicht von einem niedrigen Stand beleidigt fühlen, sondern muss darüber hinwegsehen – als Zeichen seiner Überlegenheit. Maja fragte, ob sich Julianus an solche seltsam anmutenden Regeln halten würde: Ja, das würde er. Er kann gar nicht anders. Im Umkehrschluss wird er nur annehmen, wenn die Regeln auch von unserer Seite zu 100 % eingehalten werden. Die Herausforderung muss also von jemandem stammen, den Julianus für würdig hält.«

»Ja.« Der Major nickte zustimmend. »Was Sie sagen leuchtet ein. Würde mich irgendein Fremder beleidigen, könnte ich darüber hinwegsehen. Wenn sich aber einer meiner Männer eine Respektlosigkeit erlaubt, so hat das Konsequenzen.«

Siegfried bedankte sich zögerlich. Er hatte damit gerechnet, dass der Offizier für Julianus' Logik am ehesten Verständnis aufbrach. Er war sich jedoch nicht sicher, ob ihn der Major auch tatsächlich verstanden hatte.

»Du sagst also, ich wäre nicht würdig«, ätzte Can. Siegfried verzog das Gesicht. Er hatte ehrlich nicht abwertend klingen wollen. »Was ist, wenn ich mich nicht um meine, sondern für die Ehre der gesamten Polizei duelliere?«

»Es ist legitim, dass sich einer der Duellanten stellvertreten lässt, wenn ihm selbst eine Teilnahme am Duell nicht möglich ist«, bemerkte Tess. »Es ist ebenfalls legitim, für das Ansehen einer Organisation anzutreten. Wir geben also Julianus die Chance, sich an der Welt selbst zu revanchieren. Für was auch immer er sich revanchieren will. Das ist ein Angebot, das er nicht ablehnen kann. Oder wie siehst du das?«

Siegfried brauchte einen Moment, um zu verstehen, dass er gemeint war. Mit der Tatsache, dass Tess auf seine Meinung Wert legte, hatte er sich nach wie vor nicht richtig abgefunden. Genauso wenig wie über die erhöhte Aufmerksamkeit, die ihm auf einmal zuteilwurde. Besorgt stellte Siegfried fest, dass die virtuellen Augen aller seiner Kollegen auf ihm ruhten. Als erwarteten sie, dass er Julianus' Gedanken lesen konnte. Es war ironisch. Vor Kurzem noch hatte sich Siegfried darüber beklagt, dass man ihn nicht ernst nahm. Nun aber schien man ihn zu überschätzen. Er hätte mit seinen Wünschen wohl vorsichtiger sein sollen.

»Eine Chance, die gesamte Exekutive, das gesamte System zu demütigen, würde Julianus wohl kaum ablehnen können«, sendete

Siegfried schließlich ohne rechte Überzeugung. »Staaten sind die kältesten der kalten Ungeheuer, heißt es bei Nietzsche. Wenn Julianus wirklich Zarathustras Lehre folgt, wird er sich wohl kaum nehmen lassen, den Staat – oder was er dafür hält – selbst zu demütigen.« Abschätzend musterte Siegfried die Projektion Krags. Aus dessen starrer Miene war jedoch unmöglich abzulesen, wie viel er von dem Vorschlag hielt. Siegfried wechselte schnell den Fokus. Krags Schweigen war fast noch durchdringender als sein Blick.

»Ich kann mit Schusswaffen umgehen«, durschnitt die Inostimme des Majors die Stille. Immerhin er schien mit Siegfrieds Analyse vollkommen zufrieden zu sein.

»Nein, ich muss das tun«, protestierte Can. Er fixierte das Abbild des Majors eindringlich. Dieser aber verweigerte jegliche Regung. Can war eben nicht Krag. »Er hat mich beleidigt. Ich muss es tun«, wiederholte der junge Polizist seine Forderung.

»Können Sie schießen?«, fragte der Offizier, ohne dass seine Projektion eine Miene verzog.

Hilfesuchend wandte sich Can an Tess. »Das ist nicht nötig«, bemerkte sie. »Wie bereits gesagt, kann Can die Waffen für das Duell bestimmen. Seine Wahl wird auf einen Inobrecher fallen.«

»Ich verstehe«, bemerkte der Offizier knapp. »Dann sind Sie an der Reihe.« Er nickte Can zu. »Einen Schlag ins Gesicht könnte ich mir auch nicht einfach so gefallen lassen. Stellen Sie Ihr Ansehen wieder her! Meine Zustimmung haben Sie.«

Siegfried musterte den Offizier fasziniert. Er hätte nicht gedacht, dass der Soldat so schnell zustimmen würde – wenn auch seine Worte mehr nach einem Befehl klangen. Aber dies lag wohl bloß an seinem Stolz. Siegfried musste seine Meinung über den Major korrigieren. Er hatte den Offizier für primitiv gehalten. Nun aber schämte er sich für seine Oberflächlichkeit. Der Major war ein Prinzipienmensch, ohne Kompromisse. Auf seine – auf eine sehr viel weniger extreme – Art war er Julianus nicht unähnlich.

»Woher wissen wir, dass ein Inobrecher bei Julianus wirkt?« Zu Siegfrieds Verwunderung gefiel sich Sean immer noch in der Rolle des Kritikers. Und zu seiner noch größeren Verwunderung nahm Krag dies scheinbar schweigend hin.

Tess war von Seans Frage weniger überrascht. Der alte Trottel würde es nie lernen. Ärgerlicher war, dass Krag ihn nicht wie zuvor zurechtstutzte. Sie seufzte innerlich. Es lag wohl wieder an ihr, für Vernunft zu sorgen.

»Wie du sicher weißt, senden die Inostopper ein Störsignal aus, dass das adressierte Inoimplant dazu veranlasst, die Zielperson ruhig zu stellen.«

»Genau«, unterbrach Sean. »Und wenn Julianus' Ding kaputt ist, kann es das Signal nicht verarbeiten. Deshalb wirkt der Stopper nicht.«

»Vollkommen richtig.« Tess verbarg gekonnt ihren Ärger. In Momenten wie diesem wünschte sie sich fast, Sean könnte ihre wahren Gedanken lesen. »Der mit Abstand anfälligste Teil der Inoimplantate ist ihre Energieversorgung. Alle anderen Komponenten sind selbst bei den älteren Modellen so robust gebaut, dass man den Schädel der betroffenen Person zertrümmern müsste, um sie zu zerstören.« Tess machte eine Pause, in Erwartung der nächsten dummen Frage. Zu ihrer Erleichterung und Verwunderung nickte Sean jedoch nur. Diesmal war es Enttäuschung statt Zorn, die sie verbergen musste. »Im Gegensatz zu einem Inostopper sendet ein Brecher mit einer viel höheren Intensität – hoch genug, sodass die Energie des Signals für dessen Verarbeitung ausreicht.«

»Ein Detektorradio«, bemerkte Siegfried.

»Genauso ist es.« Tess verschwieg, dass sie Ino nach der Bedeutung des Wortes »Detektorradio« befragen musste. Länger als zwei Sekunden hatte ihre Recherche ohnehin nicht gedauert.

»Neben dir komme ich mir richtig jung vor«, witzelte Sean.

»Könntest du das etwas genauer erklären, Tess?«, fragte Maja.

»Natürlich.« Die Analytikerin fragte sich, ob die Frage ihrer Kollegin ernst gemeint war, oder ob sie dem Forensiker lediglich das Wort abschneiden wollte. Sie hoffte auf letzteres. »Elektromagnetische Wellen können von einer Antenne in verwertbare elektrische Energie umgewandelt werden. »Ein sehr starkes Signal kann somit als Energiequelle dienen. Stellt es euch wie ein sehr lautes Geräusch vor, dessen Druckwelle stark genug ist, um nebenbei ein Windrad anzutreiben. Dabei geht natürlich ein großer Teil des Signals verloren. Der Vorgang ist somit nicht sehr effizient und gehört eigentlich der Vergangenheit an. Moderne Batterien und Infrastruktur machen diese Art der Energieübertragung überflüssig. In diesem Fall könnte er uns jedoch von Nutzen sein. Ein entsprechend starker Inostopper könnte ein Störsignal von einer solchen Intensität aussenden, dass selbst Julianus' defektes Implantat den Befehl verarbeitet.«

»Wir schlagen also eine wandelnde Leiche, indem wir selbst eine ausgraben.« Sean lachte kurz auf. »Ich bin dabei.«

»Wir sollten das nicht so sehr auf die leichte Schulter nehmen«, kritisierte Maja. »Die Inostopper können je nach Einstellung Bewusstlosigkeit oder den Hirntod auslösen. Wenn der Brecher wirklich so stark ist, dann ...«

»Dann überlebt die Zielperson den Vorgang nicht«, vervollständigte Tess den Satz.

Siegfried entging nicht die Art wie sie das Wort »Zielperson« betonte. »Julianus ist immer noch ein Mensch«, mahnte er.

»Natürlich ist er das«, kommentierte Tess knapp.

»Besser ein Mörder stirbt, als ein weiterer Unschuldiger«, polterte Can. »Ein Duell findet in der Regel unter Ausschluss der Öffentlichkeit statt. Das heißt, der Inobrecher trifft nur ihn.«

»Das heißt aber auch, dass du auf dich gestellt bist. Bist du dir sicher, dass du das willst?« Maja klang aufrichtig besorgt.

»Natürlich bin ich das.« Can schien die Besorgnis nicht sonderlich zu schätzen.

»Aber müssen bei einem Duell nicht noch weitere Personen anwesend sein?«, ging Siegfried dazwischen. Er verstand, dass Can seinen verletzten Stolz rächen wollte. Aber Alleingänge halfen ihnen nicht. Erst recht nicht gegen einen Feind, der sich in der Rolle des Einzelkämpfers gefiel.

»Ja. Laut Duellkodex müssen neben den Duellanten noch mindestens zwei Sekundanten anwesend sein – einer pro Konfliktpartner. Die Sekundanten fungieren als Assistenten und Verhandler der Duellanten. Meist waren noch weitere Personen anwesend, etwa neutrale Beobachter oder ein Arzt. Aber wir sollten eine minimalistische Variante wählen. Dem wird wohl auch Julianus zustimmen«, erklärte Tess.

»Ja, wo kriegen wir diesen Inobrecher eigentlich her?« Sean schien seine Zustimmung zu dem Duell bereits wieder zurückgenommen zu haben. »Wir haben hier keinen.«

»Überlassen Sie das mir!«, verkündete der Major lautstark. Er sendete mit einer Intensität, die klarmachte, dass er ein ausgeprägtes Interesse daran hatte, dass das Duell tatsächlich stattfand. »Das Militär besitzt Inobrecher. Ich werde gerne zwei Stück organisieren. Die Dinger funktionieren wie normale Inostopper. Ein Verfehlen gibt es nicht.« In der Inostimme des Majors schwang eine gehörige Portion Stolz mit. »Wenn die Distanz stimmt, sitzt der erste Schuss zu 100 Prozent.«

»Und wer ist Cans Sekundant?«, fragte Siegfried in die Runde. Eine unangenehme Ahnung stieg in ihm hoch. Kaum hatte er das letzte Wort gesendet, fühlte er bereits, wie Krags Augen ihn ins Visier nahmen und zu durchdringen begannen.

»Ich übernehme natürlich diese Aufgabe«, sendete Siegfried resignierend. Was sollte er auch sonst sagen? Er nickte Can zu. Auf ihre Art waren sie Getriebene: Der eine von seinem Stolz, der andere von seiner Angst.

Can erwiderte das Nicken zögerlich. Es zwar war gut, dass ihn der Alte unterstützte. Aber er es gab für Can wenig Grund, dem Frieden zu trauen. Dies war seine Chance, sich zu beweisen. Wenn sich der Alte bloß profilieren wollte, dann sollte er sich gefälligst selbst etwas ausdenken.

»Aber was ist mit Julianus' Sekundant?« Maja fing an, sich dumm vorzukommen. Wenn der Plan wirklich so ausgetüftelt war, wie Can und Tess taten, wieso blieben dann so viele Fragen offen?

»Da er ein Einzeltäter ist, wird er wohl auf einen Sekundanten verzichten müssen. Das entspricht zwar nicht den Regeln des Kodex, aber wenn Siegfrieds Einschätzung seines Charakters zutrifft, wird er dennoch zustimmen.« Scheinbar beiläufig nahm Tess den alten Polizisten ins Visier.

»Ja«, antwortete dieser nur. Siegfried hatte verstanden. Wenn der Plan nicht aufging, würde Tess – und mit ihr wohl alle anderen – ihm die Schuld dafür geben. »Allerdings weiß ich nicht, wie wir Julianus die Duellaufforderung überbringen können«, versuchte er den Ball zurück zu spielen.

Schweigen setzte ein. Siegfried war überrascht, dass sich weder Can noch Tess mit dieser grundlegenden Frage beschäftigt hatten. Man hatte doch hoffentlich nicht von ihm erwartet, den Lockvogel zu spielen.

»Was das betrifft …!« Die Wucht von Krags Inostimme schob die übrigen Besprechungsteilnehmer regelrecht zur Seite. Krag glich einem Vulkan, der nach einer verdächtig langen Ruheperiode abrupt ausbrach. »Ich konnte herausfinden, woher die Tatwaffe stammt. Siegfried Tegethoff. Sie werden die Duellaufforderung überbringen!« Erneut blieb Siegfried nichts anders übrig, als widerspruchslos zuzustimmen.

Kapitel 13

Wenn Krag auf einige seiner Untergebenen passiv gewirkt hatte, dann lag dies nur daran, dass sie nichts von der Unterredung mitbekamen, die er zeitgleich führte. Dies war natürlich von den beiden Gesprächspartnern so gewollt. Denn wie Can richtig gesagt hatte, fanden Duelle unter Ausschluss der Öffentlichkeit statt.

»Einmischung«, feuerte Krag den ersten Schuss ab. Jedes weitere Wort war unnötig. Sein Kontrahent würde ihn verstehen.

»Irrelevant.« Der Konter folgte augenblicklich. So augenblicklich, dass ein weniger geübter Inoanwender nicht in der Lage wäre, einen zeitlichen Unterschied zwischen den beiden Nachrichten festzustellen. Doch für Krag und seinen Gegner war Zeit etwas zu Kostbares, um dermaßen schlampig damit umzugehen. Jedes Zögern, jedes unnötige Wort war eine Verschwendung, ein Verlust von Effizienz. Sprach Krag mit seinen Untergebenen, musste er sein Tempo drosseln. Hier aber brauche er keine falsche Rücksicht zu zeigen – ganz im Gegenteil. Zurückhaltung wäre sogar gefährlich, denn sein Gegner war Krag ebenbürtig. So ebenbürtig, wie es sonst nur zehn weitere Kontrahenten auf dieser Welt waren. Drohungen oder gar Befehle waren hier wirkungslos. Die vermeintlich kurze Antwort Krags machte dies unmissverständlich klar. Nicht, dass der Sicherheitsminister mit einem so einfachen Erfolg gerechnet hätte. Aber auf den Versuch hatte er es ankommen lassen müssen. Er konnte es sich einfach nicht leisten, Chancen nicht auszutesten – und seien sie auch noch so klein. Seinem Gegner ging es sicherlich genauso. Offiziell waren die Machtbereiche der Zwölf jeweils gleich groß. Aber in der Praxis unterschieden sie sich ganz erheblich voneinander. Wollte man über den anderen triumphieren, oder ihm diesen verwehren, so musste man diese feinen Differenzen geschickt zu seinem Vorteil nutzen.

»Julianus. Tot.« Krags Überlegungen hatten etwa eine halbe Sekunde in Anspruch genommen. Für derart komplexe Unterhaltungen war dies nicht unangemessen lange. Sein Gegner sollte keinen Verdacht schöpfen. Intensiver würde ihn die ungewöhnliche Länge von Krags Botschaft beschäftigen. Noch bevor ihr Gespräch begonnen hatte, wussten beide, dass es sich um Julianus drehen würde. Dass Krag seinen Namen extra erwähnte, musste sein Gegner als Herausforderung interpretieren.

»Lebendig.« Erneut war exakt eine halbe Sekunde vergangen. Krag musste davon ausgehen, dass dies mit Absicht geschehen war. Der übrige Informationsgehalt der Nachricht war gering. Natürlich war Julianus für den Sozialminister lebendig wertvoller als tot. Dass er zumindest vorläufig darauf beharren würde, war selbstverständlich.

»Inoextrakt.« Erneut wagte Krag einen Vorstoß. Die Inopt galt als abhörsicher. Krag hatte nie damit gerechnet, dass sich der Sozialminister einfach so einklinken konnte – erst recht nicht, ohne dass er davon etwas mitbekäme. Könnte es etwa sein, dass sein Gegner ihm mehr als nur ebenbürtig war? Auf den ersten Blick erschien dies unmöglich. Krags Macht schien beträchtlich größer als jene des Sozialministers. Erster befehligte die gesamte Exekutive – Militär wie Polizei – während letzter sich lediglich um die Folgen und Möglichkeiten der Nutzung Inos kümmerte. Doch egal, wie weitläufig Krags Einflussbereich auch war – seine Grenzen waren klar sichtbar. Im Gegenzug dazu konnte Krag lediglich grob abschätzen, über wie viel Wissen der Sozialminister tatsächlich verfügte. Die Tatsache, dass er offen zugab, an Inoextrakt teilnehmen zu können, verhieß zumindest wenig Gutes. Krag hätte mit einem dermaßen wichtigen Geheimnis nie geprahlt.

»Negativ.« Die Ablehnung hätte deutlicher nicht sein können. Zu mehr Offenbarungen war selbst der Sozialminister nicht bereit. Krag schwieg. Seine Situation war ernst – vor allem war sie ungewohnt. Er war in der Rolle des Alleinherrschers sehr viel geübter als in der eines Diplomaten.

»Tausch«, schlug der Sozialminister einen versöhnlicheren Ton an.

»Interesse«, antwortete Krag, ohne auch nur eine Millisekunde zu zögern. Er konnte seinem Gegner ohnehin nichts vormachen. Momentan waren seine Optionen einfach begrenzt.

»Ein Leben für ein Leben.« Von der mangelnden Abhörsicherheit Inoextrakts war Krag überrascht worden. Diese Nachricht aber elektrisierte ihn gerade zu. Das war nicht nur ihrer Länge geschuldet. »Ein Leben« bezog sich zweifelsohne auf Julianus. Aber das andere? Gab es etwa einen zweiten Menschen mit defektem Implantat? Und befand er sich in Gewalt des Sozialministers? Die Fragen entluden sich wie Blitze in Krags Innerem. Mit Mühe und Not – mehr, als er jemals während eines Inotransfers hatte anwenden müssen – schob er sie der Reihe nach bei Seite. Für einen Moment musste sich Krag sogar aus der Besprechung mit seinen Untergebenen zurückziehen. Es missfiel ihm zutiefst, dass er sich zu derartiger Ineffizienz hinreißen lassen musste. Aber diese Situation hier verlangte nun einmal nach maximaler Aufmerksamkeit. Nach einer Ewigkeit – gemessen an Krags Zeitrechnung – konnte er sich endlich zu einer finalen Schlussfolgerung durchringen: Minister blufften nicht. Das hatten sie einfach nicht nötig. Der Sozialminister kannte also tatsächlich den Aufenthaltsort einer Person mit defektem Implantat. Aber in seiner Gewalt konnte er ihn nicht haben. Erstens würde er sonst Krag keinen Tauschhandel anbieten. Zweitens mochte er zwar über Wissen – schlimmstenfalls sogar über grenzenloses Wissen – verfügen. Aber er befehligte kein einziges Gefängnis und keinen einzigen Polizisten. Menschen wegzusperren war etwas, dass nur Krag konnte. So wollte es das Gesetz. Und diesem beugten sich selbst die Minister.

»Bestätigt«, sendete Krag schließlich. Viel Zeit war vergangen, bevor er sich zu diesem Entschluss hatte durchringen können. Viel zu viel Zeit. Aber dieser Aufwand würde schon bald belohnt werden.

Ja, er würde dem Sozialminister Julianus ausliefern. Aber er würde auch dafür sorgen, dass er ihm nicht mehr allzu viel nutzte. Wer es wagte, dem Sicherheitsminister den Krieg zu erklären, der musste dafür bezahlen.

»Datenübertragung.«

Der Sicherheitsminister ging tatsächlich auf den Handel ein. Vielleicht hatte Krag ihn ja doch überschätzt. Sorgsam sog er die Informationen in sich auf. Es war schon lange her, seit er das letzte Mal einem Datenpaket so erwartungsvoll entgegengeblickt hatte.

Kapitel 14

Starren Blickes marschierte Lui Abadou aus dem Bürogebäude seines Arbeitgebers. Ginge es nach ihm, hätte er seinen Schreibtisch noch lange nicht verlassen. Warum er es trotzdem tat? Vermutlich, weil er einfach ein zu netter Mensch war. Sein Zahnarzt meinte es ja letztendlich nur gut mit ihm. Aber der Mann war alt. Zu alt, um die Möglichkeiten Inos entsprechend zu würdigen. Abadou rief die Worte des Alten auf: »Ich kann Ihnen schon Schmerzmittel geben. Aber das löst ihr Zahnproblem nicht. Im Gegenteil: Je länger Sie warten, desto schlimmer wird es. Wissen Sie das nicht?« Angewidert blendete Abadou die Worte wieder aus. Was bildete sich der Kerl ein? So konnte auch nur jemand aus der Omegageneration daherreden. Mehr als zum ersten Mal fragte sich Abadou, warum er nicht schon längst seinen Zahnarzt gewechselt hatte. Wahrscheinlich war es nichts weiter als bloße Gewohnheit. Immerhin war Abadou schon seit geraumer Zeit sein Patient. Der gute Doktor hatte zwar immer schon etwas rückständig gewirkt, aber seine direkte Art und die Tatsache, dass man bei ihm immer schnell einen Termin bekam, hatten dies ausgeglichen. Vielleicht war es aber auch einfach nur Mitleid: Immerhin würde der Alte sicher bald in Pension gehen. Ihn da zu verlassen, kam Abadou fast ein wenig kaltherzig vor. Aber genug war genug. »Betäubungsmittel«. In welchem Jahrhundert lebte der eigentlich? Als müsste heute noch irgendjemand Chemikalien schlucken, um Schmerzen zu unterdrücken. Allein schon der

Gedanke kam Abadou wie Barbarei vor. Heutzutage konnte man unliebsame Dinge einfach ausblenden – damit war die Sache erledigt. Aber das musste man Leuten wie dem alten Zahnarzt erst einmal erklären. Vermutlich wusste er nicht einmal, was Inodive überhaupt war. Aber sollte er sich ruhig in seinem Unwissen wälzen. Diesen einen Triumph gewährte Abadou ihm noch. Aber dann war Schluss. Es gab sicher genügend Zahnärzte, die Bürobesuche machten. Dank Ino konnte aus jedem beliebigen Raum schnell ein Ordinationszimmer und aus jedem Sitzgegenstand ein Zahnarztstuhl werden. Abadou selbst befand sich im festen Glauben, in seinem Büro zu sitzen, während seine Beine ihn über den Asphalt trugen. Alles, was der Arzt also tun musste, war seine paar Geräte mit in Abadous Firma zu tragen. Das konnte wirklich nicht so schwer sein.

Eiligen Schrittes marschierte Abadou in Richtung Straßenbahnstation. Er hatte Inodive befohlen, ihn schnellstmöglich ans Ziel zu bringen. Basierend auf seinen verfügbaren Gesundheitswerten wählte die Inopt ein Schritttempo, das möglichst schnell und gleichzeitig körperlich gut verkraftbar war. Man konnte Inodive natürlich auch befehlen, bis an die körperliche Belastungsgrenze zu gehen – Abadou hätte dies nur zu gerne getan, um zusätzlich Zeit zu sparen. Derartige Exzesse waren allerdings nicht ratsam. Inodive bewahrte den Anwender davor, sich von störenden Empfindungen wie Schmerz oder Atemnot ablenken zu lassen – aus der Welt schaffen konnte die Inopt diese Dinge aber tatsächlich nicht. Ließ man sich mittels Inodive etwa zu einem Gewaltmarsch verleiten, so spürte man davon zunächst nichts. Sobald man die Inopt aber beendete, traf einen die plötzlich einsetzende Erschöpfung wie ein Hammerschlag. Natürlich erlaubte Inodive dem Nutzer nicht, die eigenen körperlichen Grenzen zu überschreiten. Aber der Schock, von der eigenen Verwundbarkeit eingeholt zu werden, war auch so schlimm genug.

Hier lag auch der eigentliche Grund für Abadous Einlenken – auch wenn er sich ihn nicht gerne eingestand. Inodive war die Krone der technischen Entwicklung – aber sie war nicht perfekt – oder besser gesagt, nicht einheitlich perfekt. Bei jenen Tätigkeiten, die die Inopt den Menschen abnehmen konnte, ließ sie nichts zu wünschen übrig. Aber leider gab es nach wie vor Dinge, die man zwingend Inoffline durchführen musste. Mit Inodive zu essen etwa, war nur theoretisch möglich: Mal fuhr die Gabel ins Leere, mal verteilte man unfreiwillig sein gesamtes Essen auf dem Boden. Ab und zu landete ein Bissen auch im Mund, doch waren die Speisen meist längst kalt, bevor man auch nur annähernd satt war. Das Problem war, dass Inodive nur dann wirklich funktionierte, wenn die auszuführende Tätigkeit keine, oder nur eine geringe Anzahl von Unbekannten aufwies. Die Ordination von Abadous Zahnarzt änderte nicht ihren Platz. Gleiches galt für die Straßenbahnstation und das Bürogebäude. Sicher, Anzahl und Lage der Menschen, die Abadous Weg kreuzten, änderte sich beständig. Doch jeder von ihnen trug ein Implantat. Dadurch konnte Inodive ihnen rechtzeitig ausweichen. Soweit, dass man Lebensmittel mit Implantaten versah, war man zu Abadous Bedauern aber noch nicht. Ein Inokotelett war noch nicht erfunden. Sicher, es war nur eine Frage der Zeit, bevor man auch dieses Problem löste. Bald schon würde die Inopt Größe und Position nicht von Speisen, sondern überhaupt von jedem Objekt auf diesem Planeten erkennen. Dann würde es keinen Grund geben, sich noch auf seine primitiven Sinnesorgane zu verlassen. Ja, irgendwann würde es gewiss soweit sein. Doch wenn es eine Sache gab, von der Abadou nichts zu verschenken hatte, dann war es Zeit.

Von seiner Ungeduld angespornt, fokussierte er seine Gedanken auf den aktuellen Quartalsbericht. Hurtig überflog sein geistiges Auge das in seinen Kopf projizierte Dokument, in der schwachen Hoffnung, den entstandenen Produktivitätsverlust zumindest teilweise ausgleichen zu können. Indirekt befand sich Abadou ja bereits im Rückstand. Die Abgabefrist für den Bericht war zwar erst morgen, aber heutzutage reichte es einfach nicht mehr, wenn man Fristen bloß einhielt. Man hatte sie zu unterbieten. Ein letztes Mal wünschte sich Abadou, er hätte seinen Zahnarzt gar nicht erst kontaktiert. Dann endlich – leider viel zu spät – ging sein Bewusstsein vollständig in seiner Arbeit auf.

So schnell seine Gedanken ihn trugen, überflog Abadous Geist den Bericht. Seine sonst so hohe Genauigkeit litt zwar unter diesem Tempo, doch das störte ihn heute nicht. Die letzten sieben Berichte

– Abadou führte streng Buch – waren allesamt makellos gewesen. Bei diesem hier schien es nicht anders zu sein. Nicht, dass es viele mögliche Fehlerquellen gab – ihre Anzahl war über die Jahre hinweg stetig geschrumpft. Die Datensätze selbst waren über jeden Zweifel erhaben, denn sie stammten von Ino. Für die Dokumentvorlage galt das Gleiche. Die Komponenten waren somit perfekt – allerdings nicht deren Kombination. Schon mehrere Male hatte Abadou feststellen müssen, dass ein Wert an einer unpassenden Stelle im Bericht auftauchte. Im schlimmsten Fall war überhaupt die falsche Vorlage ausgewählt worden. Solche offensichtlichen Verfehlungen fielen natürlich sofort auf und waren entsprechend schnell beseitigt. Aber sie existierten – oder vielmehr hatten sie existiert. Eine dunkle Ahnung stieg in Abadou auf – zu dunkel, um sie ausblenden zu können. Von seinen eigenen Gedanken verfolgt, schloss er hastig den Bericht ab. Gerade noch rechtzeitig versendete er das Dokument an seinen Vorgesetzten. Im nächsten Moment schon hatte ihn seine Befürchtung eingeholt.

Er, Abadou, war der letzte Mensch in seiner Abteilung. Es musste so sein. Wohin sonst waren die Fehler verschwunden? Sieben perfekte Berichte in Folge sprachen eine eindeutige Sprache. Abadou brauchte nicht auf den achten zu warten, um zu wissen, dass die Serie nicht abreißen würde. Wenn Ino erst einmal ein Tätigkeitsfeld erobert hatte, gab es dieses nicht mehr her. So war es bei der Erstellung der Vorlagen gewesen. Und so würde es bei deren Ausfüllen sein. Somit war eine weitere Fehlerquelle versiegt. Abadou sollte sich freuen. Es gelang ihm jedoch nicht. Dafür spürte er, wie sich ein anderes Gefühl in ihm auszubreiten begann. Von einer Empfindung getrieben, für die ihm die Worte fehlten, durchsuchte Abadou Ino nach dem nächsten, zu kontrollierenden Dokument. Er überflog die Zeilen mehr, als er sie las. Aber das war nicht länger sein Problem. Sorgfalt wurde nicht länger benötigt – zumindest menschliche nicht. Abadous Aufgabe lag nun nicht mehr in der Kontrolle, sondern lediglich in der Freigabe von Berichten. Es war eine Entwicklung, über die ihn niemand aufgeklärt hatte. Wahrscheinlich hatte man sich schlicht nicht die Zeit dazu genommen. Doch statt sich zu beschweren, öffnete Abadou einfach das nächste

Dokument. Er war das letzte Glied in seiner Kette, dem man noch die Schuld für eine verzögerte Dokumentenfreigabe geben konnte. Aber so weit würde er es nicht kommen lassen. Abadou hätte jeden Grund sich zu ärgern. Im Grunde war er soeben degradiert worden – und das, ohne darüber informiert zu werden. Dennoch fühlte er mehr Stolz als Schande. Immerhin hatte er die Zeichen der Zeit erkannt. Und er hatte dazu beigetragen, dass die Effizienz seiner Abteilung weiter angestiegen war. Nein, ihn würde man gewiss nicht ersetzen. Erleichtert, aber nicht vollkommen entspannt lehnte sich Abadou in seinen imaginären Bürostuhl zurück. Da geriet seine Welt erneut ins Wanken. Ein Ruck, wie von einem Erdbeben, ließ die Wände seines vorgestellten Zimmers erzittern. Als hätte die Schwerkraft plötzlich ihre Zugrichtung geändert, begann sich sein Stuhl zur Seite zu neigen. Mehr genervt als irritiert schob Abadou sein aktuell freizugebendes Dokument beiseite. Die Schwerkraft schien sich erneut umgepolt zu haben, denn der Boden neigte sich nun in die entgegensetzte Richtung. Ein Anfänger könnte dies für einen schweren Systemfehler halten. Abadou jedoch wusste es besser. Er sah keinen Grund, Inoffline zu gehen. Tatsächlich stabilisierte sich sein Büro im nächsten Moment. Genervt stürzte sich Abadou erneut in seine Arbeit. Für ihn war inzwischen klar, was passiert war und er sah keinen Grund, sich damit weiter beschäftigen zu müssen. Er – das hieß sein Körper – war wohl mit einem Hindernis zusammengestoßen. So etwas kam vor. Ino kannte natürlich die Position aller Menschen dank deren Implantaten. Auch der Standort sämtlicher unbelebter Hindernisse, wie Abfalleimer, oder Laternenmäste waren verzeichnet – zumindest, wenn sie unbeweglich waren. Leider kam es vor, dass jemand eine Mülltonne nicht an ihren vorgesehenen Platz zurückschob, oder schlimmer, seinen Abfall einfach unsachgemäß entsorgte. Natürlich wurden derartige Ordnungsverstöße schwer bestraft. Aber ganz vermeiden ließen sich solche Vorfälle doch nicht.

Vielleicht aber war Abadou auch mit einem anderen Menschen zusammengestoßen. Leider gab es nach wie vor genügend Zurückgebliebene aus der Omegageneration, die nicht mit Ino zurechtkamen. Statt dem festen Pfad, den Ino ihnen vorgab, liefen sie oft ziellos herum und wurden so zu einer Gefahr für andere und sich selbst. Abadou empfand diese verwirrten Alten sogar als noch frustrierender als die chaotischen Müllentsorger. Aber immerhin, so sagte er sich, würde sich dieses Problem bald von selbst lösen. Mit einem schwachen Seufzen gab Abadou das nächste Dokument frei. Wenn es eine Sache gab, die er wusste, dann dass fortschrittliche Menschen wie er sich nicht von unwesentlichen Hindernissen aufhalten lassen durften.

Was Abadou jedoch nicht wusste, war, dass jener Mann, mit dem er zusammengestoßen war, sogar noch geringer über ihn dachte. Der ältere Herr hatte den Kerl im Designeranzug schon von weitem ausgemacht: Wie er starren Blickes auf ihn zu marschiert war, als existierte nichts außerhalb seiner kleinen Welt, in die er sich zurückgezogen hatte. Es hatte eine Zeit gegeben, da war der ältere Herr solchen Gestalten ausgewichen. Doch diese Zeit war lange vorüber. Sein Gegenüber imitierend, marschierte der Herr gerade weiter, als gäbe es nichts, das ihm im Wege stehen könnte. Dann jedoch, kurz bevor die beiden aufeinander zu prallen drohten, stemmte er sein Körpergewicht auf den vorderen Fuß und hob die Arme schützend vor die Brust. Er brauchte den Anzugträger nicht einmal zu rammen, denn dieser lief wie eine Aufziehpuppe gegen seine gespreizten Hände. Mühelos stieß sich der ältere Herr vom Boden ab. Mit gleichgültigem, ja fast gelangweiltem Blick sah er zu, wie der Anzugträger einen unfreiwilligen Ausfallschritt nach hinten machte und dabei ziellos mit den Armen ruderte. Trotz der unrhythmischen Bewegungen seines Leibes deutete nichts daraufhin, dass der Kerl begriff, was geschehen war. Wie konnte man nur dermaßen blind sein? Alles woran diese Marionette zu denken im Stande schien, war sein Gleichgewicht zurückzuerlangen. Er glich einem Pendel, das jemand wild im Kreis geschüttelt hatte. Statt seiner natürlichen Schwungbewegung folgen zu können, war es in eine Bahn gezwungen worden, für die man es nicht konzipiert hatte. Und wie einem Pendel fehlten ihm die Sinneswahrnehmungen, um seine Umwelt zu erfassen. Das Schauspiel dauerte nur einige wenige Sekunden, dann hatte sich die menschliche Schwungmaschine wieder gefangen und stolzierte auf ihrem vorhergesehenen Pfad weiter, als wäre nichts geschehen.

Julianus setzte seinen Weg ebenfalls unbeeindruckt fort. Viele große Denker werteten es als Zeichen der Überlegenheit, auf kleine Gehässigkeiten mit Milde oder gar überhaupt nicht zu reagieren. War nicht, argumentierten sie, die größte Schmach, die man einem Feind zufügen konnte, ihn nicht einmal als solchen wahrzunehmen? Julianus erkannte nichts Weises an solchem Geschwafel. Gleichgültigkeit mit Gleichgültigkeit zu beantworten, das war absurd. In einem solchen Falle wäre er keinen Deut besser als diese Aufziehpuppe im Anzug. Nein, nur Narren und Schwächlinge nahmen ihr Schicksal einfach hin. Wer sich wie ein hilfloser Wurm gab, der wurde auch so behandelt. Julianus aber war kein Wurm. Er war gekommen, die Würmer zu vertreiben.

Zielstrebig marschierte er auf das Bürogebäude zu. Die Glastür stand weit offen, als wäre sie vorsorglich zurückgewichen, um einen weiteren Zusammenstoß zu vermeiden. Lange Zeit hatte er sich darüber gewundert, wie es kam, dass ihm leblose Gegenstände scheinbar mehr Aufmerksamkeit zukommen ließen als Menschen. Erst nach einiger Zeit war ihm klar geworden, dass die Maschinen ihn gleichermaßen ignorierten, auch wenn sie dies auf eine scheinbar liebenswürdigere Art taten. Dabei zeugte das Verhalten der digitalen Torwächter sogar von einer noch deutlicheren Geringschätzung gegenüber Julianus. Aufziehpuppen wie der Herr von vorhin ignorierten ihn lediglich. Die Maschinen aber wichen vor ihm zurück, als luden sie ihn ein, aktiv zu werden. In ihnen manifestierte sich die Arroganz einer Gesellschaft, die mit Leuten wie Julianus längst abgeschlossen hatte. Verächtlich musterte er die Konstruktion über dem Türrahmen. »Ein schöner Wächter bist du. Hier, dein Feind steht vor dir.« Julianus musste sich selbst am Riemen reißen, um nicht laut zu werden. Er wusste ja, dass es nichts brachte. Nicht erst einmal hatte er vermeintlich fortschrittliche Sicherheitssysteme, wie dieses Ding hier, angeschrien – hatte förmlich um eine Reaktion gebettelt. Ein harsches Zurechtweisen, ein Ruf nach Verstärkung – irgendetwas. Doch nichts dergleichen. Die einzige Strafe, die diese Gesellschaft über ihn aussprach, war vollständige Ignoranz.

»Hütet euch den Einsiedler zu beleidigen! Tatet ihr's aber, nun so tötet ihn auch noch!«, sprach Julianus, nun doch lauter werdend.

Dies sollte seine letzte ungehörte Warnung sein. Bald schon würde man ihn nicht mehr ignorieren können. Jene, die würdig waren, den Wert seiner Tat zu schätzen, würden ihn preisen. Die anderen würden sich wünschen, ihn getötet und nicht immerzu ignoriert zu haben.

Ruhigen Schrittes erklomm Julianus das Treppenhaus. Er hatte diese kleine Aufregung gebraucht. Ihm stand noch ein langer Aufstieg bevor und es war wichtig, dass er sich ins Gedächtnis rief, wofür er kämpfte. Die schwere Aktentasche, die er mit sich trug, machte seine Mission nicht leichter. Die Tatsache, dass er bis ganz nach oben musste, ebenfalls nicht. Seinen weiten Mantel hatte Julianus deshalb gegen ein Sakko getauscht. Irgendwo musste er Abstriche machen. Doch auch wenn dies seine bislang aufwändigste und wohl auch riskanteste Aktion werden sollte, er empfand sie weniger als Belastung und mehr als Herausforderung. Sicher, es würde gefährlich für ihn werden. Der heutige Tag würde eine ungewisse Zukunft bringen. Aber was hieß dies schon. Selbst die unheimlichste aller möglichen Zukunftsvarianten, war angenehmer als diese »Wirklichkeit«, in der Menschen wie diese Aufziehpupe von vorhin lebten. Julianus schüttelte sich vor Ekel. Diese Narren gaben ihren Willen und sogar ihren Körper auf – wofür? Für den Glauben an den Fortschritt. Aber was Julianus sah, war weder Glaube noch Fortschritt. Denn Fortschritt hieße Wachstum, Zunahme an Weisheit und Stärke. Aber wenn selbst ein alter Mann wie er einen jungen einfach niederstoßen konnte, dann war da nicht viel Stärke vorhanden. Und Glaube? Glaube fußte auf Überzeugung und dem Festhalten an Werten und Tugenden. Diese Würmer aber gaben bereitwillig alles auf, woran sie einst geglaubt hatten, um sich der Technik möglichst brav unterwerfen zu können. Wenn überhaupt, so hießen ihre einzigen Tugenden Faulheit und Feigheit. Ja, diese »Wirklichkeit« war es wert, verachtet zu werden. Selbst der größte körperliche Aufwand, selbst die größte Gefahr war eine Wohltat, wenn sie nur dazu diente, dieses Weltbild zu bekämpfen. Aber Julianus lehnte eine Hilfe durch den Fahrstuhl nicht ausschließlich aus Überzeugung ab. Er schied auch aus ganz praktischen Gründen aus, denn er wurde selbstverständlich mittels Ino gesteuert. Gemächlich schritt Julianus die Stufen entlang. Er könnte durchaus schneller voranschreiten, aber es war ratsam, dass er sich seine Kraft einteilte. Möglicherweise würde er gezwungen sein, den Ort schnell zu verlassen. Jetzt noch hatte er das Treppenhaus für sich allein. Bald jedoch würde sich dies ändern.

Schließlich erreichte Julianus das oberste Stockwerk, etwas angestrengt, aber nicht wirklich erschöpft. Der Zugang zum Dach wurde durch eine stabile Metalltür versperrt. Einer Tür, die ihrem Namen gerecht wurde, denn sie wich nicht einfach vor ihm zurück. Eisern versperrte ihm der mattgraue Stahl den Weg – noch. Nachdenklich öffnete Julianus seine Aktentasche. Türen wie diese waren eine Seltenheit heutzutage. Sie stammten aus einer Zeit, in der Ino noch jung und die Menschen sich ihm noch nicht unterworfen hatten. Damals war es noch notwendig gewesen, dass sich die Technologie vor ihren Feinden schützte.

Das Hindernis selbst war für Julianus wenig überraschend. Seine Schüler hatten ihn entsprechend aufgeklärt – ausführlich genug, dass er sich entsprechend vorbereiten konnte. Was sich jedoch hinter dieser Tür befand, darüber konnten auch seine Informanten nur vage Angaben machen. Aber allein schon die Tatsache, dass der Zugang zur Dachebene von einer Tür – einer echten Tür – versperrt war, weckte Zuversicht in ihm. Leicht beschämt griff er in seine Aktentasche und holte etwas Knetmasse hervor. Manchmal war selbst der Übermensch auf die Unterstützung anderer angewiesen. Doch sein Vertrauen schien belohnt worden zu sein. Fein säuberlich klebte er die Masse an das Schloss der Tür. Erneut fuhr seine Hand in die Tasche. Ein stangenförmiger Gegenstand mit einer Lunte am Ende kam zum Vorschein. Einst hatte diese Erfindung der Menschheit einen großen Preis des Friedens beschert. Heute sollte sie einen Sturm entfesseln. Frieden, oder das, was diese Aufziehpuppen darunter verstanden, daran war Julianus nun wirklich nicht interessiert.

Behutsam drückte Julianus die Stange gegen die Klebmasse. Aus seiner Sakkoinnentasche kramte er ein kleines Feuerzeug hervor. Einer scharfen Klinge gleich blitzte eine Stichflamme auf. Kurz darauf begann die Lunte zu glimmen. Julianus wich einige Stufen zurück, bis die Tür hinter einer Biegung des Treppenhauses verschwand. Erwartungsvoll stopfte er sich etwas von der Knetmasse in die Ohren. Der bald einsetzende Knall würde seine Trommelfelle gewiss ordentlich beuteln. Kaum hatte er diesen Gedanken formuliert, erzitterte die Luft unter dem Druck der Explosionswelle. Vorsichtig spähte Julianus um die Ecke. Eine Rauchwolke verdeckte die Tür. Als sich der Schleier zu lichten begann, brummte Julianus zufrieden. Die Tür hing zwar noch in den Angeln. Sie stammte wohl aus einer robusteren Zeit als die Menschen von heute. Doch die Explosion hatte sie jäh nach hinten gedrückt. Vom Schloss waren nur noch einzelne Trümmer übrig, von denen sich manche sogar in die Wand gebohrt hatten.

Julianus nahm seinen improvisierten Gehörschutz aus den Ohren und lauschte. Nur das armselige Knarren der arg gebeutelten Scharniere war zu hören. Es klang wie ein Jammer – als beklagte sich die Konstruktion darüber, ihre Aufgabe nicht erfüllt zu haben. Nach menschlichen Lauten horchte Julianus jedoch vergebens. Die Wände des Treppenhauses waren recht dick. Ein Teil des Lärms musste aber durch sie gedrungen sein. Eiligen Schrittes marschierte Julianus auf das Dach hinaus. Mochte die Ignoranz der Leute auch noch so groß sein. Die Tür war vermutlich mit irgendeinem Sensor verbunden, der ein gewaltsames Öffnen registrierte. Julianus konnte es sich nicht leisten, so kurz vor seinem Ziel auf gröberen Widerstand zu stoßen. Ein steifer Wind fegte über das Dach. Mit leicht zusammengekniffenen Augen blickte er nach vorne. Sein Ziel stand tatsächlich vor ihm. Ein weiteres Mal griff er in seine Aktentasche. Er platzierte zwei der Päckchen an die von ihm aus gesehenen hinteren Stahlfüße des Sendemastes.

Die Aufziehpuppen mochten sich für fortschrittliche Wesen halten. Doch jede noch so komplizierte Konstruktion fußte letzten Endes auf simplen technischen Grundlagen. Was auch immer die Menschen in ihren Köpfen für Zerrbilder sahen: Sie wurden zweifelsohne über Radiowellen übertragen. Ein anderes Konzept schied aus. Selbst Ino konnte sich nicht der Physik entziehen. Radiowellen aber benötigten einen Sender, eine Antenne. Zerstörte man sie, fiel das Signal unweigerlich aus. Julianus' Problem hatte somit lediglich darin bestanden, diese Quelle aufzuspüren. Leider hatte er sich schnell eingestehen müssen, dass er dazu allein nicht in der

Lage war. Das war zunächst der simplen Tatsache geschuldet, dass er nicht wusste, ob es sich bei Ino um ein de- oder ein zentralisiertes System handelte. Im ersteren Fall gab es hunderte, vielleicht sogar tausende kleine Sender, die über der ganzen Welt verstreut sein konnten. Julianus war es zwar gelungen, den ein oder anderen Unzufriedenen auf seine Seite zu ziehen. Aber selbst, wenn er und seine Gefolgschaft ein paar Dutzende kleiner Sender zerstören würden, würden andere sofort ihren Platz einnehmen. Außerdem wollte er seine Schüler nicht mit dieser kolossalen Aufgabe überlasten. Sicher sie waren tüchtige Männer und Frauen – indem sie ihm folgten, konnten sie sich kaum deutlicher von der armseligen Masse abheben. Dennoch: Im Gegensatz zu ihm, konnten sie sich Ino nicht einfach entziehen. Letzten Endes waren sie nicht mehr als Kinder, denen ihr falsches Lerninstrument über den Kopf gewachsen war. Er konnte nicht von ihnen verlangen, dass sie auszogen, es zu zertrümmern. Ino zu zerstören, war Julianus' Aufgabe. Doch für einen Gegner dieser Größe brauchte selbst er Hilfe. So hatte er also seine Schüler ausgesendet, sich den Standort jeder großen Sendeantenne zu notieren, die sie finden konnten. Aus der Anzahl der Meldungen schließlich hatte Julianus ableiten können, zu welchem Grad Ino tatsächlich zentralisiert war. Zu seiner Erleichterung, war dieser Grad hoch gewesen.

Seiner Verachtung zum Trotz hielt Julianus wie gerührt den Atem an. Hier stand er also nun – vor ihm der einzige Sendemast der Innenstadt. Ein Gefühl von Stolz stieg in Julianus auf und übertönte kurz sogar seinen Ekel. Ja, seine Schüler hatten wirklich hervorragende Arbeit geleistet. Ihr wahrer Test stand zwar noch bevor. Als Späher hatten sie sich bereits bewährt. Erwartungsvoll fragte sich Julianus, wie seine Gefolgschaft wohl ihre nächste Aufgabe erfüllen würde. Aber es waren nicht nur die Gedanken an seine Schüler, die ihn in diesem Moment ergriffen. Die Konstruktion – obwohl im Besitz seines Feindes – rang ihm einen faszinierten Blick ab. Von der Straße aus war sie nur ansatzweise erkennbar gewesen. Jetzt, da er vor ihr stand, sah Julianus jedoch ein, warum man den Zugang zum Dach hatte verriegeln lassen. Einen Ausfall eines Senders dieser Größe könnte man nicht so einfach kompensieren. Eigentlich war es ein Jammer, dass er dieses Wunderwerk der Technik zerstören musste. Der gewaltige Mast, geschmiedet aus robustem Stahl, stammte gewiss aus einer besseren Zeit. Ursprünglich mochte er wohl als Radiosender gedient haben. Julianus konnte nur mutmaßen, wie bedeutend diese Antenne tatsächlich für Ino war. Dass sie für diese Technologie genutzt wurde, stand jedoch außer Frage. Ein kalter Windzug durchfuhr ihn und weckte ihn aus seiner Phase der Nachdenklichkeit. Gerade rechtzeitig, wie er fand. Wenn man ihn erwischte, weil er sich zu rührseligen Gedanken hinreißen ließ, so könnte er sich das niemals verzeihen. Immerhin tat er der Konstruktion ja einen Gefallen, indem er sie von ihrem unwürdigen Dienst erlöste. Eilig entzündete Julianus die Lunten der beiden Päckchen. Diesmal handelte es sich um keinen Sprengstoff. Er wollte zusehen, wie sein Feind fiel, ohne befürchten zu müssen, von herumfliegenden Metallsplittern verletzt zu werden. Fast zeitglich schossen zwei gleißend helle Lichtblitze aus den Paketen hervor. Julianus hielt sich die Hand vor Augen. Es war nicht ratsam in ein Metallfeuer zu blicken, dass selbst Stahl wie Butter schmolz. So schnell wie sie entstanden waren, verglommen die Lichtblitze auch wieder. Reaktionen, die große Energien freisetzten, taten dies in der Regel nicht sehr lange. Doch selbst diese kurze Brenndauer, war mehr als ausreichend. Gebannt blickte Julianus auf die tödlich getroffene Konstruktion. Von den beiden Päckchen waren nur noch wenige verkohlte Überreste vorzufinden. Dafür bedeckten Tropfen rotglühenden Eisens den Boden. Jene Streben der Träger, die nicht augenblicklich geschmolzen waren, wanden und verbogen sich wie gekochte Nudeln. Langsam, aber unaufhaltsam, begann sich die Konstruktion Richtung Straße zu neigen. Ein metallisches Knirschen fegte über das Dach, als der Sender schließlich ganz einknickte und in die Tiefe stürzte. Mit einem Lächeln im Gesicht wandte sich Julianus ab. Ein dumpfes Grollen, wie naher Donner, zeigte an, dass der Sender den Boden erreicht hatte. Julianus hielt es für nicht nötig, vom Dach zu blicken. Was sollte er auch schon groß sehen? Einen Haufen verbogenen Stahls und vielleicht den ein oder anderen zerquetschten Leib eines Getroffenen. Julianus machte sich keine Illusionen darüber, was mit jenen Personen passiert war, die sich in der Fallrichtung des Stahls aufgehalten hatten. Doch weder freute, noch bekümmerte ihn das. Jene, die vom Mast erschlagen worden waren, waren bereits Jahre zuvor innerlich verstorben. Eher interessierte ihn, wie seine Schüler auf die frohe Botschaft reagieren würden und wie viele Tote sie damit erwecken könnten.

Sorgfältig horchend schritt Julianus das Treppenhaus hinab. Wieder vernahm er nur Stille. Es musste wohl die Ruhe vor dem bald einsetzenden Sturm sein. Als Julianus schließlich den drittobersten Stock erreichte, erblickte er eine Gruppe von Menschen, die sich eilig in das Treppenhaus drängten.

»Sie kommen von oben!«, fuhr ihn eine Frau an. »Was ist los?«

»Ich kann auf Ino nicht zugreifen!«, jammerte ein Mann panisch. Amüsiert stellte Julianus fest, dass er – wie die Marionette von vorhin – einen edlen Anzug trug. Ein befriedigendes Lächeln umspielte Julianus' Gesichtszüge. Er hatte sein Ziel tatsächlich nicht verfehlt.

»Warum lächeln Sie?«, wollte die Dame wissen.

»Seid besser närrisch vor Glück als närrisch vor Unglück. Statt, dass ihr darüber klagt, Ino nicht zu hören, solltet ihr lieber nach eurer eigenen Pfeife tanzten.«

»Es ist etwas vom Dach gefallen!«, schrie jemand aus der Gruppe.

Julianus schritt durch die Menge, als ginge ihn das Geschrei nichts an. Sollten die Schwachen doch den Verlust ihres Unterdrückers beklagen. Es würden sich schon Menschen finden, die die Gunst der Stunde zu nutzen wüssten.

»Warten Sie!«, eilte ihm die Frau nach.

»Folgen Sie mir einfach«, antwortete Julianus und schob die panischen Menschen um ihn herum sanft, aber bestimmt zur Seite.

Kapitel 15

Mit einer Mischung aus Staunen und Wehmut betrachtete Siegfried die Wände des Museums für Militärgeschichte. Die Eingangshalle des Gebäudes war zweifellos dazu gebaut worden, um ihren Besuchern zu imponieren. Die hohen Wände mit ihrer Marmorverkleidung strahlten eine scheinbar zeitlose Eleganz aus. Ein Blick nach unten genügte jedoch, um die Fassade bröckeln zu lassen. Wie die Wände war auch der Boden ursprünglich mit Marmor vertäfelt gewesen. Allerdings wiesen zahlreiche Platten Sprünge oder gar Risse auf. Die notdürftig durchgeführten Ausbesserungen hatten das einstmals stolze Erscheinungsbild zusätzlich beschädigt. An nicht wenigen Stellen war der edle Belag durch simple Kunststeinplatten ersetzt worden. Ganz offensichtlich war den zuständigen Stellen die Instandhaltung des Gebäudes nicht viel wert. Man hatte sich nicht einmal darum bemüht, farblich passende Ersatzstücke für die zerbrochenen Marmorteile zu verwenden. Die Kunststeinplatten waren deutlich dunkler gefärbt als die Originalplatten. Das so entstandene Fleckenmuster weckte Assoziationen an ein krankes Gebiss, dem bereits reihenweise Zähne fehlten.

Melancholisch hob Siegfried seinen Kopf. Die massive Kuppel, die wie eine Krone auf den Mauern saß, machte nach wie vor einen erhabenen Eindruck. Das durch zahlreiche eingelassene Fenster einströmende Licht tauchte die Konstruktion in einen majestätisch anmutenden Glanz. Siegfried fragte sich, ob sich die Kuppel lediglich besser hielt als der Boden, oder ob sie tatsächlich besser restauriert wurde. Ihm kam es vor, als könnte sich der Besitzer des Gebäudes nicht entscheiden, wie er damit umgehen sollte. Um es ganz dem Verfall zu überlassen, war es ihm scheinbar zu wichtig, um seinen früheren Glanz zu bewahren, offenbar nicht wichtig genug. Dabei war Glänzen wohl der einzige Zweck, den das Gebäude noch erfüllen konnte. Längst war das Museum selbst zum Museumsstück geworden. Siegfried ließ seinen Blick durch den leeren Eingangsbereich schweifen. Über dem geschlossenen Ticketschalter war ein Inoscanner platziert. Selbst in einem so alten Gebäude wie diesem wurden Zahlungen bargeldlos über Ino abgewickelt. Ein menschlicher Ticketverkäufer wäre allerdings auch ohne den Einsatz moderner Technik deplatziert gewesen, denn es gab schlicht niemanden, den er hätte bedienen können. Die Spezialeinheit, die Siegfried begleitet hatte, hatte nicht einen Besucher vorgefunden, den sie nach draußen hätte bitten müssen. Siegfried fragte sich, wie lange das Museum nun schon ein dermaßen einsames Dasein fristete. Er selbst war schon zu lange nicht mehr hier gewesen, um dies konkret sagen zu können. Woran er sich jedoch erinnerte, war, dass das Gebäude bereits bei seinem letzten Besuch praktisch verlassen war. Außer Siegfried hatte lediglich eine zweite Person die Ausstellung besucht: Pirow. Er war es auch gewesen, der Siegfried erst zu dem Besuch überredet hatte. Militärgeschichte – so faszinierend das Thema auch sein mochte – hatte Siegfried nie sonderlich begeistert. Zumindest nicht ausreichend, um dafür einen ganzen Tag in einem Museum zu verbringen. So war Siegfried auch nach diesem einen Besuch – trotz Pirows Überzeugungsversuchen – bis heute nicht wiedergekehrt. Ein Gefühl der Scham kroch in Siegfried hoch. Er mochte die Abkehr der Gesellschaft von ihrer eigenen Vergangenheit manchmal still, manchmal laut beklagen. Tatsächlich jedoch war er nicht viel besser. Mochte Siegfried der modernen Gesellschaft noch so sehr hinterherhinken – was die Vernachlässigung alter Museen, alten Wissens betraf, stand er ihr wohl nicht viel nach. Vielleicht war seine wehmütige Nostalgie in Wahrheit auch nichts weiter als verletzter Stolz. Eine Folge seines gekränkten Egos, weil man ihn nicht länger wichtig nahm.

Julianus würde vermutlich in diese Richtung argumentieren, sollten er und Siegfried jemals wieder ins Gespräch kommen. Wobei er seine Kritik natürlich in Form eines klassischen Zitates – vielleicht sogar eines antiken – anbringen würde. Siegfried schüttelte den Kopf. Die Vorstellung, ausgerechnet von Julianus als selbstgerecht kritisiert zu werden, war herrlich absurd. Nicht umsonst ähnelte der Name seines Lieblingsphilosophen dem Wort Narziss.

Wenn es aber ein Vergehen gab, dessen man Julianus nicht beschuldigen konnte, dann war es Heuchelei. Julianus zitierte seine Philosophie nicht nur, er lebte sie tatsächlich. Diese Prinzipientreue war auf ihre Art bewundernswert und abstoßend zugleich. Siegfried fragte sich, ob er und Julianus hätten Freunde werden können, wenn dieser nicht vor seinen Augen einen Mord begangen hätte. Im nächsten Moment jedoch schüttelte er heftig seinen Kopf, wie um sich selbst zu tadeln. Nein, hätte Julianus nur über die vermeintliche Überlegenheit der alten Meister schwadroniert, wäre er zwar kein Verbrecher, aber dafür ein scheinheiliger Prediger. Eine zweite, noch unangenehmere Frage stieg in Siegfried auf: Fühlte er sich in

Wahrheit nur unter Heuchlern wohl? Sowohl Can als auch Julianus fühlten sich ehrlich mit ihrer jeweiligen Epoche verbunden – der eine mit der Vergangenheit, der andere mit der Gegenwart. Und mit beiden eckte Siegfried an. War der Grund für Siegfrieds Einsamkeit am Ende nicht seine vermeintliche Zurückgebliebenheit, sondern vielmehr Unaufrichtigkeit? Erneut schüttelte er sich. Diesmal jedoch weniger, um die Frage zu verneinen, sondern mehr, um sie zu verdrängen. Stattdessen lenkte sich Siegfried mit einem Zitat Pirows ab: »Alles ergründen zu wollen, ist ein dummer Wunsch.« Diese Nichtantwort stellte ihn ausreichend zufrieden. Siegfried war Polizist und Julianus ein Verbrecher. Das allein reichte, um sie zu Feinden zu machen. Diese Begründung mochte vielleicht nicht alle Aspekte ihrer zwischenmenschlichen Beziehung abdecken. Für die Dauer des Einsatzes aber musste sie ausreichen. Um alles andere konnte er sich kümmern, sobald Julianus verhaftet oder außer Gefecht gesetzt war.

Um nicht erneut in Selbstzweifel zu verfallen, ließ Siegfried seinen Blick erneut über die Mauern schweifen. Im Gegensatz zu ihm hatte Julianus dieses Gebäude sicher unzählige Male besucht. Tatsächlich war ein Museum der Kriegsgeschichte der wohl passendste Ort für jemanden wie ihn. Mit diesen alten Mauern fühlte er sich gewiss mehr verbunden als mit der gesamten modernen Gesellschaft.

Siegfried senkte die Lider. Vor seinem geistigen Auge – seinem richtigen geistigen Auge und nicht jenem Inos – sah er Julianus allein auf weiter Flur stehen. Wie er die Gemälde von stolzen Generälen und historischen Schlachten bewunderte. Die Leere des Museums musste sein Gefühl von Einsamkeit noch verstärkt haben. Zusätzlich mussten die Abbilder einstiger Größe seinen Ehrgeiz noch befeuert haben. Dann waren da die Schaukästen mit den alten Waffen. Julianus hätte sie gewaltsam öffnen können. Doch das hatte er sicher nicht getan. Egal wie sorgsam man das Gebäude durchsuchen würde, man würde keine Spuren eines Einbruchs finden. Dazu respektierte Julianus dieses Gebäude zu sehr. Nein, er würde andere Wege gefunden haben, sich zu bewaffnen. Immerhin war Julianus für jedes Alarmsystem unsichtbar. Die Frage war daher nicht ob, sondern wie schwer er sich bewaffnet hatte. Hier befanden sich Hieb- und Stichwaffen,

Maschinen- sowie Jagdgewehre, dazu natürlich Pistolen in allen Größen und sogar Kanonen. Siegfried fiel ein, dass irgendwo in dem Gebäude gar ein gigantischer Minenwerfer auf den seltenen Besucher wartete. Dunkel erinnerte er sich, wie Pirow einst vor dem gewaltigen Lauf des Metallungetüms gestanden hatte. Staunend hatte er in den Rachen der Belagerungswaffe geblickt. Siegfried war einfach weiter gegangen. Pirow mochte diese dunkle Seite der Technik faszinieren, für ihn aber gehörten solche Monstrositäten der Vergangenheit an. Einer Vergangenheit, die man zwar nicht vergessen sollte, die man jedoch aber auch nicht zu bestaunen brauchte. Eine Ansicht mehr, die Julianus ihm zum Vorwurf machen würde.

Siegfried öffnete seine Augen. Der Gedanke, dass Julianus die Stadt mit Artillerie unter Beschuss nahm, war absurd. Zum einen war es selbst einem Museum für Kriegsgeschichte nicht ohne weiteres erlaubt, ein intaktes Waffenarsenal zu beherbergen. Die Schusswaffen, erst recht die größeren, hatten vor langer Zeit unbrauchbar gemacht werden müssen. Andererseits war die Durchführung dieses Gesetzes wohl nie sonderlich streng kontrolliert worden. Auch die Polizei zeigte an dem Museum wohl nicht mehr Interesse als der Durchschnittsbürger. Aber selbst, wenn die eine oder andere Kanone tatsächlich intakt sein sollte, so gab es für sie längst keine Munition mehr. Und dennoch: Zumindest für einen geladenen Revolver hatten die Vorräte des Museums gereicht. Wie viel mehr hatte sich Julianus unter den Nagel gerissen?

Verstohlen blickte Siegfried zur Tür des Büros des Direktors. Der Mann hatte nicht wenige Fragen zu beantworten. Siegfried wäre nur zu gerne bei dem Verhör dabei gewesen. Doch man ihn wie ein kleines Kind vor der Tür warten lassen. So viel zum Thema Vertrauen. Immerhin: Die Tatsache, dass man Siegfried überhaupt mitgenommen hatte, zeigte, dass er tatsächlich nicht mehr verdächtigt wurde. Vielleicht würde die Zeit kommen, in der ihn seine Kollegen wieder als vollwertiges Mitglied ihrer Einheit respektieren würden. Vielleicht auch nicht. Siegfried würde lernen müssen, mit beiden Szenarien auszukommen.

An beiden Seiten der Tür war je ein Soldat postiert. Ihre gepanzerten Spezialanzüge verliehen den beiden Torwächtern eine hünenhafte Gestalt. »Für den Fall, dass es zur Sache geht«, hatte der Major Siegfrieds fragenden Blick zu Missionsbeginn kommentiert. Es war das Maximum, das man ihm an Informationen zugestand.

Mit zusammengekniffenen Augen wandte Siegfried den Blick ab. Die Gesichter der beiden Männer waren hinter mit Kameras besetzten Masken verborgen. Auch wenn es äußerlich unmöglich war, Rückschlüsse auf ihren Gemütszustand zu ziehen, konnte sich Siegfried schwer vorstellen, dass sie ihm sonderlich viel Vertrauen schenkten.

Die Polizei verfügte schon längst über keine Einsatzkommandos mehr. Seit dem Aufkommen Inos gab es für derartige Spezialisten schlicht keine Arbeit mehr, die ihre teure Ausbildung rechtfertigen würde. Dinge wie Geiselnahmen oder Sprengstoffanschläge gehörten glücklicherweise längst vergangenen Zeiten an. Nun aber schien es, dass mit Julianus die Vergangenheit zurückschlug.

Dass die Elitesoldaten mit Siegfried kein Wort gewechselt hatten, war für ihn nicht überraschend gewesen. Er hatte sich diese Menschen nie sehr gesprächsfreudig vorgestellt – erst recht nicht auf Einsatz. Doch auch Maja und Can waren die gesamte Fahrt über stumm geblieben. Hatte Krag ihnen etwa befohlen, nicht mit Siegfried zu reden?

Laut knarzend schwang die Tür zum Büro des Museumsdirektors auf. Die Scharniere waren ähnlich sauber gewartet wie der Boden. Als hätten sie Siegfrieds Gedanken gelesen, marschierten Maja und Can aus dem Büro. Statt ihren ehemaligen Exkollegen zu grüßen oder auch nur zu beachten, hielten sie jedoch geradlinig auf den Ausgang zu.

»Gehen Sie in das Büro und gehen Sie wie besprochen vor«, wies Krags Stimme Siegfried an. Selbstverständlich hatte sein neuer Chef Siegfried detailgetreue Anweisungen gegeben. Er hatte mit dem Museumsdirektor ausschließlich über das geplante Duell zu sprechen. Alles Wesentliche stand in dem Brief, den Siegfried in einem Umschlag bei sich trug. Der Inhalt des Schreibens war Siegfried nur zu gut vertraut, hatte er ihn doch selbst geschrieben. Er war schließlich der einzige auf dem Revier, der noch mit der Hand zu schreiben wusste. Einen von einer Maschine verfassten Brief hätte Julianus wohl kaum akzeptiert. Doch bei aller Skepsis – selbst Siegfried wäre ein gedruckter Text unpassend erschienen. Man konnte von dieser Aktion halten was man wollte: Wenn man sich schon darauf einließ, musste man die Sache auch konsequent durchziehen.

Gemächlich erhob sich Siegfried. Trotz, oder vielleicht wegen den genauen Instruktionen, die er erhalten hatte, fühlte er sich einigermaßen ratlos. Dieser Krag würde für ihn wohl auf ewig ein Buch mit sieben Siegeln bleiben. Allein die Tatsache, dass er sich weigerte, bei Einsätzen körperlich anwesend zu sein, sprach Bände. Er war offensichtlich tunlichst darauf bedacht, die Fäden im Hintergrund zu ziehen. Wie ein Diktator, der seinen Palast selbst in Krisensituationen nicht verließ, weil er fürchten musste, die Kontrolle zu verlieren. Ein amüsanter Gedanke: Vielleicht fürchtete Krag am Ende Siegfried mehr als der ihn. Es war jedenfalls gut möglich, dass der veraltete Polizist für den Menschen von heute nicht weniger unverständlich war als umgekehrt. Vielleicht aber waren all diese Theorien wertlos und Krag wollte Siegfried lediglich einem weiteren Test unterziehen. Siegfried wusste nicht, was von beidem zutraf. Alles, was er wusste war, dass er keine andere Wahl hatte, als mitzuspielen.

Ruhigen Schrittes passierte Siegfried die beiden Torwächter und trat in das Büro ein. Der Geruch alten Papiers und vergilbter Tapeten schlug ihm entgegen. Siegfried drängte sich spontan der Gedanke an seinen letzten Bibliotheksbesuch auf, auch wenn dieser schon zu lange zurücklag, als dass er sich an die Details erinnern konnte.

Der Museumsdirektor saß hinter einem wuchtigen Schreibtisch in einem breiten, gepolsterten Sessel, dessen hohe Lehne ihn um ein gutes Stück überragte. Der hagere Körper des Mannes schien von seinen Büromöbeln geradezu verschluckt zu werden. Die breite, goldumrandete Brille, die sich regelrecht in seine Nase schnitt, verstärkte den Eindruck noch. Alles in diesem Raum schien den Zweck zu erfüllen, den Mann möglichst klein und unscheinbar wirken zu lassen. Die zwei riesigen, gepanzerten Soldaten, die den Museumsdirektor flankierten, verstärkten den Eindruck zusätzlich. Siegfried sah dem Mann in die Augen. Er mochte in etwa in seinem Alter sein, das tief zerfurchte Gesicht ließ ihn jedoch deutlich älter wirken. Ein Schulterzucken unterdrückend, wandte Siegfried den

Blick ab. Der Unterschied zu Julianus könnte nicht größer sein. Beiläufig musterte Siegfried den Boden des Zimmers. Er war regelrecht übersät mit aufgeschlagenen Büchern und Zetteln aller Größe. Es schmerzte Siegfried, dass die Soldaten nicht rücksichtsvoller mit dem alten Mann umgegangen waren. Gleichzeitig verspürte er jedoch so etwas wie Verständnis für ihre Situation. Sie waren ausgezogen, einen mächtigen Feind zu bekämpfen. Einen bewaffneten und gefährlichen Einzelgänger, der zwei Polizisten mit Leichtigkeit überwältigt hatte – ja, der es sogar wagte, sich mit der gesamten Welt anzulegen. Für so einen Feind brauchte man tatsächlich ein paar Männer fürs Grobe. Doch statt einem Kämpfer hatten die Soldaten nur einen alten Mann vorgefunden, der harmloser nicht wirken konnte. Als man Siegfried ohne weitere Information in einen Transporter mit einem Trupp gepanzerter Riesen gesetzt hatte, war seine Überraschung schon groß gewesen. Jetzt aber war sie Enttäuschung gewichen. Wie war Krag bloß auf die Idee gekommen, der Museumsdirektor wäre Julianus' Komplize? Der alte Mann wirkte nicht einmal ansatzweise gefährlich. Mit seinen dünnen Armen verletzte er bei einem Faustschlag eher sich selbst als seinen Gegner. Dass Krag sich von solchen Details nicht beeindrucken ließ, ließ ihn weniger mysteriös, als hilflos wirken. Wahrscheinlich würde er den armen Museumsdirektor sogar einer Leibesvisitation unterziehen, nur um ja nichts unversucht zu lassen. Ein seltsamer Verdacht stieg in Siegfried hoch. Vielleicht war der Minister am Ende eher ein unsicherer Feigling denn ein Machtmensch?

»Doktor Hendrik Spillbergen, wie ich annehme?«, sprach Siegfried den Museumsdirektor an. »Mein Name ist Siegfried Tegethoff.«

»Sehr erfreut. Bitte setzen Sie sich, Herr Tegethoff.« Spillbergen wies auf den ihm gegenüberliegenden, freien Bürosessel. Siegfried zögerte einen Moment, bevor er der Bitte nachkam. Die Stimme Spillbergens war dünn wie der Körper, dem sie entsprang. Dennoch wollte sie nicht recht zu dem verwelkten Leib passen. Eine seltsame Art von Energie schien ihr innezuwohnen.

»Sie sind nicht gekommen, um mich zu analysieren.« Spillbergen sah Siegfried direkt an. Erst jetzt fiel dem alten Polizisten auf, dass die Stimme nicht das einzige war, das nicht zu Spillbergens körperlicher Erscheinung passte. Fast hätte er dem Museumsdirektor gesagt, dass er ihn an jemanden erinnerte. Im letzten Moment jedoch besann er sich. Siegfrieds Überheblichkeit hatte seinem Gegenüber einen ersten Sieg beschert. Er wollte ihn diesen nicht auch noch auskosten lassen. Krag beobachtete sie beide.

»Ich möchte, dass Sie sich das hier durchlesen«, verkündete Siegfried und holte den Umschlag hervor. Mit einer Vorsicht, die er sich selbst nicht recht erklären konnte, schob er das Stück Papier langsam über die Schreibtischplatte. Mit einer geschmeidigen Ruhe griff Spillbergen danach. Ein Gefühl von Erleichterung stieg in Siegfried auf, als die stechenden Augen sich von ihm ab- und dem Brief zuwandten.

»Ich muss den ehrenwerten Herren daher um sein Verständnis bitten, eine bloße Entschuldigung erledigte meiner bescheidenen Ansicht nach den Fall nicht …«, las der Museumsdirektor. »Etwas zu unterwürfig«, bemerkte er. »Und grammatikalisch recht ungewöhnlich.« Spillbergen sah Siegfried erneut direkt an.

»Wir sind darauf bedacht, eine gewisse Höflichkeit zu bewahren«, wich Siegfried dem Vorwurf aus, hielt dem Blick jedoch stand. Spillbergen hatte recht. Wäre es nach Siegfried gegangen, hätte er den Text anders formuliert. Der übertrieben unterwürfige Ton konnte von Julianus als Schwäche ausgelegt werden – und es gab wenig, das er mehr verachtete. Tess aber war von den Ergebnissen ihrer Recherchearbeit nicht abzubringen gewesen. »Wir planen ein Duell nach den Regeln des 19. Jahrhunderts. Die Wortwahl ist für diese Epoche angemessen«, hatte sie in einem Ton gesendet, der keinen Widerspruch zuließ – und Krag, der Widerspruch noch weniger zuließ, hatte zugestimmt. Das höchste Zugeständnis, zu dem Tess bereit gewesen war, war Siegfried den Brief schreiben zu lassen. Somit waren seine Einflussmöglichkeiten darauf beschränkt gewesen, die Buchstaben möglichst sorgfältig aufs Papier zu bringen.

»Zurück zum eigentlichen Thema«, versuchte Siegfried die Kontrolle über das Gespräch zurück zu erlangen. »Mir wurde versichert, dass sie als Militärhistoriker mit den Grundzügen des Duell-Codex vertraut sind. Ist das korrekt?«

»Sie müssen sich klarer ausdrücken.« Spillbergens Stimme klang so ungerührt, als hätte ihn Siegfried nach seinem Lieblingslied gefragt.

»Der Beleidigte hat nicht nur das Recht, sondern es ist die Pflicht eines jeden Ehrenmannes, für eine erhaltene Beleidigung Rechenschaft oder Genugtuung zu verlangen«, zitierte Siegfried, wobei er gleichermaßen ungerührt klang. Tess hatte sichergestellt, dass er entscheidende Teile des Duell-Codex auswendig aufsagen konnte. Er war ihr für diese intensive Vorbereitung zutiefst dankbar. Er wusste nicht, welche Art von Spiel Spillbergen spielte. Aber er wusste, dass er es sich nicht erlauben konnte, die Fassung zu verlieren. Wenn Spillbergen sich dumm stellen wollte, dann sollte er das ruhig tun. Siegfried war nur ein Bote. Die Wirklichkeit – Krag – würde Spillbergen schon früh genug einholen.

»Gut, gut.« Spillbergen nickte bedächtig, aber ohne überzeugt zu wirken. »Darüber lässt sich nicht viel sagen.«

»Sie nehmen also an?« Siegfried lächelte säuerlich.

»Das kann ich nicht.«

»Sagen Sie mir warum!« Siegfrieds Stimme nahm einen Befehlston an. Er mochte zwar nur ein Bote sein. Dennoch lastete Krags Erwartungshaltung auf ihm. Jene Richtung, in der sich das Gespräch zu entwickeln drohte, wurde dieser sicher nicht gerecht.

»Zwischen dem Zeitpunkt der Beleidigung und der Forderung dürfen maximal 24 Stunden liegen.«

»Die Frist ist noch nicht verstrichen«, versicherte Siegfried. Für einen Moment fragte er sich, ob Krags Hektik derart vorrausehend gewesen sein konnte. »Nehmen Sie die Forderung also an?«

»Das steht mir nicht zu«, antwortete Spillbergen. »Tatsächlich müsste der Beleidiger, sprich Julianus, mich erst zu seinem Sekundanten ernennen.« Er kratzte sich an der Schläfe, was ihn deutlich menschlicher wirken ließ. »Ich könnte die Forderung natürlich dennoch annehmen, allerdings wäre sie für Julianus nicht bindend.«

»Vielleicht nicht gemäß Duell-Kodex. Wie ich Julianus einschätze, wird er gewiss nicht ablehnen«, sagte Siegfried.

»Darüber lässt sich nichts sagen.«

»Also lehnen Sie nicht ab«, wischte Siegfried Spillbergens erneute Provokation weg.

»Wenn Sie gemäß Duell-Codex vorgehen wollen, müssen Sie sich an dessen Regeln halten«, wich der Museumsdirektor aus. »Ein weiteres Problem wären die von Ihnen gewählten Waffen: Diese Inobrecher …« Spillbergen sprach das Wort betont langsam aus, als hätte er es noch nie gehört. Vielleicht war dies tatsächlich der Fall.

»Ich muss Sie daran erinnern, dass Ihre Seite meiner ins Gesicht geschlagen hat. Bei einer dermaßen schweren Beleidigung steht es uns zu, die Waffen zu wählen«, sagte Siegfried streng. Inzwischen war er sich sicher, dass Spillbergen den Duell-Codex auswendig kannte.

»Natürlich, natürlich«, beschwichtigte Spillbergen. »Aber die Sekundanten müssen vor Duellbeginn die Waffen auf deren Funktionstüchtigkeit überprüfen. Selbst wenn ich Julianus sekundieren sollte, wüsste ich nicht, wie ich dies bei diesem Inobrecher bewerkstelligen soll.«

»Sie besitzen ein Inoimplantat. Man wird Ihnen alles entsprechend erklären. Ihre Partei ist im Umgang mit Schuss- oder Klingenwaffen deutlich erfahrener als meine. Eine derartige Waffe zu wählen wäre im höchsten Maße ungerecht.« Siegfried hatte Julianus noch nie mit einem Degen hantieren sehen, doch konnte er damit sicher besser umgehen als Can. »Außerdem unehrenhaft«, ergänzte Siegfried, in der Hoffnung, dass dieses Wort eine Reaktion auslösen würde.

»Ehre. Wieder so ein Begriff, über den sich nicht diskutieren lässt.«

»Haben Sie sonst noch Bedenken?« Siegfried gab sich alle Mühe, Spillbergens Einwand zu ignorieren.

»Da wäre noch Punkt, ja«, entgegnete Spillbergen gewohnt ungerührt. »Sie gehen davon aus, dass ich meinem Mandanten die Duellaufforderung einfach so überbringen kann. Dazu bin ich aber leider nicht in der Lage.«

»Wie meinen Sie das?« Siegfrieds Anspannung wich aufrichtiger Verwunderung.

»Ich habe keine Möglichkeit, Julianus zu kontaktieren.« Spillbergen sprach mit einer Gelassenheit, als ginge ihn dieses Gespräch nichts an.

Siegfried schwieg. Er sollte sich nun eigentlich wütend fühlen. Spillbergen verspottete ihn. Nein, er hatte ihn schon die ganze Zeit über verspottet. Jetzt lachte er ihn mit geschlossenen Lippen aus.

Dennoch fühlte sich Siegfried mehr befreit als zornig. Sicher, er hatte sich von Spillbergen regelrecht um den Finger wickeln lassen. Selbst Can hätte sich nicht dermaßen vorführen lassen. Aber eigentlich war es Krag gewesen, von dem sich Siegfried hatte führen lassen. Schließlich hatte dieser ihm genau vorgegeben, was er sagen durfte und was nicht.

Spillbergen schloss sich Siegfrieds Schweigen an. Eine schwere Stille schwebte über dem Büro, aber Siegfried fand sie mehr befreiend als drückend. Er mochte sich nicht mit Ruhm bekleckert haben, aber die eigentliche Blamage fiel auf seinen Vorgesetzten.

»Das reicht!«, donnerte wie auf Kommando eine Stimme in Siegfrieds Kopf.

»Wie lauten Ihre Befehle?«, sendete Siegfried ungerührt. Er hatte mit Krag gerechnet. Tatsächlich hatte er viel früher mit ihm gerechnet.

»Das Gespräch ist beendet. Ich lasse Inoextrakt vorbereiten. Er wird uns schon sagen, wo sich Julianus aufhält.«

Aus den Augenwinkeln sah Siegfried, wie sich die Soldaten zu rühren begannen. »Mit Ihrer Erlaubnis würde ich dem Verdächtigen in der Zwischenzeit noch ein paar Fragen stellen.« Siegfried hörte das sprichwörtliche Eis unter sich knacken. Aber er spürte auch, dass er sich eine einmalige Gelegenheit entgehen ließ, wenn er jetzt nicht Mut zum Risiko aufbrachte.

»In Ordnung.« Die Soldaten nahmen erneut ihre statuenhafte Haltung ein. »Inoextrakt muss erst vorbereitet werden. Sie haben 15 Minuten. Nicht länger.«

Siegfried vermied es, sich zu bedanken. Es wäre nur als Zeitverschwendung interpretiert worden. Stattdessen wandte er sich erneut an Spillbergen: »Hat mein Vorgesetzter gerade auch zu Ihnen gesprochen?«

»Ja.«

»Und Sie finden es dennoch richtig, mit mir zu spielen?«

Spillbergen verzog keine Miene. »Das ist eine unsinnige Frage«, antwortete er schließlich. »Nur Tatsachen können einen Sinn ausdrücken.«

»Gut, reden wir über Tatsachen.« Siegfried beugte sich nach vorne. Seine Stimme nahm einen selbstbewusst-aggressiven Ton an.

»Julianus ist ein Mörder. Sie werden verdächtigt, ihn zu unterstützen. Die Mordwaffe stammt aus dem Museum, das Sie leiten.«

Spillbergen sah Siegfried erwartungsvoll an.

»Julianus hat mich unmöglich zufällig nach meinem letzten Arbeitstag im Zug getroffen. Haben Sie ihm gesagt, er solle mich anreden?«

»Nein«, antwortete Spillbewerben knapp, aber nicht unhöflich.

»War es einer seiner Schüler?«

»Ja.«

»Wann haben Sie Julianus das letzte Mal gesehen?«

»Vor zwei Wochen.«

»Und sie wissen nicht, wann Sie ihn das nächste Mal wiedersehen werden?«

»Nein.«

»Aber Sie haben sich hier getroffen?«

»Ja.«

Siegfried lehnte sich im Sessel zurück und schloss die Augen. Als er sie kurz darauf wieder öffnete, sah er endlich klar, was die ganze Zeit vor ihm gelegen hatte.

»Ich dachte, Sie verspotten mich«, sagte er ohne einen Funken Zorn in der Stimme. »Tatsächlich belehren Sie mich.« ›Wie Julianus‹, fügte er gedanklich hinzu. Falls es noch einen Beweis für die Verbundenheit zwischen den beiden gebraucht hatte, war er hiermit erbracht.

»Alles, was sich überhaupt sagen lässt, lässt sich klar sagen«, zitierte Spillbergen und zum ersten Mal war Siegfried von seiner Wortwahl nicht überrascht. Der Polizist nickte zustimmend. »Alles, was sich nicht als wahr oder falsch beweisen lässt, darüber lässt sich nicht diskutieren. Fasse ich das richtig zusammen?«

Spillbergen nickte ebenfalls. Siegfried lächelte und zum ersten Mal seit Beginn des Gesprächs war es ein aufrichtiges Lächeln. Er, oder viel mehr Krag, hatte die falschen Fragen gestellt. Der Minister erwartete, dass Menschen unter der Wucht seiner Inostimme zusammenbrachen und ihm ganz einfach gaben, was immer er wollte. Für gewöhnlich trat auch genau dies ein. Siegfried wusste nicht, woher Spillbergen die Kraft nahm, Krags Macht zu widerstehen, aber es war auch nicht wichtig. Er war auskunftsfreudig. Aber nur, wenn dies nicht seiner Logik widersprach. Was für ein interessanter, wenn auch seltsamer Mensch. Von seiner Erkenntnis motiviert, startete Siegfried einen erneuten Versuch: »Julianus kann nicht geortet werden. Sie aber schon. Es gib hier also einen blinden Fleck.«

»Ja.«

Siegfried presste die Lippen aufeinander. Blinde Flecken sollte es offiziell längst nicht mehr geben. Ihm war klar, dass dies vermutlich nie mehr als Wunschdenken gewesen war. Nicht einmal Ino war so perfekt, dass es eine lückenlose Abdeckung der gesamten Erde ermöglichte. Aber warum musste er ausgerechnet jetzt über einen blinden Fleck stolpern? Als hätte Julianus nicht schon gereicht. Krags Dankbarkeit über die Überbringung dieser schlechten Nachricht würde sich gewiss in Grenzen halten.

»Im Museum sind Inoscanner installiert«, fuhr Siegfried fort. Es half nichts, er musste der Sache auf den Grund gehen. »Wie kann es dann sein, dass ...« Weiter kam er nicht.

»Inoextrakt ist vorbereitet. Ihr Gespräch ist beendet.« Krag machte wie immer deutlich, dass er keinerlei Widerspruch zuließ. Erneut kam Bewegung in die Soldaten und es war klar, dass sie dieses Mal nicht zurückweichen würden. Noch bevor sie ihn erreichten, erhob sich Spillbergen, mit einer Ruhe, als ginge ihn dies alles nichts an.

»Sie wissen nicht, was Sie erwartet«, stieß Siegfried eine letzte Warnung aus.

»Sie auch nicht. Julianus will Ino nicht herausfordern. Er will es zerstören. Und er wird es versuchen.«

»Was meinen Sie damit?«, unternahm Siegfried einen letzten Versuch, aber einer der Soldaten führte Spillbergen bereits zur Tür hinaus.

»Wovon man nicht sprechen kann, darüber muss man schweigen«, hörte Siegfried Spillbergen sagen, bevor dieser endgültig aus seinem Blickfeld verschwand.

»Er muss nicht sprechen. Ich erfahre auch so alles«, versicherte dafür eine andere Stimme. Obwohl er wusste, dass sein Vorgesetzter nicht log, wollte Siegfried Krag nicht so recht glauben. Er unterschätzte Spillbergen. Er unterschätzte diese gesamte Situation. Vor allem aber überschätzte er Ino. Nicht zufällig hatte er Siegfried unterbrochen, als dieser versuchte, weitere Informationen zu dem blinden Fleck zu erhalten. Doch all seinen Zweifeln zum Trotz schwieg Siegfried. Krag belehren zu wollen, war ein sinnloses Unterfangen.

»Bewegung, es gibt Arbeit.« Siegfried sah auf. Einer der Soldaten war mit ihm im Raum verblieben. An seiner Stimme erkannte er ihn als den Major.

»Was soll ich tun?« Siegfried erhob sich betont gemächlich.

»Wir wissen, wo sich Julianus aufhält«, antwortete der Soldat, packte den alten Polizisten am Arm und zog ihn Richtung Tür.

Kapitel 16

Eingepfercht zwischen zwei Riesen saß Siegfried auf einer der Seitenbänke des Militärtransporters. Es war dasselbe Fahrzeug, in dem er zuvor zum Museum gefahren worden war. Auch sein Informationsstand – oder vielmehr das Fehlen eines solchen – war gleichermaßen ausgeprägt wie vorhin. Siegfried drängte sich der leise Verdacht auf, ob er nicht in einer Zeitschleife gefangen war. Natürlich sprach aus rationeller Sicht so einiges gegen diese Vorstellung. Da war zunächst der Umstand, dass Dinge wie Zeitschleifen eigentlich nicht existierten, oder zumindest nicht sollten. Dann war da noch die Tatsache, dass sich Siegfried erst zum zweiten Mal in der exakt selben Situation wiederfand. Das war doch etwas wenig, um tatsächlich von einer Endlosserie zu sprechen. Vielleicht aber befand sich Siegfried erst an ihrem Anfang. Die Ähnlichkeiten mit seiner letzten Fahrt mit dem Sonderkommando waren dermaßen ausgeprägt, dass es beinahe beängstigend war. Die gleiche drückende Stille schwebte über dem Innenraum des Fahrzeuges. Stumm und unbeweglich ruhten die Kameraaugen von Siegfrieds Gegenüber auf ihm. Doch nein, etwas war anders. Die Stille mochte nach wie vor drückend sein, doch sie schien zusehends an Gewicht zu verlieren. Bei seiner ersten Fahrt hatte Siegfried noch sein Gesicht immer wieder abgewandt. Jetzt aber hielt er dem starren Blick stand. Gleichsam schweigend, wenn auch nicht mit ganz so ausdrucksloser Miene, sah er dem Soldaten in sein Visier. Die vermeintliche

Endlosschleife, in der Siegfried angeblich festsaß, existierte wohl tatsächlich nur in seinen Gedanken. Siegfrieds Blick glitt in die Leere. Regungslos starrte er auf die Reflexionen, welche das Licht der Deckenlampe an der blanken Oberfläche der Inorüstung seines Gegenübers hinterließ. Der Fahrzeuginnenraum wurde nur von einem einzigen Leuchtkörper erhellt. Die gepanzerten Wände des Transporters boten keinen Platz für Fenster. Bei seiner Fahrt zum Museum hatte diese Abgeschnittenheit von der Außenwelt in Siegfried noch Unbehagen hervorgerufen. Jetzt kam sie ihm fast gelegen. Von Ablenkungen unbehelligt, konnte er seine Gedanken ungestört um seine Erlebnisse im Museum kreisen lassen. Siegfried schwamm sozusagen in seinem eigenen Datenstrom, nur dass er dafür nicht mit den Augen rollen musste.

Krag war ein Mensch, der sich von strikt rationalen Überlegungen leiten ließ. Trotz aller Mysterien, die ihn umgaben, war zumindest dies offensichtlich. Dass Krag das Duell einfach aufgegeben hatte, konnte also nur bedeuten, dass sich Julianus der Öffentlichkeit oder zumindest Teilen davon gezeigt hatte. Siegfrieds Vorhersage schien sich also bestätigt zu haben. Julianus hatte zugeschlagen – groß zugeschlagen. So groß, dass Krag nichts anderes übriggeblieben war, als seine Pläne zu verwerfen und den Major und seine Kameraden unverzüglich zum Ort des Geschehens zu kommandieren. Und es war aufsehenerregend gewesen. Spillbergen hatte angekündigt, dass Julianus Ino zerstören – oder es zumindest versuchen – würde. Siegfried hatte keine Ahnung, was er aus dieser Ankündigung machen sollte. Es war jedoch klar, dass sich Julianus demnächst einer breiten Öffentlichkeit zeigen würde. Wollte er die Welt verändern, so musste diese auch etwas davon mitbekommen. Es musste also Zeugen geben – jede Menge Zeugen. Siegfried spannte seine Gesichtsmuskeln an. Eine Geiselnahme machte Sinn. Brutal, öffentlichkeitswirksam und – wie die meisten Menschen meinten – aus einer längst vergangenen Zeit. Siegfried selbst konnte gar nicht sagen, wann sich das letzte Mal eine dermaßen dramatische Situation abgespielt hatte. Selbst Pirow hatte ihm gegenüber nie einen vergleichbaren Einsatz erwähnt. Er wusste jedoch, dass sie selbst zu Pirows Zeiten bereits die absolute Ausnahme gewesen waren. Siegfried erinnerte sich, wie sein Mentor ihm von seiner Begegnung mit einem ehemaligen für Geiselnahmen zuständigen, Verhandler erzählt hatte. Seine Stimme hatte einen respektvollen, ja teilweise bewundernswerten Tonfall angenommen. Als spräche er von einer Fertigkeit, die schon zu seinen Lebzeiten vom Aussterben bedroht gewesen war. Langfristig hatte er damit jedenfalls – wie schon so oft – recht behalten. In Zeiten Inos verhandelte man nicht mehr mit Kriminellen. Man ließ sie durch Inostopper bewusstlos schlagen, oder sperrte sie einfach vorsorglich aus. Zumindest, bis Julianus gekommen war und die Regeln geändert hatte. Er ließ sich nicht aussperren und ob er sich schlagen ließ, musste sich erst zeigen.

Vielleicht war dies die Rolle, die Krag Siegfried zugedacht hatte: Ein Unterhändler, der den Täter in ein Gespräch verwickelte und ihm Zugeständnisse abrang, oder ihn wenigstens aufweichte. Selbst wenn dies nicht gelang, bestand die Chance, dass Siegfried Julianus lange genug in ein Gespräch verwickelte, bis das Sonderkommando eingreifen konnte. Die Überlegung war nicht abwegig. Julianus redete gerne, das war offensichtlich.

Wenn Krag allerdings tatsächlich so dachte, dann war seine Entscheidung, Siegfried nicht vorab zu informieren, ausgesprochen kontraproduktiv. Man brauchte kein ausgebildeter Unterhändler zu sein, um zu wissen, dass etwas Vorbereitung die Erfolgschancen erhöhte. Siegfried überlegte, welche Themen er ansprechen könnte, falls er tatsächlich auf Julianus traf. Lateinische Weisheiten waren wohl kein Fehler. Siegfried durchkramte sein Gedächtnis.

In dubio pro reo?

Ora et labora?

Carpe diem?

Siegfried schüttelte seinen Kopf. Indem er Julianus lateinische Zitate an den Kopf warf, die ihm zufällig im Gedächtnis herumspukten, verschlimmerte er seine Lage höchstens. Nun, im Falle der Leitregel für Mönche bestand immerhin die Chance, dass er Julianus damit zum Lachen brachte. Allerdings hatte Siegfrieds Gegner bereits bewiesen, wie er mit Menschen umging, die er für Witzfiguren hielt. Nein, manchmal war etwas technische Hilfe wahrlich nicht verkehrt. Siegfried verdrehte die Augäpfel hinter seinen geschlossenen Liedern und stieg in den Datenstrom. Noch bevor er die Suchfunktion aktivieren konnte, klinkte er sich jedoch schnell, ja fast panisch wieder aus. Wenn Julianus mitbekam, dass er schummelte, war alles verloren. Siegfried hielt kurz den Atem an. Er setzte Ino tatsächlich mit Betrug gleich. Julianus' Philosophie hatte wohl tatsächlich auf ihn abgefärbt. Siegfried und er gaben womöglich bessere Gesprächspartner ab, als ihm lieb war. Vielleicht aber war Julianus nicht länger nach Gesprächen mit Siegfried zu Mute. Bitter erinnerte sich Siegfried an ihr letztes Treffen. Als er an das Resultat dachte, begann sein Hinterkopf wie auf ein Zeichen wieder zu schmerzen. Damals war Siegfried nur ausgeknockt worden. Diesmal kam er vielleicht weniger gnädig davon. Er atmete langsam aus. Es wäre nicht die schlechteste Art zu sterben. Sein Leben der Erfüllung seiner Pflicht zu opfern – das war immerhin besser, als zurückgezogen und verbittert dahinzuscheiden.

Ein leichter Ruck ging durch den Wagen. Kurz darauf schwangen die Flügel der Tür am Heck des Transporters auseinander. Sonnenlicht flutete das Innere des Fahrzeuges.

»Wir sind da«, verkündete der Major knapp.

Schnell, ohne jegliche unnötige Bewegung, folgten die Soldaten einer nach dem anderen dem Major nach draußen. Siegfried entstieg als letzter dem Transporter. Die Soldaten mochten Zahnräder eines fein justierten Uhrwerks sein. Er aber war nur ein Bauer auf Krags Schachbrett. Niemand konnte von einem Bauern erwarten, dass er sich mit der Geschwindigkeit eines Pferdes bewegte.

Vorsichtig blickte Siegfried um sich. Hinter dem Transporter ragte eine mehrere Meter hohe Metallsäule aus dem Boden. Mit einem metallischen Knirschen entrollte sie sich langsam zu einer Absperrung. Es war schon eine Weile her, dass Siegfried einen der mobilen Zäune in Aktion gesehen hatte. Neben der künstlich gezogenen Grenze stand ein Soldat und hielt Wache. Siegfried ging davon aus, dass es sich um einen Soldaten handelte, denn er trug wie alle seine anwesenden Kameraden eine Inorüstung. Der Transporter war wohl das letzte Fahrzeug gewesen, das man noch in dieser neu entstandenen Sperrzone duldete. Ursprünglich war dies eine ganz normale Kreuzung gewesen. Jetzt war jedoch keine Spur mehr von

Normalität erkennbar. Sämtliche Zufahrtsstraßen schienen unterbrochen zu sein, denn innerhalb der Zone drängte sich eine wahre Menschenmasse zusammen. Bald würde man die Absperrungen zumindest teilweise aufheben müssen, denn die Zahl der anwesenden Personen schien beständig zu wachsen.

»Los weiter. Wir haben unsere Befehle«, drängte einer der Soldaten Siegfried. Als dieser nicht sofort reagierte, wurde er einfach von hinten angeschoben. Beinahe wäre Siegfried nach vorne gefallen, im letzten Moment fing er sich jedoch. Stumm gehorchte er dem Befehl seines Hintermannes und setzte sich in Bewegung. Siegfried sah ein, dass der Soldat nur Krags Anweisungen befolgte. Außerdem war Siegfried ohnehin zu sehr damit beschäftigt, die auf ihn einströmenden Eindrücke zu verarbeiten, um Zeit für Streit zu finden.

Wie ein Schneepflug schoben sich die Soldaten durch die Menschenmasse. Die meisten Leute wichen dem gepanzerten Kommando vorsorglich aus, andere ließen sich apathisch zur Seite drängen. Doch egal, ob sie protestieren, sich bewegten, oder bewegen ließen. In all den Menschen, erkannte Siegfried den gleichen Gesichtsausdruck: Starr nach vorne gerichtete Augen, die scheinbar ziellos in die Ferne blickten. Eigentlich war dies kein ungewöhnlicher Anblick. Im Gegenteil: Menschen wie Siegfried, die ihre Umgebung mit umherschweifenden Blicken beobachteten – sie bildeten die absolute Ausnahme. Doch irgendetwas war hier anders. Die Augen der hier versammelten Personen mochten entspannt wirken. Ihre Gesichtszüge jedoch waren es nicht. Wohin er auch blickte, sah Siegfried aufeinander gepresste Lippen und angespannte Wangen. Ino übte auf den Anwender für gewöhnlich eine beruhigende Wirkung aus. Die Technik ersparte dem Anwender anstrengende Denkvorgänge, wie das Suchen nach dem richtigen Weg, oder das Finden eines passenden lateinischen Sprichwortes. Diese Menschen aber, wirkten nicht, als hätte Ino ihnen eine Last von den Schultern genommen. Sie erinnerten Siegfried mehr an Schiffbrüchige, die noch nicht glauben konnten, das rettende Ufer tatsächlich erreicht zu haben. Vielleicht war dies ein dummer Vergleich. Siegfried hatte keine Ahnung, was hier wirklich vor sich ging. Trotzdem war ihm, als wäre er bei Weitem nicht der ratloseste Mensch hier.

Die Gruppe passierte ein aufgebautes Sanitätszelt. Siegfried konnte einen kurzen Blick nach innen werfen. Die Bahren waren fast alle belegt. Am Himmel, weit über dem Zelt schwebten zwei Rettungsdrohnen, die wohl Schwerstverwundete abtransportieren. Siegfried fragte sich, wo sie gelandet waren. Rettungsdrohnen waren speziell für Einsätze in bebauten Gebieten entwickelt worden, da ihre kleinen, aber leistungsstarken Triebwerke nur wenig Luft aufwirbelten und sie dementsprechend wenig Platz zum Landen oder Starten benötigten. Doch in dieser überfüllten Kreuzung war es selbst für die Drohnen zu eng. Wenn man denn überhaupt noch von einer Straßenkreuzung sprechen könnte. Der Platz glich mehr und mehr einem Militärstützpunkt, der kurz davorstand, überrannt zu werden. Die zunehmend verzweifelte Masse an Menschen, die vor irgendetwas panisch geflüchtet waren, wurde nur durch Absperrungen und gepanzerte Soldaten, sowie deren Fahrzeugen zusammengehalten. Siegfried verstand nicht, warum man sie nicht einfach gehen ließ. Vielleicht wollte man nur den Schein von Kontrolle waren.

»So sieht es also aus, wenn unsere moderne Gesellschaft plötzlich überfordert wird«, murmelte Siegfried. Sein Hintermann schubste ihn schweigend an. Er dachte wohl das Gleiche, wollte solche unangenehmen Wahrheiten aber nicht ausgesprochen hören.

Nach kurzem Marsch erreichte die Gruppe schließlich das scheinbare Ende der Sperrzone. Wie zu Beginn stand auch hier ein einsamer Wachsoldat. Einsam, weil er der einzige Mensch in seiner Umgebung zu sein schien, der einigermaßen die Fassung wahrte. Bewegungslos stand er neben der teilweise entrollten Stahlsäule, die die Straße bis auf einen kleinen Korridor abtrennte. Die Inorüstung, welche seinen ganzen Körper bedeckte, verlieh ihm ein stoisches Antlitz, das sich kaum deutlicher von den apathischen Gesichtern der Menschen um ihn herum unterscheiden konnte. Er war wie ein Stein in einer Brandung aus Verzweiflung. Während alle um ihn herum sich ziellos bewegten, blieb er felsenfest stehen. Erst, als der Major direkt vor dem Wachmann stehen blieb, kam Bewegung in ihn. Zackig salutierte er vor dem Offizier.

»Wie ist die Lage, Kamerad?«, bellte der Major. Leise zu sprechen war einfach nicht seine Art.

»Der Flüchtlingsstrom hat stark nachgelassen, Herr Major«, antwortete der Wachsoldat ohne Verzögerung. Er wies mit dem Arm auf den nur etwa zur Hälfte ausgerollten Zaun. »Es kommen zwar immer noch vereinzelt Menschen an, aber es ist kein Vergleich zu den Szenen, die sich bei meinem Eintreffen abgespielt haben.«

»Wissen Sie etwas über den Zustand der anderen Sperrzonen?«, hakte der Major nach.

»Wie vom Ministerium befohlen, haben wir unsere Kräfte hier konzentriert. Dadurch konnten wir schnell etwas Ordnung in das Chaos bringen. Die drei anderen Sperrzonen sind noch nicht vollständig aufgebaut. Hier ist die Lage noch recht unübersichtlich.« Der Wachsoldat sprach betont langsam, als wiege er jedes einzelne Wort sorgsam ab. In der imposanten Inorüstung steckte letzten Endes eben auch nur ein Mensch.

Fast noch interessanter als der Inhalt des Gesprächs der zwei Soldaten war aber die Tatsache, dass es nicht über Ino stattfand. Siegfried sah sich kurz um. Die Menschen um ihn herum erweckten nicht den Eindruck aufmerksamer Zuhörer. Trotzdem war es seltsam, dass sich die Soldaten auf einmal so wenig um Geheimhaltung scherten. Aber nichts hier schien normal zu sein. Das Militäraufgebot, Menschen, die wie Schlafwandler durch die Gegend stolperten … Es war, als hätte eine Naturgewalt zugeschlagen und eine Katastrophe ausgelöst. Die Katastrophe trug offensichtlich den Namen Julianus. Laut Spillbergen war sein Ziel die Zerstörung Inos. War ihm das etwa gelungen? Tatsächlich war ein Systemausfall die beste Erklärung für die Szenen, die sich hier abspielten. Die Menschen wanderten ziellos umher, weil Inodive sie nicht mehr durch den Alltag führte. Und die Soldaten hatten einfach keine andere Wahl, als mit ihren Ohrenstimmen zu kommunizieren. Siegfried schluckte. Hatte Julianus tatsächlich gesiegt?

»Soll ich Ihnen die Daten zukommen lassen?«, fragte der Wachmann.

»Ja, Inomemen Sie es mir«, befahl der Major.

Siegfried entspannte sich. Julianus' Triumph war nicht total. Allein schon die Tatsache, dass das Militär so schnell reagiert hatte, wäre eigentlich Beweis genug dafür, dass das System noch funktionierte. Dennoch: Er hatte etwas bewirkt. Etwas Großes.

»Männer, seid ihr bereit?«, rief der Major der Gruppe zu.

Ein lautes »Jawohl« dröhnte aus mehreren Kehlen.

»Ich nicht«, rief Siegfried lapidar.

Ruckartig drehte sich der Offizier um. Seine Kameraaugen fixierten Siegfried wie die Zielvorrichtung einer Präzisionswaffe. Siegfried konnte schwer sagen, ob der Major Siegfrieds Willen testen oder brechen wollte.

»Man hat Sie über nichts informiert, Herr Tegethoff?«

»Ich weiß nur, was ich gerade gehört habe. Sonst habe ich nur Vermutungen.«

»Erzählen Sie!«

Siegfried lächelte säuerlich. Der Major war es zu sehr gewohnt, Befehle zu geben. »Julianus hat einen großflächigen, aber keinen totalen Ausfall Inos ausgelöst. Und er hält sich irgendwo hinter dieser Absperrung auf.« Siegfried wies auf den Zaun hinter dem Wachsoldaten.«

»Das haben Sie sich selbst zusammengereimt?« Der Major klang aufrichtig beeindruckt. »Man hat Ihnen sonst nichts erzählt?«

»Genau«, antwortete Siegfried lakonisch.

Siegfried sah, wie sich der rechte Handschuh der Inorüstung zur Faust verkrampfte. Der Major schwieg für einige Momente. »Gut«, bellte er schließlich, als müsste er sich erst Siegfrieds Aufmerksamkeit verschaffen. »Möglicherweise überschreite ich hiermit meine Kompetenzen, aber ich lasse einen Kameraden nicht ahnungslos …«

Weiter kam er nicht. Eine lautlose Stimme schien dem Major abrupt das Wort abgeschnitten zu haben. Kurz darauf spürte auch Siegfried ihren Klang.

»Julianus hat einen Terroranschlag verübt. Er hat einen wichtigen Sender zerstört. Dadurch kam es im Stadtzentrum zu einem Ausfall Inos. Eine Sperrzone wurde errichtet, um das betroffene Gebiet von der restlichen Stadt zu trennen. Luftaufnahmen lassen vermuten, dass Julianus das Stadtzentrum noch nicht verlassen hat. Ihr Befehl lautet: Begleiten Sie die Spezialeinheit von Major Pan Coza auf der Suche nach Julianus. Sie werden als Köder und gegebenenfalls als Ablenkung dienen, bis die Soldaten die Zielperson ausgeschaltet haben.« Krag sprach mit der Belanglosigkeit, als würde er in einem

Restaurant ein Glas Wasser bestellen. »Die Inorüstungen besitzen Satellitenempfänger, sie sind durch den Ausfall also nicht betroffen. Aufgrund eines Mangels an verfügbaren Geräten können wir Ihnen leider keine Inorüstung zur Verfügung stellen.«

Siegfried fragte sich, ob dies der Wahrheit entsprach. Die Streitkräfte waren auf einen dermaßen umfassenden Einsatz mit Sicherheit nicht ausreichend vorbereitet. Dennoch hätte man irgendwo eine Inorüstung auftreiben können, wenn man es wirklich wollte.

»So bin ich eine bessere Ablenkung, richtig?«

»Korrekt«, ignorierte Krag Siegfrieds Zynismus. »Ich habe das Sonderkommando aber dennoch angewiesen, Rücksicht auf Sie zu nehmen und mit Ihnen mündlich zu kommunizieren.«

»Sehr freundlich.« Siegfried bemühte sich nicht, seinen Sarkasmus zu verbergen. Krag schien ohnehin nicht die Absicht zu haben, mehr zu sagen, als unbedingt notwendig war. Siegfried wartete, ob sein Vorgesetzter ihm noch etwas mitzuteilen hatte.

»Alles in Ordnung?«, meldete sich stattdessen der Major.

»Ja«, nickte Siegfried und meinte es ehrlich. Für Krag mochte er bestenfalls ein Bauer und notfalls sogar ein Bauernopfer sein. Siegfried aber war sich seiner Aufgabe als Polizist bewusst. Er würde Julianus zur Strecke bringen – oder zumindest seinen Anteil daran leisten.

»Männer, seid ihr bereit?«, wandte sich der Major wiederum an die restliche Gruppe.

Ein lautes »Jawohl« dröhnte aus mehreren Kehlen.

»Tyainen«, wies der Offizier Siegfrieds Hintermann an, »Sie passen auf Tegethoff auf. Bedenken Sie, dass er in der Zone nicht Inoline ist.«

»Jawohl«, donnerte es hinter Siegfrieds Rücken.

»Verwendet primär die Taser. Inobrecher nur, wenn es nicht anders möglich ist. Die Zielperson ist nach Möglichkeit lebendig zu schnappen. Verstanden?«

Erneut verkündeten die Männer lautstark ihre Zustimmung.

Der Major nickte anerkennend. Es war alles gesagt. Von unnötig langen Gesprächen hielt der Offizier ähnlich wenig wie Krag.

Mit schweren Schritten setzte sich die Gruppe in Bewegung. Der Wachsoldat wich eilig zur Seite.

»Halt«, ertönte eine Stimme von hinten. Aus den Augenwinkeln sah Siegfried, wie sich Can durch die Menschen kämpfte. Anders als die Soldaten, hatte er sichtliche Mühe, sich einen Weg durch die Massen zu bahnen. Dennoch holte er die Gruppe ein. Deutlich außer Atem, aber mit aufrechter Haltung baute er sich neben der Stahlsäule und vor dem Major auf. Siegfried hatte erwartet, dass ihn der Offizier einfach zur Seite schob, doch zu seiner Verwunderung blieb die Gruppe abrupt stehen. Er spürte Tyainens Hand auf seiner Schulter.

»Abstand zum Vordermann einhalten«, harschte der Soldat. Siegfried nickte stumm. Seine Aufmerksamkeit galt den beiden Männern vorne.

»Wir waren uns einig, dass ich den Verdächtigen in einem Duell gegenübertrete«, begann Can seine Beschwerde.

Einige Sekunden lang starrte ihn der Major an. Vielleicht wollte er die Willensstärke seines Gegenübers testen, vielleicht hoffte er, dass Krag ihn zum Schweigen brachte, sodass er es nicht tun musste.

»Haben Sie das vergessen?«, hakte Can nach.

»Das ist abgeblasen«, kommentierte der Major lapidar. »Gehen Sie mir aus dem Weg, sonst räume ich Sie weg.«

Die Wucht der Drohung ließ Can kurz zusammenzucken. Er machte jedoch keinerlei Anstalten zurückzuweichen. Stattdessen holte er ein Blatt Papier aus seiner Jackentasche hervor, entfaltete es und hielt es dem Major vor die Kameraaugen. Siegfried kannte seinen Inhalt bereits, bevor Can zu erklären begann: »Dies hier ist die offizielle Duellaufforderung an Julianus. Eine Aufforderung, die er nicht ablehnen kann. Ist es nicht so, Herr Tegethoff?«

»Das stimmt.« Siegfried kam nicht umhin, Cans Mut zu bewundern.

»Ihre Einmischung hat Julianus uns schon einmal entwischen lassen.« Der Major zeigte sich von Cans Standhaftigkeit deutlich weniger beeindruckt. »Letzte Warnung.« Drohend hob er seinen rechten Arm und zielte damit auf den jungen Polizisten.

Ein deutlich sichtbares Zittern ging durch Cans Körper. Aber er wich immer noch nicht zurück.

»Major Pan Coza, nehmen Sie ihn mit«, ertönte die grollende Stimme Krags in den Köpfen aller Anwesenden. »Can Zeki, das ist Ihre letzte Chance sich zu beweisen. Für ein Versagen dieser Mission haften Sie persönlich.« Der Major schwenkte seinen Arm und wies in Richtung Siegfried. Wortlos stopfte Can das Dokument zurück in seine Jackentasche und stellte sich neben seinen Kollegen. Worte waren bedeutungslos. Krag hatte gesprochen. In einem Anflug von Verständnis nickte Siegfried Can kurz zu. Erst jetzt war ihm bewusst geworden, dass sie das gleiche Schicksal teilten. Beide verlangten sie nach Respekt, den man ihnen jedoch verwehrte. Siegfried hatte sich damit begnügt, ohne auszukommen. Ob dies an gewonnener Weisheit oder lediglich an Altersmilde lag, vermochte er jedoch nicht zu sagen.

»Schauen Sie lieber nach vorne«, mahnte Tyainen und gab Siegfried und Can einen leichten Stoß. Die Gruppe setzte sich in Bewegung.

Kapitel 17

Aus der Ferne hatte Siegfried nur unscharf erkennen können, was sich jenseits der Absperrung abspielte. Ihm war lediglich aufgefallen, dass die Straße seltsam menschenleer war – zumindest verglichen mit den sich stauenden Massen innerhalb der Sperrzone. Siegfried hatte sich jedoch nicht weiter um diesen Unterschied gekümmert. Schließlich mussten die Menschen von irgendwo kommen. Quoll ein Ort über, so musste ein anderer leer stehen. Nun, da er sich selbst hinter der Absperrung befand, fiel ihm aber auf, wie drückend dieser Kontrast tatsächlich war. Die Straße, auf der die Gruppe marschierte, war nicht einfach verlassen, sondern regelrecht aufgegeben. Nichts schien sich zu rühren. Siegfried warf einen Blick über seine Schulter. Vor der Absperrung wimmelte es von Menschen. Hier aber herrschte Einöde. Als trennte der stählerne Zaun die Welt der Lebenden von jener der Toten. War es wirklich so weit gekommen? Starb die Gesellschaft, sobald Ino ausfiel? Wenn sie nicht tot war, so schien sie wenigstens tief zu schlafen. Eine fast schon gespenstige Stille lag über der Straße, die nur vom dem beständigen Lärm jenseits der Absperrung unterbrochen wurde. Mit jedem Schritt aber, den sich Siegfried von dem Wachsoldaten entfernte, wurden die Geräusche leiser. Hier dagegen schien alles still und erstarrt zu sein – so wie die Fahrzeuge, die den Asphalt zu beiden Seiten säumten. Die Autopiloten der Wagen empfingen wie jeder Computer ihre Befehle über Ino. Eine Sicherheitsmaßnahme veranlasste die Motoren zu stoppen, sobald das Signal erlosch. In einem letzten Anfall von Pflichtbewusstsein hatten die Autopiloten nach passenden Parkmöglichkeiten gesucht. Jedoch waren nur wenige von ihnen fündig geworden. Viele der Wagen wiesen ernste Aufprallschäden auf, manche waren gar regelrecht ineinander verkeilt. Die Autopiloten sollten eigentlich so eingestellt sein, dass sie vor einem potenziellen Hindernis in jedem Falle rechtzeitig zu Stehen kamen. Doch die Technik war wohl weniger perfekt, als sie vorgab zu sein. Immerhin schien es keine, oder nur geringe Personenschäden gegeben zu haben. Egal wie angestrengt Siegfried seinen Blick über die Fahrzeuge schweifen ließ, er konnte keinen einzigen Menschen sehen. Die geringe Geschwindigkeit des Stadtverkehrs, hatte wohl Ernsteres verhindert. Siegfried konnte und wollte sich nicht vorstellen, welche Szenen sich auf einer Autobahn bei einem vergleichbaren Totalausfall abspielen würden. Ebenso wenig konnte er sich vorstellen, was in den Köpfen der Fahrzeuginsassen wohl vorgegangen war, als ihre Autos den Dienst verweigerten. Allem Anschein nach hatten sie zu den ersten gehört, die in Richtung Kreuzung geflüchtet waren. Siegfried war überrascht davon, wie scheinbar bereitwillig die Menschen ihre Fahrzeuge aufgegeben hatten. Alt und neu, rostig und frisch lackiert: Sämtliche Autos standen gleichermaßen verlassen da, unabhängig davon, wie viel Geld sie ihrem Besitzer gekostet haben mussten. Bis auf einen schmalen Mittelstreifen war der gesamte Fahrweg mit mehr oder weniger beschädigten, abgestellten Fahrzeugen zugepflastert. Die Soldaten marschierten durch eine Allee aus Blech.

»Gibt es Meldungen über Unruhen?«, fragte Can. Siegfried zuckte mit den Schultern. Er hatte sich die gleiche Frage gestellt, aber es nicht für nötig befunden, sie zu äußern.

»Nicht hier«, antwortete Tyainen zu Siegfrieds Überraschung. Dass ausgerechnet einer der Soldaten Krags Verschwiegenheit nicht unterstützte, hätte er nicht erwartet. »Wir haben diese Route bewusst genommen, um möglichst ungehindert zu Julianus zu gelangen.«

»Wie sieht es in den anderen Sperrzonen aus?«, bohrte Can nach.

»Das betrifft Sie nicht. Ihre Kollegen kümmern sich schon darum.«

Siegfried verzog den Mund zu einem schiefen Lächeln. Krags Maulkorb, den er den Soldaten auferlegt hatte, saß vielleicht etwas weniger fest als sonst, aber er war natürlich immer noch da. Wie könnte es anders sein.

Can fehlte diese Erkenntnis offenbar, denn er stieß einen deutlich hörbaren Fluch aus.

»Inofilter funktionieren hier nicht. Seien Sie lieber vorsichtig«, mahnte Tyainen. Um seiner Drohung Nachdruck zu verleihen, stieß er Can halb sanft von hinten an.

»Du mieser …«, flüsterte Can. Ein halb sanfter Stoß von Tyainen unterbrach ihn jedoch. Er hatte nicht leise genug geflüstert.

»Wie geht es Maja?«, wandte sich Siegfried an seinen Kollegen, um ihn auf andere Gedanken zu bringen.

»Maja ist in der Sperrzone. Habe sie stehen gelassen.« Can endete seinen letzten Satz abrupt. »Das wollte ich nicht so direkt sagen«, fügte er halb entschuldigend hinzu.

»Ach«, hauchte Siegfried. Er hätte Can gerne wegen seiner mangelnden Kollegialität zurechtgewiesen, aber sein Erstaunen überwog. Es war nicht verwunderlich, dass ein Ausfall Inos die Lebensqualität der Menschen massiv beeinträchtigte. Dass sich dies aber sogar auf so grundlegende Dinge wie ihre Ausdrucksform auswirkte, war beängstigend.

»Ich habe deine Arroganz so satt«, fauchte Can und Siegfried wusste nicht, ob dies dem Ausfall seiner Inofilter geschuldet war.

»Würdest du mich besser kennen, würdest du mich für andere Dinge kritisieren«, konterte Siegfried lapidar.

Diesmal schaffte Can es, sich einen Konter zu verkneifen. Seine zu Schlitzen verengten Augen sprachen jedoch eine mehr als deutliche Sprache.

»Wir sind ein Team«, verkündete Tyainen in einer Bestimmtheit, die keinen Widerspruch duldete. »Richtig?« Demonstrativ klopfte er Siegfried und Can auf ihre Rücken.

»Verstanden«, knurrte Can durch seine zusammengebissenen Zähne hindurch.

»Natürlich«, sagte Siegfried vergleichsweise sanft. Er nickte seinem Kollegen zu, in der Hoffnung, dass dieser dies als Geste des Respekts annahm. Can aber sah weg. Um seine Gedanken zurück auf die Mission zu bringen, ließ Siegfried seinen Blick über die verlassenen Karosserien schweifen. Er fragte sich, wie er wohl in einer solchen Situation gehandelt hätte. Als Polizist wusste er natürlich, dass es das Klügste war, zunächst in seinem Wagen zu bleiben und sich Klarheit zu verschaffen. Zumindest einige der Anwesenden mussten ebenfalls diesen Gedanken gehabt haben. Und doch waren sie alle panisch geflohen.

»Habt ihr die Leute zusammengetrieben?«, wandte sich Siegfried an Tyainen.

»Nicht notwendig«, raunte dieser. »Soweit ich informiert bin, sind die alle selbst gekommen. Als die ersten gemerkt haben, dass drüben Ino aktiv ist, sind ihnen die anderen scheinbar sofort gefolgt.«

»Danke. Ich verstehe.« Tatsächlich verstand Siegfried nur, dass er diese Menschen nicht verstand. Für ihn war Ino nur ein Werkzeug. Er liebte es nicht, aber er erkannte seinen praktischen Nutzen. Wie ein Fußgänger, der sich grundsätzlich lieber auf die eigenen Beine verließ, für längere Wegstrecken sich aber doch in ein Fahrzeug setzte. Für die Leute, die der Omegageneration nachfolgten, war Ino wie eine Gehhilfe, ohne die sie sich maximal kriechend fortbewegen konnten. Siegfried schüttelte sich bei dem Gedanken.

»Ist was?«, wollte Tyainen wissen.

Siegfried zögerte mit seiner Antwort. Er konnte dem Soldaten schlecht sagen, dass er sich dabei ertappt hatte, zu denken wie der Feind, den sie fangen sollten.

»Versuchen Sie manchmal, die Motive Ihrer Feinde zu verstehen?«, fragte Siegfried vorsichtig.

»Drehen Sie Ihren Kopf nach rechts und schauen Sie nach oben«, entgegnete Tyainen. Siegfried tat wie geheißen. Jenseits der Blechkolonnen wurde die Straße von Wohnhäusern eingerahmt. Die meisten Fenster waren vor neugierige Blicke mit Vorhängen, oder selbst tönenden Scheiben geschützt. An manchen Stellen lugten jedoch einzelne Gesichter hervor. Die meisten von ihnen verschwanden hinter ihren Sichtsperren, sobald Siegfried in ihre Richtung sah. Einige wenige jedoch, hielten seinem Blick stand. In ihren Gesichtern fand Siegfried eine seltsame Mischung aus Unglauben und Anflügen von Panik. Er war überrascht, niemanden von ihnen schreien, oder wenigstes rufen zu hören. Die Personen auf der anderen Seite der Absperrung hatten ihn an Gerettete, die ihrem Schutz misstrauten, erinnert. Diese Menschen dagegen wirkten wie Passagiere eines sinkenden Schiffes, die sich noch immer an dessen Nimbus der Unsinkbarkeit klammerten. »I know everything«, »I know everywhere« »I know everytime«. Der Slogan sollte doch für alle Zeit gelten.

»Ich denke lieber daran, was passiert, wenn der Feind gewinnt«, setzte Tyainen an. »Wir stehen kurz vor einer Massenpanik. Wenn nicht so viele Menschen in ihren Wohnungen geblieben wären, hätten wir vermutlich schon längst eine.« Der Soldat machte eine Pause, als erwartete er eine Reaktion von Siegfried. »Verstanden?«, fügte er in harschem Ton hinzu.

»Ja«, antwortete Siegfried pflichtbewusst. Der Soldat hatte wohl seine Zweifel gespürt und beschlossen, sofort gegenzusteuern. Er hatte damit nicht unrecht. Siegfried war immer noch Polizist – zumindest halboffiziell. Er stand auf der Seite von Recht und Ordnung. Julianus' Kritik mochte in einigen – vielleicht auch in vielen – Punkten zutreffen. Aber eine Gesellschaft, die im Chaos versank, war immer noch die schlimmste von allen. Tyainen hatte ebenfalls nicht unrecht, wenn er anmerkte, dass eine der vermeintlichen Schattenseiten der modernen Gesellschaft die Arbeit der Einsatzgruppe tatsächlich erleichterte. Viele Menschen verrichteten heutzutage ihre Arbeit ausnahmslos von zu Hause aus. Die ersten Computer hatten den Angestellten ihr Büro in die eigenen vier Wände geholt. Ino brachte es in den eigenen Kopf. Als Konsequenz dieser Entwicklung gab es nicht wenige Menschen, die ihre Wohnung überhaupt nicht mehr verließen. Was man zum Leben brauchte, konnte man sich schicken lassen. Den Rest fand man in seinen Gedanken. Jene Leute, die vor Siegfrieds Blick geflüchtet waren, gehörten wohl zu denen, die schon seit Jahren keinen Fuß mehr vor ihre Tür gesetzt hatten. Um ihren Müll kümmerten sich Roboter, um ihre Einkäufe ebenfalls. Für fast alles andere gab es Ino. Es war kein Wunder, dass niemand von ihnen geschrien hatte. Wann immer sie in der Vergangenheit um Hilfe gebeten hatten, hatten sie dies per Gedankentransfer erledigt. Im Gegensatz zu Ino ließ sich diese Gewohnheit nicht einfach abschalten. Vermutlich versuchten die Menschen in den Wohnungen nach wie vor Nachrichten abzusetzen. So mancher Bewohner übersendete Siegfried vermutlich im selben Augenblick, in dem sich ihre Blicke trafen, einen Hilferuf. Vielleicht aber wollten sie sich bloß nach der aktuellen Lage erkundigen. Siegfried wusste es nicht. Er wandte seinen Blick ab. Für ihn gab es hier nichts mehr zu sehen.

»Wir helfen ihnen am besten, in dem wir die Zielperson möglichst schnell neutralisieren«, verkündete Can.

»Korrekt«, bestätigte Tyainen und auch Siegfried stimmte zu. Mehr konnten sie für diese Menschen tatsächlich nicht tun. Für eine Weile marschierte die Gruppe schweigend die Straße entlang. Dann zerriss die Stimme des Majors die Stille.

»Halt!« Ruckartig blieben die Männer stehen.

Siegfried reckte den Hals. Am Ende seines Sichtbereichs, dort wo sich die Straße an einer Häuserwand in zwei Abbiegungen teilte, war ein Mann aufgetaucht. Zum ersten Mal bereute Siegfried den Ausfall Inos persönlich. Die Technologie erlaubte das gedankliche Nachschärfen der Bilder, die das menschliche Auge erfasste. Um die Gesichter der Bewohner der naheliegenden Wohnungen betrachten zu können, hatte seine Sehkraft noch ausgereicht. Auf diese Entfernung aber konnte er nur die unscharfen Konturen des Mannes wahrnehmen.

»Stehen bleiben.« Die kräftige Stimme des Majors wäre dagegen selbst auf große Strecken noch unverkennbar.

»Ich brauche Hilfe«, bellte der Mann in ähnlich lautem Ton zurück. »Die Steuerung meines Lasters ist ausgefallen und er hat ein Auto gerammt. Der Fahrer ist eingeklemmt. Aber alle Zeugen sind einfach davon. Und ich erreiche niemanden.«

»Hat der den Ausfall nicht mitgekriegt?«, wunderte sich Can. »Das riecht nach einer Falle.«

Siegfried biss sich auf die Lippe. Er wollte gerne etwas entgegnen, kam aber nicht umhin, Cans Vermutung nicht doch etwas Glauben zu schenken.

Der Major schien den Verdacht ebenfalls zu teilen. Demonstrativ hielt er dem Mann die ausgestreckte rechte Hand hin. Siegfried zweifelte keine Sekunde daran, dass er den LKW-Fahrer ins Visier nahm. Er hoffte nur, dass es der Taser und nicht der Inobrecher war.

»Ich habe eine Rettungsdrohne verständigt. Sie wird sich um das Opfer kümmern.«

»Aber was machen wir, bis die eintrifft?«, ließ sich der Mann nicht beruhigen. »Mit euren Dingern könnt ihr ihn doch sicher rausschneiden.« Er wies auf die Rüstung des Majors. »Der Unfall ist gleich rechts, um die Ecke.«

»Wir müssen nach links«, gab der Major zurück, ohne seinen Arm zu senken.

»Bitte gehen Sie zum Verletzten zurück!«, schrie Siegfried, während er seine Handflächen demonstrativ in Richtung des Lastwagenfahrers streckte. Er wusste, dass er sehr viel weniger imposant als der Major wirkte – ungeachtet der Tatsache, dass er keine Waffe trug. Dennoch schien Siegfrieds Gestik ihre Wirkung nicht zu verfehlen. Der Lastwagenfahrer sah jetzt ihn direkt an. Siegfried wollte einige Schritte auf den Mann zu machen, als er eine Hand auf seiner Schulter spürte. An der fehlenden Stärke des Griffs erkannte er, dass es nicht Tyainen war.

»Das ist eine Falle, Trottel«, zürnte Can.

»Ich bin doch ein Köder, nicht wahr?«, entgegnete Siegfried ohne Zorn.

Irritiert zog Can seine Hand zurück. Dafür jedoch packte eine andere zu.

»Was haben Sie vor?« Die Frage klang mehr nach einem Befehl, ruhig zu sein und Siegfried musste alle seine Kraft aufwenden, um ihm zu widersprechen.

»Ich soll Julianus herauslocken. Wenn der Mann wirklich mit ihm unter einer Decke steckt, ist es am besten, wenn ich ihn in falscher Sicherheit wiege. Ist er es nicht, ist es am besten, wenn ich ihn beruhige.«

Tyainen schwieg, zog seine Hand jedoch nicht zurück. »Ich bin offensichtlich unbewaffnet. Auf mich hört er eher«, versuchte Siegfried den Soldaten zu überzeugen. Dieser schwieg jedoch noch immer. Siegfried hoffte, dass er sich lediglich mit dem Major per Inotransfer unterhielt.

»In Ordnung«, verkündete der Major schließlich. »Machen Sie.«

Augenblicklich ließ Tyainen Siegfried los. Nur Can schien wenig beeindruckt: »Nein, verdammt!« Er wollte sich Siegfried in den Weg stellen, aber die gepanzerte Hand griff diesmal nach ihm. »Befehl ist Befehl«, harschte Tyainen ihn an.

Siegfried senkte seine Arme. So ruhig wie möglich schritt er auf den LKW-Fahrer zu. Als sie nur noch wenige Meter voneinander entfernt waren, fing dieser erneut zu reden an.

»Der Wagen vor mir ist auf einmal stehen geblieben. Ich habe dem Autopiloten befohlen auszuweichen, aber er hat nicht reagiert, sondern nur gebremst. Aber der Abstand war zu gering. Ich habe meinem Chef immer gesagt, dass wir die Programmierung überarbeiten sollen, aber der denkt nur, wie er Zeit sparen kann …« Die Worte strömten förmlich aus dem Mund des Mannes.

»Siegfried Tegethoff«, stellte sich der alte Polizist vor. »Wir sollten erst einmal Namen austauschen.« Er reichte dem Mann die Hand.

»Jan Kopec«, erwiderte der Mann den Gruß.

»LKW-Fahrer ist auch ein seltener Beruf geworden«, versuchte Siegfried die Konversation auf eine ruhigere Ebene zu verlagern.

»Wir sind eigentlich keine Fahrer.« Kopec zuckte mit den Achseln. »Alles, was wir machen, ist die vorgeschriebene Route über Ino einzugeben. Aber unsere Kunden haben es ganz gern, wenn sie von Menschen beliefert werden. Ist unsere Nische.«

»Eine sinnvolle Nische«, bemerkte Siegfried.

»Ja. Hören Sie.« Kopec wurde wieder lauter. »Da drüben liegt ein Verletzter. Ino funktioniert nicht. Und alle sind in Panik. Sie müssen mir helfen.«

»Wir sind hier, um dafür zu sorgen, dass Ino wieder geht. Ist der Mann schwer verletzt?«

»Er ist bei Bewusstsein. Sonderlich schwer verletzt scheint er nicht zu sein, aber …«

»Haben Sie zu den Wohnungen hochgesehen?«

Kopec verneinte und hob seinen Kopf.

»Da sitzen ebenfalls viele Menschen fest. Wenn wir Ino nicht bald wieder aktivieren, gibt es unzählige Verletzte, vielleicht sogar Tote. Das ist unsere wichtigste Aufgabe.«

»Aber …«

»Hilfe ist unterwegs. Versprochen.«

Kopec sah ihn für einen Moment entgeistert an. Dann schärfte sich jedoch sein Blick. Er nickte zustimmend.

»Es ist schon schlimm, wie abhängig wir geworden sind«, sagte er. »Aber danke«, er reichte Siegfried die Hand. »Schnappen Sie ihn. Wer immer das hier angerichtet hat.«

»Werden wir.«

Die beiden Männer wandten sich zum Gehen.

»Sie wissen, wie man Krisen entschärft«, sagte der Major anerkennend, als Siegfried ihn passierte.

»Früher kam so etwas öfters vor«, antwortete Siegfried lakonisch und reihte sich wieder ein. »War ich ein guter Köder?«, fragte er an Can gewandt.

»Interessiert doch keinen, was ich denke«, knurrte dieser nur und wandte den Kopf ab.

»Sie werden unterschätzt«, stellte dagegen Tyainen fest und Siegfried meinte, fast so etwas wie Anerkennung zu hören. Ihm blieb jedoch keine Zeit sich darüber zu freuen, denn im nächsten Moment schob der Soldat die beiden Polizisten vor sich erneut an. Die Gruppe marschierte weiter.

Kapitel 18

»Ich habe den Transfer von Can Zeki genehmigt«, verkündete Krags Inostimme, als wäre damit alles gesagt und auch alles in Ordnung. Für den Minister mochte das stimmen. Für Maja sah die Sache grundlegend anders aus. Nichts war hier in Ordnung: Nicht die Absperrungen, die die ehemalige Kreuzung von den angrenzenden Straßen trennten, nicht die dazugehörigen Soldaten und erst recht nicht das große Sanitätszelt, dass die Sperrzone in eine Art Lazarett verwandelt hatte. Die Tatsache, dass Can sie einfach stehengelassen hatte, fiel angesichts dieser Gesamtlage erstaunlich wenig ins Gewicht. In Wirklichkeit hätte Maja ihn ja aufhalten können – ganz zu schweigen von Krag. Aber sie hatte noch vor dem Minister verstanden, dass Can eine Aufgabe zu erfüllen hatte – sowohl aus persönlichen als auch aus beruflichen Gründen. Dennoch war es falsch von ihm gewesen, einfach seinen Posten zu verlassen, ohne eine Erlaubnis einzuholen. Siegfried hatte recht. Maja musste strenger mit Can sein. Bevor sie ihren Entschluss jedoch konkretisieren konnte, riss sie eine weitere Inostimme aus ihren Gedanken:

»Hilfe, da ist jemand mit einer Waffe und droht uns zu erschießen!«

Die Polizistin erstarrte. Die Nachricht war als Notruf deklariert, was bedeutete, dass sie jeden Inofilter Majas ungehindert durchdrang. Die Panik, welche in der Inostimme mitschwang, ging ihr regelrecht durch Mark und Bein. In einer schnellen Bewegung zog sie ihren Inostopper aus seinem Halfter. Noch verstörender als die Botschaft selbst war aber der Standort, von dem sie aus gesendet worden war. Es handelte sich um das Sanitätszelt. So schnell sie konnte, bahnte sich Maja einen Weg durch die Menschen. Glücklicherweise wichen ihr die meisten Leute vorsorglich aus. Ein gezogener Inostopper konnte sehr überzeugend wirken.

Maja fand das Zelt äußerlich verlassen vor. Trotz der hohen Personendichte hielten die Menschen einen deutlichen Respektabstand ein. Die Nachricht vom bewaffneten Täter hatte sich dank Ino schnell verbreitet.

»Bitte um Verstärkung«, wandte sich Maja an Krag.

»Abgelehnt. Die Soldaten sind mit der Sicherung der Grenzen beschäftigt. Wir dürfen nicht zulassen, dass Terroristen entkommen.«

Maja unterdrückte einen Fluch. Hatte man ihr nicht versichert, dass Julianus ein Einzeltäter war?

»Was soll ich machen?«

»Gehen Sie rein. Der Terrorist verlangt nach Ihnen.«

»Was zum …?« Diesmal konnte Maja ihre Beherrschung nur teilweise behalten.

»Er trägt ein aktives Implantat. Schalten Sie ihn mit Ihrem Inostopper aus.«

Maja brauchte einige Momente, um die Worte zu verdauen. Wie üblich erlaubte ihr Vorgesetzter keinerlei Widerspruch. Aber erwartete er allen Ernstes von ihr, dass Sie sich einfach so in Lebensgefahr begab? Und was war mit den Patienten und Sanitätern, die der Täter als Geiseln hielt? Maja holte tief Luft. Nein, Krag hätte diesen Befehl nicht gegeben, wenn er sich nicht der Konsequenzen bewusst war. Das Risiko musste kalkulierbar sein. Der Minister mochte ein kompromissloser Anführer sein. Aber er war nicht wahnsinnig. Maja holte noch einmal tief Luft und setzte sich dann in Bewegung. Ihren Inostopper fest umklammert, als müsse sie sich daran festhalten, trat sie in das Zelt ein.

Wie alles in der Sperrzone war auch das Sanitätszelt gut gefüllt. An beiden Längsseiten standen der Reihe nach Inocares – von Ino bediente Liegen. Manche von ihnen waren leer, die meisten jedoch belegt. Man konnte von Krags Führungsstil halten was man wollte – er verfügte über ausgezeichnetes Krisenmanagement. Sie hoffte nur, dass er sich bei seinem jüngsten Befehl nicht verrechnet hatte.

»Ah, die Polizei ist da«, verkündete eine heisere Stimme. Der Mann, dem sie gehörte, hatte offensichtlich schon viel geschrien. Vor ihm stand mit vor Entsetzen starren Augen der diensthabende Sanitäter. Obwohl er steif die Arme über dem Kopf hielt, machte er keinerlei Anstalten zu fliehen, oder in Panik zu verfallen. Maja bewunderte ihn ein Stück dafür.

»Ich habe ihn wegen einer Kopfverletzung auf eine der Inocares gelegt, als er plötzlich eine Pistole gezogen hat«, vernahm die Polizistin die Inostimme des Sanitäters.

»Wie geht es Ihren Kollegen?«, erkundigte sie sich.

»Gut wahrscheinlich. Ich habe allein Dienst. Die Inocares diagnostizieren und behandeln jeden Patienten automatisch, den man auf sie legt. Und das Zelt baut sich auch von selbst auf.«

»Und die Patienten?«

»Bislang alles Leichtverletzte. Außerdem sind sie alle Inoline. Sie kriegen von all dem hier hoffentlich nichts mit.«

»Gut«, beendete Maja den Inotransfer, bevor sie sich mit ihrer Ohrenstimme an den Terroristen wandte. »Waffe runter!«, drohte sie und machte einen Schritt auf den Täter zu.

»Sonst was?«, fragte dieser hämisch und richtete seine Pistole auf eine der Inocares neben sich. Die junge Frau, auf deren Kopf der Lauf zeigte, sah mit ausdruckslosen Augen zur Decke. Scheinbar bekam sie nicht viel von der Gefährlichkeit ihrer Lage mit. Maja beneidete sie.

»Mein Name ist Maja. Wie heißen Sie?«, fragte die Polizistin vorsichtig.

»Hat Ihnen das Ihr kleines Wunderding nicht verraten?« Der Mann wies mit der freien Hand in Richtung des Inostoppers.

»Ein Ehrenmann stellt sich doch persönlich vor«, beharrte Maja. Selbstverständlich hatte ihre Dienstwaffe ihr längst den Namen des Geiselnehmers verraten. Ebenso wie die Tatsache, dass der Inostopper schussbereit war.

»Ion. Ion Horia.« Der Mann deutete eine Verbeugung an. »Das war richtig gut, Maja.« Der Sarkasmus in seinen Worten war unüberhörbar.

»Was willst du, Ion?«, fragte Maja vorsichtig, ihren Inostopper nach wie vor auf den Geiselnehmer gerichtet. Sich zu duzen entspannte Situationen für gewöhnlich. Sie hoffte, dass diese Regel auch für ungewöhnliche Fälle galt.

»Ich will dem Ruf des Meisters folgen«, antwortete Ion schlagartig. Majas Finger krümmte sich beinahe um den Abzug. »Du meinst Julianus?«, heuchelte sie Neugierde.

»Wen denn sonst?« Ion gestikulierte wild mit seiner freien Hand. »Er hätte mir sagen sollen, wann er zuschlägt. Dann wäre ich besser vorbereitet gewesen. Aber so? Ich wurde komplett überrumpelt. Dann hat mich irgendsoein Irrer einfach niedergerannt und jetzt wache ich hier auf. Dabei sollte ich jetzt bei ihm sein.«

»So hilfst du ihm nicht«, sagte Maja betont sanft.

»Ja, das sagt ihr immer. Leute wie ich helfen euch nicht. Aber jetzt ist Ino zerstört und ich habe eine Waffe. Wer ist hier nutzlos?«

»Ich rede gerne mit dir. Aber leg doch zuerst die Waffe weg«, erwiderte Maja hoffnungsvoll. Ion ging es offensichtlich hauptsächlich um Aufmerksamkeit.

»Reden, ja. Keiner redet mehr. Alle senden nur. Und sie blockieren unerwünschte Signale.« Ion hielt seine Waffe nach wie vor auf die Frau gerichtet, aber sein Arm schien weniger angespannt.

»Mein Mentor ist aus der Omegageneration. Er fühlt sich auch oft abgehängt.«

»Omegageneration? Pah, was für ein Wort.« Ions streckte seinen Waffenarm erneut durch. »Verglichen damit klingt ja ›abgehängt‹ fast noch mitfühlend«, spottete er, wobei ihm Tröpfchen von Speichel aus dem Mund flogen. »Vielleicht seid ihr Postomegas ja die, die abgehängt sind. Wieso sonst kann ein einziger Mann mit einer Pistole euch alle in Schach halten?« Als Maja nicht sofort antwortete, begann Ion seine Waffe auf und abzuschwenken. Die Patientin nahm er dabei keine Sekunde aus dem Visier.

»Weil jedes Leben wichtig ist«, presste die Polizistin hervor. »Und wir um jedes kämpfen. Sie bedrohen gerade ein Leben.«

»Jedes Leben ist also wichtig, hm?« Die Wut in der Stimme Ions wich mit einem Schlag eisiger Kälte. Mit einer schnellen Bewegung – schneller, als Maja reagieren konnte – richtete er die Pistole weg von der Frau und stattdessen an seine eigene Schläfe. »Für Ino bin ich nicht wichtig. Meinen Beruf hat es bereits übernommen. Auch meine Freunde beschäftigen sich lieber mit der neuesten Inopt als mit mir. Für diese Gesellschaft bin ich nicht wichtig. Du sagst, jedes Leben wäre wichtig? Beweise es!« Er wurde erneut laut. »Gib mir einen Grund, warum ich nicht abdrücken sollte!«

Maja schwieg für einen Moment. Die Lage war entschärft und verschärft zugleich. Von ihrem nächsten Wort hing alles ab. Sie wollte nicht, dass es ihr vorschnell über die Lippen kam.

»Ja, warum nicht einfach sterben?«, fuhr Ion fort. »Warum sich nicht wie Empedokles in einen Vulkan stürzen?«

Majas nickte scheinbar zustimmend. Da war er wieder. Der Name eines vermeintlich weisen Meisters aus längst vergangener Zeit. Der Mann stand Julianus tatsächlich nahe – oder glaubte es zumindest.

»Also, stimmst du mir zu?« Ungeduldig schloss Ion seine freie Hand zur Faust.

»Es lohnt sich zu leben …«, begann Maja, »weil wir alle eine Aufgabe zu erfüllen haben.«

»Meine hat alle Ino übernommen.«

»Aber du hast doch gerade bewiesen, dass Ino nicht alles übernimmt. Du hast mich dazu gebracht, mit dir zu reden und dich von einer bösen Tat abzuhalten. Wenn wir nur anderen den Weg zeigen, erfüllen wir damit schon eine Aufgabe.«

Als hätte man ihm einen unsichtbaren Tritt versetzt, öffnete Ion scheinbar kraftlos seine Faust. Für einen Moment senkte sich auch sein Waffenarm – nur ein kleines Stück, aber das genügte. Als der Lauf nicht mehr direkt auf die Schläfe des Mannes zeigte, drückte Maja ab. Im nächsten Moment ging ein Zucken durch den Leib Ions und er fiel gurgelnd zu Boden. Mit einem Satz war Maja bei ihm und riss ihm die Waffe aus den bereits schlaffen Fingern.

Der Sanitäter brauchte etwas länger, um zu reagieren. Vorsichtig machte er einige Schritte zurück. Im nächsten Moment jedoch rollte eine der freien Inocares an ihm vorbei und kam neben Ion zum Stehen. Die gepolsterte Liegefläche senkte und schob sich unter den regungslosen Körper. Wie ein Bagger hob sie den bewusstlosen Mann auf und lud ihn auf. Es zurrte und klickte. Kurz darauf hatte sich ein straffes Band um Arme und Beine Ions gewickelt.

»Ich habe der Inocare gesagt, sie soll sich um einen tobenden Patienten kümmern«, sendete der Sanitäter.

»Ich lasse ihn abführen. Rechnen Sie beide mit einer Belohnung«, kommentierte die Inostimme Krags gewohnt knapp das Geschehen.« Zum ersten Mal schenkte ihr Maja jedoch kaum Aufmerksamkeit. Seufzend steckte sie ihren Inostopper zurück ins Halfter.

»War das …?«, fragte der Sanitäter vorsichtig.

»Der Sicherheitsminister, ja«, sendete Maja als handelte es sich um eine Nebensächlichkeit. »Danke für Ihre Hilfe.«

»Ich habe nicht viel gemacht.« Er zuckte mit den Schultern. »Was sie gesagt haben … Das war wirklich inspirierend.«

»Ich hatte einen guten Lehrer«, winkte Maja ab. »Kann ich Ihnen sonst irgendwie helfen?« Sie wies auf die Reihe der belegten Liegen.

»Eigentlich nicht.« Der Sanitäter zuckte mit den Schultern. »Hier läuft alles automatisch ab.« Er machte eine Pause. »Außer es passiert so etwas. Aber so etwas kommt ja kein zweites Mal vor?« Maja spürte, wie der Blick des Sanitäters erwartungsvoll auf ihr ruhte.

»Nein, bestimmt nicht«, beruhigte sie, während sie sich zwang, überzeugt zu klingen.

Kapitel 19

Julianus stand vor einem sonderbaren Dilemma. Eigentlich war er erfolgreich gewesen. Wie vorhergesehen, drängte sich eine Schar von Menschen im Eingangsbereich des Hochhauses zusammen. Ein Teil von ihnen war offensichtlich bereits eingetroffen, bevor Julianus das Erdgeschoß erreicht hatte. Es handelte sich wohl um Angestellte aus den unteren Stockwerken, die bereits kurz nach dem Ausfall Inos die Treppen heruntergeeilt waren. Allzu weit hatte ihr Fluchtreflex jedoch nicht gereicht. Und genau hier lag das Problem: Julianus hatte die Menschen befreit, aber sie begriffen es nicht. Die Leute erinnerten ihn an Tierkinder, die das erste Mal ihre Pfoten ins Wasser hielten und nun, vor der Nässe zurückschreckend, ratlos am Ufer standen. Darauf wartend, dass ihre Mutter ihnen einen Schubs gab. Er aber war nicht ausgezogen, die Menschen zu bemuttern.

Mit grimmiger Miene wandte er sich um. Es war eine stattliche Anzahl an Personen, die ihm da gefolgt waren. Jetzt, da er stehengeblieben war, standen sie unschlüssig herum. Einige blickten auf ihre Füße, andere ins Nichts. Aber niemand zeigte die geringste Initiative. Jene, die lediglich das Hochhaus auf dem direktesten Wege verlassen hatten wollen, waren längst vorausgeeilt, denn Julianus war die Stufen nicht sonderlich schnell hinabgeschritten. Viele, wenn nicht sogar die meisten Leute, waren ihm aber einfach hinterhergetrottet. Wie Schafe. Julianus müsste lügen, wenn er behauptete, etwas Gefolgschaft wäre ihm unrecht. Aber zu behaupten, er wäre mit dieser Situation zufrieden, entspräche ebenso wenig der Wahrheit.

»Was sollen wir machen?«, fragte eines der Schafe.

»Euch selbst die Antwort auf diese Frage geben«, brummte Julianus leicht angewidert.

»Hä?« Das Schaf wandte sich zu einem seiner blökenden Nachbarn. »Der Kerl ist verrückt.«

»Worte sind bedeutungslos. Lasst uns handeln«, tönte eine weibliche Stimme. Julianus wandte sich um. Erstaunt musterte er die Frau, die ihn zuvor im Treppenhaus angesprochen hatte.

»Die Welt gehört wieder uns Menschen«, verkündete sie. »Es wird Zeit, ihr das zu zeigen.«

»Ich dachte, alle meine Schüler zu kennen.« Julianus hob die Augenbrauen. »Flavius Claudius Julianus«, hielt er der Frau die Hand zum Gruß hin.

»Constanze Vert.« Freudig griff sie nach Julianus' Hand. »Ich wurde von Spillbergen erleuchtet.«

»Was reden die da?«, blökte eines der Schafe. Aber weder Vert noch Julianus beachteten es. Es gab nur jeweils einen Menschen hier, der ihre Aufmerksamkeit verdiente.

»Ich bin es, der neue Schüler erwählt.« Julianus sah Vert eindringlich an, doch diese hielt dem Blick scheinbar unbeeindruckt stand. »Ich kann nicht geortet werden. Wir können uns keine unnötigen Risiken leisten«, fügte er hinzu.

»Das Risiko wächst mit jeder vergeudeten Sekunde«, erwiderte Vert. »Spillbergen ...«, sie machte eine Pause, »... er wurde vor Kurzem verhaftet. Wir müssen schneller wachsen, wenn wir überleben wollen. Es gibt so viele, die unsere Meinung teilen.«

Betroffen senkte Julianus den Blick. »Sein Einsatz wird nicht umsonst gewesen sein.« Seine Hand ballte sich zur Faust. »Bald wird er wieder frei sein.« Vert nickte stumm. »Ihr seid auch über den Plan informiert?«, fragte Julianus. Vert nickte erneut.

»Das hätte er nicht tun sollen.« Julianus sah die Frau prüfend an. »Ich kenne Euch nicht. Der letzte Schüler, den mir Spillbergen empfohlen hat, erwies sich als untauglich.«

»Dieser Tegethoff«, bemerkte Vert lakonisch. »Ich bin nicht wie er.«

»Was hat Euch Spillbergen noch alles erzählt?« Die Wut in Julianus' Stimme war fast greifbar. Aber Vert wirkte nach wie vor unbeeindruckt.

»Wir haben Wichtigeres zu besprechen, nicht wahr?«

»Ja«, hauchte Julianus, von der unerwarteten Gegenwehr überrumpelt.

»Einige von uns sind sicher schon aktiv. Aber Ihr hättet uns besser informieren sollen.«

»Ich weiß, was ich tue.« Julianus' Verteidigung wirkte fast hilflos. Eindringlich musterte er das Gesicht der Frau, die ihn einfach so aus der Bahn geworfen hatte. Was war es nur, dass ihr diese Selbstsicherheit verlieh? Er betrachtete abwechselnd Vert und eines der Schafe hinter ihr. Sie schien seine Verwirrung zu spüren, denn sie hob selbst eine ihrer Augenbrauen. Das Schaf dagegen starrte weiterhin ins Leere.

»Was habt Ihr vor?«, fragte Julianus schließlich. Er glaubte gefunden zu haben, was er gesucht hatte.

»Ino muss zerstört werden«, sagte sie bestimmt. So bestimmt, dass sie sogar die Aufmerksamkeit eines der Schafe weckte. »Wir brauchen Ino«, blökte es zurück.

»Wisst Ihr, wo wir ein Signal herbekommen?«

»So ist es«, stimmte Julianus Vert zu, wobei eine Spur von Stolz in seiner Stimme mitschwang. Stolz, weil er ein Feuer in ihren Augen lodern sah, das er beim Rest der Welt so schmerzlich vermisste.

»Dann los!«, verkündete Vert und stapfte an Julianus vorbei, Richtung Eingangstür. Er sah ihr fasziniert nach. Doch seine Faszination wich schon bald Sorge. Und es lag nicht an den paar Schafen, die der Frau hoffnungsverloren hinterhertrotteten.

Aber Julianus war nicht der einzige, der besorgt war. Wenn man denn das Wort »Besorgnis« auf Lui Abadous Zustand überhaupt noch anwenden konnte. »Verzweiflung« wäre wohl die bessere Wortwahl. Genauso fühlte er sich nämlich. Zuerst waren die Zahnschmerzen mit einem Schlag zurückgekehrt. Inodive hatte sich einfach so beendet – ohne Ankündigung, ohne Warnung. Abadou war so perplex gewesen, dass er einige Momente gebraucht hatte, um zu begreifen, dass auch die Straßenbahn einfach so stehengeblieben war. Einige weitere Momente später hatte er erkennen müssen, dass überhaupt alles stehen geblieben war: Straßenbahnen, Autos – ja sogar die meisten Menschen. So mancher Mensch wäre in einer solchen Situation wohl in Panik ausgebrochen. Tatsächlich waren die ersten Anzeichen bei einigen der Fahrgäste bereits sichtbar: Eine Frau begann nervös mit den Augenlidern zu flattern. Ein Mann verlagerte sein Körpergewicht hektisch von einem Bein auf das andere. Wieder ein anderer Passagier, schlug sich mit der flachen Hand seitlich mehrmals gegen den Kopf. Abadou dagegen verließ schnell den Wagon. Die Türen, deren Verschluss ebenfalls von Ino gesteuert wurde, leisteten keinerlei Widerstand. Er wusste nicht, was genau geschehen war. Aber was auch immer die Ursache für diesen Ausfall war, sie würde bald behoben sein. Wie schade nur, dass Abadou in jedem Fall seinen Zahnarzt nicht rechtzeitig erreichen würde können. So musste er eben zu seinem Arbeitsplatz zurückkehren und sich einen Termin von einem Arzt geben lassen, der Hausbesuche machte. Mit erhobenem Kopf marschierte Abadou die Straße entlang. Je länger er jedoch unterwegs war, desto schwerer wurden seine Schritte. Die Zahnschmerzen, welche mit jeder Sekunde intensiver zu werden schienen, taten ihr übriges. Aber vorrangig waren es sein Seh- und Gehörsinn, die Abadous Muskeln verkrampfen ließen. Wohin er auch blickte, sah er nichts als Stillstand. Der Ausfall Inos mochte vielleicht kurzfristig sein, aber er war nicht kleinflächig. Nach wenigen Metern kamen ihm die ersten entgeisterten Menschen entgegen. Anfangs konnte er ihr Gemurmel noch ignorieren, doch schon bald drangen die Wörter wie von selbst in sein Bewusstsein.

»Hilfe, Ino, Hilfe, Ino …«, spulte ein Autofahrer, der gerade seinen Wagen verlassen hatte, in Endlosschleife ab.

»Was soll das? Was soll das?«, rief eine Fußgängerin, wobei sie mit jeder Silbe ein Stück lauter wurde.

Abadou presste die Zähne aufeinander. Der Schmerz trieb ihm Tränen in die Augen, doch er machte ihn taub für all den störenden Lärm. In der Hoffnung, bald von seinem Leiden erlöst zu werden, beschleunigte Abadou seinen Schritt. Immerhin arbeitete er für eine der größten Firmen der Gegend. Egal, wie schlimm der Ausfall auch sein mochte. Sein Arbeitgeber würde einer der ersten Standorte sein, der wieder Inoline gehen würde. All die unangenehmen Empfindungen, die Abadou momentan zusetzten: Das Brennen in seiner Wangengegend, das Stechen in seinem Zwerchfell, der Lärm in seinen Ohren – schon bald würde er sie wieder alle ausklammern können. Diese beflügelnde Aussicht ließ Abadou zumindest vorübergehend das Gefühl von Erschöpfung vergessen, das sich mit jeder weiteren Sekunde weiter in seinem Körper ausbreitete. An seine physischen Grenzen zu gehen, war umso Vieles leichter, wenn Atmung und Muskelspiel penibel gesteuert wurden. Ino steigerte zwar nicht die Ausdauer im eigentlichen Sinne. Es sorgte aber dafür, dass die Kräfte des Anwenders optimal genutzt wurden. Ungewohnt, dies selbst übernehmen zu müssen vergeudete Abadou unnötig Kraft mit sinnlosen Muskelzuckungen und unrhythmischen Atemzügen. Unmittelbar vor seinem Ziel blieb er schließlich laut keuchend stehen. Es war jedoch nicht seine Erschöpfung, die ihn zum Stehen brachte. Vor dem Bürogebäude erhob sich eine Art Gebilde. Seine stählernen Streben erinnerten entfernt an einen Zaun, doch waren sie dafür viel zu deformiert. Einige der Metallteile hatten sich regelrecht in den Asphalt gegraben. Abadou wusste nicht, wer dieses Ding hier abgeladen hatte. Er fürchtete aber, dass es noch ein Weilchen hier liegen würde. Allein sein Gewicht und seine Größe würden dafür sorgen. Das Wrack – Abadou war sich ziemlich sicher, dass es ein Wrack war – streckte sich vom Vorplatz des Gebäudes bis über beide Fahrbahnen der angrenzenden Straße. Mehrere Autos waren vom den Stahl begraben worden. Abadou war jedoch zu sehr mit sich selbst beschäftigt, um das Wimmern, dass aus einem der Wagen kam, richtig wahrzunehmen. Stattdessen marschierte er wie geistesabwesend an den verbogenen Streben vorbei. Ein kleiner, kaum fußbreiter Zugang zum Eingang war nicht vom Stahl verdeckt. Mit glasigen Augen schritt Abadou durch die ebenfalls gläserne Eingangstür. Sie war wie durch ein Wunder unbeschädigt geblieben. Als wollte eine unbekannte Macht, dass Abadou eintrat. Aber wenn es diese Macht gab, dann war sie ihm nicht gut gesonnen. Bereits bei seinem Eintreten merkte Abadou, dass etwas nicht stimmte: Inodive ließ sich immer noch nicht aktivieren. Wie von einem Schlag getroffen, sank Abadou in die Knie. Alle seine Anstrengungen – umsonst. Die Zahnschmerzen, die ihn vor kurzem noch angetrieben hatten, schwollen zu einem lähmenden Schock an. Dass der sonst leere Eingangsbereich voll mit Menschen war, fiel Abadou nur am Rande auf. Die Frau, die auf ihn zu stapfte, nahm er überhaupt nicht wahr. Erst, als sie sich mit in die Hüften gestemmten Armen vor ihm aufbaute, trat sie in sein Bewusstsein.

»Na, klingelt es?«, fragte Vert herausfordernd.

»Wer sind Sie?«, presste Abadou durch seine schmerzverzerrten Lippen hervor.

»Ich bin die Frau, für deren Kündigung Sie gesorgt haben. Ich bin die Rache. Die Rache für all jene, deren Leben Sie ruiniert haben.« Auch Verts Gesicht verzog sich. Allerdings wirkte ihr Grinsen nicht schmerzgebeutelt.

»Was für einen verdammten Schwachsinn reden Sie da?« Es war das Maximum an Freundlichkeit, zu der Abadou noch fähig war.

»Hört alle her!«, rief Vert mit triumphierender Stimme, während sie sich von Abadou abwandte. »Ihr alle kennt diesen Mann, nicht wahr?« Sie wies mit ausgestrecktem Arm in die Menge. »Wie viele von euch haben unter ihm gelitten? Wie oft hat er euch unter Druck gesetzt, zu liefern und immer schneller zu liefern? Wie viele eurer Kollegen hat er gekündigt?«

Die Leute begannen zu murmeln. Anfangs leise, dann etwas lauter. Für Vert war klar, dass man ihr zustimmte. »Ihr seid viele, habe ich recht?«, rief sie. »Aber ihr habt ihn machen lassen. Aus Angst, aus Alternativlosigkeit. Das System stand ja hinter ihm.«

»Was wollen Sie dumme Kuh eigentlich?« Abadou verlor nun endgültig die Geduld. »Sie sind doch entlassen worden?«, begann er sich zu erinnern. »Was machen Sie hier?«

»Aber das System ist tot«, verweigerte ihm Vert die Antwort. »Jetzt hat er keine Macht mehr über uns. Die haben keine Macht mehr über uns.« Langsam drehte sie sich zu Abadou. »Jetzt kann uns niemand mehr daran hindern, das zu tun«, schrie sie ihren ehemaligen Vorgesetzten an. Dann trat sie ihm mit aller Kraft in den Schritt und Abadou vergaß seine Zahnschmerzen.

»Nimm das, du Sack«, rief ein Mann aus der Menge. Andere schlossen sich ihm an.

»Rache! Rache!«, stachelte Vert die Menge an.

»Rache! Rache!«, hallte es zurück. Nur zwei Männer blieben stumm. Einer, weil er sich vor Schmerzen am Boden wand. Der andere, weil er sah, dass seine Worte nicht fruchten würden. Die Masse aber begann zu toben. Ein Mann warf einen Abfalleimer gegen einen der Snackautomaten. Julianus bezweifelte, dass ihm die Maschine daran gehindert hatte, sein Leben zu verwirklichen. Ein anderer nahm mit Getränkedosen aus dem zerbrochenen Automaten den Inoscanner an der Decke unter Beschuss. Diese Aktion war für Julianus nachvollziehbarer, aber gleichsam unnötig.

»Das wird die Polizei beschäftigen«, sprach Vert Julianus von der Seite an. Sie wies auf die nach draußen strömenden Menschen. »Der Damm ist gebrochen«, stellte sie selbstzufrieden fest.

»In der Tat«, seufzte Julianus. Diese Mauer war es nicht gewesen, die er hatte niederreißen wollen.

»Unsere Rache kann nichts mehr aufhalten.« Fast trotzig selbstbewusst verschränkte Vert die Arme vor ihrer Brust.

»Rache«, Julianus spie das Wort angewidert aus. Was für ein niederer Instinkt. Nachdenklich sah er Vert in die Augen. Jetzt erkannte er das Wesen des Feuers, das darin brannte. Es war nackter Zorn, nicht mehr und nicht weniger. Enttäuscht wandte er den Blick ab.

»Was ist los?«, wollte Vert wissen.

»Das sind nicht meine rechten Gefährten«, sprach Julianus mehr zu sich selbst als zu ihr.

»Bin ich Euch etwa nicht gut genug?« Vert öffnete ihre Arme, schloss aber die Hände zu Fäusten.

»Geht zu den anderen.« Julianus machte eine abweisende Handbewegung.

»So lasse ich nicht mit mir reden!« Vert stampfte mit dem Fuß auf. Julianus aber besah sie nur mit einem kalten Blick. Dann wandte er sich ab und ging Richtung Ausgang.

Draußen sah die Situation nicht viel besser aus. Die Krawalle schienen sich vom Bürogebäude hin wie ein Krebsgeschwür auszubreiten. Julianus seufzte. War es nicht das, was er gewollt hatte? Jene Welt, jenes System, das den Menschen ihre Würde nahm – es stand in Flammen. Wortwörtlich, denn einer der Randalierer hatte die Batterie eines der abgestellten Autos kurzgeschlossen. Dicke Rauchschwaden quollen unter der Karosserie hervor und färbten die umgebende Luft schwarz – eine Farbe, die kaum besser zu Julianus' Gemütszustand passen konnte. Wieder war er enttäuscht worden. Bei Siegfried Tegethoff war die Sache noch verständlich gewesen. Er war es gewohnt, sich von der Gesellschaft versklaven zu lassen. Dass er die Ketten, die ihn festschnürten, nicht ablegen konnte, war nachvollziehbar – wenn auch unverzeihlich. Vert aber war anders. Sie war Opfer ihrer eigenen Leidenschaft. Schlimmer noch: Sie war Opfer derselben Leidenschaft, die auch Julianus antrieb. Grimmig starrte der alte Mann in die aufsteigende Rauchsäule. Waren die Worte, nach denen er lebte, am Ende etwa nicht mehr als Schall und Rauch? Nein! Er stampfte mit seinem Fuß so heftig auf, dass die Betonplatte unter seinen Füßen vibrierte. Die Erschütterung brachte seine Zweifel zum Einsturz. Nein, ihm ging es um höhere Ideale, nicht bloß um Rache. Hatte Nietzsches Zarathustra nicht auch feststellen müssen, dass ihm höchstens eine kleine Minderheit würde folgen können? Aber egal wie klein die Gruppe Erleuchteter auch sein mochte – Julianus würde sie schon aufspüren. Wenn Ino erst vollständig besiegt war, würde er seine würdigen Schüler um sich scharen. Und wenn es auf der gesamten Erde nur ein Dutzend oder weniger gab, dann sollte es eben so sein. Julianus streckte seinen Kopf Richtung Sonne. Bald würde auch er strahlen. Von diesen Gedanken motiviert, beschloss er den Menschen noch eine Chance zu geben.

»Hört und seht«, erhob er seine Stimme. Dass sich niemand zu ihm umdrehte, störte ihn nicht. »Ino ist das ultimative Narkotikum«, fuhr Julianus fort »Es lässt euch die Last, die euch diese ungerechte Welt aufbürdet, geringer erscheinen. Es unterdrückt die Schmerzen, die das Leben nach sich zieht. Doch wie jedes Schmerzmittel kann es die Ursache nicht bekämpfen, sondern nur die Wahrnehmung verzerren. Indem es euch aber die Wahrnehmung nimmt, verwehrt es euch die Möglichkeit zu wachsen. Der Rausch mag angenehm sein, doch ist er eine Lüge. Ino mag euch Fortschritt vorgaukeln. Doch tatsächlich bringt es euch auf eine Stufe der Kultur zurück, die ihr eigentlich längst überwunden habt.« Julianus machte eine ausladende Geste mit den Händen. »Man mag euch eingeredet haben, die Technik wäre Ziel und Weg gleichermaßen. Tatsächlich aber gibt es nur einen Weg und der seid ihr selbst. Ihr habt euch vom Tier zum Menschen weiterentwickelt. Schreitet ihr nun weiter, werdet ihr auch den Menschen überwinden und zum Übermenschen werden. Weicht ihr jedoch zurück, so werdet ihr wieder zum Tier. Ino versucht euch von dieser Wahrheit abzuschirmen. Es verhüllt euren Weg mit einer Wolke, die flauschig aussehen mag. Tatsächlich verwehrt sie euch nur den Blick auf euer wahres Potential. Liebt darum Ino nicht. Liebt, wer ihr ohne es sein könntet. Liebt, wer seinen Wohlstand verachtet, denn ihm strebt nach Höherem. Liebt, wer die Gegenwart einer besseren Zukunft opfert.« Julianus senkte seine Arme.

Die Menschen um ihn herum begannen sich in kleinen Grüppchen Richtung Stadtrand zu entfernen. Die meisten Randalierer hatte ihre Wut so schnell verlassen, wie sie von ihnen Besitz ergriffen hatte. Nur ein paar wenige gingen noch ihrem Zerstörungswerk nach. Eine von ihnen war Vert. Aus den Augenwinkeln beobachtete Julianus, wie sie zwei Menschen anstachelte, gegen einen Abfallbehälter zu treten. Johlend applaudierte sie, als der Mist von den beiden Wüterichen auf der Straße verteilt wurde. Julianus wandte den Blick ab. Niemand schien seine Rede beachtet zu haben. Es war, als wäre Ino nie verstummt. Lächelnd blickte er Richtung Himmel. Nein, zumindest einer hatte ihn belauscht – oder zumindest beobachtet. Die kleine, aber unschwer erkennbare Drohne, schwebte schon ein Weilchen über Julianus' Kopf. Ohne Zweifel wurde sie von der Polizei oder einer anderen staatlichen Institution gesteuert. Eine zivile Drohne wäre mitsamt dem Sendemast zu Boden gestürzt. Zufrieden wandte sich Julianus wieder dem Bürogebäude zu. Mochten die Schafe ihn auch ignorieren. Sein Feind sah ihn.

Der Eingangsbereich des Bürogebäudes hatte sich schnell geleert, wenn auch nicht vollständig. Nur eine kleine Gruppe von Menschen stand noch seltsam ungerührt in der Gegend herum. Manche Schafe konnte eben nichts aus ihrer Lethargie reißen. Der einzige von ihnen, der sich seiner Situation zumindest annähernd bewusst zu sein schien, war jener Mann, den Vert zuvor niedergestreckt hatte. Immer noch hielt er beide Hände gegen seinen Schritt gepresst. Julianus stellte sich neben ihm.

»Könnt Ihr aufstehen?«, fragte er ungerührt.

»Stehen ist gerade schlecht«, presste Abadou hervor.

»Es ist auch nicht nötig«, bemerkte Julianus. »Es genügt, wenn Ihr zuhört.« Mit diesen Worten griff er in die Innentasche seines Sakkos und holte seinen Revolver hervor. Theatralisch langsam richtete er den Lauf Richtung Decke. Der Knall des Schusses riss auch das letzte Schaf aus seiner Starre.

»Alle herhören«, rief Julianus den entsetzten Menschen entgegen. »Tut was ich sage, oder sterbt!«

Kapitel 20

Mit einer gewissen Befriedigung stellte Julianus fest, dass die Augen aller Anwesenden nun auf ihn gerichtet waren. Damals im Zug war das noch anders gewesen. Aber jetzt hatte er ihnen ja ihr Spielzeug weggenommen. Sorgsam musterte Julianus die Menschen vor sich. Sonderlich viel Leben schien nicht in ihnen zu stecken. Zwar sahen ihn alle an, die meisten waren darüber hinaus allerdings zur Salzsäule erstarrt. Um diese Welt stand es wohl noch schlechter, als er befürchtet hatte. Die Salzsäulen hatten nicht nur den Menschen hinter sich gelassen, sondern auch das Wirbeltier. Stattdessen näherten sie sich den Insekten an. Julianus stand einige Momente regungslos da, abwartend, ob sich nicht doch so etwas wie Widerstand regte. Doch schon bald gab er die Hoffnung auf. Die Zeit heilte bekanntlich so manche Wunde. Aber diesen Luxus hatte er einfach nicht.

»Denkt gar nicht erst daran zu fliehen!«, polterte er, mehr herausfordernd als drohend. Trotzdem schwenkte er warnend seinen Revolver. Das mochte unnötig sein, denn niemand der Geiseln machte Anstalten zu fliehen. Doch so viel Korrektheit musste sein. Wenn Julianus schon Geiseln nahm, dann wollte er es anständig machen. So stellte er sich mehr vorsorglich als wirklich alarmiert neben den Eingang. Direkt vor die Glastür wollte er sich nicht positionieren. Zwar schien die Polizei von heute nicht mehr mit Gewehren ausgerüstet zu sein. Aber etwas Glas würden wohl selbst die Waffen dieser verweichlichten Zeit gewachsen sein.

Prüfend blickte Julianus auf die Menge vor ihm. Es mochten noch gut zehn Personen anwesend sein. Das reichte ihm gerade noch. Immerhin sollte es eine aufsehenerregende Geiselnahme sein. Da passte es nicht, wenn er lediglich zwei oder drei Leute gefangen hielt. Zwar fasste Julianus' Revolver nicht genug Munition, um alle

Anwesenden mit einer Ladung zu töten. Aber niemand schien bereit zu sein, das Risiko einzugehen, eine der verbliebenen Kugeln abzubekommen. Ja, Julianus hätte allen Grund, sich über die Passivität der Leute zu freuen. Trotzdem wünschte er sich nichts mehr als etwas Widerstand.

»Was wollen Sie von uns?«, fragte eine Frau. Sie war Julianus bislang nicht weiter aufgefallen.

»Dies ist ein Experiment«, antwortete er. Ein vielsagendes Lächeln umspielte seinen Mund.

»Was?« Die Kinnlade der Frau klappte förmlich nach unten.

Gelassen richtete Julianus seinen Revolver auf den noch immer am Boden kauernden Mann. Lediglich sein Wimmern war verstummt, als Julianus geschossen hatte.

»Sie da!«, schrie er ihn an. »Seien Sie keine Memme. Wenn Sie schon nicht stehen können, dann heben Sie wenigstens den Kopf!« Zögerlich gehorchte der Mann und blickte Julianus in die Augen.

»Ihr Name!«

»Lui Abadou«, kam es krächzend zurück.

»Gut, Herr Abadou«, sprach Julianus mit verräterischer Ruhe. »Nennen Sie mir einen Grund, wieso ich Sie nicht auf der Stelle töten sollte.«

Abadou brauchte einen Moment, um den Satz richtig zu verarbeiten. Dann jedoch vergaß er auf einen Schlag all seine Schmerzen. Er wollte etwas sagen, doch seine Lippen öffneten und schlossen sich, ohne dass ein Laut sie verließ.

»Will vielleicht einer von euch für ihn antworten?«, fragte Julianus höhnisch in Richtung der anderen Geiseln. »Nur zu.« Er machte eine ausholende Bewegung mit seinem freien Arm. Dann lächelte er argwöhnisch. »Bedenkt aber, dass ihr nur einen Versuch habt. Wenn ihr den nicht nutzt …« Er fuhr sich langsam mit der Hand an die Kehle.

»Nein, ich weiß einen!«, rief Abadou plötzlich. Julianus wiegte interessiert den Kopf. Auf einmal schien Leben in das Schaf gekommen zu sein.

»Sie. Haben keinen Vorteil. Wenn Sie. Mich töten. Nur Nachteile.« Abadou stieß die Worte fast einzeln aus, denn jedes einzelne von ihnen kostete ihm gewaltige Kraft. Nicht nur, dass seine Zahnschmerzen zurückgekehrt waren. Auch sein Genick begann von seiner verdrehten Kopfhaltung steif zu werden. Und dann war da noch der Gewaltmarsch, von dem er sich noch nicht vollständig erholt hatte. Nicht zu vergessen, der Tritt gegen seine Hoden ... Doch trotz – oder gerade wegen – seines Zustands weigerte sich Abadou, Julianus' Blick auch nur eine Sekunde nachzugeben. Genauso wie er sich weigerte, dass ihm einer seiner unfähigen Kollegen seine Aufgabe abnahm. Heute war der schlimmste Tag seines Lebens. Aber es war immer noch sein Leben. Und unter Druck hatte Abadou ohnehin immer schon am besten funktioniert.

Julianus hob die Augenbrauen. Er hatte einen emotionalen Apell erwartet. Vielleicht ein Betteln, vielleicht eine Predigt. Stattdessen versuchte es der Mann mit Logik. Das war beachtlich.

»Zöge ich Befriedigung aus dem Tötungsakt, wäre es vorteilhaft für mich abzudrücken«, wandte Julianus ein. »Einen Nachteil dagegen sehe ich nicht. Euer Leben hat für mich keinen Wert.« Spöttisch langsam schüttelte Julianus seinen Kopf.

»Dann wäre es Materialverschwendung, mich zu erschießen. Die Patrone hat schließlich einen Wert.« Die Anspannung löste Abadous Zunge. Ohne zu blinzeln starrte er in die Mündung des Revolvers.

»Materialverschwendung«, murmelte Julianus. »Was für eine Antwort. Ihr folgt Ino nicht einfach aus Bequemlichkeit. Ihr wollt mit ihm eins werden.« Er schwenkte seinen Revolver vor Abadous Gesicht. Die Bewegung wirkte jedoch mehr belehrend als drohend. »Beantwortet mir noch eine Frage: Diese Waffe wurde im 19. Jahrhundert geschmiedet. Dennoch sticht sie eure geliebte moderne Technik aus. Wie kann das sein?«

»Wenn wir wieder Inoline sind, sind Sie dran!«, rief Abadou.

»Ach, ist das so?« Julianus spannte demonstrativ den Hahn seines Revolvers.

»Halt bitte dein Maul«, zischte eines der Schafe.

»Der Fortschritt gewinnt immer«, ignorierte Abadou den Zwischenruf. Dieser verwirrte Alte würde ihn nicht erschießen, das war offensichtlich. Er wollte bloß Aufmerksamkeit – wie alle Zurückgebliebenen. Wenn man ihm diesen Gefallen tat, bis die Polizei eintraf …

»Wo ist denn Euer Fortschritt? Ich sehe ihn nicht.«

Abadou starrte auf die Waffe, die wie ein Zeigestab auf ihn gerichtet war. Im Angesicht des Todes ruhig zu bleiben, war schwerer, als er gedacht hatte.

»Sie werden ihn schon bald sehen«, höhnte er lauter, als er es beabsichtigt hatte. »Was Sie sehen, ist nur eine vorübergehende Störung, nichts weiter. In Summe ist diese Welt die fortschrittlichste, die es je gab.«

»Vor allem aber scheint sie mir die anfälligste aller Welten zu sein«, kommentierte Julianus. Er lächelte seinem Gesprächspartner halb abwertend, halb milde zu.

»Und wenn schon«, erwiderte Abadou. »Man kann die Uhr nicht einfach zurückdrehen. Vor 100 Jahren stand die Welt still, wenn die Computer ausfielen. Vor 200 Jahren war es das Gleiche mit der Elektrizität. So ist das eben. Wir werden schneller, besser, effizienter – aber eben auch abhängiger. In 100 weiteren Jahren wird es ein noch besseres und noch komplizierteres System geben, das Ino übergeschaltet ist. Dann sind wir noch besser, haben aber ein kritisches System mehr. Wie ein wachsendes Tier, das immer mehr Nahrung in sich hinein schaufeln muss, um seinen Energieverbrauch zu decken. Es kann nicht einfach schrumpfen.«

»Verdammt zu wachsen …«, murmelte Julianus. Sein Lächeln verblasste. Derart komplexe Erklärungen hätte er seinem Gegenüber nicht zugetraut. Wie schade, dass er sein Talent dermaßen verschwendete. »Auch Krankheiten schreiten voran«, merkte Julianus an. Dann beendete ein Ruf von draußen abrupt den Dialog.

Kapitel 21

»Flavius Claudius Julianus!«, hallte die Stimme des Majors durch die Straßen. »Das Gebäude ist umstellt. Kommen Sie mit erhobenen Händen heraus.« Der in den Helm integrierte Stimmenverstärker ließ den Ruf des Majors zu einem gewaltigen Schrei anschwellen.

Eigentlich war das Gerät ein Überbleibsel aus vergangenen Zeiten. In den allerneuesten Modellen der Inorüstungen war es nicht mehr integriert. Auf ironische Weise wurde Julianus' Wunsch somit erfüllt: Auf der Jagd nach ihm wurde tatsächlich auf alte Technologie zurückgegriffen.

»Ein riskanter Bluff«, bemerkte Siegfried leise zu Tyainen. »Wir haben nicht genug Leute, um das Gebäude zu umstellen.«

Tatsächlich bezweifelte Siegfried, dass die Gruppe überhaupt in der Lage gewesen wäre, auch nur den Platz vor dem Hochhaus zu räumen – wären die Randalierer nicht alle beim Anblick der Soldaten davongelaufen. Dass es tatsächlich Randalierer und nicht nur Unbescholtene waren, die sich hier versammelt hatten, davon zeugte die Verwüstung, die sie hinterlassen hatten. »Sollten wir uns nicht auch darum kümmern?« Siegfried wies mit der Hand auf das immer stärker qualmende Fahrzeug unweit von ihnen.

»Der Major weiß, was er tut«, mahnte Tyainen. Tatsächlich hatte der Offizier längst, mit Worten, die nur sie verstehen konnten, einen seiner Männer angewiesen, die Flammen zu löschen, die gerade im Begriff waren, den Innenraum des Fahrzeuges in Besitz zu nehmen. Ein Pulverstrahl aus dem Arm der Inorüstung des Soldaten erstickte daraufhin das Feuer fast augenblicklich.

Siegfried hob erstaunt die Augenbrauen. Er wusste, dass die Armee auch Aufgaben des Katastrophenschutzes übernahm. Aber, dass die Soldaten auch als Feuerwehrmänner operieren konnten, war ihm neu. Er fragte sich, was diese Inorüstungen noch alles an Funktionen aufwiesen.

»Sehen Sie«, bemerkte Tyainen. »Alles unter Kontrolle.«

Siegfried nickte stumm. Er kam jedoch nicht umhin, sich zu fragen, wer die Brandstifter einfangen würde. Immerhin hatte die Aufklärungsrate für Verbrechen immer noch bei 100 % zu liegen. Tyainen, der Siegfrieds skeptisches Gesicht als Zweifel an der Strategie des Majors interpretierte, fuhr energisch fort: »Das Gebäude ist modern und hat nur einen Eingang. Sie können mit ihrem Empfänger den Gebäudeplan nicht sehen.« Der Ton des Soldaten machte klar, dass hiermit jede Diskussion beendet war. Siegfried schwieg notgedrungen. Tatsächlich hätte auch eine Führung durch das Hochhaus seine Zweifel nicht beseitigen können. Gedanklich sah er den Architekten vor sich: Wie er versicherte, an alles gedacht zu haben. Wie er erklärte, eine Evakuierung seiner Konstruktion käme niemals in Frage, weil er gegen jede Eventualität vorgesorgt hätte: Gegen Brände gäbe es ein modernes Feuerlöschsystem, gegen Stromausfälle Reservegeneratoren, gegen Erschütterungen ein Spezialfundament. Und Siegfried hörte sich erwidern: Was wäre mit einem Einzelkämpfer, der für Ino unsichtbar wäre? Doch auf gerade diese Frage hatte selbst der fiktive Architekt keine Antwort. Ein unsichtbarer Einzelkämpfer – das war doch ein Ding der Vergangenheit, nicht wahr? Siegfried seufzte tief. Einmal mehr musste er feststellen, dass er Julianus' Ablehnung der Technikgläubigkeit dieser Welt zumindest teilweise teilte.

»Was ist?« Tyainen war Siegfrieds Verhalten nicht entgangen.

Siegfried räusperte sich. Er konnte dem Soldaten schlecht von seinem fiktiven Dialog erzählen. Noch weniger konnte er darüber sprechen, dass Julianus' Art, dieser Welt einen Spiegel vorzuhalten, ihn zu beeindrucken begann.

»Ich fürchte nur, wir werden uns irgendwie einen anderen Zugang ins Innere verschaffen müssen.« Das entsprach zumindest teilweise der Wahrheit.

»Eine Option gäbe es. Nicht ideal, aber möglich«, lenkte Tyainen zu Siegfrieds Überraschung ein. Der Polizist nickte anerkennend. Tyainen schien ein vollkommen aufrichtiger Mensch zu sein. Vollkommen genug zumindest, um sich nicht Lügen auszudenken, nur um seinen Stolz zu wahren. Oder um Siegfried zu beruhigen. Allerdings schien niemand der an dieser Aktion Beteiligten diesbezüglich in Versuchung zu kommen. Man schloss Siegfried ja nicht einmal in die Gruppenkommunikation mit ein. Sicher, er konnte aus technischen Gründen am Gedankentransfer nicht teilnehmen. Aber er hatte das Gefühl, dass man ihm auch so nur das absolute Minimum an Informationen zukommen ließ. Siegfried war eben kein Soldat. Und offensichtlich auch kein richtiger Polizist mehr.

»Letzte Warnung«, ertönte die Stimme des Majors erneut. Einsam hallte der Ruf durch die Luft. Es war als hätte die zu einem Schrei verstärkte Stimme alle anderen Geräusche hinweggefegt. Mit zusammengepressten Lippen starrte Siegfried auf das Hochhaus. Die Soldaten schlossen sich seinem Schweigen an. Stumm stimmten sie dem Major zu: Dies war die letzte Warnung. Was auch immer als nächstes passieren mochte – Worte waren von nun an bedeutungslos.

Da zerriss ein Schuss die Stille. Reflexartig duckte sich Siegfried. Die Soldaten aber zuckten nicht einmal. Verwirrt sah Siegfried zu Tyainen auf.

»Wir sind gepanzert«, sagte dieser lakonisch.

»Das freut mich für Sie«, brummte Siegfried.

»Bereit zum Stürmen!«, schrie der Major. Ungläubig drehte Siegfried den Kopf in Richtung des Offiziers. Hatten sich die Soldaten gerade von Julianus einfach so ködern lassen? Entweder hatte dieser eine Schuss den Plan des Majors komplett über den Haufen geworfen – oder es gab schlicht keinen. Siegfried fiel schwer zu entscheiden, welche von beiden Erklärungen besorgniserregender war.

Mit nach vorne ausgestreckten Armen stampfte der gepanzerte Trupp Richtung Hochhaus. Als sie nur noch wenige Schritte entfernt waren, stürmte ihnen ein Mann in zerknittertem Anzug entgegen. Er hechtete förmlich auf die Soldaten zu, als wollte er sie rammen. Erst kurz bevor er mit dem Major zusammenstieß, bremste er sich ein. Mit hochrotem Kopf kam er vor dem Offizier zu stehen. Lautlos befahl der Major, seinen Männern stehenzubleiben.

»Er hat eine der Geiseln angeschossen«, keuchte der Mann. Er hatte sichtlich große Mühe zu sprechen. Sein verzerrter Gesichtsausdruck ließ erkennen, dass er unter Schmerzen litt. »Er behauptet, weiter zu feuern, wenn Sie nicht abziehen.«

»Wir lassen uns nicht erpressen«, sagte der Major. Seine Stimme war erschreckend ruhig.

»Tegethoff, Zeki«, wies er Siegfried und Can an. »Kümmern Sie sich um den Mann. Wir gehen rein.«

»Nein!«, donnerte es von Can zurück. Siegfried drehte sich erstaunt zu seinem jüngeren Kollegen. Seit dem Vorfall mit dem LKW-Fahrer war Can ruhig geblieben. Siegfried hätte wissen müssen, dass dies nur die Ruhe vor dem Sturm gewesen sein konnte. Aber jetzt war der ungünstigste Zeitpunkt für einen Wetterumschwung.

»Das ist ein Befehl!«, kam es von Seiten des Majors mit gleicher Intensität zurück.

»Mein Befehl lautet, Julianus zum Duell zu stellen.« Demonstrativ machte Can einige Schritte nach vorn, bis er dem Offizier direkt gegenüberstand.

»Ich habe Ihr Fehlverhalten dem Minister gemeldet«, kommentierte dieser. »Er hat mir erlaubt Gewalt anzuwenden, wenn Sie mir weiterhin im Weg stehen.« Um seiner Drohung Nachdruck zu verleihen, hob der Major seinen Arm.

»Julianus rechnet damit, dass Sie das Gebäude stürmen!«, schaltete sich der Anzugträger ein.

»Was reden Sie da?« Der Major ließ seinen Arm sinken.

»Der Kerl hat die Geiseln eine Menschenkette hinter dem Eingang bilden lassen. Er will sie als lebendiges Schutzschild verwenden!«

Der Major wandte sich abrupt von Can ab und nahm das Bürogebäude sorgfältig ins Visier. Seine beiden Hände schlossen sich zu Fäusten. Erst jetzt erkannte er die Umrisse der Leiber, die sich unweit hinter der gläsernen Eingangstür abzeichneten. Am liebsten hätte er sich vor Frust selbst einen Stromstoß versetzt. Wider besseres Wissen hätte er das Gebäude einfach stürmen lassen. Dabei waren die Menschen bei nur geringer Vergrößerung – welche die Kameras seiner Inorüstung problemlos vornahmen – deutlich erkennbar. Sie bildeten eine lückenlose Mauer – wie Spieler einer Ballsportart. Nur, dass sie mit ihren Körpern keinen Strafstoß abfangen würden. Der Major befahl seinen Männern still zu halten. Dann stieß er für jeden hörbar einen Fluch aus. In was für eine Situation war er hier nur hineingeraten? Wenn seine Truppe wartete, riskierten sie, dass die verletzte Geisel verblutete – wenn nicht sogar, dass noch mehr Opfer hinzukämen. Wenn sie aber sofort eingriffen, riskierten sie erst recht Tote. Der erste Soldat, der einen gezielten Schuss abgeben konnte, würde Julianus ausschalten. Wenn dieser aber die Geiseln als menschliche Schutzschilde benutzte, konnte die Sache unangenehm werden. Den Einsatz der Inobrecher hatten die Soldaten ohnehin bereits verworfen. Sie hatten keine Ahnung, wer sich alles in dem Gebäude aufhielt. Man musste die Implantate aber spezifisch gegen das Störsignal immunisieren. Andernfalls tötete es jeden Träger in Reichweite. In einem geschlossenen Gebäude hieß dies nichts Gutes. Blieben nur noch die Taser. Doch deren Einsatz setzte ein freies Schussfeld voraus. Eventuelle Hindernisse mussten die Soldaten per Hand aus dem Weg räumen. Dank ihrer Inorüstungen mangelte es ihnen zwar nicht an Kraft, aber eine Revolverkugel war schneller als ein Arm oder ein Bein.

Während der Major noch überlegte, versuchte Siegfried die geflohene Geisel in Sicherheit zu bringen. Doch auch hier blieb es bei einem Versuch.

»Lassen Sie mich«, wehrte sich der Mann. »Sie brauchen mich noch.«

»Wie ist Ihr Name?«, fragte Siegfried, wobei er versuchte so sanft wie möglich zu klingen.

»Lui Abadou«, knurrte der Mann.

»Siegfried Tegethoff. Freut mich.« Er hielt Abadou die Hand hin. Zögerlich ergriff sie dieser. »Gut, Herr Abadou, was wissen Sie?«

»Er hat der Geisel nur in den Arm geschossen. Sie wird so schnell nicht verbluten.«

»Wie kaltblütig«, kommentierte Siegfried.

»Ja.« Abadou schien den Vorwurf zu überhören. »Ich glaube nicht, dass der Kerl tatsächlich noch einmal schießen wird.«

»Was macht Sie da so sicher?« Diesmal kam die Frage von Can. Auch er hatte seine Aufmerksamkeit auf Abadou verlagert.

»Typen wie der wollen nur reden.«

»Das Risiko können wir nicht eingehen«, erwiderte der Major. »Haben Sie uns sonst noch etwas mittzuteilen, Herr Abadou?«

»Nein, das war es.« Dann wandte er sich an Siegfried. »Können Sie mich jetzt zu einem Zahnarzt bringen?«

Für einen Moment sagte niemand etwas. Die Soldaten schwiegen aufgrund eines Mangels an Ideen, Siegfried aus Verwirrtheit über den Charakter Abadous und letzterer, weil er meinte, weitere Worte wären Zeitverschwendung. Nur Can schien eine Idee davon zu haben, was zu tun war. Mit erhobenem Haupt machte er einige weitere Schritte Richtung Gebäude und baute sich demonstrativ vor den Soldaten auf.

»Was machen Sie da?«, fragte ihn der Major entgeistert.

»Was Sie nicht können«, kommentierte Can bissig. Dann wandte er sich in derselben Tonlage an Siegfried: »Du bist mein Sekundant. Es geht los.«

»In Ordnung.« Siegfried ignorierte die Gehässigkeit, denn er verstand endlich, was zu tun war. Eiligen Schrittes schloss er zu Can auf. Abadou und den Major ließen die beiden Polizisten gleichermaßen verdutzt zurück und wandten sich Richtung Bürogebäude. Can holte tief Luft. Julianus musste hören, was er zu sagen hatte.

Kapitel 22

Julianus starrte auf das wimmernde Häufchen Elend vor sich und fragte sich, ob er ihm nicht besser in den Kopf hätte schießen sollen.

»Ich will nicht sterben«, röchelte der Verwundete, seinen gesunden Arm krampfhaft auf den verletzten gepresst.

»Sehr ausgeprägt ist Euer Lebenswille auch nicht.« Julianus' Zeigefinger umschlang den Abzug seiner Waffe. Er sah keinen Grund, nicht abzudrücken. Die Polizei würde durch einen zweiten Schuss nur noch mehr aufgeschreckt werden. Vielleicht würden die Tölpel dann auch endlich aktiv werden. Prinzipiell genoss Julianus es, mit seinem angeblich übermächtigen Feind zu spielen. Aber irgendwann wurde selbst das schönste Spiel langweilig.

Abadou, den er als Boten nach draußen geschickt hatte, würde vielleicht den Wert seines Lebens mehr schätzen, wenn er erkannte, wie knapp er wirklich dem Tod entronnen war. Und was jenen Wurm betraf, den Julianus als Opfer auserkoren hatte: Er würde im Tode das werden, was er zu Lebzeiten nie hätte sein können: Ein Held. Immerhin war er Julianus entgegengetreten. Zwar auf dessen Befehl, aber die offizielle Berichterstattung würde die Fakten schon ordentlich zu verdrehen wissen. Julianus sah die Schlagzeile vor sich: »Tapferer Held opfert sein Leben im Kampf gegen Geiselnehmer!« Nun, tapfer war der Mann zwar nicht wirklich gewesen – dafür aber ein Opfer. Teuflisch grinsend nahm Julianus sein Ziel ins Visier. Der Mann reagierte auf seine Bewegung gar nicht, sondern starrte weiterhin auf seine Wunde. Ein Grund mehr, ihn zu erlösen.

Doch statt seinen Finger zu krümmen, schüttelte sich Julianus spontan. Sein Grinsen verflog. Stattdessen überkam ihn plötzlicher Ekel. Fast angewidert zog er seine Waffe zurück. Nein, das hier war falsch. Wer sich vom Thanatostrieb treiben ließ wie ein Tier, war auch nicht besser als die dumpfe Masse. Für den Übermenschen war jede seiner Taten ein Mittel für einen höheren Zweck. Der Tod dieses Mannes aber wäre wertlos. Wertlos für seine Angehörigen, denn sie kannten die Bedeutung des Wortes »Held« längst nicht mehr. Wertlos für die Medien, denn sie würden nur ein weiteres armes Opfer beklagen. Wertlos für Julianus, denn der Mann verdiente es nicht, dass er eine Patrone an ihn verschwendete. Jeglichen Respekt, den der Wurm sich mit seinem Opfergang hätte verdienen können, hatte er durch sein Gewinsel längst wieder verloren. Julianus seufzte. Nichts als Enttäuschungen. Vielleicht hätte er einfach nur in die Luft feuern sollen. Immerhin hatte der Schuss vorrangig der Polizei gegolten. Aber die erwies sich als unfähig, das kleine Dilemma, das er für sie vorbereitet hatte, aufzulösen. Julianus hob seinen Revolver. Vielleicht würde ein zweiter Schuss helfen. Doch in dem Moment, als er abdrücken wollte, ließ ihn eine Stimme vor Erregung erstarren.

»Flavius Claudius Julianus!«, schrie Can mit aller Kraft. »Mein Name ist Can Zeki! Sie haben mir ins Gesicht geschlagen! Mein Sekundant überbringt Ihnen meine Duellaufforderung!«

Gebannt starrten die beiden Polizisten auf den Eingang des Gebäudes. Nichts schien sich zu regen.

»Bei der Ehre meines Berufsstandes! Ich verlange Satisfaktion!« Cans Stimme zitterte vor Erregung. Seine Stimmbänder brannten. Er konnte sich nicht erinnern, wann er sie das letzte Mal derart intensiv hatte benutzen müssen. Hoffentlich war der Aufwand nicht umsonst. Doch statt Julianus war es Siegfried, der auf die Duellaufforderung reagierte. Gelassen machte er einen Schritt nach vorne.

»Was soll das?«, zischte Can.

»Ich überbringe ihm die Duellaufforderung. Von selbst kommt er ja nicht«, antwortete Siegfried lakonisch und machte einen weiteren Schritt auf das Gebäude zu. Gelassen streckte er die Hände in den

Himmel. Julianus nähme ihn auch mit verschränkten Armen nicht als Bedrohung war. Aber er musste ihn nicht mehr provozieren, als notwendig war.

Can hätte tatsächlich nicht ansatzweise so laut schreien müssen. Julianus verstand ihn nur zu gut. Nach all dem Gejammere und Geschwafel, dass er hatte erdulden müssen, waren die Worte Cans für ihn klar wie Glockenklang. Klarer noch als die zweite Stimme, die nun an sein Ohr drang.

»Ich überbringe Ihnen die Duellaufforderung meines Mandanten.« Siegfried stand so nahe an der Tür, dass er die Gesichter der Geiseln detailgetreu sehen konnte. In ihren Antlitzen las er abwechseln Apathie, Angst und Verwirrtheit. Dann wanderte sein Blick zur Tür. Sie stand einen Spalt breit offen.

»Winkt unseren Gast herein«, rief eine Stimme von drinnen. Julianus nahm also an.

Siegfried trat durch die Tür. Weit kam er jedoch nicht, denn eine Kette an Menschen versperrte ihm den Weg.

»Ich muss leider darauf bestehen, dass Ihr nicht weiter geht.« Julianus klang seltsam höflich. Siegfried hatte nicht erwartet, dass er sich freute, ihn wiederzusehen.

»Sie handeln moralisch falsch«, sprach er. Durch die Menschen hindurch konnte er Julianus nur unvollständig betrachten. Er sah jedoch die Mündung des Revolvers. Sie war auf ihn gerichtet. Siegfried wartete darauf, dass ihn ein Gefühl der Todesangst überkam. Doch er spürte nichts dergleichen.

Wie auf ein Zeichen schwenkte Julianus seine Waffe. Er wirkte jedoch mehr belustigt als drohend. »Was macht Euch moralischer als mich?«, antwortete der Geiselnehmer betont gelassen.

»Die Menschen sind füreinander da. Man sollte zum Wohl der Mehrheit handeln. Das tue ich, indem ich mich als Bote anbiete. Sie dagegen bedrohen Ihre Mitmenschen.«

»Ihr glaubt, Ihr helft den Menschen? Dabei seid Ihr bloß zu feige, sie über die Folgen ihres Irrweges aufzuklären. Ich dagegen zeige ihnen ihre Missstände schonungslos auf. Welcher Arzt ist Euch lieber: Einer der Euch sagt, Ihr solltet abnehmen, oder einer, der Euch Bonbons zusteckt?«

»Sie belehren die Menschen nicht, Sie terrorisieren sie. Der Übermensch soll seine Mitmenschen erleuchten und ihnen als Beispiel dienen. Nicht sie erschießen.«

»Ach, findet Ihr, ich sollte lieber eine Rede halten?« Der Sarkasmus in Julianus' Stimme war kaum überhörbar. »Nun, liebe Schüler«, wandte er sich an die Geiseln, »wer von euch meine kleine Rede von vorhin inspirierend fand, hebe bitte die Hand.« Niemand rührte sich. »Ha«, triumphierte Julianus. »Ihr seid entweder ehrlich oder feige.« Dann wandte er sich wieder an Siegfried: »Wir zwei wissen ja, was von beiden zutrifft, nicht wahr?«

»Ich will nicht urteilen. Niemand von uns ist perfekt. Das macht uns zu Menschen.«

»Ja, wenn sie noch Menschen wären.« Julianus schwenkte verächtlich seinen Revolver wie einen Zeigestab. »Aber sie haben sich zurück- statt weiterentwickelt. Nicht den Übermenschen, das Menschsein selbst müssen diese Leute wieder erlernen.« Julianus schaute Siegfried direkt an, in der Hoffnung eine Spur von Zweifel zu finden. »Ihr habt es doch auch erkannt. Gebt es ruhig zu.«

Siegfried ballte die Hände zu Fäusten, hielt dem Blick jedoch ansonsten ruhig stand. »Ja«, sagte er, so beherrscht wie möglich. »Mir wäre es lieber, die Gesellschaft nähme eine andere Entwicklung. Aber es ist unvernünftig, sich über die Welt zu ärgern. Sie schert sich nicht darum. Wir können uns nur auf unsere eigenen Tugenden besinnen.«

»Ha, diese Sklavenmoral passt zu Euch«, stieß Julianus halb lachend, halb wütend aus. »Die Stoiker glaubten, dass man einen Philosophen an seinen Taten misst.« Julianus' Gesichtszüge verfinsterten sich. »Ich lasse meinen Worten Taten folgen. Ihr aber behauptet, diese Welt nicht zu mögen. Dennoch stellt Ihr Euch mir in den Weg.« Julianus richtete seine Waffe auf Siegfried. »Und wie passt eigentlich eine angebliche Duellaufforderung zu Eurem ach so stoischem Gemüt, hm?« Julianus' Stimme schwankte zwischen Spott und Ärger. »Also, Ihr Heuchler: Dies ist Eure Chance sich zu beweisen: Gebt mir einen Grund, Euch nicht von dieser Erde zu entfernen.«

Ausdruckslos starrte Siegfried in die Mündung von Julianus' Revolver. Ein seltsames Gefühl der Gleichgültigkeit überkam ihn.

Julianus genoss diese Diskussion ohne Zweifel. Wahrscheinlich so sehr, dass es ihm sogar egal war, was Siegfried wirklich sagte, solange er am Ende Recht behielt. Siegfried zweifelte aber ebenfalls nicht daran, dass Julianus gewalttätig werden würde, wenn man ihm diesen Triumph verwehrte. Seltsamerweise kümmerte Siegfried diese Erkenntnis jedoch nicht sonderlich. Er wollte nur seinen Auftrag erfüllen. »Ich komme nur dem Wunsch meines Mandanten nach«, sprach er ohne eine Spur von Furcht. »Die Duellaufforderung trage ich bei mir. Wenn ich meine Hände benutzen darf, gebe ich sie Ihnen gerne.«

»Nur zu.«

Siegfried holte den Brief hervor. Er fragte sich, ob das Schreiben ihm dieses Mal nützlicher sein würde als bei seinem Gespräch mit Spillbergen.

Mit einer schnellen Handbewegung riss Julianus das Papier an sich. Seine Augen fixierten abwechselnd den Boten und die Nachricht. Siegfried selbst blieb ruhig stehen. Er machte sich erst gar keine Hoffnung, dass Julianus abgelenkt genug war, um von ihm überwältigt werden zu können.

»Eine Beleidigung dritten Grades. Ich sehe, Ihr habt recherchiert« Julianus schob das Papier in seine Sakkoinnentasche. »Ich nehme an«, verkündete er feierlich. »Geht nach draußen und sagt den Soldaten, sie sollen verschwinden. Ihr verschwindet am besten auch. Sobald mein Kontrahent allein ist, werde ich ihm entgegentreten.« Als Siegfried nicht sofort reagierte, fügte er in harschem Ton hinzu: »Los, macht schon!«

Draußen trat Can unschlüssig von einem Bein auf das andere. Wieso dauerte das so lange? Er hatte keinen Schuss gehört. Der Alte hatte sich also immerhin nicht erschießen lassen. Aber was hieß das schon?

»Das sollte doch mein Moment sein«, presste er halblaut hervor. Dann erkannte er ein vertrautes Gesicht hinter der gläsernen Tür und seine Anspannung nahm etwas ab. Der Alte hatte es tatsächlich geschafft. Langsam, ohne jede Hektik verließ er das Gebäude und kam auf Can zu. Zum ersten Mal in seinem Leben empfand dieser so etwas wie Bewunderung für den Alten. Wie konnte man nur solche Nerven haben?

»Er nimmt an, wenn die Soldaten verschwinden«, sagte Siegfried und blieb vor Can stehen. Statt Can war es jedoch der Major, der prompt reagierte. »Männer, Abmarsch«, befahl er mit seiner durch seine Rüstung verstärkten Ohrenstimme. Julianus sollte ihn hören.

Die Männer führten den Befehl ohne zu zögern aus. Eilig, aber ohne jede Hektik stapften die gepanzerten Kämpfer in Richtung der abgestellten Wagen hinter ihnen. Einer nach dem anderen verschwand hinter den verlassenen Fahrzeugen.

»Ich soll auch verschwinden«, sagte Siegfried und folgte den Soldaten nach.

Can nickte. Er hatte es aufgegeben, aus dem Alten schlau zu werden. Hauptsache es verlief alles mehr oder weniger nach Plan. Julianus konnte er auch selbst erledigen. Er hatte ja seinen Inobrecher. Je weniger Einmischung es gab, desto größer würde sein Lohn ausfallen. Can hoffte nur, dass sich die Soldaten auch weit genug entfernten. Wenn Julianus jetzt kniff, war alles verloren. Can dagegen – er würde keinen Rückzug machen. Komme, was wolle.

»Sie sind weg!«, rief er in Richtung des Gebäudes.

»Und ich bin hier!«, hallte es zurück.

Can fletschte seine Zähne. Er wäre gerne ruhiger geblieben, aber ohne Ino war ihm dies einfach nicht möglich. Da stand er. Sein Feind. Der Mann, der ihn gedemütigt hatte. Und dies war der Moment, in dem er sich an ihm revanchieren würde. Cans Hände wanderten zu dem doppelten Halfter an seiner Hüfte. Fieberhaft überlegte er, ob er Julianus tatsächlich einen der beiden Inobrecher anbieten, oder ihn besser gleich ausschalten sollte. Bevor er sich jedoch entscheiden konnte, wurde ihm die Wahl abgenommen. Für einen Augenblick sah es so aus, als griffe Julianus ebenfalls nach seiner Waffe. Seine Bewegungen waren jedoch erratisch statt kontrolliert. Sein ganzer Leib zitterte hektisch, als wäre er vom Blitz getroffen worden – und genauso war es auch. Can zog dennoch seinen Inobrecher aus seinem Halfter – allerdings mehr aus Nervosität als aus wirklicher Furcht. Julianus schien davon nicht sonderlich viel mitzubekommen. Seinen Oberkörper heftig schüttelnd, ging er in die Knie. Als er mit dem Gesicht am Boden aufschlug, zuckten seine Arme immer noch in alle Richtungen – wie zwei Schlangen im Todeskampf. Nach einigen Sekunden schließlich lag Julianus regungslos am Gehsteig. Can, der ebenfalls unfähig war, sich zu bewegen, waren es wie Stunden vorgekommen. Obwohl er insgeheim mit einem Eingreifen der Soldaten gerechnet hatte, hatte ihn der abrupte Abbruch des Duells doch überrascht. Die Reichweite der Inorüstungen war größer, als er gedacht hatte.

»Zielperson mit Taser ausgeschaltet«, kommentierte eine kräftige Stimme hinter ihm das Geschehen. Der Major klang alles andere als verwundert. Mit einer schnellen Bewegung trat der Offizier hinter einem abgestellten Lieferwagen hervor.

»Das war mein Moment«, protestierte Can, mehr teilnahmslos als wirklich wütend. Der Major hatte aber ohnehin nicht vor, ihn zu beachten. Seinen Waffenarm auf seinen am Boden liegenden Feind gerichtet, marschierte er nach vorne. Seine Kameraden, taten es ihm gleich und schlossen eilige zu ihrem Vorgesetzten auf.

Siegfried, der sich ebenfalls aus seinem Versteck löste, starrte ungläubig auf die Szene vor ihm. War es das tatsächlich gewesen? War der der stolze Übermensch einer so simplen Finte aufgesessen? Das war doch zu grotesk.

Die Soldaten zumindest schienen sich um Ironie nicht viel zu scheren. Schnell näherten sie sich ihrem Ziel und kreisten es vollständig ein. Zwei der Männer packten Julianus sogleich an jeweils einer Schulter und zogen ihn noch. Hände und Füße des gestürzten Kaisers waren bereits gefesselt, bevor dieser überhaupt noch richtig stand. Wobei stehen nicht ganz richtig war. Vielmehr ging er wie eine Puppe, deren Fäden man durchtrennt hatte, zwischen zwei der gepanzerten Riesen. Siegfried kam aus dem Staunen nicht mehr heraus. Er war wohl tatsächlich schon zu lange bei keinem Einsatz mehr dabei gewesen.

»Es ist also endlich vorbei?«, wandte sich Abadou halb fragend, halb belehrend an ihn.

»Ich sehe es, glaube es aber nicht«, antwortete Siegfried.

»Also ja«, grummelte Abadou. »Wo gibt es hier Ino«, fragte er sogleich.

Siegfried zeigte mit seinem Arm die Straße entlang.

»Ich gehe dann«, sagte Abadou bestimmt.

»Soll ich Ihnen nicht eine Rettungsdrohne rufen?«, fragte Siegfried. Besorgt blickte er auf die verkrampften Wangen seines Gegenübers. Der Mann litt sichtlich unter Schmerzen. »Wir können Sie in ein Krankenhaus bringen lassen.

»Mir geht es schon viel besser«, wehrte dieser ab. »Sie haben ja meinen Namen. Wenn Sie etwas brauchen, kontaktieren Sie mich.« Er wandte sich zum Gehen.

»In Ordnung. Viel Glück.« Siegfried machte keine Anstalten ihn aufzuhalten. Er war ja kein Polizist mehr – zumindest kein richtiger. Und Abadou war offensichtlich nicht richtig verletzt. Wenn der Minister etwas von ihm brauchte, würde er es schon bekommen. Krag bekam immer was er wollte.

Siegfried sah zu Can. Er stand nach wie vor regungslos vor dem Eingang, als hätte er noch nicht begriffen, was gerade geschehen war. Die Soldaten, welche dies sehr wohl begriffen hatten, schienen sich nicht weiter um ihn zu kümmern. Zögerlich schloss Siegfried zu seinem Kollegen auf.

»Das war sehr mutig von dir«, sprach er Can von der Seite an. »Meine Hochachtung.«

Can ließ sich mit seiner Antwort etwas Zeit. »Das war mein Moment«, zischte er schließlich.«

»Ich weiß«, nickte Siegfried. Er verstand tatsächlich. »Wir kriegen nicht immer, was wir wollen.«

Can wollte etwas entgegnen, aber einer der Soldaten kam ihm zuvor.

»Drei Blocks weiter brennt schon wieder ein Wagen«, rief eine kräftige Männerstimme.

»Verdammte Randalierer«, fluchte der Major. Er drehte sich in Richtung des Feuers. Mitten in der Bewegung erstarrte er jedoch. »Befehl von ganz oben«, verkündete er. »Tyainen, Sie haben das Kommando. Fangen Sie die Randalierer ein. Tegethoff, Zeki und ich bringen Julianus aufs Revier.« Mit einer schnellen Bewegung, die aussah, als hätte er sie unzählige Male trainiert, nahm er seinen zwei Kameraden den immer noch regungslosen Körper ab und warf ihn sich locker über die Schulter.

»Eine Drohne ist bereits auf dem Weg zu uns«, wandte er sich an Can und Siegfried. »Unweit von hier gibt es einen passenden Landeplatz. Folgen Sie mir.« Can folgte zu Siegfrieds Überraschung, ohne zu zögern. Entweder war sein Zorn verraucht, oder er würde sich demnächst entladen. Siegfried hätte ihm gerne ein paar aufmunternde Worte mitgegeben, aber er wusste, dass sie nur Schaden anrichten würden. So folgte er wortlos dem Major, während er fast wehmütig auf Julianus' kraftlose Gestalt blickte. Der stolze Übermensch hing geknickt an der gepanzerten Schulter des Soldaten. Siegfried hatte sich immer dagegen gewehrt, Julianus als bloßen Verrückten – als tragischen, aber auch verwirrten Gesetzesbrecher – abzutun. Bei diesem Anblick fiel ihm dies jedoch zunehmend schwer.

Kapitel 23

Nachdenklich stand Siegfried vor der Tür zu Krags Büro, welches noch bis vor kurzem Ferrera gehört hatte.

»Eine Trophäe?«, fragte Siegfried den Major, der wie ein Torwächter neben dem Eingang stand. Mit der Hand wies er auf das Halfter, der seitlich an der Inorüstung des Offiziers hing.

»Meine neue Dienstwaffe«, stellte der Major richtig. Sein stolzer Blick, mit dem er den Revolver musterte, gab Siegfried jedoch recht. Er betrachtete die Schusswaffe, deren Konturen sich tief in sein Gedächtnis eingebrannt hatten. Widerwillig musste er feststellen, dass sie gut zum Major passte. Auch, oder gerade, weil sie in Kombination mit der Inorüstung hoffnungslos veraltet wirkte. Offiziere waren traditionsbewusst. Die Vorgänger des Majors hatten noch Säbel zu ihren Uniformen getragen, als diese schon längst nicht mehr in einer Schlacht eingesetzt worden waren. Heute ging es Handfeuerwaffen nicht anders als den Klingen, die sie einst abgelöst hatten. Kanonen und Raketenwerfer wurden zwar immer noch eingesetzt, um Fahrzeuge und Gebäude zu zerstören. Es gab aber einfach keinen Grund mehr, einem Menschen eine Kugel durch den Kopf zu jagen. Man brauchte ja nichts weiter zu tun, als sein Implantat zu stören. Das war viel sauberer. Aufgeplatzte Köpfe passten in die Welt Inos genauso wenig wie verschlossene Türen. Siegfried wusste zwar von einigen Soldaten, die funktionslose Pistolen an ihrem Gürtel als eine Art Rangabzeichen trugen. Dass der Major diese Tradition aufrecht hielt, überraschte ihn daher nicht. Aber wie konnte er es sich leisten, mit Julianus' Revolver herum zu laufen? Das war nur mit einer Sondergenehmigung möglich – selbst, wenn die Waffe ungeladen war. Siegfried zweifelte nicht an Krags Macht, gewisse Regeln außer Kraft zu setzen, wenn er dies für angemessen hielt. Vielleicht war dies seine Art, sich bei Major Coza für seinen Einsatz zu bedanken. Ein besserer Grund wollte Siegfried nicht einfallen. Die Vorstellung allerdings, dass ausgerechnet Krag eine veraltete Tradition nicht bloß tolerierte, sondern sogar förderte, war befremdlich.

»Treten Sie ein«, wies Siegfried eine Inostimme an. Er gehorchte sofort.

Ferreras Büro war niemals sonderlich reich möbliert gewesen – keines der Büros im Polizeirevier war dies. Der neue Besitzer hatte die zuvor schon spärliche Einrichtung jedoch noch weiter reduziert. Der massive Aktenschrank an der linken Wand war entfernt worden. Der wuchtige Schreibtisch war, abgesehen von zwei Sesseln, das einzige verbliebene Möbelstück im Büro. Die säuberlich aufgeräumte Tischplatte spiegelte die Inhaltslosigkeit des Raumes detailgetreu wider.

Ino löste zwar ein Büroutensil nach dem anderen ab. Die alte Ordnung, wonach Vorgesetzten größere Räumlichkeiten als ihren Mitarbeitern zustanden, konnte aber selbst die Technik nicht abschaffen. Siegfried ließ seinen Blick über die kahlen Wände streifen. Die relative Leere dieses Zimmers hatte etwas Drückendes. War das Büro unter Ferrera überdimensioniert gewesen, so mutete es nun fast verlassen an. Der weitläufige Laminatboden löste in Siegfried ein Gefühl der Nichtigkeit aus. Das war sicherlich nicht unbeabsichtigt. Nichts, was Krag tat, war unbeabsichtigt. Es sprach Bände über ihn, dass er, obwohl er das Büro erst seit Kurzem bezogen hatte, bereits begonnen hatte, es umzugestalten.

»Setzen Sie sich«, befahl Krag, ohne einen Muskel zu bewegen. Erneut folgte Siegfried kommentarlos.

»Spillbergens Inoextrakt ist inzwischen ausgewertet«, sendete der Minister. Seine Stimme war eindringlich wie immer, klang aber seltsam sanft. Scheinbar war er guter Laune.

»Sie haben Julianus als Einzeltäter gesehen«, stellte Krag fest. »Seinem Netzwerk haben Sie wenig Bedeutung beigemessen.«

»Ja«, antwortete Siegfried knapp. Er unterdrückte den Wunsch, ausführlicher zu antworten. Krag war bereits ausreichend informiert, oder glaubte zumindest dies zu sein. Überlange Antworten konnten Siegfried lediglich in Schwierigkeiten bringen.

»Das ist falsch. Sein Kreis hatte großen Anteil an seinen Aktionen. Julianus ist lediglich der Kopf einer Gruppe von Terroristen. Dank den Informationen, die wir von Spillbergen erhalten haben, werden wir sie bald erledigt haben.«

Siegfried verstand. Nach Julianus' jüngster Aktion war »Terrorist« wohl tatsächlich die passende Bezeichnung. Krag hatte ihn aber gewiss von Anfang an als Terrorist kategorisieren lassen. Eine solche Einstufung stattete die Polizei mit Sonderrechten aus, die ihr bei gewöhnlichen Verbrechern verwehrt blieben. Krags zahlreiche Vollmachten gründeten sich wohl zumindest teilweise auf der Tatsache, dass er nicht einfache Kriminelle, sondern »Terroristen« jagte – und zwar grundsätzlich. Was Siegfried jedoch nach wie vor nicht verstand, war, warum ihn Krag zu sich hatte kommen lassen. Gedankentransfers waren ortsunabhängig – sonst hätten sie sich niemals durchgesetzt. Der Minister hatte seinen Untergebenen wohl kaum herbeordert, um ihm sein neues Büro zu zeigen.

Die Antwort folgte prompt, als hätte sein Vorgesetzter Siegfrieds Gedanken gelesen. »Ich möchte Ihnen persönlich für Ihren Einsatz während der Geiselbefreiung danken. Sie werden eine angemessene Belohnung erhalten. Sie können sich sicher sein, für den Rest Ihres Lebens materiell ausgesorgt zu haben.« In der Stimme schwang eine fast schon beklemmende Portion an Herzlichkeit mit.

»Vielen Dank. Ich habe lediglich meine Pflicht getan«, antwortete Siegfried bescheiden. Er war tatsächlich nicht der Meinung, Großes geleistet zu haben. Verglichen mit Can war seine Rolle bei der Ergreifung von Julianus im Grunde bescheiden gewesen. Sicher, sie hatten beide ihr Leben riskiert – Siegfried womöglich sogar noch ein Stück mehr als Can. Trotzdem kam es ihm seltsam vor, dass Krag ihn und nicht seinen Kollegen zu sich rief, um ihm zu danken. Er hätte den Minister gerne gefragt, welche

Belohnung Can winkte. Sein Verstand riet ihm aber, das zu unterlassen. Tatsächlich hatte Siegfried eine Ahnung, warum Krag seinen Verdienst höher einschätzte als jenen Cans. Immerhin war er es, der Julianus unbewaffnet entgegengetreten war. In den Augen der Zeugen – deren Aussagen Krag sicherlich genauestens studiert hatte – war das womöglich eine Heldentat gewesen. Doch Siegfried war niemals wirklich der Meinung gewesen, sein Leben hätte sich in akuter Gefahr befunden. Dabei war ihm das Gefühl der Todesangst alles andere als fremd. Am Friedhof hatte er es nur zu deutlich gespürt. Jener eigentlich kurze Moment, in dem Julianus nach seinem Revolver gegriffen hatte – er war für Siegfried zur Ewigkeit geworden. Für einen Augenblick hatte die Zeit stillgestanden – als hätte man ihm einen Vorgeschmack auf die Ewigkeit gewährt, in die er beinahe eingetreten war. In dem Hochhaus aber hatte Siegfried nichts dergleichen verspürt. Keine Ewigkeit, keine Schwelle zum Reich des Todes. Stattdessen hatte Siegfried zu wissen geglaubt, dass Julianus ihm nicht zu Leibe rücken würde. Als hätten sie stillschweigend vereinbart, dass keiner von ihnen Gewalt anwenden würde. Nun Siegfried hätte dies auch gar nicht notwendig gehabt – dafür waren schließlich die Soldaten da gewesen. Julianus aber …

»Gut Sie haben Ihre Pflicht getan und werden entsprechend belohnt.« Krag schloss das Thema ab. »Ihre Dienste werden nicht mehr benötigt. Der Kampf ist gewonnen.«

»Eine Sache gibt es noch«, drängte Siegfried.

»Reden Sie.«

Siegfried überlegte angestrengt, wie er Krag seine Bedenken mitteilen konnte, so dass dieser sie auch zur Kenntnis nahm. Krag liebte – nein forderte – klare Ansagen. Gerade Klarheit war etwas, über das Siegfried zurzeit nicht recht verfügte.

»Sie sagten doch, Julianus wäre nur der Kopf einer Gruppe von Terroristen.«

»Das stimmt.« Krag nahm Siegfrieds Einwand fast milde auf. »Durch die Verhaftung Spillbergens und Julianus' haben wir der Organisation jedoch einen kritischen Schlag versetzt. Wir haben ihre Führungsriege eliminiert. Ohne die sind sie zu keinen organisierten

Aktionen fähig. Um die paar Terroristen, die noch frei herumlaufen und Sachschäden verursachen, kümmern sich die Soldaten.«

»Und doch haben Sie einen bewaffneten Soldaten vor der Tür postiert«, erwiderte Siegfried. Er spürte förmlich, wie das sprichwörtliche dünne Eis unter ihm Risse bekam. Aber er stand schon zu lange darauf, um sich darüber noch Sorgen zu machen. Sein Pflichtgefühl war stärker als seine Befürchtungen. »Das hätten Sie wohl kaum getan, wenn Sie sich wirklich sicher wären, die Sache wäre ausgestanden.«

»Führen Sie Ihren Verdacht bitte aus. Dann kläre ich Sie über meine Vermutungen auf.« Für einen Moment war Siegfried zu überrascht, um zu antworten. Krag interessierte sich also tatsächlich für seine Meinung.

»Julianus hat gar nicht erst den Versuch unternommen, zu entkommen«, sendete Siegfried nach einer Pause. Dass Krag ihm vertraute, war ihm nicht wirklich geheuer. Dafür war ihm etwas anderes klar geworden. Damals am Friedhof, hatte Julianus zweifelsohne Maßnahmen getroffen, um zu gewährleisten, dass er auch rechtzeitig entkam. Er war deutlich vor den Polizisten am Friedhof eingetroffen, um sicher zu gehen, nicht in eine Falle zu laufen. Und er war über die Mauer geflohen, statt durch das Eingangstor. In der Innenstadt dagegen war er den Soldaten direkt in die Falle gelaufen.

»Es ist, wie Sie gesagt haben. Er konnte dem Drang, sich gegen das, was er für den Staat hielt, zu behaupten, nicht nachgeben.« Krags Einwand klang weniger nach einem Gegenargument als nach einer finalen Schlussfolgerung. Siegfried konnte sich ihr jedoch beim besten Willen nicht anschließen.

»Selbst, wenn sein Stolz ihn blind für die Falle des Majors gemacht hatte. Er muss trotzdem einen ursprünglichen Fluchtplan gehabt haben«, wandte Siegfried ein.

»Er wollte die Geiseln als Druckmittel für Verhandlungen zu seiner Flucht einsetzen.« Krag bewies für seine Verhältnisse erstaunlich viel Geduld. Siegfried hoffte, dass sie noch etwas länger hielt.

»Aber wozu überhaupt Geiseln nehmen?«, bohrte er nach. »Wenn es ihm nur darum ging, zu fliehen, hätte er dies unmittelbar nach seinem Anschlag bewerkstelligen können. Er hatte einen deutlichen Vorsprung uns gegenüber und das allgemeine Chaos hätte seine Flucht gedeckt.«

»Was war dann Ihrer Ansicht nach der Zweck der Aktion?« Der Minister zeigte offenbar ehrliches Interesse an Siegfrieds Meinung. Andernfalls hätte er ihn längst abgewürgt. Sorgsam sortierte Siegfried seine Gedanken Mehr als eine einzige Chance sich zu beweisen, würde Krag ihm trotz allem Interesses nicht gewähren.

»Mir fallen nur zwei Möglichkeiten ein.« Siegfried konnte seinen Wunsch etwas geheimnisvoll zu klingen, nicht vollends unterdrücken. Die Gelegenheit, einem Mann, der vorgab alles zu wissen, eines Besseren zu belehren, war einfach zu verlockend.

»Reden Sie!« Mit einem Schlag war Krags Stimme so harsch wie immer.

»Julianus könnte aus bloßem Geltungsdrang gehandelt haben. Die freigelassene Geisel schien dieser Ansicht zu sein. Rein psychologisch betrachtet, mag dies auch stimmen. Wir alle wissen, dass Julianus nach Aufmerksamkeit strebt. Dennoch hat diese Theorie eine entscheidende Schwäche, beziehungsweise lässt sie eine Tatsache außer Acht.«

»Fassen Sie sich kürzer.«

»Julianus hat seine Inszenierung sicherlich genossen. Aber wenn es ihm nur darum gegangen wäre, hätte er dies auch einfacher bewerkstelligen können. Er hätte sich nicht so lange mit den Geiseln beschäftigen müssen. Damals, als er sich mir im Zug zeigte, war er auch darauf bedacht gewesen, rechtzeitig zu entkommen.«

»Ja, sein Verhalten war irrational«, pflichtete Krag Siegfried bei, wobei seine Stimme wieder einen Teil ihrer Schärfe verloren hatte. »Aber Menschen handeln oft irrational.« Es kostete Siegfried alle Beherrschung, Krag nicht auf die Parallelen zwischen seiner und Julianus' Denkweise hinzuweisen. Es war erstaunlich, dass zwei Menschen, deren Selbstverständnis sich so ähnelte, dennoch absolut unfähig waren, einander zu verstehen. Vielleicht aber war dies gerade ihrer Ähnlichkeit geschuldet: Weil sie sich beide, Krag und Julianus, ihren Mitmenschen gegenüber als überlegen betrachteten, konnten sie unmöglich ein echtes Verständnis für die Stärken des anderen aufbringen. Wie sollte man jemanden für rational halten, dem man keine vernünftigen Gedanken zutraute?

»Sie können frei reden.« Siegfrieds Schweigen missfiel Krag deutlich.

»Sicherheitshalber sollten wir davon ausgehen, dass hinter Julianus' Handeln eine rationelle Überlegung steckt.«

»Ein Ablenkungsmanöver. Das wäre der einzig naheliegende Schluss unter den von Ihnen gestellten Bedingungen.«

»Ja«, stimmte Siegfried zu. Krag mochte Verständnisprobleme haben, was andere Menschen betraf. Sein Verstand war jedoch messerscharf.

»Folglich würde ein weiterer terroristischer Anschlag unmittelbar bevorstehen«, führte Krag den Gedanken aus. »Ist das Ihre Sorge?«

»Wenn die Gruppe nicht bereits zugeschlagen hat.« Siegfried vermied bewusst das Wort »Terroristen«. Aus einem Grund, den er selbst nicht nennen konnte, kam ihm der Begriff unpassend vor.

»Angesichts Ihres begrenzten Wissens ist diese Schlussfolgerung sinnvoll.« Krag klang mehr anerkennend als abwertend. »Und es stimmt, Major Pan Coza ist zu meiner Sicherheit abgestellt. Doch dies liegt allein daran, dass unser Kampf zwar gewonnen, jedoch noch nicht beendet ist. Hätten Sie Zugriff auf die gleiche Datenmenge wie ich, würden Sie zu einem anderen Schluss kommen. Der Feind ist besiegt.«

Auf diese Aussage wusste Siegfried nichts mehr zu antworten. Aber das brauchte er auch gar nicht. Er hatte seine Schuldigkeit getan. Krag hatte sich seine Einwände angehört – intensiver, als Siegfried zu hoffen gewagt hatte – und verworfen. Übrig blieb nur mehr eine wichtige Frage, die Siegfried beschäftigte: Wie lange gab es diese Gruppierung bereits? Julianus war schon lange vor jener Begegnung im Zug aktiv gewesen, das lag auf der Hand. Tatsächlich bereitete dieser Umstand Siegfried trotz der zahlreichen Verbrechen, die Julianus begangen haben mochte, wenig Kopfzerbrechen. Denn Julianus war für Ino und somit für die Polizei unsichtbar. Seine Anhänger jedoch nicht. Wie und vor allem wie lange schon hatten sie es geschafft, sich vor dem System zu verstecken?

Mit einem Male fühlte sich Siegfried seltsam erschöpft. Er wusste, dass er auf diese Frage keine Antwort erhalten würde, egal wie sehr ihm Krag vertraute. Denn indem Siegfried diese Frage auch nur aussprach, rüttelte er an einem Grundpfeiler der Gesellschaft: Es gab keine unauffindbaren Verbrecher mehr.

Sigfried wollte sich bereits wieder von seinem Sessel erheben, als Krags Stimme erneut ertönte.

»Sie haben sich zusätzliche Informationen verdient.«

Mit einem Schlag wich Siegfrieds Müdigkeit von ihm. Krags wenig charmante Rhetorik löste bei ihm keinerlei Reaktion mehr aus. Die Aussicht, dass seine Neugierde befriedigt werden würde, dagegen sehr wohl.

»Die Terroristen haben einen Plan zum Sturz der Gesellschaft ausgearbeitet. Sie nannten ihn ›Operation Renaissance‹. Die genauen Details sind unwichtig.«

›Für Sie unwichtig‹, dachte Siegfried, darauf bedacht den Einwand nicht zu senden.

»Zwei Aspekte sind jedoch für Sie relevant«, fuhr Krag fort. »Erstens verlangte der Plan nach einem Verräter in unseren Reihen.« Krag machte eine Pause, als wartete er auf eine Reaktion.

»Dieser Verräter hätte ich sein sollen«, schloss Siegfried aus Krags Aussage. »Deshalb wurde ich verdächtigt.«

»Korrekt. Durch diesen Rückschlag war der Plan der Terroristen bereits gescheitert. Julianus konnte seit seiner Begegnung mit Ihnen auf dem Friedhof nicht mehr von Ihrer Unterstützung ausgehen. Daher konnte seine Geiselnahme nicht mehr als Ablenkung dienen. Außer natürlich, es handelte sich um eine Verzweiflungstat.«

Krags Stimme war so monoton wie immer. Dennoch kam es Siegfried vor, als schwinge beim letzten Wort ein hohes Maß an Verachtung mit.

»Vielleicht ging Julianus bis zuletzt von meiner Kooperation aus«, sendete Siegfried. »So, wie Sie es auch taten«, fügte er hinzu. Er wusste, dass dieser letzte Satz vermutlich ein Fehler war.

»Natürlich.« Siegfrieds Unterstellung kümmerte Krag nicht im Geringsten. »Ich musste auf Nummer sicher gehen. Es stand zu viel auf dem Spiel.«

Siegfried verstand. Deshalb also hatte er die Soldaten jederzeit begleiten sollten. Nicht um sie zu unterstützen, sondern damit sie ihn überwachen konnten. Doch obwohl ihm viele Gründe einfielen, auf Krag wütend zu sein, spürte er keinen Zorn in sich aufsteigen. Letzten Endes war der Mann – wie Siegfried auch – nur seinem Pflichtgefühl gefolgt.

Für eine Weile sendete niemand etwas. Dann ergriff Krag erneut das Wort. »Kommen wir zum zweiten Aspekt: Die Terroristen wollten den Verräter dazu benutzen, um sich Zugang zum Polizeirevier zu verschaffen.«

Siegfried verstand. Man gelangte nicht ins Gebäude, ohne zumindest einen Inoscanner zu passieren. Eine Person jedoch, die sich bereits in der Station befand, konnte anderen Zutritt verschaffen, indem er etwa die Tür blockierte. Aber warum sollte jemand so etwas tun? Auf dem Revier gab es nichts Wertvolles. Keine Gefangenen, die man befreien konnte, keine Wertgegenstände, die man stehlen konnte. Allenfalls die Inostopper der Polizisten konnte man entwenden. Allerdings waren diese gesichert und ließen sich nur von autorisierten Menschen bedienen. Wenn es aber kein Gegenstand war, nachdem Julianus' Gruppe trachtete, dann …«

»Dann waren das eigentliche Ziel also Sie.« Eine Mischung aus Erstaunen und Erschrockenheit ergriff von Siegfried Besitz. Einmal mehr war ihm Krag unheimlich. Dieser Mann dachte tatsächlich immer einen Schritt voraus.

»Korrekt«, vervollständigte der Minister den Satz. »Die Terroristen hofften mir Informationen auspressen zu können, die sie zum Sturz der Gesellschaft verwenden könnten.«

Siegfried dachte angestrengt nach, was dies wohl für Informationen sein könnten. Zweifellos hatte es mit Ino zu tun. Gab es etwa eine Art Mastercode, mit dem sich das gesamte System lahmlegen ließe?

»Was sie von mir zu kriegen hofften, ist unwichtig. Diese Terroristen hätten mich ohnehin nie dazu bewegen können, mit ihnen zu kooperieren.«

Siegfried fragte sich, ob sich Krag nicht hier selbst etwas überschätzte. Vermutlich kam ihm der Gedanke, die Kontrolle zu verlieren, einfach gar nicht in den Sinn.

»Ich denke, damit habe ich Ihnen alle Informationen ausgehändigt, die Sie benötigen, um die Tragweite des Falles zu erfassen. Angesichts Ihrer Verdienste steht Ihnen dies zu. Ich muss Sie darauf hinweisen, dass Sie nach wie vor unter Verschwiegenheitspflicht stehen. Verstöße werden schwer geahndet. Sollten Ihre Dienste wider Erwarten noch einmal benötigt werden, wird man Sie informieren. Damit wäre das Gespräch beendet.«

»Danke«, antwortete Siegfried. Eine bessere Reaktion fiel ihm nicht ein. Auf gewisse Weise war er tatsächlich froh, dass Krag zu seinem harschen Ton zurückgekehrt war. Von jemandem wie ihm mehr als nur ein Mindestmaß an Informationen zu erhalten, war bereits überraschend – zusätzlich noch gelobt zu werden, schon fast unangenehm.

»Gut«, sprach Krag in einem Tonfall, der jeden weiteren Kommentar im Keim erstickte.

Siegfried brauchte jedoch auch nichts mehr zu sagen. Im nächsten Moment drang ein Heulen in seine Gedanken und würgte jede weitere Konversation ab. Mit aufgerissenen Augen starrte Siegfried Krag an. Ohne Zweifel nahm auch er das Geräusch wahr, wenn er auch deutlich weniger überrascht wirkte als Siegfried. Allerdings ging Krag mit seinen Emotionen grundsätzlich sehr spärlich um. Wirklich überrascht hatte ihn Siegfried noch nie gesehen. Krags momentaner Gesichtsausdruck war das Maximum an Gefühlen, das er bislang bei ihm beobachten hatte können: Ein leichter Anflug von Verwirrtheit, mit einer Mischung aus Unglauben. Wenn man so wenige Emotionen wie Krag zeigte, waren die Momente, in denen die Maske verrutschte, besonders einprägsam. Es war der gleiche Ausdruck, als Siegfried Krag über seine Begegnung mit dem falschen Pirow informiert hatte.

Siegfrieds momentaner Gesichtsausdruck war vermutlich noch deutlich einprägsamer. Er kannte das Heulen nur zu gut: Es war der Feueralarm. Wie so vieles andere auch, hatte Ino die klassischen Sirenen abgelöst. Stattdessen wurde im Brandfall ein Signal an alle Implantate in der Nähe gesendet – mit einer Intensität, die ein Ignorieren unmöglich machte. Es war, als schrie man innerlich auf. Das Heulen erinnerte Siegfried an Krags Donnerstimme – auch wenn es mehr verstörend als einschüchternd wirkte. Vielleicht war dies Krags Trick: Er versendete seine Nachrichten in Form von Notfallsignalen. Einem gewöhnlichen Benutzer Inos war dies nicht einmal annähernd möglich. Doch bei all den Vollmachten, die Krag genoss, überraschte es Siegfried nicht, wenn ihm auch hier gewisse Sonderrechte zustanden.

Nach einem kurzen Moment der Starre, erhob sich Siegfried hastig von seinem Sessel. »Wir müssen das Gebäude verlassen«, sprach er in ruhigem Tonfall. Nach einem ausgedehnten Inotransfer kamen Siegfried selbst drastische Worte leicht über die Lippen. Es war, als finde er nach einer langen Wanderung endlich eine Sitzgelegenheit. Mochte der Sessel auch noch so unbequem sein – zur kurzen Entspannung reichte er alle Mal.

Krag nickte zustimmend. Das Polizeirevier befand sich in einem relativ alten Gebäude. Anders als das Hochhaus musste man es bei Katastrophen noch verlassen. Es war eine der wenigen Regeln, denen sich selbst jemand wie Krag unterordnen musste. Als sie beide die Tür des Büros erreichten, sagte sein Besitzer etwas, das Siegfried in seiner Bewegung innehalten ließ: »Das Feuer ist im Keller ausgebrochen.« Für einen Moment sagte niemand etwas. Dann fügte Krag in seiner dünnen, menschlichen Stimme hinzu: »Der Brandherd befindet sich unmittelbar vor Julianus' Zelle. Es gibt kein Anzeichen für eine Fehlfunktion des Meldesystems.«

Sein Vorgesetzter war Siegfried meist einen Schritt voraus. Diesmal jedoch hinkten seine Worte deutlich hinter Siegfrieds Kombinationsgabe hinterher.

Kapitel 24

»Wie geht es Ihnen?«, fragte Juliette zurückhaltend. Der schwere Eisenhelm, der ihren Kopf vollständig umschloss, dämpfte die Wirkung ihrer Stimme noch zusätzlich zur Zellentür, sodass diese mehr einem Flüstern glich.

Träge erhob sich Julianus von seiner Pritsche.

»Sie können sich ruhig Zeit lassen. Ihr Kreis hält die Polizei und die Soldaten in Schach. Es wird sicher noch eine Weile dauern, bis die Idioten wieder zurück sind.«

Julianus nahm die Worte nur halb zuhörend auf. Seine Aufmerksamkeit galt der Kopfbedeckung Juliettes. Ihr Gesicht, das darunter verborgen war, kannte er nur zu gut, aber dieser Anblick war neu. Ein metallener Bogen wölbte sich entlang der Schädeldecke. An den beiden Schläfen endete der Stahl in jeweils einem scharfkantigen Kamm. Die Linien liefen zum Gesicht hin spitz zusammen, sodass die Vorderseite des Helmes entfernt einer Speerspitze glich. Es war ein imposanter Anblick, der aber leider durch Juliettes gebückte Körperhaltung etwas geschmälert wurde. Das Rüstungsteil lastete sichtlich schwer auf ihren zarten Schultern. Julianus' Blick wanderte zu Juliettes Füßen. Dort lag ein schwerer Tornister, den sie noch zusätzlich zum Helm getragen haben musste. »Für Euren Einsatz kann Euch die Menschheit nicht genug danken«, hauchte er anerkennend. Juliette deutete eine leichte Verbeugung an. Ihre Hände zitterten leicht, als hätte sie schon lange auf derart lobende Worte gewartet.

»Ein ansehnliches Stück«, wandte sich Julianus wieder Juliettes Kopfbedeckung zu. »Und wirksam, wie ich sehe.« Julianus kannte den Helm aus dem Museum. Er erinnerte sich, wie er mehr als einmal staunend vor diesem Exponat gestanden war – in Bewunderung dieser hohen, längst vergessenen Form der Handwerkskunst. Allerdings unterschied sich der Helm auf dem Kopf Juliettes in einem entscheidenden Punkt von dem Exponat. Julianus wusste das, hatte er doch selbst Hand an dem Werkstück angelegt. Bei näherer Betrachtung des Helmes überkam ihn jedoch ein Gefühl der Traurigkeit. »Schade, dass wir diesem historischen Stück dermaßen seiner Würde berauben mussten.« Julianus deutete auf den Sehschlitz, der knapp über der spitz zulaufenden Vorderseite in den Helm geschnitten war. Die Öffnung selbst war historisch korrekt – selbst der tapferste aller Ritter konnte nicht blind in die Schlacht reiten. Das engmaschige Drahtgitter, welches wie ein zusätzlicher Augenschutz wirkte, war jedoch nachträglich installiert worden.

»Es war notwendig zur Abschirmung. Das haben Sie doch selbst gesagt«, rechtfertigte sich Juliette. Ihre Stimme klang nun deutlich lauter. Juliettes anfängliche Nervosität hatte ihre Stimme wesentlich stärker gedämpft als das Metall um ihren Kopf.

»Ich weiß, ich weiß. Ihr habt ja recht«, wehrte Julianus halb entschuldigend ab. »Ein Faraday'scher Käfig.« Er streckte sich, während er mit den Fingern ein übergroßes »F« in der Luft beschrieb. »Schande über diese Welt, dass sie so grundlegende physikalische Prinzipien vergessen hat.« Er schüttelte sich vor Ekel. Kurz darauf wandte er sich wieder an Juliette: »Und man hat Euch tatsächlich nicht gesehen?«

»Es ist alles wie geplant verlaufen.« Juliette neigte den Kopf leicht zur Seite. Größere Bewegungen ließ ihre Kopfbedeckung genauso wenig zu, wie Rundumblicke. »Die größte Hürde war mein eingeschränktes Sichtfeld. Die Inoscanner ließen sich wie vorhergesehen allesamt von meinem Helm blenden. Von meinen sogenannten Kollegen hat mich niemand auch nur angesehen.«

»Ihr bestätigt, was ich jahrelang selbst erlebt habe.« Julianus sah ihr tief ins Visier. Auch wenn er Juliettes Augen nicht sehen konnte, spürte er förmlich die Mischung aus Wut und Enttäuschung, die darin verborgen liegen musste. Jener Blick, der ihn dazu veranlasst hatte, sie ohne Umschweife in seinen Kreis aufzunehmen. Julianus seufzte leicht, dann fuhr er fort: »Egal, wie auffällig meine Kleidung, egal wie lautstark mein Auftritt: Ich wurde nicht beachtet. Nur ab und zu drehte sich eine aufmerksame Seele zu mir um. In noch selteneren Fällen wurde ich sogar gefragt, warum ich mich so kleidete und was ich denn vorhabe. Bis zu meiner Antwort aber hatte die Aufmerksamkeit, die man mir zu schenken bereit war, nie gereicht.« Julianus machte eine Pause. Er musste sich am Riemen reißen. Jetzt war nicht der passende Zeitpunkt, um über die Unzulänglichkeiten dieser Gesellschaft zu schwadronieren.

»Wenn Ino dich nicht sieht, sieht dich niemand«, fügte Juliette hinzu. Sie nickte so heftig, dass ihr Helm leicht zu scheppern begann. Julianus stimmte in das Nicken mit ein. Für einen Moment schwiegen beide einträchtig.

»Geht es Ihnen auch wirklich ausreichend gut?«, fragte Juliette schließlich.

»Es ging mir durchaus schon besser«, sagte Julianus leicht grummelnd. Die Wirkung des Stromschlages hatte nachgelassen, aber der lähmende Schmerz, der in seinen gesamten Körper ausstrahlte, musste erst noch verblassen. »Doch welchen Wert hat schon ein Sieg, für den man nicht zuerst kämpfen musste?«

»Keinen«, antwortete Juliette wie aus der Pistole geschossen. Ihre Hand wanderte zu ihrer Hüfte. Julianus' Blick fiel auf das große Jagdmesser, das dort von Juliettes Gürtel baumelte. »Das habt Ihr von Spillbergen«, murmelte er irritiert.

»Wir sind zwar fast, aber nicht ganz allein in diesem Gebäude.« Juliette tat so, als überhörte sie die Zweifel in Julianus' Stimme. »Die Zielperson ist natürlich hier. Aber es sind auch ein paar Polizisten anwesend. Wahrscheinlich sind die Idioten wie immer zu sehr mit sich selbst beschäftigt, als dass sie uns groß in die Quere kommen könnten. Falls aber nicht …« Ruckartig zog sie die Klinge aus ihrer Scheide und ließ sie durch die Luft kreisen. Julianus bemühte sich gar nicht erst zu fragen, ob Juliette im Umgang mit dem Messer auch tatsächlich geübt war. »Ich weiß, Ihr verachtet das System. Aber es gibt wohl noch mehr, was Euch antreibt. Sagt mir: Was ist es, das Euch an meiner Seite bis aufs Messer kämpfen wollen lässt?«, erkundigte er sich stattdessen.

Für einen Moment breitete sich erneut Schweigen aus. »Genau dieser Satz«, sprach Juliette schließlich.« Sie machte eine Pause, denn sie wollte sie Julianus Zeit geben, über den Inhalt ihrer Worte zu sinnieren. Als eine Antwort ausblieb, fuhr sie fort: »Wissen Sie, was meine Hauptaufgabe bei der Polizei war?« Juliettes Betonung des Wortes »Hauptaufgabe« ließ wenig Zweifel daran, dass die Frage rhetorischer Natur war. »Ich auch nicht«, gab sie sich selbst zur Antwort. »Offiziell bin ich als Sekretärin angestellt. Streng genommen war ich also nie Polizistin. Inoffiziell aber bin ich gar nichts. Es gibt nur zwei Arten von Tätigkeiten, für die ich in Frage kommen würde: Jene, die bereits von einer Maschine erledigt werden. Und jene, für die wir uns auch eine Maschine anschaffen könnten, wenn die Chefetage nicht zu knausrig dafür wäre. Wenn ich also stundenlang nutzlos in meinem Büro sitze, bleibt mir nichts anderes übrig, als daran zu denken, wie es früher wohl gewesen sein mag. Als Leute wie ich noch gebraucht wurden. Als die sogenannten Kollegen einen nicht achtlos stehen ließen, nur um sich sofort in ihr Büro zu verkriechen. Sollen sie mich doch ruhig eine Verräterin schimpfen.

Das wäre das erste Mal, dass sie mich beachten.« Juliette schüttelte sich, als widerten sie ihre eigenen Worte an. »Sie nannten mich eine Kämpferin an Ihrer Seite – eine ebenbürtige Kämpferin. Dieser Satz allein hätte mir genügt, mich Ihnen anzuschließen.« Sie streckte die Klinge wie einen Speer in die Höhe, als wollte sie damit einen unsichtbaren Gegner einschüchtern.

»Setz dir Perücken auf von Millionen Locken, setz deinen Fuß in ellenhohe Socken, du bleibst doch immer, was du bist«, zitierte Julianus.

»Wie bitte?«

»Ihr seid eine gute Verbündete. Lasst uns Ino gemeinsam stürzen«, wich Julianus aus. Es war nicht klug, Juliette zu belehren, aber er hatte dem Drang nicht vollends widerstehen können. Sie gab tatsächlich eine gute Verbündete ab – aber ihm ebenbürtig? Menschen wie Juliette konnten Julianus schlichtweg niemals ebenbürtig sein. Egal, wie ausgestoßen sie sich fühlen mochten – sie wurden von Ino erkannt. Sie wurden als Teile dieser Gesellschaft angesehen – wenn auch vielleicht als funktionslose. Julianus aber war ein Einsiedler, ein Ausgestoßener. Und es war diese Einsamkeit, die seinen Geist geschmiedet hatte. Ohne dieses Schicksal hätte er die Fähigkeiten, die er nun besaß, niemals erwerben können. Und weil es ein einzigartiges Schicksal war, würde sie auch niemand anders erwerben. Egal wie viele Helme und Messer man bei sich trug.

»Gut«, sagte Juliette mit einem Anflug von Trotz in der Stimme. Sie ließ das Messer zurück in seine Scheide wandern. »Eine Sache gibt es noch«, fuhr sie fort. »Wie gesagt, sollten die meisten Idioten hier uns keinen Ärger machen. Sie sind blind für alles, was außerhalb ihres Schädels passiert. Einen Polizisten gibt es aber, der den Namen noch verdient.«

»Doch nicht dieser Tegethoff?« Julianus wiegte scheinbar nachdenklich den Kopf. »Ach ja, Ihr wart es, die ihn mir empfohlen hat.«

»Die Sache mit ihm tut mir leid«, Juliette klang mit einem Schlag reumütig. »Er machte einen passenden Eindruck.«

»Grämt euch nicht.« Julianus winkte ab. »Das war nicht Eure Schuld. Er hätte tatsächlich Potential. Letzten Endes war seine Sklavenmoral aber stärker als seine Tugenden«, meinte er gelassen.

»Ich weiß nicht. Er ist anders als die anderen. Er könnte uns eventuell Probleme bereiten.«

»Seid unbesorgt«, beruhigte Julianus. »Es wäre nicht das erste Mal, dass ich ihn überwältige.« Er lächelte vieldeutig.

»Dann lasst uns kämpfen!«, schloss Juliette das Gespräch ab. Sie schlug sich mit ihrer rechten Faust gegen die flache linke Hand. Ein schallendes Klatschen – wie ein Paukenschlag – hallte durch den engen Korridor. Julianus nickte ehrfürchtig. Er musste die Augen der Frau nicht erkennen, um das Feuer zu erkennen, das darin loderte. Hoffentlich wurde es von mehr als nur Wut angefacht. Aber das würde sich bald zeigen.

Juliette griff nach dem schweren Tornister zu ihren Füßen und fuhr mit beiden Händen hinein. Ein verschnürtes Päckchen kam zum Vorsein. »Das ist für Sie. Für später«, raunte Juliette geheimnisvoll. Julianus nickte. Er verstand.

Als nächstes förderte Juliette einen dicken Stapel Karton hervor. Julianus lächelte zuversichtlich. Nur wenig erfreute das Auge mehr, als ein Plan, der langsam vor ihm aufging.

Verbindungen auf Basis von Kohlenstoff konnten erstaunliche Grade sowohl an Härte als auch an Zähigkeit erreichen. Die mechanische Belastungsgrenze des Kunststoffes der Tür überstieg jene von gewöhnlichem Stahl vermutlich deutlich. Doch kein Material konnte sich den Gesetzen der Chemie entziehen. Eine Wand aus eisernen Stäben wäre zwar weniger ansehnlich gewesen als der hochmoderne Kunststoff. Vermutlich wäre das Metall auch mechanisch etwas weniger belastbar. Aber es brauchte über 1500 Grad Celsius, um Eisen tatsächlich zu schmelzen. Dagegen zerfiel selbst die stabilste organische Verbindung bei wenigen hundert Grad. Doch selbst für diese vergleichsweise geringe Hitze brauchte es ein ordentliches Feuer.

»Was ist mit dem Feuerlöschsystem?«, fragte Julianus mehr neugierig als besorgt.

»Hier drin gibt es nur Brandmelder«, antwortete Juliette wie selbstverständlich. Sie hatten dieses Detail natürlich bereits besprochen. »In neuen Gebäuden würde jedes Feuer sofort durch ein von Ino zielgesteuertes Löschsystem bekämpft werden. Das Revier ist zu alt dafür. Und eine nachträgliche Installation war der Chefetage die Kosten nicht wert.«

»Feuerlöschsysteme gab es bereits vor Ino«, wandte Julianus ein.

»Kann sein. Trotzdem gibt es sie hier drin nicht. Vielleicht hatte man Angst, das Löschmittel könnte die viele Elektronik zerstören.« Juliette zuckte mit den Schultern. »Entweder Ino oder gar nichts. Das gilt für Menschen wie für die Brandbekämpfung.«

Julianus kniff die Augen zusammen.

»Naja, ganz so ist es nicht«, deutete Juliette Julianus' Zweifel richtig. »Es wird natürlich die Feuerwehr verständigt. Aber hier drinnen tut niemand etwas gegen das Feuer. Stattdessen erfolgt eine sofortige Evakuierung. Und während die Feiglinge alle damit beschäftigt sind zu fliehen, schnappen wir uns die Zielperson.« Juliette griff erneut in den Tornister. Eine durchscheinende Flasche, gefüllt mit einer öligen Flüssigkeit, kam zum Vorschein. »Ich dachte, das hätten wir alles besprochen?«, sagte sie, ohne den Kopf zu heben.

»Natürlich«, gab Julianus leicht zerknirscht zu. Er schätzte es nicht, verbessert zu werden. Aber er redete wohl wirklich etwas zu gerne. Wer konnte es ihm in seiner Situation schon verdenken? »Ich will nur sichergehen, dass alles wie geplant abläuft«, verteidigte er sich halbherzig.

»Aber wie heißt es so schön: ›Kein Plan überlebt den ersten Feindkontakt.‹« Herausfordernd wandte Juliette ihm ihren Kopf zu.

»Helmuth von Moltke«, sagte dieser halb abwertend, halb anerkennend. Er schätzte passende Zitate. Was er nicht schätzte, war, wenn die Weisheiten alter Meister missbraucht wurden, um ihn zu belehren.

»Die Leute hier sind feige. Wenn sie sich nicht mehr auf ihre Technik verlassen können, geben sie wahrscheinlich sofort auf«, sagte Juliette in versöhnlichem Ton. Als wäre die Sache für sie beendet, wandte sie sich wieder dem Stapel Karton zu. Vorsichtig goss sie den Inhalt der Flasche über den Brennstoff. »Das Feuer wird den Kunststoff lediglich teilweise schmelzen. Ihr müsst die Tür mit eurem Körper aufdrücken.«

»Das ist kein Problem«, kommentiere Julianus. »Gebt mir nur einen Moment zu Vorbereitung.« Mit diesen Worten nahm er die

Decke von der Pritsche und tränkte sie im Waschbecken mit Wasser. Dann warf er sich das vor Feuchtigkeit triefende Stück Stoff, wie einen Poncho über die Schultern.

»Sobald der Feueralarm ertönt, müssen wir uns beeilen. Wir werden ihn zwar nicht hören können, dafür jeder andere in diesem Gebäude«, mahnte Juliette. Julianus nahm die Aussage regungslos auf. Er hatte nichts anderes erwartet. Die einzige Frage, die sich ihm aufdrängte, war, ob die Polizisten den Brand überhaupt bemerken würden, wenn Ino sie nicht davor warnte. Vermutlich taten sie dies erst, wenn sie selbst in Flammen stünden ... Julianus schloss kurz die Augen. Als er sie wieder öffnete, sah er in Juliettes rechter Hand ein Feuerzeug hervor blitzen, das sie fast ehrfürchtig vor sich hielt.

»Es sei.«

Eine dünne Flamme entstieg Juliettes Faust. Dann ließ sie wortlos ihren Arm sinken. Fasziniert sah Julianus in den sich schnell ausbreitenden Brand. Die Feuerzungen schossen eifrig in die Höhe, als wollten sie aufzeigen und rufen: »Seht, ich kenne das Geheimnis dieser Welt.«

Für einen Moment schien es Julianus tatsächlich, als spräche das Feuer zu ihm – in einer Sprache, die sonst niemand verstand. Es war eine Erzählung von Vergänglichkeit. Von einer Erscheinung, die die Menschen in ihren Bann zog, weil sie Wärme, Licht und Geborgenheit aussendete. Tatsächlich aber verschlang sie, was sie berührte und produzierte dabei nichts als Rauch und Energie, die sich in der Weite des Raums verteilten und auflösten. Bis schließlich nur noch Asche zurückblieb, die vom Wind zerstreut wurde. Dennoch schien diese Welt zu glauben, ewig von den Reserven der Vergangenheit zehren zu können.

Die Rauchfahne begann sich schwärzlich zu verfärben. Das Feuer hatte begonnen an der Kunststoffwand zu nagen. Julianus spannte seine Knie an. Es war an der Zeit, dem Rat der Flammen zu folgen. Er würde diese Welt mit neuem – nein, mit wiederentdecktem – geistigen Brennstoff versorgen. Auch wenn er sie dafür erst vom falschen Schein der Geborgenheit losreißen musste.

Mit aller Kraft warf sich Julianus gegen die sich bereits verformende Tür. Die Konstruktion leistete nur wenig Widerstand. Der

Inoscanner an der Zellendecke, machte ebenfalls keinerlei Anstalten Julianus aufzuhalten. Er registrierte zwar, dass die Tür aufgebrochen worden war. Da er aber keinen schuldigen Implantatträger ausmachen konnte, überließ er es dem Brandmelder, Alarm zu schlagen.

Julianus beeilte sich, Abstand von dem Feuer zu gewinnen. Die nasse Decke schützte ihn zwar halbwegs vor der Hitze, nicht aber vor dem Qualm. Mit tränenden Augen schloss er zu Juliette auf, die bereits in Richtung der Kellertür gehastet war. Glücklicherweise ließ die Rauchbildung bereits nach. Den Karton hatte das Feuer bereits fast vollständig verzehrt. Der Kunststoff glomm mehr, als er brannte. Offenbar waren die Konstrukteure der Zelle immerhin so schlau gewesen, Materialien zu verwenden, die zwar stark hitzeempfindlich, aber nur schwer entzündbar waren. Mit eiligen Schritten schloss Julianus zur Juliette auf. Die beiden hatten etwa ein Drittel des Ganges hinter sich gelassen, als die Tür zum Treppenhaus mit einem Schlag weit aufgerissen wurde.

Kapitel 25

Einige Momente lang verweilte Can wie angewurzelt vor der schweren Tür, welche zu dem Raum mit den Zellen führte. Sein Befehl war klar. Er musste das Gebäude schnellstmöglich verlassen. Eine entsprechende Inopt zeigte ihm die kürzeste Fluchtroute, die gleichzeitig so viel Abstand zum Brandherd wie möglich hielt. Can aber war den umgekehrten Weg gelaufen.

»Und du bist dir absolut sicher?« Seine Frage galt mehr seinen eigenen Zweifeln als seiner Kollegin. Noch war es nicht zu spät, den Fluchtbefehl zu befolgen.

»Absolut.« Die Selbstsicherheit in Tess' Inostimme machte jener Krags Konkurrenz. »Ich habe Juliette vorhin in den Keller gehen sehen. Sie dachte wahrscheinlich, ich sähe sie nicht. Dabei fällt sie mit ihrem Helm doch auf wie ein bunter Hund.«

»Aber das macht doch keinen Sinn.«

»Was sie sich dabei gedacht hat, kann sie uns später per Inoextrakt mitteilen. Wenn sie Glück hat.« Zu Tess' Selbstsicherheit gesellte sich eine ordentliche Portion Geringschätzung.

»Wie meinst du das?«

»Du hast doch noch die Inobrecher, die man dir für Julianus gegeben hat, richtig?«

»Ja, aber Krag hat sie sperren lassen«, grummelte der junge Polizist. »Nach allem, was ich getan habe, traut er mir immer noch nicht! Er sieht nur meine Befehlsverweigerung! Pah! Dafür ruft er den Alten zu sich, dieser …« Mit aller Anstrengung unterdrückte Can den letzten Teil des Satzes.

»Das ist ein sicherer Kanal«, versicherte Tess. »Du hast ein Recht, wütend zu sein. Das war dein Moment und man hat ihn dir genommen. Aber jetzt kannst du alles nachholen. Verlange von Krag eine Aufhebung der Sperre. Er hat gar keine Wahl, als auf dich zu setzen.«

Can schluckte seinen Zorn hinunter. Tess hatte recht. Das hatte sie immer. Aber es gab noch eine Sache, die Can beunruhigte. »Das Störsignal erfasst alle Menschen im Umkreis von einigen Metern. Juliette wird davon auch erfasst …« Er stockte. Das hatte Tess gemeint, als sie meinte, Juliette könne von Glück reden, wenn man sie mittels Inoextrakt verhören würde.

»Fest steht, dass das Feuer kurz nach ihrem Besuch bei Julianus ausgebrochen ist. Damit sollte klar sein, dass sie ihm zur Flucht verhelfen will.«

»Ja«, stimmte Can zu. Er verstand allerdings nach wie vor nicht, wie ein Zimmerbrand Julianus zur Flucht verhelfen sollte. Vielleicht war das Feuer lediglich dazu gedacht, die verbliebenen Polizisten aus dem Gebäude zu jagen, damit er ungestört seine wahren Ausbruchspläne umsetzen konnte. Can überlegte, ob er Tess nach ihren Vermutungen fragen sollte. Stattdessen sendete er: »Die Soldaten haben Julianus nach seiner Festnahme alle persönlichen Gegenstände abgenommen. Somit kann nur Juliette das Feuer gelegt haben.«

»Korrekt. Also ist sie an ihrem Schicksal auch selbst schuld.«

Can schwieg. Er hatte nie ein besonders nahes Verhältnis zur Sekretärin aufgebaut. Außerdem war sie eine Verbrecherin. Dennoch …

»Das Signal des Inobrechers sollte so stark sein, dass es die dünne Metallschicht von Juliettes Helm locker durchdringt. Vielleicht wird es aber genügend abgeschwächt, dass sie es nur umwirft.« In Tess' Stimme lag nicht die geringste Spur von Mitgefühl. Ihre

Selbstsicherheit stand in starkem Gegensatz zu Cans Gefühlslage. »Verlange von Krag eine Aufhebung der Sperre«, drängte sie wieder.

Can schluckte seine Zweifel hinunter. Am Ende war es Krags Entscheidung. Indem er die Sperre aufhob oder nicht, entschied er über das Schicksal von Juliette. Von dem Gedanken beruhigt, zog Can einen der Inobrecher aus seinem Halfter.

»Unautorisierter Zugriff. Abzug gesperrt«, ertönte eine Stimme in seinem Kopf. »Ich bin Ihre einzige Chance. Ich verlange, dass Sie die Sperrung aufheben«, befahl Can. Da Krag den Inobrecher persönlich hatte sperren lassen, erhielt er sicher eine Meldung bezüglich Cans Zugriffsversuch. »Ich weiß, dass Sie mich hören«, fügte der junge Polizist hinzu – mehr um sich selbst Mut zu machen, als um Krag zu beeindrucken. »Machen Sie!« Für einen Moment war Cans Zorn erneut aufgeflammt. Das mochte unklug gewesen sein. Krag war niemand, der sich Befehle geben ließ. Aber Can hatte schon zu viel über sich ergehen lassen. Dies war sein Moment. Er konnte siegen oder scheitern, aber er würde nicht betteln.

Bange Sekunden verstrichen. Can hielt den Atem an. Im Gedanken spielte er alle möglichen Reaktionen Krags durch. Von einer simplen Mahnung für Cans forschen Ton bis hin zu einer Drohung wegen seiner Missachtung des Evakuierungsbefehls erschien alles möglich.

»Sperrung aufgehoben. Handeln Sie.«

»Jawohl«, antwortete Can kraftlos. Zu mehr Worten war er nicht imstande. Krags plötzliches Zugeständnis war entwaffnender als jede Zurechtweisung.

»Ich habe die Freigabe«, sendete Can entgeistert an Tess.

»Na also.« Für einen kurzen Moment war so etwas wie Jubel in ihrer ansonst so monotonen Stimme zu hören. »Jetzt mach sie fertig. Und dann hol dir deine Belohnung. Die Welt sieht dir zu und wartet.« Nach einer kurzen Pause fügte sie hinzu: »Und auch ich werde warten.«

Can schwieg. Auf Krags unerwartete Zustimmung hatte er immerhin noch zu antworten gewusst. Tess' Worte aber machten ihn sprachlos. Eigentlich hatte er fragen wollen, warum sie Krag nicht einfach direkt alarmiert hatte.

So aber gab er der Kellertür einen festen Tritt – halb um Tess zu zeigen, dass sie sich nicht in ihm irrte – und halb, um sich selbst zu beweisen, dass er kein Feigling war.

Die Tür sprang regelrecht auf. Wie alle gewöhnlichen Zugänge war auch sie nicht versperrt. Sie war bei Ausbruch des Feuers lediglich automatisch ins Schloss gefallen, um dem Rauch den Weg zu versperren. Can wuchtiger Tritt ließ sie krachend gegen die Wand schmettern.

»Keine Bewegung«, schrie der Polizist den Gang entlang, den Inobrecher krampfhaft nach vorn gerichtet. Die beiden Personen vor ihm drehten ihm erstaunt ihre Köpfe zu. Trotz des schweren Helmes auf ihrem Kopf sah man Juliette an, dass sie von der Begegnung überrascht war. Julianus dagegen wirkte in seiner Gelassenheit fast gleichgültig.

Can fixierte die beiden Verbrecher mit starrem Blick. Julianus war tatsächlich ausgebrochen und Juliette hatte ihm dabei geholfen. Tess hatte wie immer recht gehabt.

»Verschwinde oder du bist tot!«, zischte Can in Richtung seiner Kollegin. Tess mochte recht haben. Juliette musste für ihr Verbrechen bezahlen – möglicherweise sogar mit ihrem Leben. Aber einen Menschen tatsächlich zu töten – erst recht einen Menschen, den man kannte – das war nicht so einfach, wie Tess sich das vorstellte.

»Verschwinde du doch!«, entgegnete Juliette bissig. Mit einer schnellen Bewegung zog sie ihr Messer aus seiner Scheide.

»Letzte Warnung«, drohte Can. Sein Finger begann sich um den Abzug zu krümmen.

»Ah, der Bengel.« Julianus' ruhige Stimme zerriss die Spannung. »Dein kleines Spielzeug wird dir nicht viel helfen. Das solltest du inzwischen wissen.«

»Riskieren Sie es doch«, entgegnete Can. Seine Gedanken rotierten. Sollte er Juliette noch eine Chance geben, aus dem Wirkungsbereich des Inobrechers zu verschwinden? Oder sollte er einfach abdrücken?

»Wir haben keine Zeit für diesen Blödsinn!« Obwohl Juliette nur wenige Meter vor Can und noch wenigere neben Julianus stand, schrie sie fast.

»Für die Ehre muss immer Zeit sein«, entgegnete Can kalt. Er hatte seine Entscheidung getroffen. »Wollen Sie sich wirklich von Weibsvolk um diesen Moment bringen lassen?«

»Verrecke doch, du Stück Dreck, du …« Schwer atmend unterbrach Juliette ihren Fluch. Die Spitze ihres Messers zitterte heftig, wie die Nadel eines alten Messgerätes.

»Lasst mich nur machen.« Julianus legte seine Hand auf den Messergriff. Das Zittern erstarb.

»Ich lasse mich von diesem Waschlappen doch nicht beleidigen«, protestierte Juliette, widersetzte sich jedoch nicht, als ihr Julianus die Klinge abnahm.

»Er wird bezahlen. Für alles.« Sanft, aber bestimmt nahm er Juliette bei der Schulter. »Macht bitte einen Schritt zurück.« Sie gehorchte, ohne zu zögern. »Es sei«, wandte sich Julianus an Can. »Diesmal sind Eure Freunde nicht hier, um Euch beim Betrügen zu helfen.« Er sah Can starr an, ohne auch nur zu blinzeln. Auch der Polizist rührte sich keinen Millimeter. »Gut, Ihr habt Eure Waffe also gewählt. Ich die meine ebenfalls.« Bedrohlich langsam richtete Julianus die Spitze des Messers in Richtung Can. »Bei meiner Ehre. Ich werde mich erst bewegen, nachdem Ihr den ersten Schuss abgegeben habt. Sollte dieser seine Wirkung verfehlen, seid Ihr jedoch des Todes.«

Can hörte nur teilweise zu. So lange Julianus einige Meter entfernt vor ihm stand, drohte ihm keine Gefahr. Seine Sorge galt eher Juliette. Der Abstand zwischen ihr und dem Inobrecher hatte sich nur unwesentlich erhöht. Für die Wirkung der Waffe würde dies kaum bedeutend sein.

»Sie hat es nicht anders verdient«, hörte er Tess' Inostimme. Seine Anspannung machte es ihm unmöglich zu unterscheiden, ob sie tatsächlich sendete.

»Auf Euer Zeichen«, sprach Julianus. Seine Stimme war immer noch ruhig, aber die Gelassenheit darin war verblasst.

Can spürte, wie der Griff des Inostoppers sich förmlich mit seinem Schweiß überzog. Die Inostimme der Waffe pulsierte in seinen Gedanken: »Allgemeine Schussfreigabe – allgemeine Schussfreigabe – allgemeine …«

»Es reicht!«, rief Can und betätigte den Abzug. »Signalabgabe!«, verkündete der Inostopper in seinem Kopf. Can nahm die Nachricht nur dumpf war. Seine ganze Wahrnehmung war auf die Personen vor ihm konzentriert. Er sah, wie Juliette sich erst langsam zu neigen begann und dann schnell nach hinten kippte. Das metallische Scheppern ihres Helmes, der auf dem Boden aufschlug, nahm Can noch war. Dann übertönte ein stechender Schmerz in seiner Brust alle seine Sinneswahrnehmungen.

Es hatte Julianus keine zwei Sekunden gekostet, um die winzige Distanz zwischen Can und ihm zu überwinden. Ein geübter Polizist hätte gewiss einen viel größeren Abstand eingehalten. Oder er hätte sofort abgedrückt. Nicht, dass dies einen Unterschied gemacht hätte. Vom eigentlichen »Schuss« hatte Julianus nichts mitbekommen. Er hatte lediglich auf das Zucken von Cans Zeigefinger reagiert. Und er hatte das Versprechen, dass er ihm gegeben hatte eingelöst. Die Klinge drang tief in die Brust seines Gegners ein. Noch bevor der erste Blutschwall ihm entgegenspritzen konnte, hatte Julianus das Messer bereits wieder zurückgezogen und sich abgewandt – in sicherer Gewissheit, dass ein zweiter Stoß nicht notwendig sein würde. Als Can langsam zu Boden sank, sah er nicht einmal mehr hin. Stattdessen eilte er zu Juliette. Julianus bückte sich zu dem regungslosen Körper der jungen Frau. Sanft hob er ihren Helm an und fühlte nach ihrem Puls. Er fand ihn nicht.

»Deshalb kämpfe ich lieber allein«, seufzte er. Langsam fuhr er mit der freien Hand über Juliettes Gesicht und schloss ihr die Lider. Was für ein Spiel wurde hier gespielt? Juliette hatte voller Überzeugung behauptet, ihr Helm schütze sie. Dass ihr Glaube aufrichtig war, hatte sie mit ihrem Leben bewiesen. Und doch fühlte sich Julianus verraten. Sicher, Juliettes Helm hatte sie vor dem Blick des Inoscanners bewahrt. Warum aber hatte er hier versagt? War er von seinem Kreis falsch informiert worden? Oder gar angelogen? Hätte nur er die Auswirkungen dafür spüren müssen, wäre selbst das zu verkraften. Julianus war seiner Einsamkeit schon lange überdrüssig. Mit zusammengepressten Lippen blickte er auf Juliettes totes Gesicht. Sie aber war zu jung gewesen für dieses Schicksal. Und zu lebendig. Sie war keine der wandelnden Leichen, denen Julianus lediglich den Gnadenstoß gegeben hatte. Julianus fragte sich, ob es besser gewesen wäre, wenn er und Juliette sich nie getroffen hätten. Langsam schüttelte er den Kopf. Nein, ein Leben inmitten einer Gesellschaft von Toten – auch wenn es ein langes wäre – das wäre keine Rettung, sondern ihr wahrer Untergang gewesen. Julianus wischte mit seiner Hand das Blut von der Klinge und steckte sie sich in den Hosenbund. Juliette die Messerscheide zu entreißen, kam ihm wie Leichenfledderei vor. Er nahm ihren Helm und legte ihn sanft auf ihrem Oberkörper ab. Sie hätte sich bedeutendere Grabbeigaben verdient. So aber nahm er ihr das Päckchen ab, das Juliette zuvor aus dem Tornister entnommen hatte und verstaute es in seinem Sakko. »Jeder, der für seine Ideale stirbt, verdient ein Heldenbegräbnis«, flüsterte er, wissend, dass er ihr keines würde bieten können. Dafür würde er ihren Tod ehren, indem er ihren Henker fand und zur Strecke brachte.

Ein heiseres Röcheln riss Julianus aus seiner kurzen Trauerphase. Langsam richtete er sich auf. Can lag zusammengekauert am Boden. Den Inobrecher hatte er fallen lassen. Stattdessen waren seine Hände auf die blutende Wunde an seiner Brust gepresst. Sein Blick war auf Julianus gerichtet. Cans Augen waren jedoch seltsam glasig. ›Wie schade‹, dachte Julianus. ›Nachdem er so viel Mut bewiesen hat, verschwendet er seine letzten Momente damit, sich in seine Scheinwelt zu flüchten.‹ Provokant langsam schritt Julianus auf seinen gefallenen Feind zu. Juliette hatte ihn fortwährend zur Eile gedrängt. Nachdem ihr gemeinsamer Plan aber offensichtlich tödliche Lücken aufwies, sah Julianus keinen Grund darin, sich penibel an ihn zu halten.

»Auch wenn Eure Duellaufforderung nur ein Vorwand war, muss ich Euch zu Eurem Mut gratulieren.« Julianus blieb unmittelbar neben Can stehen, wissend, dass von ihm keine Gefahr ausging. Julianus sah auf seinen Feind hinab. Im letzten Moment hatte er sich etwas gedreht, weshalb der Stich sein Herz knapp verfehlt und stattdessen seine Lunge getroffen hatte. In den nächsten Minuten würde sie sich mit Blut füllen. Bei sofortiger medizinischer Versorgung bestand eine Chance auf Rettung. Aber Julianus hatte weder die Mittel noch die Motivation, um die Wunde zu versorgen. Es mochte nicht den offiziellen Regeln entsprechen – doch Duell blieb Duell. Man setzte Leben gegen Ehre. Und er hatte verloren.

»Can Zeki. Erinnere ich mich richtig?«, fragte Julianus den Verwundeten. Wie auf ein Zeichen kam Leben in die glasigen Augen. Die Blicke der beiden Kontrahenten trafen sich. In Cans Augen sah Julianus eine Mischung aus Schmerz und Zorn, aber keine Verzweiflung. Innerlich hatte er den Kampf wohl immer noch nicht aufgegeben.

»K-kein Implantat«, keuchte Can. Sein Kehlkopf war vor Schmerzen fast gelähmt.

»Das habt Ihr richtig erkannt.«

Cans Reaktion ging in einem Röcheln unter. Julianus fühlte eine Welle des Mitgefühls in sich aufsteigen. Seine Hand wanderte zu dem Messer an seinem Hosenbund. Auf halbem Weg zog er sie jedoch wieder zurück. Ein Gnadenstoß verstieß ebenfalls gegen die Gepflogenheiten eines Duells.

»Unabhängig von seinem Ausgang gilt eine Fehde nach einem Duell als beendet. Ihr habt Euch meinen Respekt verdient.« Julianus verbeugte sich leicht. Cans Augen überzogen sich erneut mit einem glasigen Glanz. Dieses Mal jedoch schien dies unfreiwillig zu geschehen. »Ich sehe, Ihr habt Eure Freunde um Hilfe gerufen. Ich werde sie nicht aufhalten, auch wenn ich fürchte, dass jede Hilfe zu spät kommen wird.« Dann wandte er sich ab. Hier gab es nichts mehr für ihn zu tun. Er fragte sich, wie sich sein Feind verhalten hätte, wenn er siegreich gewesen wäre. Ohne Zweifel beruhte der neugewonnene Respekt, den Julianus für ihn empfand, nicht auf Gegenseitigkeit. Ob sein Gegner ihn einfach kommentarlos hätte liegen lassen? Julianus verwarf den Gedanken. Es war egal, was sein Feind in seinen letzten Momenten dachte. Diese gehörten ihm allein. Julianus' Aufmerksamkeit hatte nun den anderen Polizisten zu gelten, die sein Gegner ohne Zweifel um Hilfe gerufen hatte. Julianus würde zu seinem Wort stehen. Jene, die lediglich ihrem Kollegen helfen wollten, würde er passieren lassen. Die anderen jedoch …

Langsam glitt seine Hand zu der Klinge. Seine Waffe war zwar ungleich primitiver als alles, mit dem man ihn konfrontieren würde, aber er hatte auch dem Duellanten viele Jahrhunderte technischen Vorsprung gewährt.

Kapitel 26

»Ich habe keine Ahnung.« Es war ein Satz, von dem Tess nie erwartet hatte, dass sie ihn senden musste.

»Aber du warst es doch, die mir gesagt hat, dass Juliette Julianus befreit hat«, kam es schwach zurück – verdächtig schwach.

»Was?« Tess spürte ein Gefühl in sich hochsteigen, von dem sie gehofft hatte, es nie spüren zu müssen. Sie kam sich dumm vor. »Wieso kann ich dich so undeutlich hören? Ist der Empfang gestört?«

»Ich … bin verwundet.« Cans Stimme wurde mit jedem weiteren Wort eine Spur leiser. Die Intensität eines Gedankentransfers hing vom Wachheitszustand der teilnehmenden Personen ab. Immer leiser werdende Worte waren ein Zeichen dafür, dass der Sender kurz davor war einzuschlafen. Aber warum sollte Can jetzt an Schlaf denken? Vor ein paar Minuten war er doch putzmunter gewesen.

»Du wirst doch nicht etwa bewusstlos?«, entfuhr es Tess.

»Das auch …«

Nur ihre perfekt justierten Inofilter verhinderten, dass Tess für jeden Kollegen hörbar laut fluchte. Immerhin gab es eine Sache, auf die sie sich noch verlassen konnte. Durch dieses Wissen beruhigt, spuckte ihr Verstand eine Idee aus. Tess konnte Can einfach orten lassen. Offiziell brauchte sie dafür seine Zustimmung, aber mit Hilfe eines kleinen Tricks – für dessen Erlernung sie Jahre gebraucht hatte und dementsprechend stolz darauf war – ließ sich so eine Zustimmung simulieren. Sie traute zwar Krag zu, dass er ihr auf die Schliche kam, aber er würde sicher Verständnis für ihre Situation zeigen.

»Bist du noch wach?«, fragte Tess besorgt. Die Worte »bei Bewusstsein« vermied sie sorgfältig.

»Ja«, kam es schwach zurück.

»Du bist im Keller. Unmittelbar in der Nähe des Brandherdes. Aber der Alarm bestätigt, dass das Feuer fast erloschen ist. Von den Rauchgasen sollte keine große Gefahr ausgehen.«

»Schön.« Can klang alles andere als beruhigt.

»Krag schickt sicher bald Hilfe. Aber er wird wissen wollen, wieso du nicht mit uns zum Sammelplatz gekommen bist.«

»Du hast gesagt, du würdest auf mich warten, wenn ich …« Cans Inostimme schrumpfte zu einem kaum noch wahrnehmbaren Flüstern.

»Was?« Tess' Selbstsicherheit schwand mit jeder Minute – ebenso wie ihre Kontrolle über ihre Inofilter. »Ich war das nicht, verstehst du?« Die sonst so monotone Inostimme verlor sichtlich an Neutralität.

»Kein Implantat.«

»Meinst du Julianus? Er ist doch nicht bei dir?« Als Antwort erhielt sie nur Schweigen. »Can, melde dich. Ich war das nicht. OK?« Tess spürte wie ihre Filter zu versagen begannen. »Ich habe keine Schuld, verstehst du?« Zum ersten Mal seit langem war ihre Nervosität klar wahrnehmbar. »Bist du noch da?«, fragte sie, fürchtend, dass sie die Antwort bereits kannte. »Reiß dich zusammen! Krag schickt gleich Hilfe!« Es war mehr ein Flehen als ein Befehl. Tess erschrak. Der Klang ihrer eigenen Inostimme ließ sie erschaudern. Was war nur los? Eifrig machte sie sich daran, ihre Inofilter neu zu justieren.

»Can ist scheinbar verwundet. Jemand muss ihm helfen.« Trotz aller Dringlichkeit, mit der sie die Nachricht an ihre anwesenden Kollegen sendete, klang Tess' Inostimme so neutral, als wäre nichts geschehen. Was immer auch geschehen war. Sie war immer noch Profi genug, diese Situation zu meistern. Immerhin konnte ihr niemand Schuld an dieser Situation geben. Sie war es nicht, die Can angestiftet hatte. Eine Imitation ihrer Inostimme kam allerdings genauso wenig in Frage. Inotransfers zu verfälschen war unmöglich – andernfalls hätte sich die Inopt niemals durchgesetzt. Aber was war dann geschehen? Erneut spürte sie ein mulmiges Gefühl in sich hochsteigen. Aber diesmal saßen ihre Filter perfekt. Erwartungsvoll, aber keinesfalls nervös, fokussierte Tess die Abbilder ihrer Kollegen. Falls jemand von ihnen ihre Anspannung teilte, dann waren sie noch besser darin, diese zu verbergen, als sie. In Krags Gesicht regte sich wie üblich nicht der kleinste Muskel. Tess wusste, dass er über die jüngsten Vorkommnisse informiert war. Doch es war unmöglich zu sagen, wie ernst er sie nahm.

Der Major wirkte ebenfalls vollkommen gelassen. Tess hoffte, dass dies lediglich seiner soldatischen Ruhe geschuldet war und er nur auf einen Befehl Krags wartete. Denn mehr Leute gab es nicht, auf die Tess setzen konnte. Sie waren nur zu dritt. Nun ja, technisch gesehen, waren sie zu viert, aber der Alte zählte nicht. Er schaffte es ja noch nicht einmal, während seiner Flucht aus dem Gebäude Ino zu aktivieren. Tess funkelte Siegfried gereizt an. Die Tatsache, dass sie hierfür ihre biologischen Augen benutzen musste, war eine für ihn typische Frechheit. Inzwischen hätte selbst eine Schlafmütze wie er längst Inoline sein können. In kritischen Situationen wie dieser war das eigentlich selbstverständlich. Für einen kurzen Augenblick empfand Tess so etwas wie Neid auf Siegfried, der einfach nur herumzustehen schien, ohne sich um irgendetwas zu kümmern. Von allen Menschen war ausgerechnet der Alte beherrschter als sie. Tess' Hände ballten sich zu Fäusten. »Los, mach schon! Geh Inoline«, wies sie Siegfried an. Mit einer gewissen Zufriedenheit bemerkte Tess, dass ihre biologische nicht aufgeregter als ihre Inostimme klang. Wenn schon für sonst nichts, so war der Alte immerhin für einen Stresstest gut.

Gemächlich ließ Siegfried seinen Blick über das Gelände schweifen. An Gründen zur Besorgnis herrschte wahrlich kein Mangel. Die Zufahrtsstraße zum Revier war leer. Jegliche Art von Verstärkung – wenn sie denn überhaupt bereits angefordert worden war – würde noch etwas auf sich warten lassen. Julianus lief inzwischen frei im Revier herum – wenn er nicht damit beschäftigt war, es gerade abzufackeln. Doch allen Gründen in Panik zu verfallen zum Trotz, spürte Siegfried keinerlei Aufregung in sich. Nach all den Strapazen schien er endlich bereit, Pirows Ratschläge umzusetzen. Wie um sich selbst zu testen, musterte Siegfried die Gesichter seiner versammelten Kollegen. Abwechselnd sah er Tess, den Major und schließlich Krag an. Sein Blick wurde von keinem erwidert. Stattdessen starrten ihre Augen, wie schon so oft, ausdruckslos in die Ferne. Siegfried nickte ihnen wissend zu. Lange hatte er gedacht, dass er sich nie an den Anblick dieser starren Augen gewöhnen würde. Mit einem leichten Anflug von Stolz stellte er fest, dass dem nicht so war. Umstimmen konnte er seine Kollegen ja ohnehin nicht. Vermutlich war dazu nicht einmal Julianus im Stande. Auch wenn er sich die größte Mühe gab. Jetzt hatte der Gauner also seine Zelle in Brand gesteckt. Was kam als Nächstes? Unwillkürlich musste Siegfried lächeln. Wieder befand er sich auf bekanntem Terrain. Julianus hatte eine Straftat begangen und seine Kollegen suchten mittels Ino nach einer Lösung. Er, Siegfried stand einstweilen ratlos in der Gegend herum, darauf wartend, dass ihn jemand aufklärte. Wie oft hatte sich dieser Zyklus nun schon wiederholt? Und wie oft würde er es noch tun? Vielleicht dann, wenn eine höhere Macht zu dem Schluss kam, dass Siegfried die richtige Einstellung erlangt hatte. Der Gedanke – so ichbezogen er auch war – übte eine beruhigende Wirkung auf Siegfried aus. Er beschloss, diese Erkenntnis in seinem Gedächtnis aufzubewahren. Mit sich selbst im Reinen, richtete Siegfried seine Aufmerksamkeit wieder auf seine Kollegen. Sie waren nur zu dritt. Das war ungewöhnlich wenig. Sicher, Tyainen und seine Kameraden waren noch auf Einsatz. Möglicherweise traf dies ebenfalls auf Maja, Ferrera und Sean zu. Can aber war mit Siegfried zurückgekehrt. Und Juliette sollte das Revier gar nicht erst verlassen haben. Trotzdem fehlte von den beiden jede Spur.

»Los mach schon! Geh Inoline«, durchschnitt eine Stimme Siegfrieds Gedanken. Siegfried hob die Augenbrauen. Er hatte damit gerechnet, dass jemand ihn anschnauzen würde. Womit er aber nicht gerechnet hatte, war, dass dieser Jemand nicht Krag war. Für einen Moment traf Siegfrieds erstaunter, auf den seltsam fordernden Blick von Tess. Kurz darauf aber legte sich wieder jener Siegfried so vertraute, leere Ausdruck auf ihre Augen. Doch etwas an ihrer Körperhaltung blieb anders als normal. Auch ihrer Stimme hatte die für sie so typische Ausdruckslosigkeit gefehlt. »Gehen Sie Inoline! Sofort!«, befahl eine zweite Person. Ihr Befehlston war Siegfried nur allzu vertraut. Er gehorchte umgehend. Krags ohnehin begrenzte Geduldsspanne musste momentan besonders kurz sein.

»Can ist verwundet. Jemand muss ihm helfen.« Tess klang so monoton wie immer. Dennoch meinte Siegfried einen Hauch von Panik in ihrer Stimme zu erkennen.

»Wie ist das passiert?«, fragte er entgeistert. Siegfried spürte, wie die geistigen Abbilder seiner Kollegen ihn anstarrten. »Wenn ich euch helfen soll, müsst ihr mich aufklären«, kam er seinen Kritikern zuvor. Im nächsten Moment sah Siegfried Julianus vor sich stehen. Er blickte auf ihn herab, als befände sich Siegfried auf einer höher gelegenen Position. Nervös sah sich der alte Polizist um. Die Umgebung kam ihm schrecklich bekannt vor. Es war das Kellerabteil des Reviers – dort wo auch er vor Kurzem eingesperrt worden war. Doch der Raum wirkte nicht künstlich schön, wie dies bei Nachbildungen durch Ino der Fall war. Julianus kam mit langsamen, aber stetigen Schritt näher. Trotz seines offensichtlich geschwächten Zustandes wirkte er erhaben wie immer. Erst jetzt erkannte der Polizist, was hier vor sich ging. Man konnte per Inotransfer sein Blickfeld mit dem eines anderen Menschen teilen. Siegfried sah Julianus also durch die Augen eines anderen. Julianus' Körperhaltung machte deutlich, dass er mit seiner Situation sehr zufrieden war. Für die Person, durch deren Augen Siegfried sah, konnte dies nichts Gutes bedeuten.

»Die Verbindung ließ sich nicht länger aufrechterhalten«, durchschnitt Krags Stimme den Film. »Vor dem Mord hat Juliette Rathy Flavius Claudis Julianus aus seiner Zelle befreit.«

»Julianus hat Can also getötet.« Siegfried schämte sich etwas für seine Direktheit. Aber Krag hatte von Mord gesprochen. Das, kombiniert mit der Tatsache, dass Julianus freudig auf sein Opfer herabblickte, ließ nur eine Schlussfolgerung zu.

»Wir wissen nicht, ob er tot ist«, entfuhr es Tess. »Er hat nur das Bewusstsein verloren.«

»Ich habe Zugriff auf seine Körperwerte. Er ist nicht mehr zu retten.« Krag sendete mit der für ihn typischen Kälte.

»Nein! Jemand muss ihm helfen.« Siegfried bewunderte Tess' Mut, dem Minister einfach zu widersprechen.

»Stellen Sie mich etwa in Frage?«, donnerte es abrupt zurück.

»Natürlich nicht.« Die junge Frau zuckte leicht zusammen. »Aber …« Suchend sah sie die Abbilder der anderen an.

»Egal, wie schwer verletzt«, sprang ihr der Major tatsächlich bei. »Einen Kameraden lässt man nicht zurück.

»Ja, jemand muss ihm helfen«, nickte Tess eifrig.

»Ich stimme zu«, schloss sich Siegfried an.

»Wir bleiben hier«, kam Krags prompte Antwort. »Wenn wir zurück gehen, spielen wir dem Verbrecher nur in die Hände. Ich habe bereits den Rettungsnotdienst verständigt.«

»Aber bis die eintre…«

»Flavius Claudius Julianus ist gegen die Inobrecher immun«, Krag schnitt Tess das Wort ab. »Wir können dieses Wissen nicht ignorieren.«

»Er hat also kein Implantat, richtig?«, fragte Siegfried. Für einen Moment herrschte Funkstille. Krag hatte allzu deutlich gemacht, dass er nicht gewillt war, weiter über Can zu diskutieren. Und für langwierige Diskussionen fehlte ihnen die Zeit. Also war Siegfried stattdessen gleich dazu übergegangen, jene Frage zu stellen, die sich sonst niemand zu stellen traute. Denn ein Mensch ohne Implantat – das war unvorstellbar. Doch unvorstellbar oder nicht: Diese eine Erklärung löste all die Ungereimtheiten auf, mit denen sich Siegfried in letzter Zeit konfrontiert gesehen hatte: Sowohl, was Julianus' nicht enden wollende Karriere als Krimineller, als auch das Engagement Krags betraf. Julianus war nicht nur jemand, der nicht existieren durfte – er konnte schlicht nicht existieren. Siegfried kostete die verbleibende Funkstille aus. Im Anschluss würde Krag ihn sicher zusammenstauchen.

»Das macht doch keinen Sinn.« Zu Siegfrieds Überraschung war es erneut Tess, die die Stille brach. »Julianus ist zwar alt genug, um noch ohne Implantat auf die Welt gekommen zu sein. Aber spätestens im Kindesalter müsste er operiert worden sein.«

»Sie haben recht. Es macht keinen Sinn. Deshalb werden wir uns nicht weiter damit beschäftigen. Wichtig ist für uns nur, dass Flavius Claudius Julianus gegen konventionelle Sicherheitsmaßnahmen immun ist.«

Siegfried hatte erwartet, dass Krag seine Frage einfach grundsätzlich verneinte. Doch er war ausgewichen. Julianus trug also tatsächlich kein Implantat.

»Aber Juliette trägt doch sicherlich ein Implantat. Wie konnte sie Julianus zum Ausbruch verhelfen?«

»Auch das ist momentan nicht wichtig. Sie ist mit an Sicherheit grenzender Wahrscheinlichkeit tot.«

»Ja, wir sollten uns nicht damit aufhalten«, pflichtete Tess bei.

»Was?« Siegfried fühlte, wie seine Gelassenheit von ihm abfiel wie zerrissene Kleidung.

»Richtig, das wissen Sie noch nicht«, antwortete Krag lapidar. »Der Inobrecher von Can Zeki hat Juliette Rathy getroffen. Sie trug zwar einen Metallhelm, doch er konnte das Signal nicht genügend abschwächen.«

Siegfried schenkte Krag nur seine halbe Aufmerksamkeit. Halb erleichtert, halb schockiert stellte er fest, dass wenigstens ihm die Nachricht von Juliettes Tod nahe ging. Er konnte Juliette noch förmlich vor sich stehen sehen. Wie sie ihm eine Tasse Kaffee reichte. Er wusste nicht, was grotesker war. Dass sie tatsächlich tot war, oder dass dies niemanden zu kümmern schien.

»Wir haben also zwei Kollegen verloren.«

»Nur einen«, stellte der Major richtig. »Die Verräterin bekam, was sie verdiente.«

»Aber wie wollen wir wissen, ob sie uns tatsächlich verraten hat?« Schweigen breitete sich aus. Niemand schien auf diese Frage antworten zu können, oder zu wollen.

»Wir können später darüber diskutieren«, würgte Krag das Thema ab. »Wir müssen dafür sorgen, dass es nicht zu noch mehr Opfern kommt.«

»Ja«, stimmten der Major und Tess fast gleichzeitig zu.

»Eure Gleichgültigkeit ist unerträglich!«, entfuhr es Siegfried. Dann entstieg er, noch bevor jemand etwas entgegnen konnte, Ino. Sich ungefragt zu entfernen, mochte für ihn Konsequenzen haben, doch er sorgte sich nicht darum. So wie sich die anderen nicht um den Verlust ihrer Kollegen sorgten. Gelassenheit war eine Sache, Eiseskälte eine andere. Siegfried schloss seine Augen. Zumindest eine kurze Phase der Trauer schuldete er Juliette und wohl auch Can. Ganz egal, was die junge Frau getan hatte – die Todesstrafe hatte sie dafür nicht verdient. Seine Kollegen sahen das offenbar anders. Auch Cans Zustand – wie schlimm er nun auch immer war – schien ihnen verstörend egal zu sein. Nur Tess schien sein Schicksal aufrichtig nahe zu gehen. Allerdings schien auch ihr Mitgefühl nicht sonderlich weit zu reichen. Wen sie um Hilfe für Can bat, vermied sie das Wort »ich« sorgsam. Vielleicht war Tess weniger mutig, als sie es gerne wäre. Vielleicht war sie sich aber auch einfach der Begrenztheit ihrer eigenen Fähigkeiten nur zu bewusst. Tess' Geschick im Umgang mit Ino wurde innerhalb der Polizei nur noch von Krag übertroffen. Da drinnen aber wartete ein Gegner auf sie, der außerhalb des scheinbar vollkommenen Systems stand. Und der keine Skrupel hatte, dies unter Einsatz von Menschenopfern unter Beweis zu stellen. Siegfried öffnete seine Augen wieder. Verwundert stellte er fest, dass ihn niemand aufforderte, sich dem Inotransfer anzuschließen. Auf seltsame Weise fühlte er sich mit Juliette und Can verbunden. Wäre er an ihrer Stelle, würde es seine Kollegen wohl noch weniger kümmern. Er war ja nur ein Überbleibsel aus der Omegageneration.

»Der Tod ist kein Übel. Nichts stirbt, sondern wird in etwas Anderes verwandelt.«

Siegfried sah sich erschreckt um.

»Wenn du mich sehen willst, so blicke in dein Inneres.«

»Ich dachte, nur Krag könnte das.« Siegfried entspannte sich. Die tiefe Stimme hatte die gleiche beruhigende Wirkung auf ihn wie damals, als er Inoextrakt über sich ergehen hatte lassen müssen. Siegfried schloss die Augen. Nun sah er ihn: Ein dichter, grauer Vollbart mit schwarzen Einschlüssen, eine dunkelgrüne Weste über einem Hemd mit Karomuster. Die Gestalt glich so haargenau Siegfrieds Erinnerung, als hätte man sie direkt aus seinem Gedächtnis extrahiert. Und genauso war es.

»Ja, wir sind beide in der Lage, mit jedem Implantatträger zu kommunizieren, wenn wir es für nötig erachten.«

Krag und der falsche Pirow waren also tatsächlich zwei verschiedene Personen.

»Worum geht es?«, fragte Siegfried direkt. Er hätte gerne nachgehakt, aber für ein längeres Gespräch fehlte die Zeit.

»Ihr werdet euch Julianus stellen. Wenn dies passiert, so bleibe ruhig und verwickle ihn nicht in einen Kampf.«

Siegfried wusste nicht recht, wie er auf diese Antwort reagieren sollte, also schwieg er.

»Bedenke: Alles, was sich ereignet, geschieht gerecht.«

»Was Can und Juliette widerfahren ist, war nicht gerecht«, antwortete Siegfried gereizt. Trotz der Gelassenheit, die der falsche Pirow ausstrahlte, fühlte er sich provoziert.

»Es geschieht alles im Namen der Allnatur. Denke daran.« Mit diesen Worten verschwand der falsche Pirow und ließ Siegfried ratlos zurück. Er wusste nicht, ob er ihm trauen konnte. Fjodors Weisheiten hatten sich jedoch oft bewährt.

›Also gut‹, dachte er sich. ›Lassen wir dem Schicksal seinen Lauf.‹ Schulterzuckend nahm er erneut am Inotransfer teil.

»Gut, dass Sie hier sind«, wurde Siegfried von seinem Vorgesetzten begrüßt. Er hatte eigentlich mit deutlich weniger freundlichen Worten gerechnet. Es war den Worten des falschen Pirows geschuldet, dass ihn die nächste Meldung nicht noch mehr überraschte: »Wir gehen rein!«, verkündete Krag.

Kapitel 27

Während seiner Abwesenheit waren Siegfried zwei Dialoge entgangen, die sich zeitgleich zugetragen hatten. Dies war auch der Grund dafür, dass Siegfrieds Fehlen von seinen Kollegen zwar registriert, aber nicht weiter beachtet worden war.

»Jemand muss reingehen!«, wiederholte Tess ihre Forderung.

»Nein!«, wies sie Krag erneut ab. »Die Rettungskräfte werden sich um ihn kümmern, sobald sie eingetroffen sind. Das ist mein letztes Wort.«

Tess verstummte auf einen Schlag. Zu Krags Bedauern ließ sich sein anderer Gesprächspartner nicht so leicht überrumpeln.

»Julianus undenkbar«, warnte Krag den Sozialminister auf dem anderen Kanal. Er wusste, dass sein Kollege ihn verstand. Leider bedeutete das nicht, dass er zur selben Schlussfolgerung wie er gelangte – im Gegenteil.

»Abmachung«, kam es wie aus der Pistole geschossen zurück. Es stimmte: Die beiden Minister hatten tatsächlich eine Abmachung getroffen. Krag hatte Spillbergen erhalten. Dafür verlangte der Sozialminister jetzt nach Julianus. Doch so simpel war die Sache natürlich nicht. Das war sie nie, wenn zwei Minister sich austauschten.

»Verrat«, unternahm Krag einen erneuten Vorstoß. Das Inoextrakt Spillbergens hatte ihm nichts über die Absichten Juliettes verraten. Oder darüber, wie es möglich war, dass Julianus' Schergen sich unentdeckt durch die Stadt bewegen konnten.

»Blind«, konterte der Sozialminister nach einer für einen Außenstehenden kaum wahrnehmbar kurzen Pause. Krag aber nahm sie wahr. Genauso wie den kaum verhohlenen Angriff, der ihr gefolgt war. Ja, die Abdeckung der Inoscanner war allen Vorgaben zum Trotz nicht hundertprozentig flächendeckend. Es gab Orte, an denen man einer Überwachung entgehen konnte. Der Keller des Museums war so ein Ort – gewesen. Krag hatte die Lücke nach ihrer Entdeckung umgehend schließen lassen. Doch auch wenn die Existenz blinder Flecken offiziell ein gewaltiges Versäumnis Krags war – inoffiziell spielten sie keine Rolle. Selbst wenn die Terroristen alle noch verbliebenen blinden Flecken des Landes gekannt hatten, waren es mit Sicherheit zu wenige, um sich dem Sicherheitsministerium über einen längeren Zeitraum entziehen zu können. Irgendwann hätten ihre verräterischen Inowerte gelesen werden müssen. Allerspätestens beim Auskundschaften ihrer Anschlagsziele wären die Terroristen aufgeflogen. Aber das war nicht geschehen – als hätte sie jemand gedeckt.

»Unglaubwürdig«, sendete Krag, nachdem er sich bewusst eine volle Sekunde mit seiner Antwort Zeit gelassen hatte. Sein Gegner sollte ruhig mitbekommen, dass Krag seine Nachricht überaus ernst nahm – und als Angriff verstand.

»Angebot.« Der Sozialminister ließ sich mit seiner Antwort ebenfalls viel Zeit. Ein Zeichen, dass er es ebenso ernst meinte.

»Interesse.« Krag heuchelte nicht. Er zweifelte nicht daran, dass der Sozialminister in dieser Sache sein Gegner war. Schließlich wollten sie zwei verschiedene Dinge: Je nach Minister musste Julianus entweder leben oder sterben. Trotz diesem Gegensatz – oder gerade deswegen – war Krag interessiert, welches Angebot ihm sein Gegner unterbreiten würde. Billig, das wussten sie beide, durfte es nicht sein.

»Inoextrakt aller Kontakte.« Die Botschaft elektrisierte Krag und das nicht nur, weil sie volle drei Wörter lang war. Erst nach zwei ganzen Sekunden hatte er ihre volle Bedeutung verarbeitet. So groß war also die Macht des Sozialministers. Er hatte tatsächlich Zugriff auf die gesamten Daten aller Menschen – nicht nur auf deren Inowerte. Allein schon, dass er dies offen zugab zeigte, über wie viel mehr Wissen als Krag er verfügen musste. Inoextrakt stand dem Sicherheitsminister nur sehr eingeschränkt zur Verfügung. Ein umfassender Einsatz wurde nicht bloß durch den bürokratischen Aufwand unmöglich gemacht. Jeden Menschen ins Revier zu zitieren, um ihm der aufwändigen Prozedur zu unterziehen, kam schlicht nicht in Frage. Wenn dem Sozialminister aber diese Inopt praktisch immer und überall zur Verfügung stand, dann waren ihre Möglichkeiten schier grenzenlos. Was Krag aber noch mehr als dieses Bekenntnis beschäftigte, waren die Optionen, die sich daraus für ihn ergaben. Wissen allein war keine Macht. Man musste es auch einsetzen können. Die Schöpfer Inos wussten, warum sie die Machtbereiche der Minister so sorgfältig getrennt hatten. Der Sozialminister konnte die Daten von noch so vielen Menschen abspeichern. Solange er keinen Maschinen – ja noch nicht einmal Menschen – befehlen konnte, seinen Willen umzusetzen, blieb der Wert seines Wissens begrenzt. Krag dagegen hatte genug Untertanen. Selbst wenn Julianus nur zu einigen wenigen Personen Kontakt hatte, erweiterte dies den Einfluss Krags beträchtlich. Die Grenze, die die Machtbereiche der Minister trennte, würde sich ein Stück zu seinen Gunsten verschieben. Der Sozialminister wusste dies natürlich. Aber er wusste auch, dass der Preis für Julianus kaum niedriger sein konnte. Die einzige Möglichkeit, ihn nicht zu töten, war jede Erinnerung an ihn auszulöschen. Dazu musste Krag in der Lage sein, jeden Menschen in Gewahrsam zu nehmen, der von der Existenz dieser unmöglichen Person wusste.

»Annahme«, sendete Krag schließlich. Es war wirklich ein gutes Angebot. Falls es noch Beweise gebraucht hätte, dass der Sozialminister ihm ebenbürtig war – sie waren hiermit erbracht worden.

»Verstärkung Gefangennahme«, fuhr Krag fort. Trotz allem aufrichtigen Interesse konnte er seinem Gegner natürlich nicht so einfach trauen. Ja, er würde den Soldaten befehlen, Julianus lebendig zu ergreifen. Aber wenn dies nicht möglich war, dann waren seine Hände leider gebunden. Es wäre schade, wenn er sich dieses Angebot entgehen lassen musste. Noch unangenehmer war aber die Aussicht, betrogen zu werden. Der Sozialminister hatte Julianus unterstützt. Krag konnte ihm natürlich nichts beweisen. Aber niemand außer einem Minister hätte die Macht, einen Inotransfer einfach zu fälschen und die Daten der Inoscanner zu manipulieren.

»Unmöglich«, donnerte es abrupt zurück. Erneut hatte sein Gegner es geschafft, Krag zu überraschen. Dass Protest kam, hatte er erwartet. Eine Ablehnung aber …

»Terroristen schneller«, führte der Sozialminister seinen Einwand aus. In Krags Innerem überschlugen sich die Berechnungen. Er wusste, dass er selbst das Ziel der Terroristen war. Wenn es ihnen gelang, ihn in ihre Gewalt zu bringen, konnten sie sich damit Zugang zu einem der Datenzentren verschaffen. Solange sich Krag im Revier aufgehalten hatte, war er vor ihnen sicher gewesen. Julianus aber hatte ihn mittels des Feueralarms herausgelockt. Konnte dies Teil eines ausgeklügelten Entführungsplans sein?

»Abgelehnt«, entgegnete Krag. Er hatte keinerlei Anzeichen für besorgniserregende, terroristische Aktivitäten vernommen. So ausgeprägt konnten die Täuschungsfähigkeiten des Sozialministers auch nicht sein. Falls doch, so war dies ein Grund mehr, sein Angebot abzulehnen. Sicherheitshalber würde sich Krag mit seinen verbliebenen Leuten im Revier verschanzen, bis die Soldaten zurückgekehrt waren. Siegfried Tegethoff und Major Pan Coza hatten Julianus schon einmal überwältigt. Sie würden es wieder tun – nur dieses Mal endgültig.

»Risiko«, wandte der Sozialminister ein.

»Kalkulierbar«, wischte Krag den Einwand bei Seite. Dann beendete er die Unterhaltung. »Wir gehen rein!«, befahl er seinen Untergebenen. »Wir müssen davon ausgehen, dass sich eine Gruppe von Terroristen auf uns zubewegt. Ich bin ihr Ziel. Ich darf den Terroristen weder tot noch lebendig in die Hände fallen. Das hat oberste Priorität. Das Ergreifen von Julianus ist sekundär. Töten Sie ihn, wenn es Probleme gibt. Verstanden?« Niemand wagte zu antworten.

Auch Krag schloss sich für einen kurzen Moment dem Schweigen an. Es war interessant zu beobachten, welch unterschiedliche Wirkung seine Inostimme auf verschiedene Gesprächspartner ausübte. Vom Sozialminister prallte sie dermaßen wirkungslos ab, dass Krag gar nicht erst den Aufwand unternahm, sie voll einzusetzen. Tess und den Major dagegen ließ schon ein Bruchteil ihrer Maximalkraft erstarren. Zwischen den Ministern und der Bevölkerung lagen eben Welten – was auch gut so war. Denn jeder, der die Ordnung in Frage stellte, musste dafür bezahlen.

»Jawohl«, äußerte der Major nach einigen Sekunden. Für Krag war es eine halbe Ewigkeit. Aber seine Untergebenen waren eben keine Minister.

»In Ordnung«, schloss sich Siegfried an. Tess dagegen schwieg nach wie vor. Krag war das recht. Die Gruppe hatte bereits genug Zeit mit Tratsch verschwendet. »Major Pan Coza! Sie übernehmen die Führung!«, befahl er. »Verlassen Sie alle den Inotransfer. Wir müssen unsere gesamte Aufmerksamkeit auf den Feind richten. Ich werde Ihnen laufend Anweisungen geben. Los.«

»Jawohl. Überlassen Sie das nur mir.« Der Offizier klang ehrlich erfreut. Sein Berufsstand zog eine Reihe von Prinzipien nach sich, an die man sich ebenfalls zu halten hatte. Dieser Can war ein Idiot, der sich grob selbst überschätzt hatte. Aber sie kämpften für die gleiche Sache. Das machte sie zu Kameraden und einen solchen durfte man nicht einfach zurücklassen. Außerdem war Coza es gewesen, der Julianus ursprünglich gefangen genommen hatte. Dass sein Feind nur kurz darauf einfach ausbrach, empfand der Offizier als persönliche Beleidigung. Sein Stolz ließ ihm keine Wahl, als seine Mission erfolgreich abzuschließen.

Wie von Krag befohlen, setzte sich die Gruppe mit Major Coza an der Spitze in Bewegung. Siegfried und Tess folgten dem Offizier in einer Linie, während Krag die Schlussposition bildete.

»Sie tragen zwar eine Inorüstung«, warnte Siegfried seinen Vordermann. »Dennoch sollten Sie Ihren Gegner nicht unterschätzen.«

»Ich habe ihn schon einmal geschnappt«, antwortete Coza prompt, jedoch nicht prompt genug, um die Anspannung in seiner Stimme vollends zu unterdrücken. Er spürte nur zu deutlich, wie Krags stechender Blick tief in sein Bewusstsein eindrang. Der Major kannte diesen Blick, denn er hatte ihn schon selbst oft genug angewandt. Es war der stumme Hinweis an einen rangniederen Kameraden, dass Versagen ausgeschlossen war. Ja, selbst der Gedanke daran war verboten. Doch Krags Inoblick war durchdringender, als das menschliche Auge es jemals sein konnte. Der Major spürte, wie ihm kalter Schweiß von der Stirn zu fließen begann. Nur gut, dass seine Inorüstung sein Gesicht verbarg.

»Außerdem habe ich noch eine kleine Überraschung für ihn«, sagte Coza lauter, als notwendig war. Siegfried nahm die augenscheinliche Nervosität des Majors mit Erstaunen auf. Es war faszinierend. Der Major, großgewachsen und athletisch, schien sich tatsächlich vor der dürren Gestalt Krags zu fürchten. Während sich unter der Haut des Offiziers starke Muskeln wölbten, verschwanden jene von Krag schon fast. Nichtsdestotrotz zuckte der Soldat vor seinem Vorgesetzten förmlich zusammen. Einmal mehr wurde Siegfried vor Augen geführt, wie bedeutungslos Körperkraft für Ino war.

»Sie meinen wahrscheinlich den Revolver«, spielte Siegfried auf das Halfter am Gürtel Cozas an.

»Richtig«, posaunte der Major zurück. Die rechte Hand Cozas wanderte zu seiner Hüfte. Seine Finger schlossen sich um den Griff des Revolvers. Behutsam zog er die Waffe aus dem Halfter und hielt sie vor sich hin. Er spürte, wie das kalte Stück Metall sein Gemüt kühlte. Siegfried musterte den Offizier nachdenklich. Er hielt den Revolver mehr wie einen Zeigestab als ein Mittel zu Selbstverteidigung – als wiese ihm die Waffe den Weg. Es war nur zu offensichtlich, dass der Major noch nie eine Schusswaffe verwendet hatte und kaum darauf warten konnte, dies zu ändern.

»Wie Sie sehen, sind wir Julianus in jeder Hinsicht überlegen«, versicherte Krag. Allen Anwesenden war jedoch klar, dass sich hinter diesem scheinbaren Aufbauversuch nicht mehr als ein Befehl verbarg: Der Befehl, nicht zu versagen.

»Bleiben Sie einfach hinter mir«, verkündete Coza.

»Natürlich«, gehorchte Siegfried. Was sollte er auch sonst tun? Abschätzend blickte Siegfried auf den gepanzerten Rücken seines Vordermannes. Krag und der Major waren sich ihrer Sache ausgesprochen sicher. Doch aus irgendeinem Grund wollte Siegfried diese Zuversicht nicht teilen.

Kapitel 28

Schnell, aber ohne jede Spur von Hektik wich Julianus vom Bürofenster zurück, in der sicheren Annahme, dass ihn niemand gesehen hatte. Die vier Leute auf dem Revierparkplatz waren viel zu sehr mit sich selbst beschäftigt, als dass sie ihn bemerkt hätten. Mehr Menschen schienen sich nicht im Gebäude aufgehalten zu haben, als der Feueralarm ausgebrochen war. Julianus war die Räume sorgfältig abgegangen, hatte jedoch keine Spur eines weiteren Feindes entdeckt. Er war sich sicher, niemanden übersehen zu haben. In Tarnung verstanden sich diese modernen Tölpel nicht besser als im Enttarnen. Und während sie tatenlos in der Gegend herumstanden, ihre Blicke irgendwo im Nirgendwo schweifend, hatte sich Julianus seine Feinde gut eingeprägt. Da war zunächst der Mann in Rüstung. Ohne Zweifel war er es gewesen, der ihn bei ihrer letzten Begegnung niedergestreckt hatte. Warum würde er sonst Julianus' Waffe tragen? Deutlicher konnte man eine Revanche nicht anbieten. Julianus' Messerhand zitterte fast vor Erregung. Mit aller Kraft schlossen sich seine Finger um den Griff der Klinge, als wollten sie das Metall erwürgen. Er durfte sich nicht von seiner Leidenschaft treiben lassen. Mehr als nur ein Feind erwartete ihn. Tegethoff stellte sich ihm einmal mehr in den Weg. Obwohl er unbewaffnet war, schätzte ihn Julianus als gefährlicher als den Soldaten ein. Letzter verließ sich etwas zu sehr auf seine Panzerung. Tegethoff dagegen war einer der wenigen Menschen, die nicht an dieser naiven Technikverliebtheit krankten. Doch trotz seiner Einsicht stach er nicht gerade als Kämpfer hervor. Die Frau hatte Julianus noch nie gesehen. Allerdings verriet nichts an ihrem Auftreten, dass er ihren Namen erfahren müsste. Die vierte Person dagegen verdiente seine volle Aufmerksamkeit. Auch wenn der Eindruck, den sie bei ihm erweckte, der geringste von allen war. Unter der blassen Haut, die wirkte, als würde sie bei der kleinsten Berührung zerreißen, wölbte sich kaum ein Muskel. Dieses Büblein – das Wort Mann kam Julianus nicht in den Sinn – schien eher aus Papier als aus Fleisch und Blut zu bestehen. So sahen sie also aus: Die Minister. Zu seinem Bedauern stellte Julianus fest, dass ihn der Anblick nicht im Geringsten überraschte. Der Anblick absoluter Unvollkommenheit dieses Bübleins passte perfekt zu dieser degenerierten neuen Welt. Ein Volk bekam eben immer jene Regierung, die es verdiente. Dieser Krag war schmächtig, schwächlich und von der Technik absolut abhängig. Der perfekte Anführer für die Menschen dieser Zeit. Tatsächlich – das musste Julianus anerkennen – benahm er sich auch so. Aufrechten Ganges, mit einer Selbstsicherheit, die fast schon an so etwas wie Stolz erinnerte, marschierte er an letzter Stelle, als wären die Menschen vor ihm nicht mehr als lebendige Schutzschilde. Er schien wohl zu wissen, dass Julianus auf ihn wartete. Dennoch scheute er die Konfrontation nicht. So viel Mut verdiente Anerkennung. Julianus hatte schon befürchtet, seine Feinde würden einfach vor ihm fliehen. Doch wie es schien, war ihm das Schicksal zugetan. Er spürte, wie ihm ein leichter Schauer über den Rücken lief. Es war jedoch mehr Erregung als Furcht, die seine Haut durchzuckte. Seine Feinde kannten nun sein Geheimnis. Der Mann – nein, Bengel konnte er Can wahrlich nicht länger nennen – hatte seine letzten wachen Momente darauf verwendet, sich mit Ino abzugeben. Mit Sicherheit hatte er seine Kollegen informiert. Julianus empfand einen Hauch von Bewunderung für dieses Pflichtbewusstsein. Er hätte den Sendevorgang jederzeit durch einen Gnadenstoß unterbrechen können. Aber das wäre unangemessen gewesen. Außerdem änderte sich an Julianus' Situation nur wenig. Seine Feinde mochten nun über seine Stärke informiert sein. Ihrer eigenen Schwäche gegenüber waren sie jedoch so blind wie zuvor. »Wer seinen Feind kennt, aber nicht sich selbst, wird für jeden Sieg eine Niederlage einfahren«, hieß es in der Kunst des Krieges. Nun, das letzte Mal hatte der Soldat gesiegt. Julianus atmete aus. Außer seinem Atem schien sich nichts um ihn herum zu regen. Der Feueralarm hatte zur Deaktivierung der meisten Elektronik geführt. Die Putzroboter, die vor kurzem noch eifrig über den Flur gehuscht waren, standen verstummt in ihren Ladestationen. Das Gebäude lag fast schon gespenstisch still. Was für eine passende Kulisse für den bald einsetzenden Sturm.

Siegfried sah der drohenden Konfrontation deutlich weniger freudig entgegen. »Wieso gehst du so komisch?«, raunte Tess ihm halb fragend, halb belehrend zu. Die junge Frau ging aufrecht hinter Siegfried. Statt zu antworten zog Siegfried seine Schultern demonstrativ noch ein Stück weiter nach unten, sodass sein Kopf selbst Tess nur noch bis zur Brust reichte.

»Du glaubst doch nicht wirklich, jemand zielt auf uns?« Tess klang nun deutlich unsicher. »Major Coza wird uns doch notfalls mit seiner Rüstung decken?« Sie wies mit dem Kopf auf den Soldaten, der stramm an der Spitze der Gruppe marschierte.

»In erster Linie wird er Krag decken.«

»Julianus hat keine Schusswaffe, du Feigling«, entgegnete Tess. »Du brauchst dich vor ihm nicht zu erniedrigen.« Die Unsicherheit in ihrer Stimme schien verflogen.

»Schön, dass du wieder die alte bist.« Siegfried lächelte schwach. Von ihrem Standpunkt aus hatte Tess recht. Sein zusammengekauerter Gang wirkte tatsächlich wenig erhaben. Weniger als Krag, der seine Arme in fast königlicher Haltung hinter dem Rücken gekreuzt hielt und sehr viel weniger als Coza, der regelrecht im Stechschritt dahin stolzierte. Doch Siegfried machte sich längst keine Sorgen mehr über sein Ansehen. Es war besser vernünftig zu handeln, als für vernünftig angesehen zu werden.

»Stopp«, dröhnte die Stimme des Majors. Siegfried seufzte. Falls noch eine letzte Chance auf ein Überraschungsmoment bestanden hatte, war sie wohl hiermit vertan. Immerhin war der Major noch vernünftig genug, knappe zwei Meter vor der Eingangstür Stellung zu beziehen. Er verzichtete wohl doch nicht auf alle Vorsichtsmaßnahmen. Coza hob seinen Waffenarm und richtete den Revolver nach vorne – bereit für einen gezielten Schuss, sollte jemand von innen die Tür aufstoßen.

»Seid ihr alle bereit?« Die dröhnende Stimme des Offiziers war einem Flüstern gewichen. Siegfried unterdrückte ein Grinsen und antwortete ebenfalls mit gedämpfter Stimme: »Bereit.« Dann fügte er hinzu: »Sind wir sicher, dass sich die Tür überhaupt öffnen lässt?« Er wusste, wie dumm diese Frage in den Ohren Cozas und erst recht in jenen Krags klingen musste. Aber immerhin hegte der Offizier ganz offensichtliche Tötungsabsichten. Ob dies mit seinen Inowerten vereinbar war? Die massive Tür jedenfalls war zu stabil, um sie mit leichter Gewalt zu öffnen.

»Wir handeln im Recht«, antwortete der Major knapp. Sein Tonfall bestätigte, dass er an die Möglichkeit ausgesperrt zu sein, gar nicht erst gedacht hatte.

»Machen Sie sich keine Sorge. Keine Tür wird sich uns verschließen«, hörte Siegfried Krags Stimme in seinen Gedanken. Der Minister verzichtete selbstverständlich darauf, seinen Kehlkopf zu benutzen.

»Die Kellertür ist gleich um die Ecke rechts«, wisperte Tess. Der Major nickte stumm. »Alle bereit?«, wiederholte er flüsternd.

»Ja«, hauchte Siegfried.

»Schlagen Sie zu«, sendete Krag.

»Retten wir Can«, mumelte Tess.

»Gut«, bestätigte der Major. Dann riss er die Tür mit einer fast schon theatralisch heftigen Bewegung auf, sodass sie mit Getöse gegen die Wand schlug. Mit gezogenem Revolver stürmte Coza durch den Eingang. Hektisch schwenkte er seinen Waffenarm nach links und dann nach rechts. Doch der Major fand kein Ziel. Angespannt hielt er den Revolver vor sich. Im Revier war es still. Viel zu still. Doch bevor Coza Entwarnung geben konnte, riss sich Tess von der Gruppe los und hastete nach vorne. Mit zittrigen Fingern griff sie nach dem Kasten an der Wand zu ihrer Linken. Das schwere Gerät fiel ihr aus der Hand, als sie es von der Verankerung löste. Krachend landete es auf dem Fußboden. Unsanft packte Coza Tess am Kragen und zog sie wüst zurück. »Keine unnötigen Geräusche!«, zischte er.

Mit vor Schreck geweiteten Augen sah die junge Frau zu ihm auf.

»Er weiß doch schon längst, dass wir hier sind«, murrte Siegfried und bückte sich zu seiner Kollegin hinunter. Missmutig betrachtete er Coza aus den Augenwinkeln. »Sie sind auf diesen Einsatz nicht weniger unvorbereitet als wir alle«, fügte er hinzu. Weder Tess noch Coza schienen Siegfried zu beachten. Während der Major suchend den Gang entlang sah, galt Tess' ganze Aufmerksamkeit dem kofferähnlichen Gegenstand, der vor ihr am Boden lag.

»Wieso haben wir hier nur so ein verdammtes altes Ding, das sich nicht von selbst öffnet«, beschwerte sie sich.

»Ich helfe dir«, sagte Siegfried verständnisvoll, wissend, dass die Kritik ihm galt. Zielsicher klappte er den Deckel nach oben.

»Scanne Umgebung nach Verletzten«, meldete sich die mechanische Stimme des Inomed. Klassische Verbandskasten gab es längst nicht mehr. Selbst das gute Stück, das vor Siegfried auf dem Boden lag, galt eigentlich bereits als antiquiert. Das zeigte sich daran, dass es mit einer Ohrenstimme sprach. Wie Siegfried auch war es ein Überbleibsel aus der Omegageneration. »Ein Schwerstverletzter in 15 Metern Entfernung. Bruststich. Sofortiges Eingreifen erforderlich. Informiere Rettungsdienst.«

»Der ist bereits längst kontaktiert.« Siegfrieds Gedanke überschnitt sich mit Krags Inostimme.

»Sofortiges Anlegen eines Druckverbands notwendig!«, befahl der Inomed. An seiner Seite klappte ein Deckel nach oben. Aus der Öffnung fielen zwei kleine Päckchen. »Gehen Sie meinen Anweisungen entsprechend vor! Befreien Sie die Wunde von Kleidungsresten und tragen Sie den Wundkleber großflächig auf der blutenden Stelle auf! Anschließend legen Sie den Verband folgendermaßen an …« Tess sah Siegfried hilfesuchend an. Für diese Tätigkeit gab es keine Inopt. Er nickte nur und nahm ihr dann das Päckchen aus der Hand. Als er sich aufrichten wollte, drückte ihn Krags Gewaltstimme sogleich wieder zu Boden: »Der Feind erwartet von uns, dass wir zu Can Zeki gehen.«

»Aber …« Siegfried versuchte sich gegen die geistige Kraft Krags zu stemmen – vergeblich. Da spürte er eine kräftige Hand auf seiner Schulter. Obwohl ihr Griff fest war, wog sie nicht schwer. Im Gegenteil, statt ihn zu Boden zu drücken, half ihm der gepanzerte Arm auf die Beine. »Soll der doch«, verkündete Coza selbstbewusst. »Dann wissen wir wenigstens, wo er ist.« Er schwenkte den Revolver wie einen Zeigestab nach vorne. »Wenn er wirklich im Keller ist, sitzt er in der Falle. Es gibt nur einen Zugang. Und wenn wir ihn haben, können wir uns dort verbarrikadieren, bis Verstärkung eintrifft.« In der Stimme des Majors lag keine Spur von Zweifel.

»Gut«, stimmte ihm Krag zu. »Machen Sie weiter. Wir folgen Ihnen.«

Beeindruckt stellte Siegfried fest, wie leicht sich Krag vom Major überzeugen ließ. Seine selbstbewusste Art zu reden allein konnte dies wohl kaum bewirkt haben. Siegfried schätzte Krag nicht als jemanden ein, dem man durch Angeberei imponieren konnte. Wahrscheinlicher war es, dass sein Vorgesetzter dieser Situation tatsächlich ratlos gegenüberstand und bereit war, dem Rat eines scheinbaren Experten zu folgen. Die Vorstellung, dass sein Vorgesetzter nun genauso ahnungslos war wie sonst Siegfried, hatte etwas Amüsantes an sich. Siegfried nickte leicht. Cozas Plan war einleuchtend, dass musste man ihm lassen. Allerdings bezweifelte Siegfried, dass der Major auch tatsächlich wusste, was er tat. »Ich folge Ihnen«, wandte er sich dennoch zustimmend an den Soldaten. Auch Siegfried fehlte ein besserer Plan.

Leise, einen Fuß vor den anderen setzend, in der seltsamen Hoffnung, dass Julianus sie doch noch nicht gehört hatte, schob sich die Gruppe nach vorn.

»Stopp«, zischte der Major, als sie eine Biegung erreichten. Dann ging er ruckartig in die Knie. Zackig stieß er sich vom Boden ab. Mit einem Satz sprang er um die Ecke, den Revolver fest umklammert. Auf dem Boden aufkommend, rollte der Soldat einmal um die eigene Achse, bevor er sich wiederaufrichtete. Siegfried, der direkt hinter dem Offizier gestanden hatte, sah ihm mit weit geöffneten Augen nach. Er hatte mit einer etwas theatralischen Geste gerechnet: Ein plötzliches Stürmen um die Ecke, vielleicht sogar ein Warnschuss. Eine akrobatische Einlage hatte er jedoch nicht kommen sehen.

»Die Luft ist rein. Aufrücken«, kommandierte der Major in knappem Ton.

»Ich weiß, Sie waren bislang unterfordert«, raunte Siegfried dem Soldaten zu, während er möglichst leise um die Ecke hastete. »Aber Ihr Feind auch.« Als Antwort erhielt er nur ein mürrisches Brummen.

Der Zugang zum Keller lag gespenstisch verlassen vor ihnen. Nur ein leichter Rauchgeruch deutete auf die dramatischen Szenen hin, die sich hinter der Tür abgespielt hatten.

»Das Feuer ist erloschen«, verkündete Krag. »Auch die Rauchgaswerte liegen unter der Gefahrenschwelle. Wir können eintreten.«

Der Major nickte den anderen kurz zu. Dann riss er die Tür wie schon zuvor gewaltsam auf. Sie brach beinahe aus den Angeln.

»Hände hoch!«, schrie der Major mit gestrecktem Waffenarm. Doch seine Worte gingen in der einsetzenden Stille unter. Die zwei Personen, die er im Kellerabteil vorfand, blieben beide stumm.

»Die Luft ist rein.« Enttäuscht wich der Major zur Seite, um seine Gefolgsleute eintreten zu lassen. Weder Siegfried noch Krag zögerten. Den Verband umklammert hastete der alte Polizist zu dem regungslos am Boden liegenden Can. Der Minister ging ebenfalls zu Can, blieb jedoch abschätzend neben ihm stehen. Tess dagegen blieb, kaum dass sie die Türschwelle übertreten hatte, wie gelähmt stehen.

»Die Blutung muss sofort gestoppt werden«, presste sie scheinbar besserwisserisch hervor. Siegfried nickte stumm, während er mit dem Wundkleber hantierte. Das laut scheppernde Geräusch, das wie aus dem Nichts auf ihn eindrang, ignorierte er zunächst noch. Zu sehr war Siegfried darauf fokussiert, die Spritze mit dem Wundkleber gegen die blutverschmierte Verletzung zu drücken. Erst Krags Donnerstimme ließ ihn erstarren. »Der Feind! Umdrehen!«, durchzuckte Krags Stimme die Gedanken der Implantatträger. Tess und Siegfried wandten sich ruckartig um. Major Coza wäre der Aufforderung ebenfalls nachgekommen, hätte sie ihn nicht zu spät erreicht. Noch deutlich vor Krags Donnerstimme hatte ihn eine andere Macht erfasst. Eine, die ihm schlagartig alle Kraft geraubt und seine Knie auf dem Boden hatte aufschlagen lassen.

Kapitel 29

Julianus hätte sich gar nicht lautlos anzuschleichen brauchen. Seine Schritte wären auch so im Lärm seiner Feinde untergegangen. Nein, in der Tarnung verstanden sich diese Tölpel wahrlich nicht. Genauso wenig wie in der Vorsicht. Selbst als Julianus sich seinem Feind bereits auf Stichdistanz genähert hatte, schien dieser nichts von seiner Gegenwart bemerkt zu haben. Zumindest einige Sekunden lang nicht. Mehr Zeit aber brauchte Julianus nicht, um sein Ziel zu finden. Kopf und Rücken des Soldaten waren durch starke Platten geschützt. Doch selbst die modernste Rüstung hatte ihre Schwachstellen. Das Genick machte einen vielversprechenden Eindruck. Die sich dort überlappenden Platten boten immer noch genügend Zwischenraum für einen gezielten Messerstoß. Noch verführerischer aber waren die Achseln. Schon mittelalterliche Rüstungsschmiede waren davon ausgegangen, dass der Träger ihres Werkstückes intelligent genug war, diese empfindliche Gegend selbst zu schützen. Coza aber hielt seinen Waffenarm fast schon provokant von sich gestreckt. Julianus nahm diese Einladung nur zu gerne an. Noch bevor der Major die Anwesenheit seines Feindes wahrnahm, schoss dessen Messer bereits nach vorne. Die elastischen Fasern, welche unter den Platten der Inorüstung verliefen, waren dem schweren Jagdmesser nicht gewachsen. Das Metall schob sich tief in den Leib Cozas.

»Die Römer exekutierten schlafende Wachsoldaten«, hauchte Julianus in das Ohr seines getroffenen Feindes, während er die Klinge schnell aus der Wunde zog. Der Major wollte einen warnenden Schrei ausstoßen – oder wenigstens einen Fluch. Doch seine getroffene Lunge versagte ihm den Dienst. Verzweifelt ließ der Major seine Knie nach vorne fallen, sodass deren Panzerung laut scheppernd auf dem Boden aufschlug. Mit letzter Kraft schleuderte er dem sich panisch umdrehenden Siegfried seinen Revolver entgegen. Er sah noch, wie der alte Polizist mühselig die Waffe auffing. Dann legte sich ein dunkler Schleier über die Gedanken des Soldaten. Er hatte versagt, daran bestand kein Zweifel – aber immerhin nicht vollständig. Er kniete, aber er lag nicht am Boden. Sein Rumpf wurde von den Motoren der Inorrüstung nach wie vor in der Senkrechten gehalten. Diese lebendige Barriere aus bald totem Fleisch würde Julianus zumindest ein wenig aufhalten. Vielleicht lange genug für einen gezielten Schuss. Der Major wollte lächeln. Er hätte nie gedacht, dass seine Hoffnung einmal auf dem alten Polizisten ruhen würde – und doch galt ihm sein letzter Gedanke.

Leider bekam der Offizier die Wirkung seiner letzten Tat nicht mehr mit. Mit aller Kraft rüttelte Julianus an dem Hindernis, von dem er geglaubt hatte, es bereits überwunden zu haben – vergeblich. Die Motoren führten den letzten Wunsch ihres Besitzers kompromisslos aus und weigerten sich, auch nur einen Millimeter davon abzuweichen. Wie eine Panzersperre blockierte der Körper des Offiziers den Weg in den Keller. Dabei war er seinem Ziel so nahe. In seiner Wut stach Julianus auf die Rüstung ein. Doch das Hindernis blieb standhaft. Dann fiel sein Blick auf Siegfried und sein Zorn wich Todesangst. Schlagartig kauerte er sich hinter dem Körper des Majors zusammen, den er vor kurzem noch versucht hatte niederzureißen.

Siegfried hatte erwartet, dass es ihm schwerer fallen würde, auf einen Menschen zu feuern. Doch sein Zeigefinger krümmte sich fast wie von selbst um den Abzug. Vielleicht war es die Erkenntnis, dass sich Julianus nicht ohne Einsatz von Gewalt stoppen ließ. Vielleicht waren es die Stresshormone, welche Siegfrieds Nervensystem gerade fluteten. Jedenfalls war die einzige Art von Bedauern, die er spürte, die Tatsache, dass er sein Ziel knapp verfehlt hatte.

»Lauft in den Keller und sperrt euch in den Zellen ein«, schrie er lauter als notwendig. »Ich halte ihn so lange ihn Schach.«

Wie es sich für einen Minister gebührte, war Krag Siegfried bereits einen Schritt voraus. Noch bevor dieser überhaupt geschossen hatte, war er zu einer der Zellen gehastet. Tess dagegen reagierte langsamer. Langsamer als Julianus' Hand, die plötzlich aus ihrer Deckung nach vorne schnellte. Noch bevor Siegfried einen zweiten Schuss abgeben konnte, hatte Julianus die junge Frau zu sich gezogen.

»Das verstehen Sie also unter Ehre«, knurrte Siegfried.

»Jemand, der es darauf anlegt, in allen Dingen moralisch gut zu handeln, muss unter einem Haufen, der sich daran nicht kehrt, zu Grunde gehen.«

»Machiavelli«, fauchte Siegfried. »Passend für einen Heuchler.«

»Ich habe meine Ideale nie verraten«, antwortete Julianus gelassen. »Ehre, wem Ehre gebührt.« Er lächelte Siegfried wissend zu. »Wie sieht es mit Euren Idealen aus?«

»Schießen Sie!«, befahl Siegfried eine Stimme. Mit zusammengepressten Lippen starrte Siegfried in Richtung Tess. Ein paar leere Augen blickten zurück. Sie war Inoline.

»Die Zeit läuft.« Julianus bewegte die Klinge leicht. Ein winziger Blutstropfensammelte sich am Ende der Klinge. Tess' Gesichtsausdruck aber blieb betont entspannt. Dann nickte sie leicht.

Siegfried stockte der Atem. Tess forderte ihn tatsächlich auf, sie zu opfern. War seine Kollegin viel mutiger, als er gedacht hatte, oder erkannte sie schlicht die Schwere ihrer Lage nicht?

»Bei der Kalibergröße ist eine Schusswunde durch die Schulter nicht tödlich«, drängte Krag erneut.

Tess mochte Krag blind vertrauen. Siegfried jedoch wusste es besser. Selbst wenn er Julianus tödlich treffen sollte, konnte er Tess noch im Fallen den Hals durchtrennen. Krag musste das eigentlich wissen.

»Schießen Sie!« Die Stimme war zu mehr als einem Donnern angeschwollen. Vergeblich versuchte sich Siegfried ihrem Drang zu entziehen. Er spürte, wie sich sein Zeigefinger wie von selbst zu krümmen begann. Das sonst so kühle Metall des Revolvers schien mit einem Schlag glühend heiß. Dennoch schloss sich sein Griff immer fester um die Waffe – aus Frust über seine Machtlosigkeit.

›Von mir selbst hängt es ab, meinem Gott und Genius nichts zuwider zu tun. Denn niemand kann mich zwingen, ihm zuwider zu handeln.‹

Als hätte man ihm einen zu eng sitzenden Maulkorb abgenommen, sank Siegfrieds Unterkiefer ein Stück weit nach unten. »Pirow«, hauchte er, so leise, dass nur er das Wort verstehen konnte. Siegfrieds Zeigefinger entspannte sich. Auf ihre Art war Pirows Stimme sogar noch gewaltiger als jene Krags.

»Schießen Sie!«, drohte Siegfrieds Vorgesetzter ein letztes Mal, doch der Befehl war zu einem Betteln geschrumpft.

Langsam, aber unaufhaltsam senkte Siegfried seinen Waffenarm.

»Gut«, lobte Julianus.

Siegfried überhörte den Spott in seiner Stimme. Er mochte seinem Feind nachgeben. Aber immerhin traf er seine eigene Entscheidung.

»Schieben Sie die Waffe mit dem Fuß zu mir«, befahl Julianus. Siegfried tat wie geheißen. Lächelnd zog Julianus das Messer zurück. Dann gab er Tess mit der freien Hand einen Stoß, sodass sie der Länge nach hinfiel. Aus ihrer Kehle drang kein Laut. Mit einer an Verachtung grenzenden Gelassenheit hob Julianus den Revolver vom Boden auf.

»Das höchste Gut ist auch das Nützliche«, spottete er, während er sich an Cozas starrem Leib vorbei zwang.

»Es ist besser zu sterben, als wie Sie zu leben«, gab Siegfried zurück. Beide Männer sahen sich tief in die Augen. Für einen Moment verschwand alles andere um sie herum: Der tote Leib Cozas, die am Boden liegende Tess, ja sogar der Raum selbst, in dem sie sich befanden. Alles, was für sie zählte, war einen Funken der Schwäche in den Augen des anderen zu erkennen. Doch keiner von ihnen zuckte auch nur mit den Lidern. Die Zeit schien wie eingefroren. Ein Zustand, der nicht lange anhalten sollte.

Siegfried machte einen Satz in Richtung Julianus. Seine Hand schnellte zum Lauf des Revolvers. Im gleichen Augenblick, indem sich Siegfrieds Blick von den Augen Julianus' lösten, schlug dieser jedoch mit der Messerhand zu. Ein dumpfer Schmerz ließ Siegfried zusammenzucken. Statt der Klinge war nur Julianus' Handrücken gegen seine Brust gekracht – doch das genügte. Siegfrieds Finger, die gierig nach dem Revolver gegriffen hatten, erstarrten in ihrer Bewegung. Bevor er sie auch nur zurückziehen konnte, schlug der Knauf des Revolvers ihm dröhnend gegen die Stirn. Getroffen kippte Siegfried nach hinten. Alles, was der alte Polizist noch tun konnte, war sich zur Seite zu drehen, um seinen Sturz einigermaßen abzufangen. Es gelang ihm nur teilweise. Krachend schlug Siegfried auf dem Boden auf. Befriedigt blickte Julianus auf den vor Schmerz zuckenden Körper herab. In der sicheren Gewissheit, seinen Feind geschlagen zu haben, steckte sich Julianus seine Waffen in den Hosenbund. Seinen Rücken krümmend schlängelte er sich zwischen den immer noch ausgestreckten Armen des Majors hindurch. Tess, die wie gelähmt vor dem Soldaten stand, zog er einfach mit sich.

»Was wollen Sie von mir?«, protestierte Tess kraftlos.

»Folgt und Ihr sollt leben«, harschte Julianus. Unsanft schleifte er sie den Gang entlang.

»Steh auf! Bitte!«, rief Tess Siegfried zu. Der alte Polizist aber fühlte sich nicht im Stande zu folgen.

Vor der hintersten Zelle schließlich blieb Julianus stehen.

»Sie waren zu langsam«, stellte Krag kalt durch die Scheibe der Zelle fest.

»Aus Angst um Eure Sicherheit sperrt Ihr Euch selbst in einen Käfig. Wie passend.« Julianus schüttelte den Kopf. »Und wie einfältig.« Dann stieß er Tess so heftig von sich, dass ihr Gesicht gegen die Scheibe schlug.

»Erpressung funktioniert bei mir nicht«, entgegnete Krag.

»Los!«, fuhr Julianus Tess an. »Schlagt dagegen!«

»Aber …« Verständnislos rieb sie sich ihr Gesicht.

»Los, sagte ich.« Julianus packte die Frau und drückte ihren Kopf gegen die Scheibe. Zögerlich folgte sie seinen Anweisungen.

»Fester, fester.« Dumpf schlugen Tess' Füße gegen den Kunststoff.

»Was soll das?« Krag klang halb verwirrt, halb überrascht.

»Denkt Ihr, wir haben nicht recherchiert? Ein einfaches Gitter aus Eisenstäben hätte meinen Ausbruchsversuch zunichte gemacht. Und ein einfaches mechanisches Schloss hätte Euch für mich unerreichbar gemacht. Aber Ihr müsst ja dem Fortschritt blind vertrauen. Nun staunt.«

Die Türen der Zellen verschlossen sich automatisch, wenn ein Verbrecher sich dahinter befand. Um sich selbst einsperren zu können, hatte Krag daher seinen sozialen Status kurzfristig geändert. Als Sicherheitsminister stand es ihm zu, jeden Menschen bei entsprechendem Verdacht als Verbrecher einzustufen. Das schloss ihn selbst mit ein. Krags Status als Krimineller bedeutete jedoch, dass der Inoscanner Attacken gegen die Zellwand als Ausbruchsversuch interpretierte. Auch wenn Tess' Tritte nicht annähernd ausreichend stark waren, um den Spezialkunststoff zu beschädigen – ihre Inowerte erreichten gefährliche Pegel. Gefährlich genug, um einen Einsatz des Inostoppers zu rechtfertigen – notfalls gegen alle anwesenden Verdächtigen.

»Weiter, weiter.« Julianus' Griff schloss sich fester um Tess' Genick.

»Was immer Sie vorhaben, es wird nicht …«, weiter kam Krag nicht. Sein Körper sank zusammen, wie eine Marionette, deren Fäden man durchtrennt hatte. Tess, die zu dem Zeitpunkt gerade zu einem weiteren Tritt ausholte, erschlaffte mitten in der Bewegung. Nur Julianus' fester Griff verhinderte, dass sie zu Boden fiel.

»Danke für Eure Dienste.« Behutsam ließ Julianus den regungslosen Körper zu Boden gleiten. Wenn sie auch Wurm war, so schuldete er ihr doch zumindest eine gewisse Dankbarkeit.

Langsam, aber ohne Scheu griff Julianus nach der Zellentür. Widerstandslos glitt sie nach innen. Die Verriegelung war nicht nur von der Anwesenheit, sondern auch vom Gesundheitszustand der Insassen abhängig. Um ein Eingreifen durch Sicherheits- oder Rettungskräfte nicht zu behindern, entriegelte sich die Tür, wenn die Insassen das Bewusstsein verloren. Dass Julianus weder zu erster noch zu zweiter Gruppe gehörte, entging der Elektronik. Mit einer schnellen Bewegung richtete Julianus Krags schlaffen Oberkörper auf und warf sich ihn über seine Schultern. Teils erleichtert, teils enttäuscht stellte Julianus fest, dass ihn das geringe Gewicht seiner Geisel kaum belastete. Zum wiederholten Male fragte er sich, wie so ein kümmerlicher Leib einem Anführer gehören konnte. Aber jede Welt bekam eben die Art von Regierung, die sie verdiente.

Julianus trug den bewusstlosen Minister den Gang entlang. Nach der letzten Zelle ging dieser noch ein Stück weiter, bis er schließlich an einer gefliesten Wand abrupt endete. So zumindest sollte es scheinen. Sorgsam tasteten Julianus' Augen die Wand ab, bis sein Blick an einer Stelle hängen blieb. Eine der Fliesen war eine Spur heller als die anderen. Der Unterschied war so fein, dass er selbst aus geringer Entfernung kaum erkennbar war. Für Julianus aber gab es keinen Zweifel. Behutsam packte Julianus Krags Handgelenke. Die schlaff nach unten baumelnden Arme leisteten nicht den geringsten Widerstand. Mit sanftem Druck, als hätte er Angst, die zierlichen Gliedmaßen sonst zu zerbrechen, drückte Julianus die Handflächen Krags gegen das Wandstück. Sie waren so klein, dass sie beide locker auf der hellen Fliese Platz fanden. Einige Sekunden lang – die längsten Sekunden, an die sich Julianus erinnern konnte – passierte nichts. Dann ertönte ein knirschendes Geräusch, wie wenn eine alte Eisenkette zum ersten Mal bewegt wurde. Trotz ihres wortlosen Protests wich die Wand mit einer Leichtigkeit zurück – als wäre die Konstruktion froh darüber, endlich aktiv werden zu können.

»Wie in einer Sage aus 1001 Nacht«, murmelte Julianus. Nur verbarg sich hinter dem freigelegten Gang keine Schatzkammer, sondern die Wurzel allen Übels.

Kapitel 30

Tess sprang vom Boden mit einer Leichtigkeit auf, die ihr niemand – sie selbst mit eingerechnet – zugetraut hätte. In ihrem gesamten Leben hatte sie noch keine 100 Stunden mit sportlicher Tätigkeit verbracht. Wozu auch? Sie und ihr Körper hatten eine simple Abmachung getroffen: Er hatte lediglich zu funktionieren, dafür gebrauchte sie für ihre Arbeit ausschließlich ihren Geist. Es war eine Abmachung, an die sich beide Seiten widerstandslos gehalten hatten – bis zu diesem Moment. Denn während ihr Geist schlief, sprintete Tess' Körper Julianus hinterher und die Geschwindigkeit, die er dabei an den Tag legte, hätte selbst Coza in kürzester Zeit außer Atem kommen lassen. Die Tatsache, dass Tess dazu gar nicht in der Lage sein sollte, blendete sie einfach aus – so wie ihr übriges Bewusstsein.

Julianus dagegen nahm sich selbst nur allzu deutlich wahr. Vor Erregung gepackt hielt er inne. Der Gang, den er entlang geschritten war, hatte in ein Geländer gemündet. Dahinter fiel der Boden plötzlich mehrere Stockwerke ab, sodass Julianus, selbst als er sich weit über das Geländer beugte, ihn immer noch nicht sehen konnte. Was er aber sah, war eine gewaltige schwarze Säule, wie ein Obelisk aus Obsidian, der aus der Tiefe emporragte – so hoch, dass man weder seinen Anfang noch sein Ende erkennen konnte. Julianus hätte sich gerne unbeeindruckt gezeigt, doch bei diesem Anblick fiel es ihm schwer. So sah es also aus – das Herz seines Feindes. Einige Momente verweilte Julianus regungslos vor der Konstruktion. Er war tatsächlich am Ziel. Mit Zwang riss Julianus seine Augen von dem Obelisken. Nein, noch hatte er nicht gesiegt. Langsam, aber nicht sonderlich behutsam, ließ er Krag von seinen Schultern auf den Boden gleiten. Dann holte er das Päckchen von Juliette hervor und öffnete es. Befriedigt nickend blickte er auf dessen Inhalt. Niemand aus seinem Kreis hatte sagen können, wie zerbrechlich das Datenzentrum sein würde. Da es sich letzten Endes aber um nicht mehr als einen Großrechner handelte, konnte es nicht unzerstörbar sein. Silizium, Gold, Kupfer – all die Materialien, die man in jeder komplizierten Elektronik vorfand, hatten eine Gemeinsamkeit.

Ihr Schmelzpunkt lag weit unter 2500° C. Julianus entnahm dem Päckchen das beiliegende Feuerzeug und wiegte es sorgfältig in der Hand. Fast zärtlich berührte sein Daumen den Zündstein. Doch statt dem säuselnden Geräusch einer Flamme drang eine Stimme an Julianus' Ohr.

»Wahrlich einen schönen Fischfang tat heute Zarathustra. Keinen Menschen fing er, wohl aber einen Leichnam.«

Julianus' Finger erschlafften. Unverrichteter Dinge ließ er das Feuerzug in seine Hosentasche gleiten. Seine nun freie Hand fuhr zu seinem Hosenbund.

»Spillbergen«, murmelte er. »Erst Juliette und nun mich. Wie lange plantet Ihr schon, uns zu verraten?«

»Ich bin nicht dein Feind«, sprach die Stimme gelassen.

Julianus antwortete nicht. Stattdessen drehte er sich schnell um seine eigene Achse, den Revolver feuerbereit in Richtung des Sprechers richtend.

»Du willst auf deinen Mentor schießen?«, fragte Spillbergen. Seine Stimmlage legte jedoch nahe, dass er die Antwort bereits kannte. Tatsächlich ließ Julianus seinen Waffenarm im nächsten Moment entmutigt sinken.

»Ein Hologramm«, presste er hervor.

»Bedauerlicherweise reicht die Qualität immer noch nicht an das Original heran.« Es war eine bloße Feststellung, ohne eine Spur von Bedauern. Dann wies er auf Krags zusammengesunkenen Körper. »Hast du tatsächlich nicht gemerkt, dass du eine Leiche mit dir herumgetragen hast?«

Noch bevor Julianus eine Antwort formulieren konnte, fuhr Spillbergen fort. »Warte einen Moment. Ich muss mich zuerst um jemanden kümmern.«

Julianus' Augen suchten die Umgebung ab, wurden jedoch nicht fündig. Erst Momente später erkannte er eine unscheinbare Gestalt am Ende des Ganges, die jedoch rasch größer wurde. Julianus hob seine Augenbrauen. Es war die Frau, die er zuvor notgedrungen zur Geisel genommen hatte. Mit ihr hatte er wahrlich nicht gerechnet. Überraschender war nur noch die Art, wie sie sich ihm näherte. Sie stürmte förmlich auf ihn zu.

»Das Spiel ist aus!«, rief Tess ihrem Ziel mit fast schon imposant schriller Stimme entgegen. Ihre Worte hatten mehr Ähnlichkeit mit einem Kampfschrei als mit Satzbausteinen. Julianus war tatsächlich kurz davor, so etwas wie Respekt, ja fast schon Furcht vor der Frau und ihrer Entschlossenheit zu empfinden. Woher kam dieser plötzliche Kampfeswille?

»Keine Sorge. Ich kümmere mich darum«, zügelte Spillbergen Julianus, dessen Hand bereits den Griff seines Revolvers umklammerte. Kaum hatte er diese Worte gesprochen, fing Tess plötzlich zu straucheln an, als wäre sie über einen unsichtbaren Stein gestolpert. Kurz darauf fiel sie der Länge nach hin. Seltsam regungslos blieb sie liegen. Mit weit aufgerissenen Augen starrte Julianus auf seine verhinderte Kontrahentin. Von einem wehrlosen Opfer hatte sie sich in kürzester Zeit zu einer Fanatikerin und wieder zurück verwandelt.

»Ist sie tot?«, fragte Julianus, mehr aus Neugierde, denn aus Mitgefühl.

»Bewusstlos«, korrigierte Spillbergen. »Wie vorhin.«

Julianus sah ihn verständnislos an.

»Ich sehe, du hast viele Fragen.« Spillbergen tat nicht einmal so, als würde er Tess noch weiter beachten. »Und du hast dir Antworten verdient. Frag also ruhig. Wir haben genügend Zeit. Die Tür schließt sich nach einigen Minuten automatisch.«

»Sie konnte Euch nicht sehen«, hauchte Julianus, während er fast verzweifelt versuchte, seine Fassung zurück zu gewinnen.

»Ich habe ihre Wahrnehmung gefiltert.« Spillbergen sprach sanft, aber ohne Regung. »Anschließend habe ich ihr Implantat blockiert«, fügte er hinzu.

»Dann … ist der Kreis …«, stammelte Julianus.

»Er konnte nur dank mir existieren.« Er wies auf Krags Körper. »Andernfalls hätte der Sicherheitsminister die einzelnen Mitglieder lange verhaften lassen, bevor sie sich organisieren konnten.«

»Bin ich etwa auch …« Julianus unterdrückte das Verlangen, sich an den Hinterkopf zu greifen. Dieses letzte bisschen Würde wollte er sich bewahren.

»Nein, du trägst tatsächlich kein Implantat. Als einziger und als letzter Mensch. Deshalb bist du für mich so wertvoll.«

»Ihr gesteht also, mein Feind zu sein.« Julianus spürte, wie er bei diesen Worten seine Fassung zurückgewann. Erneut griff er nach dem Feuerzeug. Er wusste, was er zu tun hatte.

»Von wem stammt noch einmal dein Brandsatz?«

Julianus erstarrte in seiner Bewegung.

»Juliette«, presste er hervor. »War sie auch so wie …« Julianus suchte nach dem passenden Wort. Stattdessen deutete er nur mit dem Kopf in Richtung Krag.

»Nein, nein«, Spillbergen schüttelte langsam seinen Kopf. »Ihr Menschen denkt tatsächlich anders als wir.« Spillbergen klang bei diesen Worten seltsam befriedigt. »Ich sehe, mit einem bloßen Frage-Antwort-Spiel ist dir nicht geholfen. Leg deine Waffen ruhig ab. Meine Erklärung könnte eine gewisse Zeitspanne in Anspruch nehmen.« Julianus reagierte nicht. Statt ihn abzulegen, hielt er seinen Revolver und den Rucksack nur noch fester. Als müsste er sich daran festhalten

»Gut, dann setz dich wenigstens.«

Zwei kleine Öffnungen erschienen in der Wand und eine Reihe feiner Drähte drang heraus. Wie schwebende Schlangen kräuselten sie durch die Luft. Die Drähte überkreuzten und verwoben sich ineinander. Wie eine Strickarbeit, die selbstständig wuchs – ohne Nadeln oder Näher. Die Drähte wuchsen zu engmaschigen Gittern und schließlich zu einer gemeinsamen Fläche an. Ein stangenartiger Fortsatz breitete sich von dort aus Richtung Boden aus. Dort angekommen spaltete er sich in eine Reihe kleinerer Verästelungen.

»Nur zu, er ist bequem«, wies Spillbergen auf die Konstruktion.

Wortlos ließ sich Julianus auf den entstandenen Sessel fallen. Die Konstruktion fühlte sich seltsam sanft und weich an – wie Spillbergens Stimme. Julianus spürte, wie sich seine verkrampften Muskeln etwas zu lösen begannen. Gegen diese dominante Sanftmütigkeit war jeder Widerstand zwecklos.

»Wie du bereits weißt, wird diese Welt von insgesamt zwölf Ministern regiert«, begann Spillbergen mit seiner Ausführung. »Unsere Aufgabengebiete und Kompetenzen sind so verteilt, dass niemand von uns eine zu große Übermacht erlangen kann. Der Minister, den du nur als Leif Krag kennst, ist beispielsweise für Sicherheit und Stabilität zuständig. Aus diesem Grund befehligt er Polizei und

Militär. Ich dagegen leite die Entwicklung und den Einsatz neuer Inopts. Nun stellt sich natürlich die Frage, warum Wesen, die so mächtig wie wir sind, uns dennoch vor den Menschen verstecken müssen. Nun, leider ist es so, dass trotz allen Fortschritts eine reine Maschinenherrschaft nicht akzeptiert werden würde. Zumindest noch nicht. Also benutzen wir Avatare: Menschen, deren Zentralnervensystem in Folge eines Unfalles oder einer Krankheit schwer beschädigt wurde und die nun als unsere Sprecher fungieren. Wir schreiben ihre Krankenakte etwas um, verwischen unsere Spuren und übernehmen die Kontrolle über sie. Deshalb starb auch Krag. Ohne die stimulierende Wirkung eines Ministers ist der Avatar nicht lebensfähig. Einmal verstorbene Menschen können wir derzeit leider noch nicht reaktivieren. Der für Medizin und menschliche Gesundheit zuständige Minister arbeitet vermutlich bereits an einer Lösung. Vielleicht hat er sogar bereits einen Durchbruch erzielt und will diesen bloß nicht mit uns teilen. Wir entscheiden alle selbst, inwieweit wir die anderen Minister an unserem Wissen teilhaben lassen. Ich beispielsweise besitze Zugriff auf Gedanken und Psychen der Implantatträger. Alles, was von einem Inoscanner erfasst wird, erfasse auch ich. Der Sicherheitsminister dagegen erhält nur einige streng gefilterte Werte, die es ihm ermöglichen, Verbrecher zu identifizieren. Will er mehr wissen, muss er ein aufwändiges Verfahren anwenden, dem ich den Namen Inoextrakt gab. Natürlich bleibt mir auch hier die Möglichkeit offen, einzugreifen. Wenn ich es will, merkt er nicht einmal, dass ich die Daten vorsorglich verändert habe.« Spillbergen machte eine Pause, als wollte er testen, ob Julianus ihn verstand.

»Unsere Gespräche im Museum. Der Umsturzplan, den wir ausheckten …« Julianus schluckte. »Alles nur ein Mittel zum Zweck, damit ich hier vor Euch erscheine.«

»Ja.« Spillbergen klang erfreut. Julianus hatte den Test bestanden. »Ich verfüge über Wissen, aber über keine wirkliche Macht. Ich kann tarnen und täuschen, analysieren und planen. Aber nicht befehlen.«

Julianus sah an sich herab. Trotz seiner entspannten Sitzhaltung hielt er den Revolver fester umklammert als zuvor. Fast angewidert ließ er ihn fallen. Ausgerechnet er bettelte um stützenden Beistand. »Einen Hendrik Spillbergen hat es also nie gegeben«, stellte er fest.

»Zumindest nicht in der Form, in der du vermutet hast.«

»Trotzdem wart Ihr mein Mentor«, entgegnete Julianus. In seiner Stimme lag eine fast resignierende Art von Traurigkeit. »Was ich weiß, habt Ihr mir beigebracht. War dies alles Heuchelei?« Er sprach das letzte Wort betont langsam aus, als bereitete es ihm Schmerzen.«

»Aber nein«, beruhigte ihn Spillbergen. »Ich habe dich getäuscht. Das lässt sich nun wirklich nicht leugnen. Geheuchelt habe ich nie. Dieser Welt fehlt tatsächlich etwas.« Er wies auf Julianus, der sich fast krampfhaft bemühte, aufrecht zu sitzen.

»Ein Mensch ohne Implantat«, vervollständigte Julianus den Gedanken.

»So ist es.« Spillbergen nickte zustimmend. »Wir glaubten den menschlichen Geist vollständig entschlüsselt zu haben. Auf gewisse Weise hatten wir damit sogar recht. Ich kann die Gedanken eines Implantatträgers lesen wie ein Dokument. Doch gerade hier liegt der entscheidende Fehler begraben.« Spillbergen machte eine Pause.

»Wir gingen davon aus, dass wenn eine Rechenmaschine ausreichend komplex wird, sie zwangsläufig ein Bewusstsein entwickeln muss. Nun, wir Zwölf sind die komplexesten Rechenmaschinen, die bislang gebaut worden sind. Wenn wir noch Probleme damit haben, euch Menschen zu verstehen, so kann dies folglich nur zwei Ursachen haben. Entweder, wir sind noch nicht komplex genug, oder uns fehlen die Daten. Zumindest ich verfüge dank der Implantate über ausreichend Informationen. Und was die Komplexität betrifft: Selbst, wenn ich derzeit immer noch zu primitiv sein sollte, so entwickle ich mich laufend weiter. Ich sollte mich einer Lösung also zumindest annähern. Doch ich trete auf der Stelle.«

»Also ist Eure Grundannahme falsch. Der menschliche Geist funktioniert anders als Ihr.«

»Exakt«, triumphierte Spillbergen. »Euer Gehirn ist je nach Standpunkt mehr oder weniger als eine bloße Rechenmaschine. Die Inoimplantate sind es aber nicht. Sie können nicht senden, was sie nicht berechnen können. Schlimmer noch: Durch ihren Einfluss auf das betreffende Gehirn, verfälschen sie sogar dessen Wesen. Worin letztendlich der genaue Unterschied zwischen den beiden Funktionsweisen besteht, ist derzeit noch Gegenstand der Spekulation. Es dürften wohl quantenmechanische Unterschiede sein.«

»Ach ja, die Quantenmechanik. Wie war das noch?«, spottete Julianus. »Die Messung beeinflusst das Ergebnis. Ihr braucht also einen unverfälschten Menschen, damit Ihr ihn durch Eure Messung verfälschen könnt.«

»Natürlich werde ich auch durch dich nicht alle Antworten erhalten. Aber allein schon die Tatsache, dass dein Gehirn nicht durch die Aktivität eines Inoimplantats verfälscht wurde, ist von großem Wert.« Spillbergen sah Julianus eindringlich an.

»Ihr wollt mich also sezieren?« Julianus sprach ohne Regung, als spreche er nur aus, was er schon seit langem vermutete.

»Dein Schmerz wird erträglich sein.«

»Noch habt Ihr nicht gesiegt.« Die zweite Hälfte des Gesprächs hatte Julianus neuen Mut schöpfen lassen. Er sprach nicht mit einer überlegenen Macht, sondern mit einer, die sich lediglich dafür hielt. Julianus wollte vom Sessel aufspringen und sich auf das Hologramm stürzen – ihm irgendeine Art von Schaden zufügen. Und wenn es nur Nadelstiche waren. Julianus' Kampfeswille war so stark wie eh und je. Aber sein Feind war stärker. Noch bevor Julianus den Beschluss aufzuspringen richtig fassen konnte, hatten sich einzelne Drähte von dem Sessel gelöst. Wie Würgeschlangen wanden sie sich um seine Knöchel und Handgelenke.

»Nein!« Julianus wand sich wie ein gefesseltes Tier. Denn nichts anderes war er.

Kapitel 31

Siegfried hatte die Entführung Krags vom Boden aus beobachtet. Einzugreifen, geschweige denn Julianus aufzuhalten, dazu war er nicht in der Lage. Tatsächlich hatte er noch nicht einmal mitbekommen, was keine zehn Meter von ihm entfernt überhaupt geschehen war. Dafür war Siegfried zu sehr mit sich selbst beschäftigt. Wirklich fruchtbar war seine Selbstbetrachtung jedoch auch nicht gewesen. Er war sich noch nicht einmal sicher, welche, oder wie viele Teile seines Körpers gebrochen, gerissen oder gequetscht waren. An Schmerzen jedenfalls mangelte es ihm nicht.

»Geben Sie mir Ihre Zustimmung, dann befreie ich Sie von Ihren Schmerzen!«

»Konnten Sie fliehen?«, sendete Siegfried. Den scharfen Klang der Inostimme würde er auch schlafend erkennen.

»Wir haben keine Zeit. Ihre Zustimmung.« Bitten war tatsächlich nichts, was Krag beherrschte. Immerhin verzichtete er auf den Einsatz seiner Donnerstimme. Mehr konnte Siegfried wohl nicht verlangen.

»Ja«, würgte er schließlich hervor. Echte Zustimmung klang anders. Aber wenn sein Vorgesetzter ihn in Ruhe ließ, war Siegfried schon zufrieden.

»Gut. Jetzt stehen Sie auf!«

Sprach Krag einen Befehl aus, so fühlten seine Empfänger einen unablässigen Druck, der mit jeder Sekunde anwuchs. Bis der Zwang schließlich so groß wurde, dass auch der störrischste Widerstand in sich zusammenbrach und man Folge leistete. Diesmal jedoch war das Gefühl ein ganz anderes. Siegfried stand nicht einfach auf, er trieb regelrecht nach oben, als würde er aus einem Schwimmbecken auftauchen. Doch statt Wasser zog ihn sein Körper selbst nach oben. Als wäre er leicht wie eine Feder und doch stark wie eine Hebebühne. Doch nicht nur der Zwang fehlte. Auch Siegfrieds Schmerzen waren wie weggeblasen – so als hätte ein unsichtbarer Arzt seinen Körper von einem Moment auf den anderen mit Medikamenten geflutet. Nur, dass die Wirkung nicht bloß anders, sondern besser war. Es fehlten die lähmende Taubheit, von Schmerz- und das hektische Kribbeln von Aufputschmitteln. Es war ein Drogenrausch ohne Drogen – ein Rausch ohne Rauschen. Jetzt verstand Siegfried, wieso so viele Menschen bereitwillig die Kontrolle über ihren Körper an Ino übergaben. Doch trotz dieser perfekten Wirkung blieb ein negatives Gefühl zurück. »Ist das Inodive?«, presste Siegfried hervor.

»Sie haben mir die Kontrolle über Ihren Körper überlassen«, antwortete Krag indirekt. Tatsächlich setzten sich Siegfrieds Beine in Bewegung, ohne dass er sie bewusst steuerte.

»Wohin gehen wir?«, wollte er fragen. Im nächsten Moment jedoch sah er die klaffende Öffnung in der Wand. Nur seinem perfekten Rausch war es zu verdanken, dass seine Kinnlade nicht nach unten fiel.

»Sie werden Dinge sehen, die weit über Ihrer Freigabe liegen.« Krags Kommentar kam ein paar Sekunden zu spät. »Für eine gewöhnliche Erklärung fehlt uns die Zeit. Ich schicke Ihnen alles, was Sie wissen müssen, per Inomem.«

Siegfried wollte nicken, aber sein Hals verweigerte ihm den Befehl. Krag kontrollierte seine Muskeln und sein Gedächtnis. Trotz seines Rausches stieg ein Gefühl der Beklommenheit in Siegfried empor. Er war nicht mehr als eine Marionette. Eine unangenehme Frage drängte sich ihm auf: War jener Mann, den er Krag nannte, vielleicht selbst in Wirklichkeit nur eine Puppe? Aber wer war dann der Puppenspieler? Noch bevor Siegfried über diesen Fragen brüten konnte, entfaltete Inomem seine Wirkung. Die Antworten, die ihm die Anwendung gab, verpassten Siegfried einen regelrechten Schlag. Aber immerhin wusste er nun, was zu tun war. Siegfried beschleunigte seinen Schritt – besser gesagt – sein Körper beschleunigte. Siegfried selbst folgte lediglich. Ihm war, als hätte er sich selbst huckepack genommen. Leider blieb ihm nicht viel Zeit, sich über diese sonderbare Situation zu wundern. Mit einer Geschwindigkeit, zu der er nicht einmal in seinen 20ern in der Lage gewesen wäre, hastete Siegfried durch die nun nicht mehr ganz so geheime Tür. Der Gang dahinter war hell erleuchtet. So hell, dass es Siegfried schien, als lade man ihn ein. Er wusste natürlich, dass dem nicht so war. Für diese Erkenntnis hätte er nicht einmal Krag gebraucht. Viel drängender war für ihn die Frage, wie lange sein Körper wohl diese enorme Laufleistung würde durchhalten können. Siegfried empfand keinerlei Belastung – dank seines perfekten Rausches empfand er überhaupt nur sehr wenig. Aber das würde sich irgendwann sicher ändern.

Nach wenigen Laufmetern, die wie im Zeitraffer an Siegfried vorbeigeflogen waren, erkannte er schließlich sein Ziel. Julianus saß auf einer Art Sessel und er schien gefesselt zu sein. Erneut blieb Siegfried keine Zeit, sich zu wundern.

»Ich lasse das nicht zu!«, hörte er sich selbst rufen.

»Du warst schon immer der langsamste von uns«, konterte eine unbekannte Stimme, deren Klang Siegfried seltsam bekannt vorkam. Doch statt einer Erkenntnis stieg ein Schatten in ihm empor und ließ ihn schwarz vor Augen werden.

Fjodor hatte zu sagen gepflegt, eine vorbereitete Seele könnte nichts – egal wie schrecklich – erschüttern. Siegfried hätte seinem Mentor nur zu gerne zugestimmt. Dank Inomem wusste er genau, wie ihm geschah. Krag hatte ihn so gut auf diese Situation vorbereitet, wie er konnte. Doch Siegfried hörte die Stimme seines Vorgesetzten nicht länger. Alles was er hörte war der stumme Schmerzensschrei seines eigenen Körpers. Siegfried spürte, wie der plötzlich einsetzende Schmerz seinen Mageninhalt in Richtung Mund trieb. Mit letzter Kraft unterdrückte er seinen Würgereflex und schluckte die schleimige Masse wieder hinunter. Siegfried riss seine Augen weit auf. Wenn sich seine Lider erst geschlossen hatten, würde er sie nicht so schnell wieder öffnen können. Verschwommen sah er eine Gestalt vor sich, die für ihn noch vor kurzem unsichtbar gewesen war.

»Sie haben genug getan«, mahnte sie in freundlichem Ton. »Ruhen Sie sich aus.«

Hätte der falsche Pirow geschwiegen, wäre Siegfried tatsächlich zu Boden gegangen. In dem Moment aber, als er die Stimme des Imitators vernahm, schöpfte er neue Kraft. Wenn er denjenigen bestrafen konnte, der seinen Mentor für billige Manipulationsversuche missbrauchte, dann war es all die Schmerzen wert. Wie ein Ertrinkender, der nach einem Rettungsring griff, streckte Siegfried seinen Arm aus. Er fühlte Julianus' Revolver mehr, als er ihn sah. Zittrig umklammerten seine Finger den kühlen Griff der Waffe.

»Nein!« Die sanfte Stimme Fjodors verzerrte sich zu einem schrillen Schrei. »Was …« Der Rest des Satzes ging im Knallen der Schüsse unter. ›Gut‹, dachte sich Siegfried. Er hatte wohl getroffen. Er wollte sich nach vorne fallen lassen, doch etwas – oder jemand – er wusste es nicht – fing ihn auf. Müde schloss er seine Augen.

»Noch nicht, Kamerad«, flüsterte ihm eine tiefe Stimme zu.

Siegfried spürte, dass er gezogen wurde. Jemand griff ihm unter die Achsel und hielt ihn aufrecht. Siegfried wollte protestieren, aber ihm fehlte selbst hierfür die Kraft. Widerstandslos ließ er sich bewegen.

Nach einigen Kilometern – vielleicht waren es auch nur Meter gewesen – fühlte Siegfried, wie man ihn endlich zu Boden ließ. Vor Glück seufzend öffnete er die Augen.

»Der Zugang hat sich geschlossen«, bemerkte eine Stimme neben ihm.

»Nun bin ich Ihnen also doch gefolgt.« Zu mehr als einem Flüstern fehlte Siegfried die Kraft.

»In der Tat«, bemerkte Julianus bitter. Seine grimmige Miene machte deutlich, dass er nicht zu Scherzen aufgelegt war. »Wir sitzen hier fest.«

»Nicht für lange«, hauchte Siegfried. »Ich konnte unseren Feind nur vorübergehend aufhalten.«

Julianus nickte. Offenbar hatte er mit dieser Antwort gerechnet. »Ich wollte die Menschheit befreien. Stattdessen war ich nur der Gehilfe ihres Gefängniswärters. Vielleicht wäre es besser gewesen, ich wäre auch mit so einem Ding auf die Welt gekommen.« Seine Stimme klang schwach, fast wie ein Jammern. Kraftlos ließ er sich neben Siegfried auf die Knie fallen.

Vor Überraschung vergaß Siegfried seine Schmerzen. »Ich hätte nie gedacht, Sie einmal so reden zu hören.«

»Es scheint, wir haben uns beide getäuscht.« Resignierend schloss Julianus die Augen. »Ihr in mir und ich in meinem Leben.«

Siegfried dagegen sah ihn mit weit aufgerissenen Lidern an. »Bereuen Sie Ihre Taten?«, fragte er ehrlich neugierig.

»Nein«, sagte Julianus und schlug die Augen auf. Für einen Moment schien seine alte Selbstsicherheit zurückzukehren. »Ich will weder Vergebung noch Mitleid.«

Siegfried drehte sich weg. Gerade hatte er geglaubt, einen Hauch von Tugend in seinem Gegenüber zu erkennen. Aber alles was er gefunden hatte, war gekränkter Stolz. »Was wollen Sie dann?«

»Inmitten der Gesellschaft leben.« Julianus schüttelte den Kopf, wie um sich selbst zu widersprechen. »Inmitten einer neuen Gesellschaft«, korrigierte er.

Siegfried wandte sich Julianus erneut zu. Er wollte Julianus seine Verbrechen vorwerfen. Er wollte ihm erzählen, dass ein rücksichtsloser Mörder wie er nicht erwarten konnte, einfach so unter den Menschen zu leben. Doch der Anblick von Julianus verschlug ihm die Sprache. Vor kurzem noch hatte eine scheinbar jugendliche Ausstrahlung sein Antlitz geziert. Nun aber zogen sich tiefe Falten, wie Schluchten, durch das Gesicht. Statt einem Verbrecher sah Siegfried nur einen gescheiterten Philosophen vor sich. Einen alten Mann, der erkennen musste, dass sich niemand um seine Ideale kümmerte. Statt Tadel kam ihm ein Zitat über die Lippen: »So ist unser Jahrhundert. Die Philosophie mag es beklagen, aber wer sich nach ihren Maximen richten will, mag sonst wo leben, nur nicht bei Hofe.«

»Wahre Worte«, murmelte Julianus. Für einen kurzen Moment schienen die Falten in seinem Gesicht eine Spur zu verblassen. »Von wem stammen sie?«

»Mein Mentor hat es mir kurz vor seinem Tod erzählt. Allerdings stammt es ursprünglich von Casanova.«

»Ich hätte ihn nur zu gern getroffen.« Julianus lachte kurz auf. »Wer hätte gedacht, dass ich mich von einem Lebemann und Frauenheld belehren lassen muss?« Es war ein heiseres, trockenes Lachen, das in einem Seufzen endete.

Eine Weile saßen sie beide still nebeneinander. Fast wäre Siegfried erneut eingedöst, doch als er seine Augen schließen wollte, traf ihn ein zuckender Lichtstrahl. Irritiert wandte er sich wieder Julianus zu. Als er die Quelle des störenden Lichts erblickte, war er mit einem Schlag wieder wach: Der Schein der Deckenbeleuchtung wurde vom Stahl von Julianus' Messer reflektiert.

»In antiken Zeiten sprach man besiegten Feldherren das Recht zu, sich in ihr eigenes Schwert zu stürzen.« In dem Moment, in dem Siegfried den letzten Teil des Satzes ausgesprochen hatte, bereute er ihn bereits, wissend, dass die Klinge nicht für ihn gedacht war.

»Der Weg der Stoiker. Das gefällt Euch, nicht wahr?« Trotz Julianus resignierender Gelassenheit war der Spott in seiner Stimme nicht zu überhören. »Wenn du nicht mehr weiter weißt, bleibt dir immer noch der Tod.«

»Diesen Teil fand ich immer verstörend«, gab Siegfried reumütig zu. »Sie müssen das nicht tun«, wandte er ein. Doch in den Augen von Julianus sah er, dass dieser sich schon entschieden hatte, bevor Siegfried seinen Mund geöffnet hatte.

»Ich habe auch ein Zitat für Euch: Was man dem Feind vorwegnimmt, ist schon ein Stück Sieg.« Julianus hauchte seine letzten Worte mehr aus, als er sie sprach. Dann rammte er sich die Klinge tief in die Brust.

Erneut schloss Siegfried seine Augen. Eine seltsame Schwäche ergriff ihn, doch sie war nicht bloß körperlicher Natur. Sein Gegner war besiegt und doch fühlte es sich an, als wäre er gescheitert. Kurz bevor sein Bewusstsein erneut in die Dunkelheit hinabglitt, meinte er noch eine vertraute Stimme zu hören: »Der Mensch, der gegen mich fehlt, ist in Wirklichkeit mir verwandt. Wir haben gleichen Anteil an der Vernunft der göttlichen Bestimmung.«

Kapitel 32

»Ich gratuliere dir«, drang Ferreras Inostimme in Majas Bewusstsein ein.

»Danke«, entgegnete sie mehr aus Höflichkeit, denn aus Überzeugung.

»Nimmst du an?«, mischte sich Sean ein.

Ferreras Abbild hob die Augenbrauen. Sichtlich irritiert sendete er: »Ich weiß, du hast dich nicht für die Stelle des Revierleiters beworben. Aber das Sicherheitsministerium hat dich vorgeschlagen. Ich weiß nicht, ob es ratsam wäre, abzulehnen.«

»Ich nehme gerne an«, sendete Maja verlegen. »Aber was ist mit dir? Wurdest du auch befördert?«

›Sie denkt immer an andere‹, dachte Ferrera, achtete jedoch darauf, den Satz nicht zu übertragen. ›Vielleicht ist es das, was mir fehlt.‹ Auch diesen Gedanken behielt er für sich. »Ich werde die Polizei verlassen«, sendete er stattdessen.

»Warum denn?«, fragten Maja und Sean fast gleichzeitig.

»Ich war ein Karrierist«, gab Ferrera unumwunden zu. Er wusste nicht, ob diese Offenheit klug war. Aber er war es leid, sich zu verstellen. »Als wir den Fall Julianus übernahmen, dachte ich nur an die beruflichen Vorteile, die sich daraus ergeben könnten. Doch zu welchem Preis? Wir haben so viele Kollegen verloren. Und am Ende war ich trotzdem nicht mehr als der Laufbursche des Sicherheitsministers.« Ferrera verstummte. Vielleicht hätte er seine Inofilter doch sensibler justieren sollen. Diese Ehrlichkeit war befreiend, aber sie konnte auch gefährlich sein. Bei aller Reue haftete ihm immer noch ein Rest von Karrieredenken an.

Betretenes Schweigen breitete sich aus. Maja schluchzte innerlich bei dem Gedanken an ihren verstorbenen Mentor. Im Gegensatz zu Ferrera hielten sie ihre Filter aber zurück. Sie war ja nun Revierleiterin. Da konnte sie sich solche Emotionen nicht leisten.

»Ich hätte wirklich nicht gedacht, dass ich nach Juliette, Tess und Can ins Gras beißen werde«, zerriss Seans Inostimme die Stille. Auch er zitterte innerlich. Bei ihm ersetzte jedoch schwarzer Humor die Inofilter. »Sagt man uns wenigstens, was genau mit ihnen passiert ist? Sie müssen ja nicht gleich auf meinem Tisch landen.«

»Juliette Rathy, Tess Borger, Can Zeki, Siegfried Tegethoff, Major Pan Coza und Leif Krag starben bei der Ergreifung des Terroristen Julianus und seines Netzwerkes. Alle weiteren Informationen unterliegen der höchsten Geheimhaltung«, zitierte Ferrera die offizielle Mitteilung, wobei er seine ganze Kraft in seine Inostimme legte – weniger, um seine Kollegen verstummen zu lassen, sondern mehr um seine eigene Trauer zu unterdrücken. »Nächste Woche findet die Trauerzeremonie statt«, fügte Ferrera hinzu. »Ich werde die Totenrede halten. Es wird meine letzte offizielle Tat als Revierleiter sein.«

»Was wirst du dann machen?«, fragte Maja.

»Ein Freund von mir arbeitet in einer Firma, die neue Inopts testet. Sie entwickeln robustere Systeme, die auch bei geringster Signalstärke noch funktionieren sollen. Angesichts der jüngsten Ereignisse erscheint mir das eine sinnvolle Arbeit.« Ferrera schluckte. Erneut musste er seine Inofilter nachjustieren. »Es ist ein rein technischer Beruf. Für diese Art von Arbeit bin ich besser geeignet.«, sendete er schließlich.

»Ich bin wohl der einzige hier, der seiner Stelle bis ins Grab treu bleibt«, versuchte Sean die Stimmung zu lockern. »Obwohl, vielleicht lasse ich mich als neuer Sicherheitsminister aufstellen.«

»Die Stelle ist bereits nachbesetzt«, tadelte Ferrera halbherzig. Es sprach für das Ministerium, dass selbst ein derart tragisches Ereignis keine tiefere Krise ausgelöst hatte. Dennoch konnte er diese kalte Effizient nicht länger unterstützen.

Erneut breitete sich Schweigen aus. »Danke«, sendete Maja schließlich, um der Stille zu entfliehen. »Für alles.«

»Es gibt bereits Bewerber für die zu besetzenden Stellen. Die meisten davon wurden schon vom System ausgesiebt, aber ein paar aussichtsreiche Kandidaten sind noch übrig. Ich sende dir die Unterlagen«, sendete Ferrera ohne Regung. »Viel Erfolg.« Dann verließ er den Inotransfer, bevor er fürchten musste, dass seine Filter erneut versagten.

»Tja Frau Chefin, was jetzt?«, ertönte Seans Ohrenstimme. Er und Maja befanden sich im Besprechungssaal des Reviers. Nur Ferrera hatte aus der Distanz zu Ihnen gesendet.

»Was meinst du, ist wirklich mit ihnen geschehen?«, fragte Maja scheinbar geistesabwesend.

Sean zögerte für einen Moment. Ein Blick in das Gesicht seiner neuen Vorgesetzten verriet ihm jedoch, dass sie tatsächlich nach seiner ungeschminkten Meinung verlangte.

»Dieser Julianus ist schon ein harter Bursche. Aber dass er sie alle einfach so um die Ecke gebracht hat, kann ich mir irgendwie nicht vorstellen. Vielleicht hat er Tess und Can von hinten überrumpelt, als sie Inoline waren, aber …« Sean hielt inne. Prüfend sah er Maja ins Gesicht. »Das war taktlos«, sagte er halb entschuldigend.

»Ich habe dich nach deiner ehrlichen Meinung gefragt«, wehrte sie ab. Ihre Augen aber glänzten feucht. »Rede bitte weiter.«

»Siegfried aber ist zäh. Der hat ihm sicher einen Kampf geliefert. Und dann waren da ja noch Juliette, dieser Soldat und ein Minister anwesend. Ich weiß nicht.« Sean kratzte sich am Hinterkopf. »Irgendwie stinkt die offizielle Version zum Himmel. Man sagt uns ja nicht einmal, wieso unser Keller noch immer gesperrt ist.«

»Die durch das Feuer verursachten Schäden sind noch nicht ausgebessert. Es besteht Gefahr für Leib und Leben«, zitierte Maja aus der offiziellen Begründung.«

»Und du glaubst das?«

Sie schüttelte den Kopf. »Ich weiß ehrlich gesagt nicht, was ich glauben soll.« Sie schloss die Augen. »Innerlich kommt es mir so vor, als würden sie alle noch leben. Vielleicht vertrage ich die Wahrheit aber einfach nicht.« Tränen traten aus ihren geschlossenen Lidern hervor. Als sie die Augen öffnete, sah sie, dass auch Seans nicht trocken blieben.

Kapitel 33

»Sie haben Besuch«, sprach ihn Tyainen von der Seite an. Siegfried richtete sich in seinem Bett auf. Er wollte aufstehen, aber eine gepanzerte Hand legte sich auf seine Schulter und drückte sie sanft, aber unnachgiebig nach unten.

»Sie kommen zu Ihnen«, sagte er streng.

Siegfried lächelte säuerlich. »Mir wurde gesagt, Sie seien lediglich zu meinem Schutz hier und nicht um mich festzuhalten.«

»Ich schütze Sie vor sich selbst.« Tyainen zog seine Hand von Siegfrieds Schulter zurück, wissend, dass seine Botschaft angekommen war. Demonstrativ verschränkte er seine Arme vor der Brust. In stiller Zustimmung ließ Siegfried seinen Kopf zurück auf das Polster fallen. Er konnte nur hoffen, dass, wer auch immer ihn besuchen kam, auskunftsfreudiger sein würde als Tyainen. Alles, was er von dem Soldaten bislang erfahren hatte, war, dass er in einem Militärkrankenhaus untergebracht war. So viel hätte er sich allerdings auch selbst zusammenreimen könne. Reguläre Krankenhäuser unterstanden dem Gesundheitsministerium. Krag aber würde ihn nicht so einfach aus seinem Zuständigkeitsbereich entlassen. Dafür war das Inomem, das Siegfried vom Minister erhalten hatte, zu umfangreich gewesen. Es war ironisch. Die ganze Zeit über hatte sich Siegfried über den Mangel an Informationen beschwert. Jetzt aber war es sein Überfluss an Wissen, der ihn gefangen hielt. Selbst den Zugriff auf Ino hatte Krag ihm verwehrt. Das war eine Behandlung, die sonst schweren Verbrechern vorbehalten blieb. Menschen, die als so gefährlich eingeschätzt wurden, dass man jede Kommunikation mit der Außenwelt unterband. Siegfried aber hatte nichts verbrochen. Nein, besann er sich, das stimmte nicht ganz. Er hatte auf den Sozialminister – den wahren Sozialminister gefeuert. Aus Sicht Krags war das vermutlich das schwerste Verbrechen von allen. Siegfried wollte lachen, aber aus seiner Kehle drang nur ein glucksender Laut.

»Alles in Ordnung?« Tyainen berührte sanft seine Schulter.

»Aber ja. Mir ist nur etwas klar geworden.«

»Hm.« Tyainen verschränkte die Arme erneut vor der Brust. Solange Siegfried nicht starb oder Anstalten machte wegzulaufen, schien sich der Soldat nicht wirklich für ihn zu interessieren.

»Ich habe Sie nie für den gemütlichen Typen gehalten«, bemerkte Siegfried.

»Major Coza war ein Draufgänger und sehen Sie, wie es ihm ergangen ist.« Tyainen sah Siegfried durch sein Visier an. Die sonst so ruppige Stimme klang mit einem Schlag seltsam traurig. »So ist das Leben angenehmer.« Er wies mit seiner Hand durch das Zimmer.

»So habe ich Sie gar nicht eingeschätzt.«

»Wir werden noch genügend Zeit haben, uns besser kennenzulernen«, sagte Tyainen bestimmt, dann drehte er den Kopf weg.

Siegfried nickte gedankenverloren. Es stimmte also. Er wurde hier gefangen gehalten. Es machte Sinn. Krag hatte ihn zu den Schüssen auf das Rechenzentrum angestiftet. Somit war der Sicherheitsminister sein Komplize. Das durfte natürlich niemals an die Öffentlichkeit dringen. Die Minister waren die Säulen, auf denen die Welt ruhte und es war undenkbar, dass sie sich offen bekriegten. So undenkbar wie die Tatsache, dass sie in Wirklichkeit Maschinen waren. Siegfried wurde nicht für seine eigenen Taten gefangen gehalten – sondern für jene Krags und seinesgleichen.

»Ihr Besuch ist da«, unterbrach Tyainens Stimme Siegfrieds Gedanken. Zackig stapfte der Soldat Richtung Tür. Siegfried folgte ihm mit den Augen. Kurz bevor er den Raum verließ, drehte sich Tyainen noch einmal um. »Es ist vertraulich. Ich warte draußen.« Dann verschwand er. Aus den Augenwinkeln erkannte Siegfried noch, wie der Soldat salutierte, bevor er sich vom Zimmer entfernte. Von seiner Position konnte Siegfried nicht erkennen, wem der Gruß galt. Er war sich aber auch so sicher, wer ihn da besuchen kam. Der Anblick der Frau, die kurz darauf in sein Zimmer trat, überraschte ihn nicht im Geringsten. Sie war einmal attraktiv gewesen. Es war aber nicht das Alter, das sie gezeichnet hatte. Ihre Haut war makellos rein, aber von leichenblasser Farbe – wie künstlich konserviert. Der gertenschlanke Körper wirkte äußerlich jugendlich. Gleichzeitig strahlte er jedoch eine unnatürliche Kälte aus.

»Darf ich Sie immer noch Krag nennen?«, fragte Siegfried. Er sah durch die Frau hindurch, als existierte sie nicht wirklich. Stattdessen wandte er sich direkt an die Maschine, die seine Besucherin wohl schon seit einiger Zeit am Leben erhielt.

»Leif Krag ist tot. Sie werden mich Zara Levinova nennen.« Die seltsam dünne Stimme wollte nicht im Geringsten zu dem autoritären Ton passen, den sie anschlug. Siegfried nickte. Als hätte es noch einen Beweis gebraucht, um zu zeigen, wer wirklich hinter dieser Fassade aus Fleisch steckte – er war hiermit erbracht. Denn egal ob sein Avatar männlich oder weiblich war: Krags Charme blieb stets der Gleiche.

»Keine Donnerstimme?« Siegfrieds Überraschung war aufrichtig. »Kann der falsche Pirow uns sonst hören?«

»Niemand kann uns belauschen«, versicherte Levinova. Siegfried fragte sich, zu welchen Mitteln sie gegriffen haben mochte, um dies zu gewährleisten. Jedenfalls war ihm nun endgültig bewiesen, wer für seinen verlängerten Krankenstand verantwortlich war. Er hätte den Sicherheitsminister, der sich jetzt als eine Ministerin ausgab, gerne nach dem Grund gefragt, wieso er mit ihrer Ohrenstimme sprach. Aber er wusste es besser, als einfach danach zu fragen.

»Wie kann ich Ihnen helfen, Frau Ministerin?« Siegfried war sich bewusst, dass von seinem Gesprächspartner nichts als Gehorsam akzeptiert wurde. Dennoch wollte ihm der Name Levinova noch nicht so recht über die Lippen kommen.

»Erzählen Sie mir, was vorgefallen ist, nachdem unsere Verbindung getrennt wurde.« Ohne Regung fügte Levinova hinzu: »Detailgetreu.«

»Sie haben mir, bevor Sie mich in den Tunnel laufen ließen, ein Datenpaket per Inomem geschickt«, begann Siegfried seine Erzählung. »Ich habe inzwischen keinen Zugriff mehr darauf, aber einen Teil konnte ich mir auch so merken.«

»Erzählen Sie einfach alles, an das Sie sich erinnern können. Wir haben Zeit.«

Siegfried holte tief Luft. Dann begann er zu reden, bis sein Hals schmerzte. Er erzählte vom perfekten Rausch und seinem abrupten Ende. Wie er mit letzter Kraft auf den wahren Sozialminister gefeuert hatte. Auch, dass Krag ihn dazu angestiftet hatte, ließ er nicht aus. Dann schließlich kam er auf Julianus' Ende zu sprechen. »Was man dem Feind vorwegnimmt, ist schon ein Stück Sieg. Das waren seine letzten Worte«, beendete Siegfried seine Erzählung.

Die Augen der Frau schienen für den Bruchteil einer Sekunde in die Ferne zu wandern. Den meisten Menschen wäre dies nicht aufgefallen, aber Siegfried kannte diesen Gesichtsausdruck inzwischen einfach zu gut.

»Il Ritorno D'Ulisse in patria Libretto von Giacomo Badoaro. Dritter Akt, erste Szene. Gesprochen von der Figur Iro, dem Vielfraß.« Levinova betete die Worte in einer Leier herunter. »Was hat das zu bedeuten?«, fragte sie, an Siegfried gewandt.

Siegfried legte seine Stirn in Falten. »Julianus sah sich am Ende wohl selbst als Vielfraß«, sagte er nach einer Weile. »Er nahm sich zu viel vor – hat sich sozusagen überfressen. Doch immerhin wollte er seinem Feind nicht vergönnen, ihn zu töten.« Von seinen eigenen Worten erstaunt, hielt Siegfried inne. Er hatte Julianus' Fähigkeit zur Selbstreflexion wirklich unterschätzt.

»Gut.« Levinova klang für ihre Verhältnisse zufrieden. »Ich werde nun Ihre Wissenslücken vervollständigen. Der Sozialminister kann Inopts befehligen, die selbst ich nicht kenne. So ist er beispielsweise in der Lage, von den Implantaten gesendete Signale zu verschleiern, sodass andere sie nicht einsehen können.«

»Dann war er also die treibende Kraft hinter dieser Gruppierung«, sinnierte Siegfried. Der Gedanke war ihm bereits gekommen, doch erst jetzt fand er die Ruhe, ihn tatsächlich zu formulieren.

»Korrekt. Als Sie mir von seiner Anwesenheit während Ihres Inoextraktvorganges berichteten, wusste ich, dass er ein Interesse an diesem Fall zeigte. Wir gelangten zu einer Einigung: Er würde mir

Zugriff auf Daten geben, die mir ansonsten verborgen blieben, dafür würde ich ihm Julianus nach dessen Festnahme übergeben.

»So kam es also zur Verhaftung Spillbergens«, kombinierte Siegfried.

»Korrekt«, wiederholte Levinova. »Allerdings handelte es sich hierbei um ein Täuschungsmanöver. Die Daten, die ich von Spillbergen erhielt, waren Fälschungen. Sie sollten mich in falscher Sicherheit wiegen.« Levinova machte eine Pause, als wartete sie auf eine weitere Schlussfolgerung ihres Gesprächspartners.

»Mir kam unser Dialog damals reichlich seltsam vor«, sinnierte Siegfried. »Habe ich damals etwa mit dem Sozialminister gesprochen? War Spillbergen sein Avatar?«

»Unsere Erbauer erlauben uns immer nur einen Avatar zu benutzen. Der Sozialminister heißt Traian Boc. Das sollten Sie wissen«, tadelte Levinova.

Siegfried verdrehte die Augen. »Sagten Sie nicht, er beherrscht Inopts, die Sie nicht kennen?«

»Das stimmt«, gestand Levinova. »Er muss tatsächlich eine Art Trick angewendet haben. Allerdings weiß ich nach wie vor nicht, welcher es war. Ein zweiter Avatar aber ist undenkbar. Einen solchen Verstoß gegen die Auflagen unserer Erbauer würde er nicht wagen.«

»Nicht, nachdem sich sein Rechenzentrum in Ihrer Gewalt befindet«, schlussfolgerte Siegfried.

»Ja.« Für einen Augenblick blitzte der Ansatz eins Lächelns in Levinovas Gesicht auf. »Das Rechenzentrum eines jeden Ministers befindet sich im Zuständigkeitsbereich eines anderen. Wir wissen jedoch nicht, welchen von uns wir bewachen.«

Siegfried verstand. Es handelte sich wohl um eine weitere Maßnahme, die die zerbrechliche Balance zwischen den Ministern wahren sollte. Hinter der Fassade des scheinbaren Weltfriedens tobte ein permanenter, kalter Krieg. Ein ewiges Ringen, ein fortlaufendes Patt. Und jene Menschen, um deren Kontrolle gerungen wurde, bekamen noch nicht einmal etwas davon mit.

»Warum wusste der Sozialminister dann, wo sich sein Rechenzentrum befindet?«

»Auch das weiß ich nicht. Dafür kenne ich jetzt ebenfalls seinen Standort. Dieses Wissen wird mir noch sehr nützlich sein.« Levinovas Augen weiteten sich. Siegfried meinte fast so etwas wie diebische Freude daran zu erkennen. Vielleicht war die neue alte Sicherheitsministerin doch menschlicher, als es zunächst schien. Oder Siegfried fing lediglich an, sie zu vermenschlichen. Immerhin war Levinova seine erste echte Gesprächspartnerin seit Tagen.

»Danke.« Siegfried nickte der Ministerin zu. »Ich habe nicht erwartet, dass Sie mir das alles sagen würden.«

»Wir sind noch nicht fertig.« Levinova klang wieder so mechanisch wie zuvor. »Der Sozialminister hat enorm viel in Julianus investiert. Er erhoffte sich von ihm einen gewaltigen Zugewinn an Wissen. Immerhin war er das einzige menschliche Subjekt ohne Implantat. Die Chance, auf so ein Exemplar zu treffen, war gering.«

Siegfried verzog seinen Mund. Die Art, wie Levinova von einem »menschlichem Subjekt« und einem »Exemplar« statt einer Person sprach, machte deutlich, wie weit es mit ihrer Menschlichkeit stand.

»Können Sie mir folgen?« Die Ministerin klang weder erbost, noch besorgt.

»Ja, natürlich«, wehrte Siegfried ab. Er durfte nicht vergessen, dass er in der Gegenwart der Ministerin jederzeit auf dünnem Eis stand. »Dann hat der Sozialminister Julianus also nicht erschaffen?«, fragte er.

»Nein, medizinische Vorgänge unterliegen nicht seinem Einfluss. Ich habe mit dem Gesundheitsminister gesprochen. Jedes Kind wird noch im Mutterleib einer Operation unterzogen, um das Implantat einzusetzen. Der Vorgang ist hoch ausgereift, aber nicht perfekt. In seltenen Fällen misslingt der Eingriff. In noch selteneren findet er gar nicht statt. Inzwischen werden solche Babys als Totgeburten klassifiziert.«

Siegfried nickte schwach. Er wagte nicht zu fragen, welcher Vorgang sich hinter dieser sogenannten »Klassifizierung« verbarg.

»Das Personal der Geburtsstationen unterliegt einer strengen Überwachung. Es ist heute ausgeschlossen, dass ein Kind ohne Implantat Teil der Gesellschaft wird. Zur Zeit der Geburt von Julianus jedoch gab es noch viele Mitglieder der Psigeneration. Nicht wenige davon arbeiteten auf den Geburtsstationen.« Levinova unterbrach ihre Erzählung. Siegfried verstand die Aufforderung.

»Seine Eltern dachten, er wäre tot. Tatsächlich hielten ihn Menschen, die selbst kein Implantat trugen, versteckt. Sie konnten es nicht ertragen, dass ...«, er stockte.

»Ihre genauen Motive sind heute nicht mehr nachvollziehbar.« Nichts an Levinova verriet, ob sie Siegfrieds Bedenken lediglich nicht teilte oder erst gar nicht verstand. »Selbst die Tätersuche dürfte sich als fast unmöglich erweisen. Letzten Endes ist ihre Identität aber ohnehin irrelevant, da die betreffenden Personen längst verstorben sind.« Levinova sprach den letzten Satz verräterisch beiläufig aus. Für Siegfried bestand kein Zweifel, dass sie alle Mittel und Hebel in Bewegung setzen würde, um die Identität von Julianus' Zieheltern festzustellen. Ihre Namen mochten für Siegfried irrelevant sein, aber ganz sicher nicht für das Sicherheitsministerium.

»Wer immer sie auch waren, sie zogen Julianus heimlich auf. Natürlich ließ sich seine Existenz nicht lange verbergen – trotz seines fehlenden Implantats. Der Sozialminister wurde schon bald auf Julianus aufmerksam. Laut Protokoll hätte er ihm dem Gesundheitsministerium melden müssen. Vermutlich hat er den Stiefeltern dies auch angedroht und angeboten, sie zu verschonen, wenn sie über den Vorfall schwiegen. Tatsächlich aber zog er ihn selbst auf. Und er gab ihm seinen Namen: Flavius Claudius Julianus.«

»Habe ich ihn eigentlich schwer beschädigt?«, wich Siegfried aus. »Den Sozialminister?«

»Natürlich nicht«, wehrte Levinova ab. »Ihre Schüsse haben lediglich ein Notfallreparaturprogramm aktiviert, das alle übrigen Tätigkeiten kurzfristig unterbrach.«

Siegfried nahm die Worte mit Bedauern auf. Es war natürlich klar, dass Krag ihn niemals die Balance der Welt stören lassen würde. Dennoch hätte er es dem Minister gerne deutlicher heimgezahlt.

»Wie haben Sie und der falsche Pirow sich nun geeinigt?«, fragte Siegfried. Ganz offensichtlich war dies die entscheidende Frage, auf die das gesamte Gespräch hinauslief.

»Der Sozialminister hat unserer Gesellschaft beträchtlichen Schaden zugefügt. Vor allem aber hat er meinen Avatar zerstört.« Levinovas Worte machten deutlich, dass ihr der zweite Umstand deutlich näher ging. »Im Austausch dafür, dass ich über diese Taten hinwegsehe, überließ er mir die zwei Personen ohne aktives Implantat. Andernfalls hätten die anderen Minister von mir das wahre Ausmaß seiner Taten erfahren. Das hätte unangenehme langfristige Konsequenzen für ihn.«

Nun waren es Siegfrieds Augen, die sich weiteten. »Ich habe keinen Zugriff auf mein Implantat. Heißt das …«

»Der Sozialminister ist in der Lage, Implantate permanent zu deaktivieren. Wie er dies tut, ist selbst mir nicht klar. Alles was ich weiß, ist, dass er dies nur tun kann, wenn man sich in unmittelbarer Nähe seines Datenzentrums befindet. Es handelt sich wohl um eine Art Schutzfunktion, die …« Levinova sprach weiter, doch Siegfried hatte Probleme, ihr weiter zu folgen. Seine Gedanken drehten sich zu sehr um sein künftiges Schicksal. »Sie sagen mir das alles nur, weil ich kein Implantat mehr trage.«

»Ja, Sie können dieses Wissen nicht weitergeben.« Levinova sprach mit der für sie typischen, kalten Selbstverständlichkeit. In Siegfrieds Ohren aber klang es wie beißender Spott.

»Sie lassen mich verschwinden.« Er sprach ohne Regung. Tief in seinem Inneren hatte er im Tunnel bereits gewusst, dass sein Leben beendet war.

»Nein, ich belohne Loyalität. Ihnen wird es materiell an nichts fehlen. Allerdings werden Sie nur noch von mir ausgewählte Personen persönlich treffen. Ich muss Sie vor dem Zugriff des Sozialministers bewahren. Er hat zu viel investiert, um dieses Projekt einfach aufzugeben.«

»Warum entfernen Sie mich nicht einfach?«

»Wie ich Ihnen bereits gesagt habe: Ich belohne Loyalität. Im Übrigen können Sie sich noch sehr nützlich als Berater erweisen.«

»Danke«, presste Siegfried hervor und es war aufrichtig. Auf ihre Art brachte ihm Levinova mehr Respekt entgegen als alle echten Menschen, denen er die letzten Jahre über begegnet war.

»Gut«, schloss Levinova ab. »Leider kommt die zweite Person mit ihrer Situation weniger gut zurecht als Sie. Sie werden sie aufbauen.« Wie zuvor Tyainen verschränkte auch sie demonstrativ die Arme vor der Brust. Im Gegensatz zum Soldaten wirkte ihre Geste jedoch tatsächlich endgültig.

Bevor Siegfried den Sinn von Levinovas letzten Worten erfassen konnte, öffnete sich die Tür erneut. Mit stapfenden Schritten schob Tyainen einen Rollstuhl durch sie hindurch. Die Räder klapperten geräuschvoll, als sie über die Schwelle rollten. Beim Anblick des Rollstuhls kamen Siegfried erste Zweifel bezüglich Levinovas Zusage, ihm werde es materiell an nichts fehlen.

»Haben Sie kein noch älteres Modell auftreiben können?«, fragte er an den Soldaten gewandt.

»Es gibt nur noch Rollstühle, die per Ino gesteuert werden«, sagte Tyainen halb protestierend, halb entschuldigend. »Beschweren Sie sich bei …« Weiter kam er nicht, denn Levinovas eisiger Blick ließ ihn erstarren. Tyainen salutierte krampfhaft, dann verließ er eiligen Schrittes das Zimmer.

»Wie machst du das?«, säuselte es schwach aus der Richtung es Rollstuhls. Die zusammengesunkene Gestalt, die dort saß, wirkte so zerbrechlich, als könnte der kleinste Windhauch sie hinwegfegen. Langsam, als kostete es sie unendlich viel Kraft, hob Tess ihren Kopf. Ihre Augen waren rot und auf ihren Wangen sah Siegfried die Reste frisch getrockneter Tränen.

»Ach weißt du, für mich war Ino kein großer Verlust. Ich habe die Technologie ohnehin nie richtig verstanden.« Er zuckte demonstrativ mit den Schultern. »Du hast mich mehr als einmal darauf hingewiesen.«

Tess schwieg. Siegfried presste die Lippen aufeinander. Er wollte Tess etwas aus ihrer Lethargie befreien, aber einen Streit zu provozieren war nicht klug.

»Du bist arrogant und überheblich. Alle auf dem Revier denken so.« Tess sprach so leise, dass Siegfried sich etwas nach vorne lehnen musste, um jedes Wort zu verstehen.

»Du bist intelligent. Du hättest Ino locker meistern können. Tatest du aber nicht. Wir haben geglaubt, du hältst dich für etwas Besseres.« Tess machte eine Pause. Siegfried wollte etwas entgegnen, unterdrückte den Wunsch aber. Tess war eindeutig noch nicht fertig. »Can hat dich gehasst. Du hast immer auf ihn herabgesehen. Ich dagegen finde dich einfach nur abstoßend. Du bist ein alter eingebildeter Gockel. Ferrera hält dich für seltsam. Sean nimmt dich nicht ernst. Nur Maja mag dich. Aber sie mag jeden.«

Tess sah Siegfried nun direkt an. Er erwiderte ihren Blick. Sie sollte ihm ruhig in die Augen sehen. Hass war sehr schädlich. Aber kurzfristige Wut konnte eine heilende Wirkung entfalten.

»Ich fand dich abstoßend«, korrigierte Tess. Sie holte tief Luft. »Aber jetzt muss ich so werden wie du.«

»Du musst nicht …«, versuchte Siegfried einzuwenden. Tess aber schnitt ihm das Wort ab. »Eine Inoexpertin ohne Ino? Was soll das sein? Ich kann nicht einmal mehr ordentlich sprechen. Mir tun jetzt schon die Stimmbänder weh.« Frische Tränen liefen ihre Wangen hinab. »Als ich aufgewacht bin, hat mein ganzer Körper gebrannt vor Schmerzen. Normalerweise würde ich solche Gefühle einfach ausblenden. Stattdessen hat man mir irgendwelche Drogen gegeben. Jetzt fühlt sich alles an mir taub und schlapp an. Ich kann nicht laufen, nicht einmal stehen. Nicht kommunizieren. Auf meine Datenbanken habe ich auch keinen Zugriff. Was bin ich eigentlich noch?« Tess' Stimme wurde zu einem Schluchzen. »Und was sagt mir diese Tussi hier?« Ihre schmerzverzerrten Augen fixierten Levinova. Diese tat aber nicht einmal so, als würde sie sich angesprochen fühlen. »Ich komme schon damit zurecht, sagt sie!« Tess drehte sich wieder Siegfried zu. »Nichts wird gut«, rief sie mit tränenerstickter Stimme.

»Nein, nichts wird gut«, stimmte Siegfried nickend zu. Tess zuckte zusammen, wandte den Blick jedoch nicht von Siegfried ab. »Wir haben nur uns und können uns nicht einmal leiden. Es gibt tatsächlich keinen Grund zur Hoffnung«, fuhr er fort.

Tess' Tränen versiegten. Siegfrieds Worte waren so pessimistisch, wie sie nur sein konnten. Und doch schienen sie einen seltsam beruhigenden Einfluss auf seine Zuhörerin zu haben.

»Was machen wir dann?«, flüsterte sie.

»Wir machen das Beste daraus – schauen, wie weit wir kommen. Wir versuchen ein so gutes und gerechtes Leben wie möglich zu führen. Schließlich sind wir immer noch Polizisten. Sicher, wir werden untergehen. Vielleicht früher, vielleicht später. Aber das soll uns nicht davon abhalten, zuvor gute Menschen gewesen zu sein. Wenn auch nur für kurze Zeit.

»Wie lange lebst du so schon?« Tess wischte sich die Tränen aus dem Gesicht. »So ganz ohne Hoffnung?«

»Versuchen tue ich es, seit ich Fjodor kennengelernt habe. Wirklich gelungen ist es mir aber erst seit Kurzem.«

»Du und deine Philosophie.« Tess verzog den Mund. »Ein Kaufmann, der halb abgesoffen ist, hat diese Denkschule gegründet. Was soll daran so toll sein?«

Siegfried massierte seine Schläfe. Tess hatte ihre Gewissenhaftigkeit, was das Recherchieren betraf, nicht verloren. Oder zumindest hatte sie ihr Gedächtnis behalten.

»Also, was ist?«, drängte Tess.

»Nichts.« Siegfried zuckte mit den Schultern. »Nichts ist an dieser Philosophie toll. Aber nützlich ist sie.«

»Was für eine Antwort.« Tess schüttelte ihren Kopf. Erst langsam, dann immer schneller. Schließlich brach sie in schallendes Gelächter aus.

»Wie ich sehe, geht es Ihnen besser«, ertönte Levinovas Stimme. Das Lachen erstarb. »Sie haben versucht, mich zu beleidigen. Niemand mit einem aktiven Implantat wagt dies. Sie sehen jetzt vermutlich, wie wertvoll Sie für mich sind. Sie sind die einzigen Menschen, mit denen ich annähernd auf Augenhöhe kommunizieren kann.« Sie trat zwischen Siegfried und Tess. Die Deckenlampe warf ihren Schatten auf den Rollstuhl. So ganz auf Augenhöhe schien die Ministerin doch nicht reden zu wollen. »Sagt mir nur, was Ihr wollt. Ihr werdet es schon bekommen.« Trotz Levinovas dünner Stimme klang die Frage mehr nach einem Befehl als nach einem Angebot.

Tess schwieg eine Weile. Dann hob sie abwehrend die Hand. »Geh mir nur«, sagte sie und für einen Moment schien sie ihre alte Kraft zurückgewonnen zu haben, »ein wenig aus der Sonne.«

Quellenangabe und Danksagung

Ganz besonderer Dank gebührt meinen beiden Testlesern, Klaudia Lang und Roman Holzer. Ohne eure Verbesserungsvorschläge, wäre dieses Buch in dieser Form niemals entstanden.

Die notwendigen Informationen zum im Buch vorkommenden Revolver erhielt ich vom Youtube-Kanal »Forgotten Weapons«. Jedem, der nach Daten zu älteren Schusswaffen sucht, kann ich diesen Kanal wärmstens empfehlen.

Das Zitat von Casanova, sowie die Regeln, Abläufe und Hintergründe eines Pistolenduells erfuhr ich aus folgendem Buch: Marzulla, Heinz. (2005). *Ehrensache! Das Pistolenduell. Geschichte, Regeln und Waffen.* Ares Verlag. ISBN 3-902475-12-9.

Der im Buch erwähnte Denker Rupert Carnek basiert sehr lose auf den Lehren Rudolf Carnaps. Grundzüge seiner Philosophie entnahm ich folgendem Buch: Buckigham W., Burnham D., Hill C., King P., J., Marenbon J., Weeks M. (2011). *Das Philosophie-Buch.* Penguin Random House. ISBN 978-3-8310-1969-4.

Weitere Informationen und Zitate habe ich, wenn nicht anders angegeben, Wikipedia entnommen (das hier ist ein Roman und keine wissenschaftliche Arbeit).

Das Titelbild wurde vom Künstler Liu Zishan entworfen. Die Lizenz wurde auf https://www.shutterstock.com erworben.

An mehreren Stellen des Buches zitieren seine Charaktere Zeilen klassischer Werke:

Kapitel 2, 5, 8, 12, 14, 19

Nietzsche, Friedrich: *Also sprach Zarathustra,* Reclam (1994), ISBN 978-3-15-007111-3

Kapitel 6, 11, 26, 29

Aurel, Mark: *Selbstbetrachtungen,* Reclam (1986), ISBN 978-3-15-001241-3

Kapitel 15

Wittgenstein, Ludig: (1921), *Tractatus logico-philosophicus. Logisch-philosophische Abhandlung,* Edition suhrkamp (1964)

Kapitel 24

Goethe, Johann Wolfgang von: *Faust,* Deutscher Taschenbuch Verlag GmbH und Co. KG (1997), ISBN 978-3-423-1240-3

Kapitel 29

Machiavelli, Niccolò: *Der Fürst,* Reclam (1986), ISBN 978-3150012198